BERND KÖSTERING

Die Heldinnen von Weimar

BERND KÖSTERING

Die Heldinnen von Weimar

Historischer Roman

GMEINER

Bei Fragen zur Produktsicherheit gemäß der Verordnung über die allgemeine Produktsicherheit (GPSR) wenden Sie sich bitte an den Verlag.

Besuchen Sie uns im Internet:
www.gmeiner-verlag.de

Im Ehnried 5, 88605 Meßkirch
Telefon 07575/2095-0
info@gmeiner-verlag.de

1. Auflage 2026

Herstellung: Mirjam Hecht
Umschlaggestaltung: © Susanne Lutz unter Verwendung eines Stichs von Georg Melchior Kraus: https://commons.wikimedia.org/wiki/File:Paul_Fischer_-_Parti_fra_Vesterbrogade_ved_Axelborg_og_Frihedsst%C3%B8tten_en_regnvejrsdag.png?uselang=de
Druck: GGP Media GmbH, Pößneck
Printed in Germany
ISBN 978-3-8392-8129-1

Vorwort

Liebe Leserinnen und Leser,

ab Seite 356 finden Sie eine Auflistung der historischen Persönlichkeiten, die in diesem Buch eine Rolle spielen. Alle in der Liste nicht erwähnten Figuren des Romans sind fiktiv. Weiterhin enthält der Roman Begriffe, die heutzutage nicht mehr gebräuchlich sind oder zum thüringischen Sprachschatz zählen, sowie Orte, die heute andere Namen tragen. Sie können eine alphabetisch sortierte Erläuterung dazu ab Seite 364 einsehen.

Um Sie an die Stimmung in Weimar und Jena zur Handlungszeit des Romans (1805) heranzuführen, habe ich einige Wörter in der damaligen Schreibweise belassen, so zum Beispiel »Teutsche Lande« (»Deutschland«), »Canzley« (»Kanzlei«) oder »Guitarre« (Gitarre).

Bernd Köstering im Sommer 2025

TEIL I:
Juni 1805

1. *Von Büchern und Buchliebhabern*

Weimar, Mittwoch, 12. Juni 1805

Oswin liebte Bücher. Allein ihr Geruch löste in ihm eine Verzückung aus, die er selbst bei der intimen Begegnung mit einer Frau nicht erleben würde. Das war seine feste Überzeugung, auch wenn ihm die Erfahrung des Vergleichs fehlte.

Er streifte durch das Grüne Schloss. Seit fast vierzig Jahren war hier die herzogliche Bibliothek untergebracht. In dieser Zeit hatten sich über sechzigtausend Druckwerke angesammelt. Das Zentrum des Buchtempels war der Rokokosaal. Oswin kannte jede Ecke dieser ehrwürdigen Räumlichkeit. Oft schlenderte er zwischen den Stellagen umher, strich mit seinen Fingern zärtlich über die Buchrücken und freute sich daran, sie insgeheim sein Eigen zu nennen. Leider brachte dieser Bibliothekar Christian Vulpius alles durcheinander. Er wollte die Druckwerke zählen, ordnen und katalogisieren. Dabei hätte er nur Oswin fragen müssen, er kannte die geheime Ordnung seiner Lieblinge, auch ohne schriftliche Aufzeichnungen. Gegen Vulpius konnte sich Oswin allerdings nicht durchsetzen, da er der Bruder von Christiane war, der Frau des Geheimraths von Goethe. Genau genommen war sie gar nicht seine Ehefrau, denn sie lebten ohne Trauschein in dem großen Haus am Frauenplan. Insofern war Vulpius auch kein Verwandter des bekannten Dichters, aber er benahm sich so.

An diesem Mittwochvormittag regnete es heftig. Ein beständiger Landregen lag über Weimar, und Oswin hatte den Eindruck, dass dieser nicht so schnell aufgeben würde. Demzufolge war der Andrang der Lesewilligen minimal, gegen Mittag schien sich niemand mehr im Rokokosaal aufzuhalten. Sogar die Arbeiten am Anbau, der das Grüne Schloss mit dem benachbarten Turm verbinden sollte, waren zum Erliegen gekommen.

Oswin hatte freie Bahn. Er konnte sich im Gebäude bewegen, wie es seiner Lust entsprach. Kein Bibliothekar und kein Geheimrath störten ihn. Gedankenverloren pilgerte er über die erste Galerie.

Plötzlich hörte er ein Geräusch. Schritte. Ungleichmäßige Schritte, wie die einer hinkenden Person. Oswin versteckte sich hinter den Büchern zum Anbau von Feldfrüchten. Dann sah er sie. Auf der gegenüberliegenden Seite der Galerie. Dunkles Haar, ein engelsgleiches Gesicht, ein bodenlanges grünes Kleid. Ein Grün wie frisches Laub im Frühling. Über ihren Schultern lag ein weißes *Fichu*, jenes dreieckige Tuch, das das Dekolleté der Frauen bedeckte und der aktuellen französischen Mode entsprach. Oswin stockte der Atem. Dieses weibliche Wesen kam seinem Idealbild einer Frau sehr nahe. Sie ging weiter auf der Galerie, und er bemerkte, dass sie sich etwas schwerfällig bewegte, ein wenig humpelnd sogar. Doch das störte ihn nicht, im Gegenteil, es weckte sein Mitleid. Sie suchte offensichtlich ein Buch. Sollte er sie ansprechen?

»Darf ich fragen, ob mir jemand helfen kann?«, rief sie. Diese Stimme – freundlich, aber klar.

Damit war es um ihn geschehen. Er trat aus seinem Versteck hervor. »Seien Sie gegrüßt, gnädige Dame, ich kann …«

Er umrundete das Oval des Rokokosaals und ging ihr entgegen.

»Was … äh, wie kann ich Ihnen …?«

Sie hatte kastanienbraunes Haar und grüne Augen, einer Katze ähnelnd. »Ich suche ein Buch über Geburten und Geburtshilfe in den thüringischen Herzogtümern«, sagte sie.

»Oh ja!« Oswin freute sich, ihr helfen zu können. »Ich weiß, wo das … folgen Sie mir bitte!«

Er präsentierte ihr drei Bücher zu diesem Thema, zwei hatten einen grünen Einband. Sie wählte eines von den grünen, es trug den Titel *Vom Überleben der Gebärenden und deren Leibesfrucht in Teutschen Landen* von Dr. Ernst Schrödinger. Dann öffnete sie das Buch in der Mitte, hielt es vor ihr Gesicht und nahm einen tiefen Atemzug.

»Hm«, machte sie.

Oswin glühte vor Begeisterung. Endlich hatte er jemanden gefunden, der Bücher so liebte wie er selbst: mit allen Sinnen. Er hob seine Hand und näherte sich dem Arm der schönen Frau. Sie trat einen Schritt zurück, er berührte eine Buchseite. »Wunderbar.«

»Hat dieses Buch eine Registriernummer?«, fragte die Dame.

»Ja, sie steht hinten auf dem …« Er zeigte auf den Buchrücken.

»Tragen Sie es bitte für mich ein!«

Er nickte, führte sie zu seinem Katheder, tunkte einen Gänsekiel in ein Tintenfass und trug die Rückennummer des Buchs in seine Kladde ein. »Darf ich den Namen der werten Dame …?«

»Annette von Brun. Annette mit zwei ›n‹ und zwei ›t‹. Brun ohne ›h‹.«

Oswin war fasziniert. Solch klare Ansagen erhielt er selten. Er sah sie bewundernd an. »Darf ich noch Ihre Adresse, also … äh?«

»Meine Adresse? Zu welchem Zweck?«, fragte die Frau.

»Aus Sicherheitsgründen, nur bei Entleihern, die außerhalb Weimars wohnen, ich bitte um Verzeihung, das wurde uns von Geheimrath Voigt so …«

»Meinetwegen. Saalgasse 5 in Jena.«

»Ich danke Ihnen!« Er notierte die Adresse.

»Ich muss jetzt gehen«, sagte sie.

»Aber Gnädigste, es regnet, sehr stark sogar, wollen Sie nicht …?«

»Nein«, antwortete sie. »Ich verfüge über einen *Parapluie*!«

Oswin befiel eine leichte Panik. Warum verhielt sie sich so distanziert? Er trippelte zum Ausgang und hielt ihr die Tür auf. Die schöne Frau ging an ihm vorüber, ohne ihn noch einmal anzusehen. Der Regen trommelte auf ihren Schirm und mit eiligen, zugleich ungelenken Schritten entschwand sie in Richtung des Rathauses.

Oswin zögerte, überlegte. Und schon kam ihm eine Idee. Er griff nach dem zweiten grünen Buch und verschwand im Keller der Bibliothek.

~

Annette hatte sich nicht bei ihrer Tante angemeldet, doch da sie nun einmal in Weimar weilte, wollte sie Louise von Göchhausen gerne besuchen. Als sie im heftigen Regen endlich am Witthumspalais ankam, trieften ihre Schuhe vor Nässe und der Saum ihres grünen Kleids war von Straßenschmutz besprenkelt. Sie umrundete das Gebäude, überquerte den Hof und klopfte am Hintereingang. Dieser war eigentlich für die Bediensteten gedacht, aber das störte Annette nicht. Im Gegenteil: In diesem Zustand wollte sie auf keinen Fall der Hausherrin Anna Amalia begegnen.

Herrmann, Kutscher und Hausfaktotum, öffnete die Tür. »Frau von Brun! Schnell herein, ich helfe Ihnen.«

Er nahm ihr den Schirm ab und rief nach Clara, der Zofe ihrer Tante Louise. Diese bürstete Annettes Kleid ab und half ihr, die Frisur zu richten. Auch stopfte sie das feuchte Schuhwerk mit Papier aus und stellte es zum Trocknen an den Kamin. Aufgrund ihres missgestalteten Fußes – die Hebamme hatte ihr während der Geburt den Knöchel gebrochen – trug Annette teure, maßgeschneiderte Schuhe, die gut gepflegt werden mussten. Clara wusste das. Fürsorglich reichte sie Annette ein Paar Wollsocken.

»Ist die Herzoginmutter im Haus?«

Jeder nannte Fürstin Anna Amalia so, obwohl sie nicht die Mutter der Herzogin, sondern des Herzogs war.

»Nein, gnädige Frau, sie weilt im Schloss bei einem Empfang. Ihre Tante ist oben, möchten Sie mit ihr speisen?«

»Ja, gerne, Clara, danke.«

Annette zog die Wollsocken über ihre feuchten Strümpfe und erklomm die Stufen in den zweiten Stock des Witthumspalais. Dort wandte sie sich nach links und betrat die Gemächer von Louise von Göchhausen.

Diese kam ihr entgegen. Wie so oft trug sie ein rotes Kleid, da sie meinte, durch die Farbe mehr Beachtung und Respekt zu finden, was ihr aufgrund ihres Kleinwuchses manchmal verwehrt blieb. Die Fürstin Anna Amalia störte sich nicht an dem vom Schicksal vernachlässigten Körper, sie erkannte Louises scharfen Verstand und ihre gute Bildung, beides qualifizierte sie zur ersten Hofdame. Ihre vornehmliche Aufgabe bestand darin, die Herzoginmutter und ihre Gäste zu unterhalten und zu ihrer geistigen Erbauung beizutragen.

»Annette, wie schön, dich zu sehen!«

»Danke, Tantchen. Ich hoffe, du befindest dich wohl bei diesem schrecklichen Wetter.«

»Danke, mein Kind, das linke Knie schmerzt, Clara hat mir einen Wickel mit heißen Kartoffeln gebracht, das hilft. Aber sonst fühle ich mich passabel.«

Man konnte es durchaus als Besonderheit werten, dass Annette und ihre Tante sich mit dem vertrauten »Du« anredeten. Üblicherweise wurden Eltern, Großeltern, Onkel und Tanten mit dem respektvollen »Sie« angesprochen. Lediglich Geschwister, Ehepartner und Gott im Gebet durften geduzt werden. Doch Annette kümmerte sich wenig um solche Konventionen. Sie liebte ihre Tante und die vertraute Anrede war Ausdruck dieser Liebe, was Louise von Göchhausen innerlich erwärmte, da sie keine eigenen Kinder hatte.

»Clara hat mir mit den Schuhen geholfen«, sagte Annette. »Ein aufmerksames Mädchen.«

»Ja, das stimmt. Seit einem halben Jahr ist sie bei mir. Sehr verständig, höflich und hilfsbereit.«

»Anders als Rosine?«

»Oh ja. Ich hoffe nur, dass diese widerspenstige Person bei Erbprinzessin Maria Pawlowna ein besseres Benehmen zeigt als bei mir. Bitte, nimm Platz!«

Annette setzte sich auf den *Fauteuil* ihrer Tante. »Darf ich zum Essen bleiben?«

»Selbstverständlich, meine Liebe. Es gibt Thüringer Rostbratwurst mit Portulak und Breikartoffeln.«

»Wie wunderbar! Apropos Erbprinzessin, zu welcher

Art Empfang wurde die Herzoginmutter ins Residenzschloss geladen? – Entschuldige, ich bin neugierig!«

»Ein Gesandter des französischen Kaisers hat sich angemeldet, und da meine Herrin der französischen Sprache mehr zugeneigt ist als manch anderer bei Hofe, hat seine Durchlaucht der Herzog sie dazugebeten.«

»Aha, ein Gesandter Napoleons. Weißt du, welche Absichten er verfolgt?«

»Es wird erzählt, Napoleon Bonaparte …« Sie schüttelte unwillig den Kopf. »… dieser sich selbst krönende Popanz, er wolle ein Bündnis gegen Österreich schmieden. Er soll weitere Gesandte nach Bayern, Württemberg, Hessen und Baden geschickt haben. Das sind aber nur Gerüchte. Und es ist unklar, ob diese angestrebte Allianz auch gegen Preußen und Russland gerichtet ist. Immerhin hat die reine Absicht in Berlin und St. Petersburg große Unruhe verbreitet. Die Pläne von Ihro Durchlaucht Herzog Carl August kenne ich nicht, aber da die Herzoginmutter mit König Friedrich Wilhelm verwandt ist und unsere Erbprinzessin Maria Pawlowna mit Zar Alexander, wäre es sicher keine gute Idee, diesem Bündnis beizutreten.«

»Das klingt so, als habe der Empfang eine weitreichende Bedeutung«, meinte Annette.

»So ist es. Das erkennt man auch daran, dass ich zur Unterhaltung der Gäste nicht gerufen wurde, sie haben keine Zeit für die feinen Seiten des Lebens.«

»Wird es Krieg geben?«

»Schwer zu sagen. Manche sehen Napoleon als Befreier, weil er viele Ideen der Französischen Revolution mit sich bringt, allen voran den *Code civil* als recht fortschrittliches Gesetzeswerk. Andere, wie zum Beispiel Oberstleutnant von Seebach, betrachten ihn als Kriegstreiber und Eroberer, er verweist auf Italien. Ich denke, unser Herzog ist weise genug, Kampfhandlungen auf seinem eigenen Boden zu vermeiden.«

So unterhielten sich die beiden Frauen völlig ungezwungen über das politische Geschehen, wohl wissend, dass die meisten Männer am herzoglichen Hof dies einem Weib nicht zugetraut oder zugestanden hätten.

Während des Essens parlierten sie über das Wetter, den seit zwei Tagen anhaltenden Regen und den daraus folgenden Anstieg der Ilm, die gefährlich nahe an das Niveau des Floßholzplatzes gelangt war und drohte, das dort gelagerte Holz, das für dringende Baumaßnahmen benötigt wurde, mit sich zu reißen. Louise von Göchhausen berichtete, dass ihre Herrin Anna Amalia erst wieder in den Sommersitz nach Tieffurth zurückkehren wolle, wenn der Regen nachließ. Danach sollte der Grüne Salon im Witthumspalais den notwendigen neuen Anstrich erhalten.

»Ich hoffe, du bist glücklich mit Wilhelm?«, fragte Tante Louise unverblümt.

»Oh ja!«, kam die Antwort ohne Zögern. »Seit unserer Heirat umso mehr. Es ist ein schönes, sicheres Gefühl, verheiratet zu sein.«

Ihre Tante lächelte.

»Wilhelm liebt mich und er fühlt sich sehr … zu mir hingezogen.« Für ein Gespräch unter adligen Damen war dies eine recht offene Bemerkung, die Louise von Göchhausen mit einem zufriedenen Nicken quittierte.

»Und so Gott will, werden wir gewiss bald ein Kind bekommen!«, ergänzte Annette.

Tante Louise tätschelte ihre Hand. »Ich wäre sehr gerne die Patentante.«

»Ich weiß. Das hat Wilhelm dir versprochen.«

»Du warst in der Bibliothek?«, fragte die Tante mit einem Blick auf das grüngewandete Buch.

»Ja, dieses Druckwerk«, sie hielt es hoch, »benötige ich für meinen Aufsatz im Neuen Teutschen Merkur. Wieland als Herausgeber hat bereits zugesagt, dass er mein Traktat übernehmen wird. Es geht um ledige Mütter und die Tötung von unehelichen Neugeborenen.«

»Du meinst die absichtliche Tötung?«

»So ist es. Man könnte es auch Mord nennen.«

Die Tante fuhr zusammen.

Annette sprach weiter: »Viele uneheliche Neugeborene werden getötet, um der Schmach zu entgehen. Einige Mütter betrachten dies sogar als gute Tat, um ihrem Kind ein Leben als Bastard zu ersparen.«

»Oh mein Gott! Ist das wahr?«

»Ja, ich habe mit Dr. Schrödinger gesprochen, er hat es bestätigt.«

»Wer ist dieser Schrödinger?«

»Er ist Arzt und Geburtshelfer an der Universität zu Jena. Und er hat dieses Buch verfasst.«

Tante Louise hob die Augenbrauen. »Ein Mann als Geburtshelfer?«

»Er ist mehr Arzt als Mann.«

»Nun ja ...«

»Bitte sei nicht so altmodisch, Tantchen!«

Die Angesprochene lächelte. »Wie soll denn der Titel für deinen Aufsatz lauten?«

»*Die grauen Eminenzen.*«

»*Mon dieu*, was bedeutet das?«

»Das Leben von uns Frauen wird durch grauhaarige Männer bestimmt. Sie sagen uns, was richtig und falsch ist, obwohl sie nicht wissen, was das Leben einer Frau wirklich beinhaltet – schon gar nicht das Leben einer Bürgers- oder Bauersfrau. Das muss aufhören.«

»Kind!«

»Ja, Tantchen, so ist es. Und diese grauhaarigen Eminenzen wollen uns einreden, dass uneheliche Kinder weniger wert sind als eheliche Kinder. Deswegen sind sie für den Tod vieler Neugeborener verantwortlich.«

»Annette!« Tante Louise schob sich aus ihrem Stuhl hoch. »Ich nehme an, du bist hauptsächlich gekommen, um meine Meinung zu diesem Aufsatz zu hören?«

Annette erhob sich ebenso. Sie war aufgeregt. Wie würde Tante Louise reagieren? Sie gehörte einer anderen Generation an, befand sich in ähnlichem Alter wie ihr Onkel Ferdinand von Auerbach, der die Kontrolle über ihr Leben übernommen hatte, nachdem ihre Eltern vor einem Jahr auf tragische Weise zu Tode gekommen waren. Doch Tante Louise war eine andere Persönlichkeit, konnte ihren Gedankenschirm deutlich weiter aufspannen als Onkel Ferdinand. Und sie war eine Frau. Lange, während ihres Erwachsenwerdens, hatte Annette angenommen, dass Männer und Frauen gleich dachten, gleich handelten und annähernd das gleiche Leben führten. Abgesehen vom Gebären und Kriegführen. Als sie fünfzehn oder sechzehn Jahre alt war, merkte sie, dass die Zahl der Ausnahmen immer größer wurde: das selbstverständliche Auftreten in der Öffentlichkeit und die damit verbundene sichere Stimmlage, mit der Argumente hervorgebracht wurden. Die Normalität, mit der man über das andere Geschlecht lachte und gleichzeitig Unterwürfigkeit erwartete. Die Selbstverständlichkeit, mit der man sich in einen Sattel schwang oder einen Bierkrug hob, sich duellierte und in eine Schlägerei stürzte. Diese Aufzählung hätte man noch problemlos weiterführen können. Schließlich schwor sich Annette, das Nette in ihrem Namen nicht länger als Programm ihres Lebens zu betrachten. Mit ihren Eltern hätte sie deswegen einen veritablen Streit ausfechten müssen, so wie sie es auch mit Onkel Ferdinand getan hatte. Aber ihrem Patenonkel brachte sie keine Liebe entgegen, höchstens ein wenig Respekt, wobei auch der zu bröckeln begann, und so war es leichter gewesen, sich von ihm zu distanzieren.

»Du hast recht, Tante Louise. Vor dir kann ich nichts verbergen. Deine Meinung zu meinem Aufsatz ist mir wichtig.«

Ihre Tante sah sie mit strengen Gesichtszügen an. »Pass auf, das ist gefährlich!«

»Willst du mir den Aufsatz verbieten?«

»Nein. Ich habe dir noch nie etwas verboten.«

»Das stimmt.«

»Ich will dich nur warnen. Die meisten Männer verstehen die Umstände der Zeit, in die man hineingeboren wird, als Determinante des Lebens. Als natürliche, nicht veränderbare Prägung. Und wenn etwas verändert werden müsste, dann bestimmt nicht durch eine Frau. Du wirst erheblichen männlichen Widerstand hervorrufen, das solltest du wissen.«

»Ja, ich weiß das. Aber der Geist unserer Zeit ist bereit dafür. Viele Frauen in meinem Alter wollen sich nicht mehr in diese Verhältnisse einordnen, Bäuerinnen, Frauen des Bürgertums, gleichwohl solche des Adels. Die Revolution der Franzosen gibt uns Kraft und Präsenz. Und mein Aufsatz wird uns eine Stimme geben.«

»Ich sehe, du bist dir deiner Sache sicher. Und du bist jung genug, um Dinge infrage zu stellen und Ansichten dein Eigen zu nennen, die nicht von gepuderten Zöpfen, Leibröcken und Schnallenschuhen dominiert werden. Ganz gleich, was passiert, ich werde zu dir stehen und dir helfen, so weit es in meiner Macht steht!«

Sie umarmten sich. Das war nicht einfach, denn Annette überragte sie deutlich. Doch das Stigma der Unvollkommenheit erzeugte ein natürliches Band zwischen den beiden Frauen.

»Weiß Wilhelm davon?«, fragte Louise von Göchhausen.

»Ich habe ihm gesagt, dass ich etwas Ähnliches vorhabe, letztes Jahr an Weihnachten.«

»Während eurer Hochzeit?«

»In der Hochzeitsnacht.«

Die Tante schmunzelte. »Ich habe damit keine Erfahrung, aber soweit ich weiß, beschäftigt man sich in der Hochzeitsnacht mit etwas anderem.«

»Ich habe ihm das erst nach dem … Anderen gesagt.« Jetzt musste auch Annette schmunzeln. Unter Frauen konnte man durchaus über dieses Thema reden. »Nur den Titel des Aufsatzes, den kennt er bislang nicht. Ich spreche mit ihm heute Abend.«

»Gut, das solltest du tun. Du kannst ihm vertrauen.«

»Am Sonntag wird er wieder seine Ziehmutter besuchen, danach kommt er zu deiner Französischlektion, das soll ich dir ausrichten.«

»Oh, fein, er macht gute Fortschritte. Nimmst du die ordinäre Postkutsche zurück nach Jena?«

»Ja, diejenige um 16 Uhr.«

»Sehr gut, dann haben wir noch Zeit, eine Patience zu legen?«

»Sehr gerne«, antwortete Annette. »Ach, eine Frage: Kennst du den seltsamen Mann, der in der Bibliothek die Ausleihe der Bücher betreibt? Ein verschrobener Mensch, kaum Haare, spitze Nase, vielleicht dreißig Jahre alt, verhält sich aber wie ein Fünfzehnjähriger und spricht nur halbe Sätze.«

»Du hast ihn gut beschrieben, ja, den kenne ich. Das ist der Bibliotheksgehilfe, er heißt Oswin Heimlich. Tatsächlich ein seltsamer Mann, aber harmlos!«

2. *Vom Werken und der Werkstatt*

Jena, Donnerstag, 13. Juni 1805

Wilhelm stand am Werkstattfenster und sah hinaus auf die Saalgasse. Es regnete wieder, mal schwächer, mal stärker, für den Juni in Thüringen nichts Besonderes. Er ging zurück an seinen Arbeitsplatz. Seit einem Jahr arbeitete die Instrumentenwerkstatt seines Meisters Martin Gottfried Reisinger nur an Guitarren. Bogeninstrumente wie Geige oder Bratsche wurden selten angefragt, und wenn, dann ging es meist um Reparaturen. Seit die Fürstin Anna Amalia die erste Guitarre aus Italien mitgebracht hatte, damals lediglich mit fünf Saiten bespannt, hatte dieses Instrument sich rasch verbreitet. Jacob August Otto, der Vorbesitzer von Reisingers Werkstatt, hatte einige Änderungen daran vorgenommen. Die tiefe E-Saite war dazugekommen, und statt einer einzelnen umsponnenen Saite waren es nun drei – die Tieftöner. Damit klang die Guitarre weicher, war prallvoll mit Tönen und hatte enorm an Beliebtheit gewonnen.

Reisinger schätzte Wilhelms Arbeit, auch wenn dieser bis zum Herbst des vergangenen Jahres in Weimar als Tischlergeselle gearbeitet hatte. Wilhelm hatte sich schnell in den Instrumentenbau eingefunden und sogar eine wichtige Verbesserung eingebracht: Das Griffbrett der Guitarre wurde, da es aus besonders hartem Holz gefertigt sein musste, auf Wilhelms Anregung aus dem Kernholz des Goldregens gearbeitet. Viele Goldregenpflanzen wurden von den Bauern herausgerissen, da ihre Samen giftig waren, besonders für Kinder und Pferde. Damit war dieses Holz deutlich günstiger zu erwerben als das aus fernen Ländern eingeführte Ebenholz. Das hatte die Preise der Guitarren reduziert, die Anzahl der hergestellten Instrumente erhöht, Reisingers Vermögen vermehrt und seinen guten Ruf gestärkt. Manchmal, wenn ein reicher Mann eine Guitarre bestellte, berechnete der Meister das teure Ebenholz, während Wilhelm, unter strikter Verschwiegenheit, das günstige Goldregenholz verwenden musste. Wilhelm war solch ein Betrug zuwider, aber er schluckte seine Abneigung hinunter wie einen dicken Brocken in der Milchsuppe, um seine Werkstelle nicht zu gefährden. Mit Aufmüpfigkeit einem Meister gegenüber hatte er im vergangenen Jahr schlechte Erfahrungen gemacht.

Wegen des Wetters erschienen an diesem Tag kaum Kunden in der Werkstatt, sodass beide in Ruhe arbeiten konnten. Zwischendurch versicherte sich Wilhelm, dass er am kommenden Sonntag Pferd und Kalesche des Meisters für den Besuch seiner Ziehmutter in Weimar nutzen durfte. Seit er bei Reisinger arbeitete, lieh er sich das Gespann regelmäßig zur Monatsmitte aus. Wilhelm fragte jedes Mal höflich, denn schließlich war dies ein großes Entgegenkommen. Nur wenige Handwerksmeister konnten sich ein eigenes Pferd leisten, ein Geselle schon gar nicht, denn der verdiente nicht viel mehr als eine Zofe oder ein Knecht. Nach dem Besuch weilte Wilhelm üblicherweise bei Louise von Göchhausen, um bei ihr Französischunterricht zu nehmen. Er hatte diese Sprache in der Schule nicht gelernt, fand den weichen, anschmiegsamen Klang der Wörter aber so angenehm, dass er unbedingt deren Grundlagen erlernen wollte.

Außerdem war *le français* bei Hofe und im gebildeten Bürgertum die angesagte Sprache der Zeit.

Gegen 12 Uhr schickte Reisinger ihn nach oben zum Mittagsmahl. Er selbst wollte in der Werkstatt bleiben, er ging selten mittags nach Hause, da er alleinstehend war und am anderen Ende der Stadt in der Nähe der alten Johanniskirche wohnte. Er aß seine mitgebrachte Wurstbemme. Die Wohnung über der Werkstatt hatte er Wilhelm und Annette überlassen, zu einem günstigen Mietzins, mit der Auflage, jederzeit auf das Haus aufzupassen, das Reisinger von seinem Onkel geerbt hatte. Leider bereitete es Annette mit ihrem verkrüppelten Fuß Schwierigkeiten, die Treppe hoch- und runterzusteigen, aber sie ertrug es, ohne zu klagen.

Als Wilhelm die Wohnung betrat, sah er seine Ehefrau wie so oft an ihrem Schreibtisch sitzen, über Büchern und Zeitschriften, zwischen Gänsekiel und Tintenfass. Als sie ihn bemerkte, eilte sie herbei und umarmte ihn. Er gab ihr einen zärtlichen Kuss.

»Liebes, ich habe einen Bärenhunger!«

»Oh, wie viel Hunger hat denn ein Bär? Ich kenne keinen!«

»Aber du kennst mich!«

»Das stimmt, der Graupeneintopf köchelt schon auf dem Herd. Ich hole die Teller und die Becher. Kannst du noch die Kräuter schneiden, dort auf dem Tisch? Petersilie und Sauerampfer, die streuen wir drüber.«

»Natürlich, gerne«, antwortete Wilhelm und griff nach einem großen Messer. »Übrigens, du wolltest mit mir sprechen. Ich denke, es hat etwas mit dem grünen Buch dort zu tun?«

»Das stimmt, also …«

In diesem Moment hörten sie einen lauten Knall von unten aus der Werkstatt, so als sei etwas umgefallen. Wilhelm ließ das Messer fallen und rannte die Treppe hinab.

Reisinger lag auf dem Boden, ein großes Fichtenholzbrett neben sich, er rieb sich den Arm.

»Meister, was ist passiert?«

»Ach nichts, ich bin ausgerutscht, das ist alles. Gehen Sie wieder hinauf zu Ihrer Frau, sie hat Ihnen bestimmt etwas Gutes gekocht.«

»Äh … wirklich? Haben Sie sich verletzt?«

»Nein, nun gehen Sie schon!« Reisinger hielt sich den linken Ellenbogen.

Wilhelm war nicht sicher, was dieses Verhalten zu bedeuten hatte. Zögernd drehte er sich um und stieg die Treppe hinauf.

»Danke!«, rief Reisinger hinter ihm her.

Während des Mittagessens diskutierte das Ehepaar den Vorfall. Vor zwei Wochen war bereits Ähnliches passiert. Annette fragte, ob der Meister vielleicht krank sei. Wilhelm hatte nichts dergleichen bemerkt. Sie meinte jedoch, eine innere Krankheit müsse nicht gleich auffallen. Manche Menschen – besonders Männer – verbargen ihre Krankheitszeichen, um nicht als Zärtling zu gelten.

»Was meinst du denn mit ›innerer Krankheit‹?«

»Eine Blutarmut, ein Geschwür oder etwas in dieser Art.«

»Mein Gott!«, presste Wilhelm hervor. »Hoffentlich hat er ein Testament gemacht … Die Werkstatt!«

»Nur langsam, Liebster, so schnell stirbt der Meister nicht. Den großen Schicksalsschlag hat er überstanden.«

»Du meinst den Tod seines einzigen Kindes?«, fragte Wilhelm.

»Ja. Und danach das Ableben seiner Frau.«

»Oh ja, das war schlimm. Sie quälte sich viele Wochen im Kindbett und verschied dann ebenfalls. Auch darüber kannst du schreiben: Die Ausbildung der Hebammen und Geburtshelfer muss verbessert werden. Es sterben zu viele Neugeborene.«

Annette lächelte. »Und zu viele Gebärende. Ich bin vollkommen deiner Meinung. Dieser Gegenstand ist bereits in meiner Schrift enthalten.«

»Du kluge Frau!«

Sie aßen weiter, für einige Minuten hörte man nur die Löffel klappern, während sie ihren Gedanken nachhingen.

»Woran denkst du?«, fragte Annette.

»Ach, Liebste, es entzünden sich Geistesblitze in meinem Kopf, derer ich mich fast schämen muss.«

Sie strich ihm über den Handrücken. »Vor mir musst du dich nicht genieren. Vertrau mir!«

»Eine eigene Werkstatt, an die denke ich. Mein eigener Meister zu sein, ohne einem anderen Menschen nach dem Mund reden zu müssen, verstehst du?«

Sie lächelte in einer Art, an der er sofort erkannte, dass sie ihn verstand. »Das kann ich gut nachempfinden. Dennoch bin ich überrascht, ich wusste nichts von diesem Ansinnen.«

»Seit meinem Streit mit Meister Frühauf vor einem Jahr wünsche ich mir das. Ich wollte es nicht so deutlich nach außen tragen und es braucht Zeit, so etwas geschieht nicht von heute auf morgen.« Wilhelm überlegte, Annette von Reisingers Holzbetrug zu berichten, entschied sich jedoch dagegen, um sie nicht zu beunruhigen. »Heute Nacht hatte ich einen Traum«, sagte er. »Ich stand mit zwei Frauen im Hof des Landguts Kötschau, genau in der Mitte, rundherum war alles neu, wunderschön, eine Werkstatt, ein Bureau, ein Pferdestall, eine Wagenremise, Mägde, Knechte ... Ich weiß, es war nur ein Traum, aber es war ... so echt!«

»Zwei Frauen?«

Wilhelm sann seinem Traum nach. Ja, er hatte zwei erwachsene Frauen gesehen. Das Bild war nur kurz aufgetaucht und schnell wieder verschwunden – einem scheuen Vogel gleich.

»Die eine war klein und jung«, behauptete er notlügend. »Wahrscheinlich unsere Tochter!«

Annette lächelte. »Bitte behalte diesen Traum. In der Nacht ist er nah, am Tag so fern. Doch nicht unerreichbar!« Sie küsste ihn. »Du brauchst Geduld, und die hast du! Meine Großmutter, Mathilde hieß sie, sagte immer: Jeder Mensch braucht drei Lebensträume. Mit Zielstrebigkeit und Gottes Beistand werden ihm zwei davon erfüllt. Den dritten sollte er einen Traum bleiben lassen.«

Wilhelm wollte etwas antworten, doch er merkte, dass er zunächst über die Darlegung von Großmutter Mathilde nachdenken musste.

»Es schmeckt sehr gut, Liebes!«, sagte er stattdessen.

»Danke!«

Der Regen trommelte aufs Dach.

~

Am Abend desselben Tages säuberte Wilhelm die Werkstatt, hängte alle umherliegenden Werkzeuge an ihre vorgesehenen Haken des Arbeitsbretts, prüfte, ob die Fenster geschlossen waren, und verriegelte die Türen. An der Garderobe hing Reisingers Hut, ein ungewöhnliches Stück aus rotem Filz, an der Vorderseite mit einem Stern versehen, der einem Orden ähnelte. Kaum ein Mensch ging ohne Hut auf die Straße, doch dieses Exemplar schien Reisinger besonders wichtig zu sein. Wilhelm wusste nicht warum, vielleicht war es ein Erbstück. Selten ließ der Meister es zurück, wenn er die Werkstatt verließ. Wahrscheinlich hatte er heute die Kapuze seines Regencapes übergestülpt, da störte der Hut.

Wilhelm ging hinauf in die Wohnung, er freute sich auf einen gemütlichen Abend mit Annette bei einem Becher Wein. Nach dem Essen erzählte sie von dem grünen Buch und von Oswin Heimlich, dem seltsamen Bibliotheksgehilfen. Just als sie von ihrem geplanten Aufsatz im Neuen Teutschen Merkur berichten wollte, schreckte Wilhelm auf.

»Was beunruhigt dich?«, fragte Annette.

»Ich meine, Schritte gehört zu haben.«

»Von draußen?«

»Nein, von unten!«

»Aber der Meister ist doch längst zu Hause!«

»Das ist es ja eben!« Wilhelm schritt zum Herd und nahm einen Kochlöffel zur Hand.

Annette lachte. »Willst du dich damit verteidigen?«

Er legte den Holzlöffel zur Seite und ergriff stattdessen das große Messer, mit dem er am Mittag die Kräuter geschnitten hatte. Jetzt lachte seine Frau nicht mehr.

Langsam stieg er die Stufen hinab, eine nach der anderen, fast geräuschlos. Auf der vorletzten Trittfläche blieb er stehen. Ein Schatten stand reglos im Raum. Wilhelm wartete, starrte auf den grauen Umriss eines großen, kräftigen Mannes. Jetzt wurde die Silhouette zum Leben erweckt: Der Eindringling bewegte sich. Das Blut schoss

Wilhelm in den Hals, in den Kopf, formte sich zu Wut. Er trat auf die letzte Stufe, die so ausgetreten war, dass sie laut knarrte.

Der Schattenmann wirbelte herum. Wilhelm hob das Messer, es blitzte im Mondlicht auf.

»Ahh!« Der Einbrecher stieß einen Urschrei aus und floh in Richtung Fenster.

Wilhelm stellte ihm ein Bein, der Gauner stolperte, fiel, lag vor ihm, ausgestreckt, sich seitlich mit den Händen abstützend, den Blick auf Wilhelm gerichtet. Er schrie nicht mehr, er brachte keinen Laut heraus, die Angst vor dem drohenden Messer verzerrte sein Gesicht zu einer Schreckensmaske. Impulse fuhren Wilhelm durch den Kopf: Sollte er zustechen, einen Menschen verletzen oder sogar töten? In Bruchteilen von Sekunden meinte er, diesen Mann schon einmal gesehen zu haben.

Unwirklich, traumähnlich baute sich das Bild eines Dolchs vor seinem geistigen Auge auf, das Bild der Waffe, die ihn vor einem Jahr fast das Leben gekostet hätte. Langsam senkte er seine Hand.

Der Eindringling erkannte die Geste als Zeichen der Gnade, raffte sich auf und sprang durch das Fenster hinaus in den Hof.

Wilhelm blähte die Wangen auf und blies einen Strom der Erleichterung aus.

»Alles in Ordnung?«, rief Annette von oben.

Wilhelm konnte nicht antworten, er stand dort am Fuß der Treppe, das Messer in der Hand haltend, wie eine steinerne Nachbildung seiner selbst. Das Einzige, was er von dem Mann in Erinnerung behielt, war dessen pockennarbiges Antlitz. Das allein war jedoch in einer Zeit der Pockenepidemie kein eindeutiges Erkennungszeichen.

Annette kam mit einem Talglicht heruntergehumpelt. Die Leuchte ähnelte einer Argand'schen Luftstromlampe, ein Glaszylinder umgab die Flamme. Offenes Feuer war in einer Holzwerkstatt strengstens verboten.

»Wie ist das möglich?«, stammelte Wilhelm mit Blick auf den weit geöffneten Fensterflügel. »Ich habe alle Fenster kontrolliert, sogar am Griff gezogen, um zu prüfen, ob sie verschlossen sind.«

Annette sah sich den Fensterrahmen genau an. »Keine Einbruchsspuren.«

»Ich habe dieses eine wohl vergessen«, murmelte Wilhelm.

»Du bist auch nur ein Mensch«, sagte Annette. »Fehlt denn etwas?«

Sie leuchteten den gesamten Raum ab, es schien nichts gestohlen worden zu sein. Die Werkzeuge und Instrumente, das Material – alles an seinem Platz.

»Was wollte der Kerl hier?«, fragte Wilhelm ins Leere.

»Vielleicht dachte er, es seien Taler oder Gold zu holen.«

Wilhelm fühlte sich als Versager, als unzuverlässiger Bewacher des Hauses. Immer wieder hatte Reisinger ihn gemahnt, gut aufzupassen, denn nachts trieb sich viel Gesindel in der Stadt herum. Wilhelm schloss das Fenster und verriegelte es.

»Du brauchst dem Meister nichts von dem Einbruch zu sagen«, meinte Annette. »Es ist schließlich kein einziges Stück gestohlen worden.«

»Wirklich?« Wilhelm hatte ein ungutes Gefühl bei dem Gedanken.

»Ja«, antwortete Annette. »Du musst ja nicht lügen.« Sie kannte seine Geisteshaltung. »Du verschweigst lediglich etwas.«

»Ist das nicht das Gleiche?«

»Oh nein, Liebster, das eine ist aktive Irreführung, das andere ein passives Ausweichen. Komm, wir gehen hinauf, ich bin müde!«

Wilhelm nickte. Die Narbe an seinem Bauch brannte. Genau dort, wo ihm sein Halbbruder im vergangenen Jahr einen Dolch in den Leib gestoßen hatte.

3. Von Colette auf schwierigem Parkett

Weimar, Freitag, 14. Juni 1805

»Colette, komm mal her!«

»Ja, Herr Professor?«

Karl August Hoffmann, der Hofapotheker am Weimarer Markt, sah sie streng an. »Höre, ich erwarte einen Apothekerkollegen aus Schweinfurth, er dürfte bald hier sein. Ich habe mit ihm Wichtiges zu besprechen, hinten im Kontor, und möchte nicht gestört werden. Du bleibst vorn im Laden, hast du mich verstanden?«

»Natürlich, Herr Professor!«

»Und keine langen Ohren machen! Wenn Kundschaft kommt und eine Arznei verlangt, von der du noch nie gehört hast, sagst du demjenigen, er solle morgen wiederkommen.«

»Jawohl.«

Es dauerte keine halbe Stunde, bis der angekündigte Besuch eintraf. Ein großer, massiger Mann marschierte in die Apotheke. Er trug eine Perücke und lachhafte Schuhe, deren Spitzen sich nach oben bogen wie manch ein Schiffsbug. Professor Hoffmann redete ihn mit dem Namen Ruß an, dann verschwanden die beiden im hinteren Teil des Hauses. Colette musste den Boden an der Eingangstür trocken wischen, da Herr Ruß mit seinen seltsamen Schuhen Regennässe hereingetragen hatte.

Sie sollte vorn im Laden bleiben, hatte der Professor gesagt. Wie immer: Wenn etwas verboten war, wurde es erst recht interessant. Und Colette kannte einen Trick. Wenn sie die Ofenklappe öffnete, konnte sie durch den Ofenzug verstehen, was im Kontor gesprochen wurde, das hatte sie schon mehrmals ausprobiert. Heute vernahm sie allerdings nur einzelne Wortfetzen, da die Männer recht leise sprachen. »Bibileg«, »Dose« und »grün«. Dann ging die Klingel der Ladentür, sie schloss schnell die Ofenklappe und verkaufte dem Kunden einen Kräutersud zur Verbesserung der Verdauung.

Aus den Wortfragmenten konnte sie nicht erschließen, um welches Thema es ging. Colette würde sich am Abend mit ihrer Freundin Rosine treffen, die war schlau, vielleicht konnte sie etwas mit den Wörtern anfangen. Colette wusste, dass viele Apotheker Wässerchen verkauften, die nur Wasser und Bitterstoffe enthielten, aber keine Wirkmittel. Dass eine Medizin bitter schmecken musste, war klar, sonst war sie wertlos. Colette wollte herausfinden, was die beiden Apotheker zu besprechen hatten, denn möglicherweise hätte sie damit etwas in der Hand, um mehr Lohn zu verlangen. Was für eine lächerliche Summe Hoffmann ihr bezahlte, nicht zu fassen!

Sie war kurz vor Sonnenuntergang am Teich im Baumgarten mit Rosine verabredet. Ihre Freundin schaffte es meistens, eine Flasche Wein aus den Beständen der Erbprinzessin Maria Pawlowna unter ihrem Rock aus dem Schloss zu schmuggeln. Das gehörte sich zwar nicht, aber Colette freute sich schon darauf.

Kurz vor zehn am Abend saßen Colette und Rosine auf dem steinernen Rand des Baumgartenteichs. Es hatte aufgehört zu regnen. In den umliegenden Gärten, die von Justin Bertuch, dem reichsten Mann der Stadt, zu moderaten Preisen an das gemeine Volk verpachtet wurden, regte sich kaum mehr etwas, die Dämmerung brach herein. Die Weinflasche wanderte zwischen den beiden Frauen hin und her.

»Rosine, ich habe heute den Hoffmann und einen Gast aus Schweinfurth belauscht. Das Gespräch schien dem Professor sehr wichtig zu sein, ich durfte nicht in die Nähe kommen.«

Rosine sah sie gelangweilt an und nahm einen weiteren Schluck aus der Flasche. »Und?«

»Die haben recht leise gesprochen, ich habe nur ›Bibileg‹, ›Dose‹ und ›grün‹ verstanden. Hast du eine Ahnung, über was die geredet haben?«

»Bibileg – was soll das sein?« Rosines blonde Haare leuchteten in der Dämmerung.

»Keine Ahnung.«

»Und was für eine Dose?«

»Wir haben eine Menge Dosen in der Apotheke«, antwortete Colette. »Vielleicht versteckt er darin etwas. Und grün? Na ja, wir mixen täglich Essenzen aus Kräutern, womöglich hat es damit zu tun.«

»Hm, ich denke darüber nach. Wie hieß denn der Besucher?«

»Oh, das weiß ich nicht mehr. Der Professor hat den Namen genannt, aber … ich habe ihn vergessen.«

»Dumme Gans!«

»Rosine!«

»Du wirst dir wohl einen einzelnen Namen merken können, bist doch kein Kind mehr, oder?«

»Natürlich nicht.« Colette überlegte einen Moment. »Vielleicht hieß das auch nicht ›Dose‹, es klang irgendwie anders … ›Doses‹ möglicherweise. Ist das Französisch?«

»Quatsch! Ich sag's ja: dumme Gans!«

»Du bist ordinär!« Colette stand auf und lief schmollend nach Hause. Morgen, wenn sie ausgeschlafen war, würde ihr der Name gewiss einfallen.

Sie schaffte es gerade noch, ihr Elternhaus zu erreichen, bevor der Regen wieder einsetzte.

Rosine Schandinger arbeitete in der Entourage der Erbprinzessin Maria Pawlowna, nicht als Zofe, wie früher bei Louise von Göchhausen, sondern als Küchenhilfe. Das war zwar eine langweilige Tätigkeit, immer nur Gemüse putzen, schälen und schneiden, aber zumindest musste sie keiner hochnäsigen Adligen die Sachen hinterhertragen und dabei eine weiße Schürze und ein »ach so fein« besticktes Häubchen tragen. Diese Kleidungsstücke empfand sie als Uniform der Unterstellten, als Kennzeichen derer, die keine Stimme hatten. Bei ihrer neuen Stelle trug sie die normale, in einer Küche übliche Arbeitskleidung, die im Laufe des Tages immer mehr Flecken bekam, woran sich niemand störte, Rosine selbst am wenigsten. Die Köchin behandelte sie gebührlich, und solange sie pünktlich zur Arbeit erschien und ihre Aufgaben klaglos ausführte, gab es keine Probleme. Rosine bekam die russische Fürstin nur selten zu Gesicht, da diese ein Kind erwartete und zur Schonung ihrer Leibesfrucht in ihren Gemächern verweilte. Auch musste Rosine nicht im Schloss wohnen, was ihr sehr genehm war. Sie übernachtete lieber in ihrer Kammer in der Kleinen Gerbergasse. Dort hatte sie ihr eigenes Reich, zwar eng und karg, aber sie hatte ihre Ruhe und musste ihr Bett nicht mit einer anderen Küchenhilfe teilen.

Zu Beginn des Jahres war sie endlich von ihrer vorigen Herrin losgekommen. Wenn sie sich daran erinnerte, wie diese eingebildete Person sie behandelt hatte, stieg eine wilde Wut aus ihrem Inneren hoch. Und ständig diese rote Kleidung, nur weil das Fräulein von Göchhausen meinte, damit größer auszusehen, diese missgebildete Zwergenfrau! Ganz zu schweigen von dem jungen Mann, der Rosine verhöhnt hatte, draußen im Schloss Tieffurth. Ihn hatte sie mit ihren unbestreitbar vorhandenen weiblichen Reizen nicht erreichen können – das passierte ihr selten. Vielleicht war er mehr an Männern interessiert? Das sollte es ja geben. Doch sie musste ihr seelisches Feuer zügeln – alles zu seiner Zeit. Sie war nicht zurückgewichen, um klein beizugeben, sondern um Anlauf zu nehmen.

Rosine lag im Bett und ließ ihre Gedanken kreisen. Bibileg, Dose und grün. Über Medizin und Kräuter wusste Colette einigermaßen Bescheid, ansonsten war sie ein naiver Bauerntrampel, vor einem Jahr aus Tröbsdorf herübergekommen. Rosine kannte keine Bibi. Sie murmelte das Wort vor sich hin: Bibileg. Und während sie es aussprach, kam ihr eine Idee. Hatte Colette sich möglicherweise verhört? Vielleicht hatten die Männer von der Bibliothek gesprochen?

Schlagartig setzte Rosine sich im Bett auf. Die herzogliche Bibliothek! Dort kannte sie jemanden, der ihr helfen würde: Oswin. Der war mindestens so einfältig wie Colette. Und Rosine wusste genau, wie sie ihn überreden konnte, etwas für sie zu tun. Und wenn Colette den Apotheker unter Druck setzte, dann hatte Rosine als Mitwisserin wiederum Colette in der Hand. So etwas war immer von Nutzen.

Zufrieden legte sie sich wieder hin, zog die Bettdecke über die Schultern und schloss die Augen. Mit dem gleichmäßigen Plätschern des an ihrem Fenster herablaufenden Regenwassers schlief sie ein.

4. *Von einer feinen Dame mit unfeinem Benehmen*

Jena, Samstag, 15. Juni 1805

Am Samstag früh gegen 6 Uhr hörte es endlich auf zu regnen. Um 8 Uhr verließ Maria von Dettmansberg ohne ihre Zofe die Unterkunft im Gasthof zum Bären. Nahe dem Schloss durchquerte sie die Befestigungsanlagen und betrat den inneren Bereich der Stadt.

Sie war aufgeregt. Sollte der Hinweis sich bestätigen? Sie musste vorsichtig sein, um nicht einem Betrüger anheimzufallen. Aber sie hatte einen Plan. Und es gab ein eindeutiges Erkennungszeichen.

In der Saalgasse angekommen, suchte sie, wie von ihrem Informanten erwähnt, das größte Haus auf der dem Schloss abgewandten Seite der Gasse. Es war aus stabilem Fachwerk gebaut, dunkle Eichenbalken, das Gefach weiß getüncht. Unten waren die Fenster größer als in der ersten Etage, darüber ein steiles Dach, mit grauen Schindeln belegt. Auf einem Emailleschild las sie: »Martin Gottfried Reisinger – Gewissenhafter Bau von Musikinstrumenten«. Sie klopfte an die Tür. Ein junger Mann öffnete, etwas älter als sie selbst, wohl Ende zwanzig, dunkle Locken, blaue Augen, groß gewachsen, etwa sechseinhalb Fuß.

Sie erklärte, eine Guitarre kaufen zu wollen. Das war nur ein Vorwand, aber den Luxus konnte sie sich leisten. Der junge Mann bat sie herein und bot ihr einen Tee an, den sie dankend ablehnte. Im Hintergrund arbeitete ein zweiter, älterer Handwerker mit dunklem Bart, eine Holzplatte lackierend. Sie ging zielstrebig auf ihn zu. Sie musste das offizielle Ziel ihres Besuchs aktiv vertreten, sonst würden die beiden Männer misstrauisch. »Sind Sie Jacob August Otto?«

»Nein, Gnädigste, ich bin Martin Gottfried Reisinger. Meister Otto war der vorherige Besitzer dieser Werkstatt, er lebt und arbeitet jetzt in Halle an der Saale, etliche Meilen stromabwärts. Ich habe seine Werkstätte übernommen.«

»Gut. Können Sie mir eine Guitarre anfertigen? Dieses neue Modell mit sechs Saiten.«

»Selbstverständlich, gerne. Es gibt da verschiedene Hölzer, deutsche Fichte zum Beispiel, Tanne und Ahorn. Am besten klingt die amerikanische Sitka-Fichte, die ist aber …«

»Gut, nehmen Sie diese … amerikanische Fichte!«

Reisinger hob die Augenbrauen und lächelte. »Für die Herstellung benötigen wir zwei bis drei Monate, Qualität braucht ihre Zeit.«

»Ich verstehe, das ist in Ordnung.«

»Wir müssen das Holz besorgen und sofort bezahlen, deshalb benötige ich eine Anzahlung, wenn es Ihnen recht wäre.«

Maria nickte. »Wie viel?«

»Die Hälfte des Gesamtpreises, fünfzig Taler.«

»In Ordnung«, sagte sie, auch wenn sie mit dieser hohen Summe nicht gerechnet hatte. Das konnte gut und gerne der halbe Jahreslohn eines Handwerkers sein. »Ich schicke später einen Boten vorbei.«

»Darf ich den Namen der werten Dame notieren?«, fragte der Meister und griff nach einem Federkiel.

»Von Dettmansberg. Maria von Dettmansberg. Mit zwei ›t‹ und einem ›n‹.«

»Ich danke Ihnen. Dürfte ich noch Ihre Adresse vermerken?«

»Derzeit im Gasthof Zum Bären, hier in Jena.«

»Sie werden zufrieden sein!«

»Das hoffe ich. Sagen Sie, Meister Reisinger, ich hörte, bei Ihnen arbeitet ein Geselle mit adliger Herkunft, kann das sein?«

»Nun ja«, sagte der Angesprochene mit offensichtlichem Unwohlsein, »das entspricht der Wahrheit. Sie können gerne mit ihm sprechen.« Er zeigte auf den jungen Mann, der Maria eingelassen hatte.

Sie ging auf ihn zu. Im Hinblick auf ihre Absicht hatte sie sich besonders gut gekleidet, hatte ein sandbraunes Kleid mit weißem Spitzenbesatz angelegt, die Ärmel waren ausgeschnitten, sodass man ein fliederfarbenes Unterfutter erkennen konnte. Darüber trug sie eine Pelisse aus dunkelgrünem Samt mit Goldbesatz an der Knopfreihe. Sie wusste, dass dies ihre blauen Augen gut zur Geltung brachte. Die brünetten Haare hatte sie von ihrer Zofe zu einem kunstvollen Zopf flechten lassen. Sie lächelte.

»Gnädige Frau«, sagte der junge Mann, »mein Name ist Wilhelm von Brun. Womit kann ich dienen?«

Maria nahm wahr, dass dieser Wilhelm eine Wortwahl getroffen hatte, die für einen Adligen etwas zu unterwürfig geraten war. Es fehlte der zeitlose Stolz auf sein bisheriges Leben, eine Prägung, die einem Mann von hohem Stand naturgegeben innewohnt, die man von seiner Herkunftsfamilie überliefert bekommt. Ein Betrüger? Sie hob die Augenbrauen. »Wilhelm von Brun … so, so! Oder Wilhelm Gansser?«

Der junge Mann schien überrascht, fragte sich wohl, woher sie davon Kenntnis hatte.

»Gansser – so hieß ich einmal, jetzt heiße ich Wilhelm von Brun!«

Er hatte sich wieder gefangen, das gefiel Maria.

»Wenn ich fragen darf: Wo befindet sich der Stammsitz Ihrer Familie?«, fragte sie.

Wilhelm war anzusehen, dass ihm die Fragen nicht behagten, vielleicht war sie zu direkt, möglicherweise sogar unhöflich, aber ihr war klar, dass er sich angesichts ihres Guitarrenauftrags fügen musste.

»Gut Kötschau zwischen Jena und Weimar, verarmter Landadel.« Er antwortete offen, ein kleiner Hinweis auf ihre eigene Indiskretion. Doch sie ließ sich nicht beirren.

»Gut Kötschau … ich hörte, es soll in sehr schlechter Beschaffenheit stehen.«

Der junge Mann wurde rot. Vielleicht schämte er sich ob des Zustands des Gutshofes, obwohl er keine Schuld daran trug. Als Geselle im Instrumentenbau verdiente er sicher nicht genügend, um Kötschau zu erhalten, geschweige denn wieder aufzubauen.

»Wie gesagt, verarmter Landadel«, antwortete er mit Betonung auf »verarmt«.

Dabei wollte Maria es zunächst bewenden lassen. »Ich komme bald wieder, um mich nach den Arbeiten an meiner Guitarre zu erkundigen.« Sie lächelte und bemerkte, dass Wilhelm verwirrt dreinblickte. Hoffentlich war ihr Lächeln nicht zu kokett gewesen, sie musste langsam vorgehen und Geduld bewahren.

Maria verabschiedete sich und schritt hinaus in das warme Juniwetter. Endlich zeigte sich ein blauer Himmel, die Sonne schien zum ersten Mal seit Tagen, die zunehmende Hitze sorgte für wallende Dämpfe, die aus dem aufgeweichten Boden emporstiegen.

Ihr geheimes Vorhaben nahm Gestalt an.

~

Eine Stunde später klopfte ein Bote an die Werkstatttür und übergab Reisinger ein Baumwollsäckchen mit fünfzig Silbertalern. Der Meister nahm es mit jovialer Geste entgegen. Als der Überbringer die Werkstatt verlassen hatte, fragte er: »Hören Sie, Wilhelm, wer war diese Dame? Ich hatte den Eindruck, die kannte Sie.«

»Ich weiß es nicht, habe sie zuvor nie gesehen.«

»Sie hat ein Auge auf Sie geworfen. Vielleicht bestellt sie ja noch mehr Instrumente, wenn sie zufrieden ist. Kümmern Sie sich um die Dame!« Er reichte ihm einen Taler aus dem Säckchen. »Nur nicht zu intensiv, nicht dass Sie plötzlich mit ihr in Wien landen – ich brauche Sie hier!«

»Wie Sie wissen, bin ich verheiratet.«

»Ja, ich weiß. Für manche ist das ein Grund, aber kein Hindernis!« Er lachte lauthals und fuhr sich mit beiden Händen durch die Haare, benutzte seine Finger dabei wie einen Kamm – eine für ihn typische Geste.

Wilhelm hätte ihn gern dafür gescholten, doch er hielt sich zurück, wollte seine Werkstelle nicht verlieren, immerhin hatte er eine Frau und vielleicht bald ein Kind zu versorgen.

»Ich habe auch Gegenteiliges erlebt«, sagte Wilhelm. »Leute machen sich darüber lustig, dass ein Mann von Adelsstand in einer Werkstatt arbeiten muss. Immer dieses Vorurteil, dass Adelsleute per se reich sind.«

»Ja, ich weiß. Viele Menschen können nur in geraden

Bahnen denken, so wie das Kampfross eines Ritters beim Lanzenduell.«

Wilhelm nickte. Reisinger äußerte oft eigenwillige Ansichten zu lebensnahen Themen, aber diesmal hatte er einen guten Vergleich gefunden. Hoffentlich bekam einer von diesen Leuten mal einen ordentlichen Lanzenstoß vor die Brust.

Im vergangenen Jahr hatte Wilhelm den Nachnamen »Gansser«, den seine Zieheltern ihm per Adoption übertragen hatten, abgelegt und seinen Geburtsnamen wieder angenommen. Dadurch war er zu Wilhelm von Brun geworden. Lange hatte er überlegt, ob dieser Schritt richtig war, denn der Adelszusatz schien ihm fremd und der Name von Brun war durch seinen Halbbruder und ihren gemeinsamen Vater beschmutzt worden. Annette hatte ihn überredet, es trotzdem zu tun, um einen Teil seiner ursprünglichen Identität zu wahren und den Namen von Brun zurück in saubere Gewässer zu führen. Zusätzlich zu seinem zweiten Vornamen Bruno ließ er sich im Kirchenbuch den dritten Vornamen Lorenz eintragen. Somit hatte er den Nachnamen seiner leiblichen Mutter in einen Vornamen gewandelt. Annette trennte sich mit der Hochzeit ebenfalls von ihrem Geburtsnamen »von Auerbach«, was ihr nicht schwerfiel, da sie bestrebt war, eine gewisse Distanz zu ihrem Patenonkel Ferdinand herzustellen, der sich als Ersatzvater aufspielte und über sie zu bestimmen gedachte. Damit war sie zu Annette Caroline Ferdinanda von Brun geworden.

Reisinger setzte einen Brief an den Holzhändler auf und bestellte ein weimarisches Waldklafter Sitka-Holz. Das würde für Decke und Boden der Guitarre reichen. Beim Instrumentenbau gab es recht viel Abfallholz, das nur noch für Reparaturen genutzt werden konnte. Die Zargen des beauftragten Instruments würden aus deutschem Riegelahorn bestehen, davon war genug auf Lager. Welches Holz für das Griffbrett verwendet werden sollte, blieb offen.

Wilhelm blickte aus dem Werkstattfenster. Im Laufe des Nachmittags hatte es erneut zu regnen begonnen. Die feine Dame hatte Glück gehabt, sie war nicht nass geworden. Ihr Bild mit den brünetten Haaren und den blauen Augen tauchte vor ihm auf. Sie trug die Gesichtsfarbe des Reichtums, jenen weißen Teint, der der Blässe des Porzellans ähnelte. Was wollte diese Frau von ihm?

Am Abend hörte Annette ihren Ehemann aus der Werkstatt nach oben kommen. Er übergab ihr ein Paket mit der Bemerkung, das sei mit der ordinären fahrenden Post aus Weimar eingetroffen. »Für Madame Annette von Brun, Jena, Saalgasse 5« war darauf zu lesen. Die Form ließ vermuten, dass es sich um ein Buch handelte.

Annette beäugte das Paket misstrauisch. »Ich habe keine weiteren Druckwerke bestellt«, sagte sie.

Die Sendung enthielt weder einen Hinweis auf den Absender noch ein Namenskärtchen, einen Liefervermerk oder ein Siegel – sie war komplett anonym. Das Buch hatte einen grünen Einband und führte den Titel: Über die Waisenhäuser im Königreich Sachsen und den thüringischen Herzogtümern. Als Verfasser war Stephan Maria Kirch angegeben.

Annette schüttelte verwundert den Kopf. »Ich kann es gut gebrauchen für meinen Aufsatz, aber …«

»Wer weiß denn, dass du an diesem Text arbeitest?«, fragte Wilhelm.

»Der Bibliotheksgehilfe ... wahrscheinlich der Bibliothekar, dieser Vulpius, und Tante Louise.«

»Na schau, dann war es sicher deine Tante, sie wollte dir helfen!«

Annette nickte. »Das mag sein, sie hat versprochen, mich zu unterstützen, soweit es in ihrer Macht steht.«

»Na, siehst du. Wir fragen sie trotzdem bei nächster Gelegenheit. Wie lautet eigentlich der Titel deines Aufsatzes für den Neuen Teutschen Merkur?«

Eine plötzliche Aufregung erfasste Annette. Würde Wilhelm sie vorbehaltlos unterstützen, auch wenn er alle Details erfuhr? »*Die grauen Eminenzen*.«

Ohne auf seine Frage zu warten, erklärte sie ihm die Bedeutung des Titels. Von der Benachteiligung lediger Mütter über die ungleiche Behandlung von ehelichen und unehelichen Kindern durch grauhaarige Männer bis hin zum *Code civil*.

»Wenn du es ernst meinst, müsstest du über den *Code civil* hinausgehen«, sagte Wilhelm, »denn Napoleon hat die Frau immer noch dem Mann untergeordnet.«

Annette staunte. »Woher weißt du das?« Bevor er antworten konnte, fuhr sie fort: »Verzeih, das ist unwesentlich, du weißt es und du liegst richtig. Ich möchte weitergehen als Napoleon!«

»*Mon dieu!*« Er hatte sich durch die sonntäglichen Lektionen bei Tante Louise an die französischen Ausdrücke gewöhnt. »Du bist die mutigste Frau, die ich kenne.«

Er sprach langsam, in dem Bemühen, jedes Wort weise zu wählen. »Als Wilhelm Gansser – so wuchs ich auf – zeigt sich deine Philosophie als einzig wahre Geisteshaltung.«

»Oh, Liebster, ich ...« Sie ging auf ihn zu, merkte jedoch, dass er innerlich kämpfte, blieb stehen und wartete. »Jedoch ... du begibst dich in Gefahr!«

»Ich weiß!«

»Ich habe Angst um dich!«

Sie umarmten sich, standen still und stumm. Die Verbindung der Sorge und Liebe zwischen ihnen war spürbar.

»Der Herrgott möge dich beschützen!«, sagte Wilhelm. Und dann lächelte er. »Das heißt aber nicht, dass ich untätig bleibe.«

Die Verblüffung überrollte sie. »Was willst du tun?«

»Das wird sich zeigen. Vertrau mir bitte!«

Für Annette klangen diese Worte wie ein Gebet. Sie sah Wilhelm an, seine blauen Augen erfreuten und beruhigten sie. Ja, sie würde ihrem Ehemann vertrauen. Immer und ewig.

Weimar, am selben Tage

Der Regen hatte auch die Ilm anschwellen lassen. Vom Floßholzplatz nahe dem Weimarer Schloss war ein Teil der Baumstämme davongeschwemmt worden, einige konnten am Wehr neben dem Malzhaus wieder in Besitz genommen werden. Der Ilmpark stand unter Wasser. Das Residenzschloss war noch nicht überflutet, und viele herzogliche Diener, Knechte sowie sonstige Subalterne waren damit beschäftigt, auf der Ilmseite des Schlosses einen Erdwall aufzuschütten. Tagelöhner schafften Steine und Kalk zur Befestigung herbei.

Auch Maria Pawlowna, die russische Ehefrau des Erbprinzen Carl Friedrich, musste Diener und Lakaien abstellen, sodass die Anzahl ihrer männlichen Hilfskräfte deutlich geschrumpft war. Als dann der Oberhofmeister Wilhelm von Wolzogen eine Freiwillige suchte, die Botengänge in die Bibliothek erledigte, sah Rosine ihre Chance gekommen. Eigentlich hasste sie Bücher, denn sie konnte nicht lesen, aber an diesem Tag machte sie eine Ausnahme. Es ging ja nur darum, ein Paket abzuholen. Rosine selbst hatte andere Absichten.

Im Grünen Schloss angekommen, führte ihr Weg direkt zum Katheder des Bibliotheksgehilfen. Zu ihrer Enttäuschung stand dort der Bibliothekar Christian Vulpius, der sie misstrauisch ansah und nach dem ihm bekannten Boten der Fürstin Maria Pawlowna fragte. Dass der als Arbeitskraft beim Deichbau gebraucht wurde, leuchtete ihm ein. Schnell und geschickt flocht Rosine ein, dass sie in der Bibliothek nicht unbekannt sei, Oswin, der kenne sie. Vulpius rief nach seinem Helfer. Der kam aus der zweiten Galerie herab. Als er Rosine erblickte, lief er rot an, senkte seinen Blick und murmelte etwas Undeutliches, so als redete er mit den Dielen.

»Oswin, kannst du mir einige Bücher zeigen, die sich mit dem Schutz vor Hochwasser beschäftigen? Ihro Durchlaucht, der Herzog, benötigt sie.«

Rosine schmückte sich nicht etwa mit einem Wunsch des Oberhofmeisters oder der Erbprinzessin, nein, wenn schon, dann griff sie gleich in die oberste Schublade.

Sobald sie mit Oswin hinter den Bücherstellagen abgetaucht war, fasste sie ihn am Ärmel. »Pass auf, Oswin, mein Beschützer«, säuselte sie. »Du musst mir einen Gefallen tun. Wenn du das zu meiner Befriedigung erledigst, darfst du eine meiner Brüste anfassen. Aber nur eine, hörst du!«

Sie registrierte mit Genugtuung, dass Oswins Hose eine deutliche Beule aufwies. »Was, äh, also, was soll ich …?«

Er war aufgeregt und erregt, das gefiel Rosine. »Ich sage dir drei Wörter und du sagst mir schnell, ohne lange zu überlegen, was dir dazu einfällt. Schaffst du das, mein Großer?« Bei den letzten Worten schob sie sich näher an ihn heran.

»Äh, ja, was denn für drei …?«

»Bibliothek, Dose und grün.«

Oswin lächelte verschämt wie ein Pennäler. »Da fällt mir nichts … Ich weiß nicht …«

»Na komm, du kluger Oswin Oswinowitsch, du weißt doch sonst immer alles!«

Er schüttelte den Kopf.

»Es könnte auch sein, dass es ›Doses‹ statt ›Dose‹ heißt«, schob Rosine nach.

Er hob das Kinn. »›Bibliothek‹, ›Dosis‹ und ›grün‹?«

»Ja, vielleicht auch ›Dosis‹ – ja, ›Dosis‹, die Wörter stammen aus einer Apotheke, du bist gut!«

Jetzt wagte es Oswin, sie offen anzusehen. »Arsenik!«, antwortete er.

»Wie bitte?« Rosine traute ihren Ohren kaum.

»Bei ›Bibliothek‹ und ›Dosis‹ und ›grün‹ – da kann die Antwort nur Arsenik lauten!«

Meine Güte, dachte Rosine, der spricht ja plötzlich in ganzen Sätzen. »Lieber Oswin, das musst du mir erklären.« Sie lächelte.

»Einige Bücher haben einen grünen Einband, man nennt diese Farbe Mitis-Grün – nach deren Entdecker Ignaz von Mitis – oder Schweinfurther Grün, weil sie dort hergestellt wird. Sie besteht aus arseniksaurem Kupfer. Wenn man das in größerer Menge inkorporiert …«

»Wie bitte?« Rosine sah ihn fragend an.

Oswin nickte eifrig. »Wenn man es isst oder trinkt, kann man sich vergiften. Bei geringer Dosis ist es aber ungefährlich. Es wird für Wandbehänge und Tapeten benutzt – schönes Grün. Leuchtendes Grün! Zum Glück mischt sich niemand Tapeten oder Bücher ins Essen.« Er lachte.

Rosines Gedanken rotierten. »Was ist denn eine größere Menge?«

»Das weiß ich nicht, da musst du einen Apotheker fragen.«

»Und wenn man daran leckt?«

»Oh!« Oswin öffnete leicht seine Lippen. »Das kommt ja auch nur selten …«

»Sehr gut, Oswin, jetzt darfst du …«

In diesem Moment näherten sich Schritte. Christian Vulpius. »Alles in Ordnung?«

»Ja«, antwortete Rosine. »Ich muss ins Schloss zurück, Herr von Wolzogen wartet auf die Bücher. Vielen Dank für deine Hilfe, Oswin!«

Vulpius gab ihr ein besonderes Lesezeichen aus Seide, das sie der Erbprinzessin Maria Pawlowna überreichen sollte. Rosine bedankte sich, nahm das Buchpaket in Empfang und verließ nach einer schnellen Verbeugung die Bibliothek. Oswin blieb mit offen stehendem Mund und drängenden Gefühlen zurück.

5. Von Besuchen und Versuchen

Weimar, Sonntag, 16. Juni 1805

Der Sonntag überraschte mit einem klaren, blauen Himmel. Die lange Regenphase schien vorüber zu sein, die Sonne prahlte mit der Kraft des Sommers.

Wilhelm lenkte die Kalesche in den Hof des Witthumspalais. Dort übergab er den Einspänner in Herrmanns Obhut, der das Pferd tränkte und fütterte, bis Wilhelm von seiner Ziehmutter zurückkam. Das war ihm wichtig, denn auf keinen Fall durfte das Tier vernachlässigt oder die Kutsche beschädigt werden. Beides hatte er von Meister Reisinger geliehen.

Wilhelm griff nach seinem Korb, verließ den Hof in Richtung Osten – vom Rathaus schlug es elf –, lief am fürstlichen Kornhaus vorbei und bog links in die Gasse ein, die in Weimar allgemein »Beym Zuchthause« genannt wurde. Man kannte ihn in der Wachstube, denn er kam regelmäßig, immer an einem Sonntag in der Monatsmitte. Der Wachhabende war ein grauhaariger Mann, dem seine Uniform schlaff am Körper herabhing. Die Mittelmäßigkeit des eigenen Daseins sickerte aus seinen Augen. Er machte Wilhelm durch einen Wink deutlich, dass er den Korb durchsuchen wollte. Das war Vorschrift, um auszuschließen, dass Waffen in die Kerker eingeschleust wurden. Nach der Kontrolle schien er zufrieden, nahm seinen Schlüsselbund, gab Wilhelm mit dem Kinn ein Zeichen, ihm zu folgen, und ging voraus, langsam, mit schleppendem Schritt, eine Stablaterne in der Hand. Wilhelm folgte ihm ins Gelass, er kannte den Weg. Ein ekelhafter Geruch empfing ihn, eine Mischung aus Moder, Exkrementen und Krankheitsausdünstungen. Jedes Mal hielt er beim Betreten eine Weile den Atem an, um sich nicht übergeben zu müssen. Dann schnaufte er, mühsam, in kurzen Stößen, bis er sich einigermaßen an den Gestank gewöhnt hatte.

Wilhelm wusste, dass drei Frauen in dem betreffenden Kerker hockten. Außer seiner Mutter ein Mädchen, das sein Kind hatte verhungern lassen, dazu eine Irre, die entweder an die Wand schlug oder um Hilfe rief. Zu seinem Entsetzen sah er nun durch die Gitterstäbe, dass man eine vierte Person in den Raum gesperrt hatte: einen Mann. Drei Frauen und ein Mann! In der Ecke standen jetzt zwei Eimer zur Verrichtung der Notdurft, zuvor war es nur einer gewesen. Wilhelm war empört, wollte den Wachhabenden zur Rede stellen, doch der war bereits wieder in die Wachstube entschwunden.

Seine Mutter saß auf dem blanken Lehmboden, nicht weit vom Gitter entfernt, an die Wand gelehnt. Sie hielt die Augen geschlossen. Wilhelm hatte den Eindruck, sie sei dünner geworden. Leise sprach er sie an. Mühsam öffnete sie die Augen, ein Lächeln huschte über ihr Gesicht, mit den Lippen formte sie schwerfällig ein Wort: Wilhelm. Er rollte das Obst auf dem Lehmboden in ihre Richtung, sie ließ es in ihren Schoß fallen, ebenso das Brot. Wilhelm forderte sie auf, zu essen, sie schüttelte den Kopf.

»Aber Mutter, hast du keinen Hunger?«

Sie flüsterte: »Hunger nach einer Umarmung!«

Er streckte seine Hand aus, in der Hoffnung, seine Mutter berühren zu können. Sie hielt ihm ihre Finger entgegen, doch es fehlten zwei Zoll bis zum menschlichen Brückenschlag. Tränen liefen an seinen Wangen herunter, er kniete auf dem Boden, klammerte sich an die Gitterstäbe und verharrte dort minutenlang. Ja, sie war »nur« seine Ziehmutter, aber sie hatte ihn großgezogen, hatte ihm Haferbrei gekocht und Kuchen gebacken, ihm die Haare gekämmt und ihn manchmal, wenn auch nicht oft genug, gegen seinen Ziehvater verteidigt. Der Mann im Kerker grinste unverschämt, schielte auf das Brot und rückte immer näher an Agnes Gansser heran. Da konnte Wilhelm schimpfen und zetern, solange er wollte, es half nichts. Schließlich reichte seine Mutter dem Mann das Brot, so hatte sie wenigstens ihre Ruhe.

Der Wachhabende kehrte zurück, seine Talglaterne beleuchtete die Szenerie, und erst jetzt sah Wilhelm, dass die Wangen seiner Mutter eingefallen waren, ihr Gesicht wirkte dünn und schmal wie das eines Kindes. Sie war krank. Der Uniformierte winkte ihm, sie gingen gemeinsam in die Wachstube. Wilhelm stellte ihn zur Rede wegen des Mannes im Kerker. Der Wachhabende zuckte mit den Achseln und meinte, er habe so viele Einquartierungen bekommen, dass eine Trennung nach Geschlechtern nicht mehr möglich sei. Und im Übrigen sei seine Mutter erkrankt, eine Arbeit in der Zuchthauswerkstatt sei unmöglich geworden, vermutlich die Dysenterie. Der herzogliche Physikus habe das bestätigt, aber er könne nichts mehr für sie tun.

»Nichts mehr« für sie tun? Wilhelm schnürte es den Hals zu. Seit einem halben Jahr saß seine Mutter im Zuchthaus, neuneinhalb Jahre hatte sie noch vor sich. Wie sollte sie das ertragen? Vielleicht wäre es humaner gewesen, sie hinzurichten. Doch diesen Gedanken würde er nie aussprechen.

Langsam schlurfend, nachdenklich, fast apathisch trottete er hinüber zum Witthumspalais. Er klopfte an die Hintertür, die Zofe öffnete.

»Herr von Brun, ich wünsche einen schönen Tag, bitte, treten Sie ein!«

»Danke, Clara. Ich bin wie immer mit Fräulein von Göchhausen zur Französischlektion verabredet.« Es fiel ihm schwer, das zu sagen, denn er war mit seinen Gedanken bei seiner Ziehmutter.

»Ich soll Sie im Namen der Herzoginmutter bitten, ihr die Aufwartung zu machen. Sie möchte mit Ihnen sprechen.«

Wilhelm hob die Augenbrauen. Noch nie hatte Anna Amalia ihn so förmlich eingeladen. Nach einigem Zögern gewann seine Neugierde Oberhand über seine Befangenheit. »Hat sie gesagt, was der Grund ihres Wunsches ist?«

»Nein, tut mir leid, es wird aber nicht viel Zeit in Anspruch nehmen«, sagte Clara. »Darf ich Sie zu ihr geleiten?«

»Ja, natürlich gerne!«

Clara stieg leichtfüßig die Treppe hinauf, Wilhelm folgte ihr in die erste Etage. Sie klopfte an eine der Türen, horchte kurz und öffnete. »Hoheit, Herr von Brun ist hier!«

»Ich lasse bitten!«, kam es von drinnen.

Wilhelm trat ein. Er befand sich in einem roten Salon, offensichtlich ein Empfangszimmer. Große Bilder schmückten den Raum, Anna Amalia und ihr verstorbener Ehemann waren darauf zu sehen, beide hoch zu Pferde.

»Hoheit, ich danke für die Ehre, mit Euch sprechen zu dürfen.«

»Sie sind freundlich, Herr von Brun, bitte nehmen Sie Platz.«

Wilhelm setzte sich. Er hatte Anna Amalia noch nie aus der Nähe gesehen. Ihre Haare waren grau, neben ihrem schmalen Mund zeigten sich Falten, doch über der wohlgeformten Nase strahlten große braune Augen in beeindruckendem Glanz. Er wusste, dass sie deutlich über sechzig Jahre alt war.

»Wilhelm …«, begann die Fürstin.

Er war überrascht, dass sie ihn mit dem Vornamen ansprach, es musste sich also um etwas Persönliches handeln.

»… ich bin in Sorge um Ihre Mutter. Wie geht es ihr?«

»Ich komme soeben von ihr. Sie ist krank, man sagte mir etwas von einer Dysent…« Er hob die Schultern.

»Oh, Dysenterie. Das ist eine andere Bezeichnung für die Ruhr.«

»Ist das lebensgefährlich?«

Sie zögerte. »Möglich. Man spricht von einer fließenden Verdauung. Sie muss viel trinken und gesund essen.«

»Das ist im Zuchthause unmöglich. Zudem wurde sie zusammen mit zwei anderen Frauen und einem Mann eingekerkert!«

»*Mon dieu*! Mit einem Mann – das ist ja nicht zu fassen! Ich spreche umgehend mit Generalpolizeydirektor Fritsch, das kann so nicht bleiben!«

Jetzt sah Wilhelm eine Möglichkeit, etwas für seine Mutter zu tun. »Wenn ich fragen darf: Könnte man sie eventuell in Einzelhaft überführen?«

»Das steht üblicherweise nur den Distinguierten zu, Adligen, Hofbeamten und Ähnlichen, aber ich werde mich bemühen. Ein Bote wird sich bei Ihnen melden, sobald ich Gutes zu berichten weiß!«

»Ich stehe in Eurer Schuld, Hoheit!«

»Wenn es klappt, ist ein Dank alles, was Sie mir schulden.«

Sie beugte sich zu ihm hinüber und flüsterte: »Ihre arme Mutter verdient meine weibliche Solidarität. Ich bin schließlich selbst eine Mutter und weiß, wie schwierig das sein kann … Nun gut, das behalten Sie bitte für sich!«

Wilhelm nickte. »Selbstverständlich, Eure Hoheit!«

Er stand auf, verbeugte sich und verließ den Roten Salon. Er war verwirrt, erstaunt und zugleich hocherfreut über Anna Amalias Zuneigung. Immerhin hatte Agnes Gansser ihren eigenen Ehemann mit dem Schürhaken erschlagen.

Eberstedt, am selben Tage

Ursprünglich hatte Wilhelm bei Louise von Göchhausen eine weitere Französischlektion nehmen wollen. Er machte Fortschritte und hatte seinen Spaß an »*merci*«, »*chocolat*« und »*Croissant de lune*«. Letzteres war zu seiner liebsten Speise geworden. Doch heute zog es ihn mit aller Macht nach Eberstedt, einem kleinen Ort am Unterlauf der Ilm.

Er stieg hinauf in die zweite Etage, klopfte bei Louise von Göchhausen und entschuldigte sich formvollendet bei ihr. Die heutige Lektion müsse leider ausfallen, er habe einem dringenden Anliegen in Eberstedt nachzugehen. Louise wusste, was es mit diesem Ort auf sich hatte. Sie lud Wilhelm zum Mittagessen ein, doch er lehnte ab, begab sich in den Hof des Witthumspalais und bat Herrmann, anzuspannen. Er durfte nicht zu spät nach Jena zurückkehren, sonst würde Reisinger übellaunig werden, deswegen trieb er das Pferd an. »Heja, heja, heja ho!« Die Junisonne brannte vom Himmel, Wilhelm lief der Schweiß am Halse herab.

Eine Stunde später erreichte er den kleinen Ort Eberstedt an der Ilm, fragte nach einem Mietstall und übergab das Pferd dort einem Stallburschen. Das Tier musste sich für den Rückweg erholen, musste getränkt und gestriegelt werden. Mit drei Pfennigen war dieser Dienst gesichert.

Wilhelm lief zur Kirche St. Margareten und fragte nach dem Pfarrer. Johann Christian Beinitz hatte soeben seinen Mittagsschlaf beendet und bat ihn ins Pfarrhaus. Mit bebender Stimme erklärte Wilhelm, dass er das Grab von Olivia Lorenz finden müsse. Der Geistliche schien zu merken, wie wichtig ihm diese Angelegenheit war, wusste aber nichts von einer Frau dieses Namens. Er fragte, was ihn dazu bewegen sollte, für Wilhelm die Kirchenbücher zu konsultieren.

»Sie ist meine Mutter!«, antwortete Wilhelm.

»Und wie ist Ihr werter Name?«

»Wilhelm Bruno Lorenz von Brun.«

Der Pfarrer hob die Augenbrauen. Die Adelsbezeichnung schien ihm Respekt einzuflößen.

»Aber wie kann eine einfache Frau Lorenz dann Ihre Mutter sein?«

Die Frage kam direkt und schneidend. So hatte Wilhelm das nicht erwartet. Natürlich, die Frage war naheliegend, doch hätte man sie höflicher stellen können. Wie ferngesteuert griff Wilhelm in seine Hosentasche und fühlte die kleine blaue Holzfigur, den einzigen Gegenstand, den seine leibliche Mutter ihm hinterlassen hatte. Viola – so hieß die Figur, die sein Leben lang bei ihm gewesen war und ihm Kraft gab.

»Sie hat mich geboren, aber nicht großgezogen. Mein Vater war Graf Friedrich von Brun vom Hofgut Kötschau.

Die genauen Umstände sind mir nicht bekannt.« Wilhelm versuchte, aufrecht und ohne Zögern zu sprechen. »Das alles ist in den Kirchenbüchern der Jacobskirche in Weimar vermerkt und vom herzoglichen Geheimen Conseil bestätigt worden.«

Der Geistliche nickte vorsichtig. Ihm war klargeworden, dass Wilhelm ein uneheliches Kind mit Adelstitel war. »Nun gut, ich schaue ins Kirchenbuch. Wo sollen wir beginnen?«

»Bei meinem Geburtsdatum, 2. April 1778.«

Sie gingen hinüber in die Sakristei, Pfarrer Beinitz blätterte in der Kladde zurück bis zum Jahr 1778, doch dort war nichts zu finden. »Wissen Sie, ob Ihre Mutter ein kirchliches Begräbnis bekommen hat?«

»Da bin ich unsicher, es wurde behauptet, sie hätte sich in der Ilm ertränkt.«

Der Pfarrer erschrak. »Um Gottes willen, dann kann es sein, dass sie nicht auf dem Kirchhof begraben wurde. Das ist fast dreißig Jahre her, damals war das in unserer Gemeinde unter diesen Umständen ... nun ja, die übliche Vorgehensweise.«

»*Mon dieu*«, rief Wilhelm, »einer Selbstmörderin hat die Kirche das Begräbnis verweigert? Ohne zu wissen, was ihre Beweggründe waren?«

»Ja, so war das damals, und so ist es in vielen Gemeinden immer noch, tut mir leid. Ich persönlich würde das heute keinem Christenmenschen mehr antun.«

Eine salomonische Antwort, befand Wilhelm.

»Ich muss dennoch wissen, ob sie lebt!« Wilhelm überlegte, ob er dem Pfarrer berichten sollte, dass seine Mutter auf Gut Kötschau als Magd gelebt hatte und dort vom Grafen verführt worden war. Doch bevor er diesen Gedanken in seinem Kopf sortiert hatte, winkte ihm Beinitz.

»Folgen Sie mir!«

Sie gingen zurück zum Pfarrhaus. In einem kleinen Anbau traten sie an das Bett eines alten Mannes ohne Haupthaar, der offensichtlich nicht in der Lage war, aufzustehen.

»Das ist unser ehemaliger Küster. Dank Gottes unergründlichem Ratschluss feierte er gestern seinen einundachtzigsten Geburtstag, er ist aber sehr krank und bittet täglich darum, erlöst zu werden.«

Wilhelm war beeindruckt. »Ich schließe ihn in meine Gebete ein.«

»Julius!«, rief Beinitz laut, anscheinend hatte das Gehör des Kranken gelitten. »Hast du den Namen Olivia Lorenz schon jemals gehört?«

»Oh ja«, flüsterte der Küster. Wilhelm hielt sein Ohr nahe an dessen Mund. »Das ist schon lange her. Sie wurde halb lebend, halb tot aus der Ilm gezogen und in die Ölmühle gebracht.« Er holte tief Luft. »Mehr weiß ich nicht.« Das Sprechen hatte ihn angestrengt.

»Kommen Sie!«, mahnte Beinitz.

Wilhelm hatte noch viele Fragen, doch er folgte dem Pfarrer. Draußen vor der Kirche fragte er: »Wie weit ist es zu Fuß bis zur Ölmühle?«

»Eine halbe Meile.«

Wilhelm überlegte. Er würde eine Stunde für Hin- und Rückweg benötigen, müsste dort jemanden finden, der ihm Auskunft geben konnte, und mit demjenigen ein ausführliches Gespräch führen. Ein Blick zum Kirchturm zeigte ihm, dass die dritte Stunde des Nachmittags angebrochen war. Schweren Herzens entschied er, nach Jena zurückzukehren. Er würde die Ölmühle an einem anderen Tag aufsuchen, gemeinsam mit Annette, das beschloss er in diesem

Augenblick. Er bedankte sich beim Pfarrer von St. Margareten, ging zum Mietstall und trat die Heimfahrt an.

Viele Gedanken wanderten durch seinen Kopf. Drei Träume, aber nur zwei sollten erfüllt werden? Vielleicht war dies zu Lebzeiten von Großmutter Mathilde ausreichend gewesen. Er selbst hatte mindestens fünf Lebensträume.

Jena, am selben Tage

Annette hatte den Rest des Graupeneintopfs verzehrt und saß nach einer kurzen Mittagsruhe gegen halb drei am Nachmittag wieder am Schreibtisch. Sie war so in ihren Aufsatz vertieft, dass sie die Schritte auf der Treppe zunächst nicht wahrnahm. Dann hörte sie Geräusche und sprang auf, weil sie vermutete, Wilhelm sei zurück. Doch plötzlich stand Meister Reisinger vor ihr.

»Was …? Wie …?«, stammelte sie. Natürlich hatte er Zugang zur Werkstatt, doch noch nie war er ohne Ankündigung in ihre Wohnung heraufgekommen.

»Verzeihen Sie mein Eindringen«, sagte er in einem Tonfall, der die Entschuldigung wie reines Höflichkeitsgeplänkel erscheinen ließ. »Ich wollte meinen roten Hut holen, aber er ist nicht da.«

»Ihr Hut, ja, ich weiß nicht …«

Er musterte sie mit einem seltsamen Blick. »Was ist passiert?«, fragte er streng.

»Es ist …«

»Nun sprechen Sie schon!« Sein Ton wurde schärfer.

»Am Donnerstag ist jemand in die Werkstatt eingestiegen, eigentlich wurde nichts gestohlen, aber …«

»Eingestiegen? Was bedeutet das?«

»Ich hatte das Fenster geöffnet zum Lüften.«

»Was Sie machen oder nicht, ist mir vollkommen gleichgültig. Ihr Mann ist für die Sicherheit dieses Hauses verantwortlich. Wo ist er?«

»Unterwegs in Weimar, bei seiner Mutter, mit Ihrem Einspänner, wie immer am …«

»Er soll sich darum kümmern, dass mein Hut wieder auftaucht. Sagen Sie ihm das!« Er stapfte mit wütenden Schritten die Treppe hinab.

Annette brach in Tränen aus. Zum einen, weil sie das Gefühl hatte, Wilhelm verraten zu haben, zum anderen, weil sie empört war über des Meisters Benehmen.

Als Wilhelm sich der Stadt Jena von Westen her näherte, bemerkte er, dass der Wasserpegel des Leutrabachs durch den Dauerregen erheblich angestiegen war. Er steuerte den Engelplatz an. Reisingers Gespann war dauerhaft auf einem dortigen Bauernhof untergestellt, wo man sich um das Pferd kümmerte, nicht jedoch um die Kalesche – deren Mängelbeseitigung übernahm bei Bedarf eine Lohnwagnerei. Der Bauer berichtete, dass sowohl die Paradiesgärten als auch der Holzplatz und der Steinweg unter Wasser standen. Wilhelm sorgte das wenig, denn diese Bezirke lagen außerhalb der Stadtmauern. Als er ausgespannt hatte und heimwärts lief, traf er inmitten des Marktplatzes auf Reisinger. Der kam mit stürmischen Schritten auf ihn zu.

»Aha, da sind Sie ja! Sie sollten auf mein Haus achten, jetzt ist mein roter Hut verschwunden, gestohlen. Ich brauche ihn unbedingt wieder, das habe ich Ihrer Frau schon gesagt!«

Wilhelm begriff sofort. »Meister, das Verschwinden Ihres Hutes tut mir leid, aber immerhin wurde nichts von unserem besonderen Werkzeug gestohlen, wir können also ohne Probleme weiterarbeiten.«

»Ja, das weiß ich, trotzdem! Sie haben mein Vertrauen missbraucht. Ab sofort ist Schluss mit dem sonntäglichen Kutschieren nach Weimar. Sehen Sie selbst zu, wie Sie da hinkommen. Und besorgen Sie mir gefälligst den roten Hut, das ist ein Erbstück meines Onkels. Ansonsten muss ich Ihren Wochenlohn kürzen!«

Wilhelm war so entsetzt, dass er nichts sagen konnte. Wegen eines gestohlenen Huts wollte Reisinger seinen Lohn beschneiden? Ihm als Guitarrenbauer, von dem er noch am Vortag behauptet hatte, ihn dringend zu benötigen? Nein, solch einen Irrsinn konnte er nicht glauben. Was war nur los mit seinem Meister?

Wilhelm überlegte. Mit den achtzig Talern Jahreslohn abzüglich Mietzins für die Wohnung kam das Ehepaar gerade so durchs Leben. Seine monatlichen Besuche in Weimar würde er mit der ordinären Postkutsche bewältigen können, auch wenn es teuer und umständlich wäre. Aber wie sollte er den Hut wiederfinden?

Jetzt musste er sich erst einmal um Annette kümmern. Er drehte sich ohne ein weiteres Wort um und eilte in Richtung Saalgasse.

Es hatte erneut angefangen zu regnen.

6. Von Niedrig- zu Hochwasser

Jena, Montag, 17. Juni 1805

Die Nacht zum Montag brachte für Wilhelm das bisher schlimmste Kapitel seiner Ehe mit Annette. Langsam, ohne dass es beiden gewahr wurde, entwickelte sich ein dahinplätschernder Wortwechsel zu einer stürmischen Auseinandersetzung.

Zunächst diskutierten sie über das weitere Vorgehen gegenüber Meister Reisinger. Wilhelm wollte Reisinger entgegenkommen, denn er befürchtete, seine Familie bei einer Lohnkürzung nicht ernähren zu können, insbesondere, falls sie ein Kind bekämen.

Annette zeigte ihre Verärgerung ganz offen. Er solle nicht schon wieder das Thema Kinderlosigkeit ins Spiel bringen.

Er habe nicht die Kinderlosigkeit angesprochen, entgegnete Wilhelm, sondern mögliche Kinder. Er müsse eben vorausschauend denken.

Das akzeptierte Annette nicht, außerdem, so hob sie hervor, wolle sie standhaft bleiben und Meister Reisinger nicht unterwürfig entgegenkommen. Irgendwie würden sie sich schon durchschlagen. Wilhelm könne ja die Ställe auf dem Hofgut Kötschau vermieten und damit ein paar Groschen einnehmen.

Das Gut sei aber marode, warf er ein, das Stallgebäude kaum zu gebrauchen, das Herrenhaus nicht bewohnbar, das zugehörige Land von Unkraut überwuchert. Außerdem gehöre ihm lediglich das halbe Hofgut, und falls seine verschollene Schwester Wilma eines Tages wieder auftauchen sollte, müsse er ihr die Hälfte abtreten.

Na gut, so Annette daraufhin, sie könne ja selbst mit ihrem Aufsatz in Wielands Zeitschrift und weiteren Schriften einige Taler dazuverdienen.

Wilhelm lachte. Ihre Idee mit den »Grauen Eminenzen« sei ja gut, aber mit solcher Schreiberei Geld verdienen? Unmöglich!

Das war zu viel. Annettes Hals und Gesicht liefen rot an. Er werde schon sehen, dass das möglich sei, rief sie. Über Wilhelms Idee, auf dem Markt einen ähnlichen roten Filzhut zu erstehen, um den Meister zu besänftigen, konnte sie ihrerseits nur lachen. Auf dem Original prangte dieser seltsame Sternorden, den man nicht einfach ersetzen konnte.

Sie redeten, gestikulierten, kreisten umeinander, entfernten sich, glitten wieder aufeinander zu, segelten aneinander vorbei und stritten bis Mitternacht.

Wilhelm fühlte sich in einem Sog nach unten gezogen – die Erlebnisse mit und um seine beiden Mütter ließen ihn nicht los. Andererseits ahnte er, dass Annette erschüttert war von Reisingers Benehmen, schaffte es aber nicht, dies als Begründung für ihr Verhalten gelten zu lassen.

Schließlich gingen sie zu Bett, kehrten sich die Rücken zu wie zwei beleidigte Käuzchen, die ins gegenüberliegende Dunkel der Nacht stierten und doch nur sich selbst sahen. Sie versuchten, einzuschlafen, während der Regen gegen die Fensterscheiben prasselte. Das Vertrauen war verloren gegangen.

Zum Glück im Unglück waren beide noch wach, als das Hochwasser kam. Und es kam schnell. Es schoss vom Mühlgraben her durchs Saaltor und flutete innerhalb weniger Minuten die Saalgasse. Als Wilhelm und Annette das Wasser hörten, stand es bereits kniehoch in der Werkstatt.

Später wurde ihnen klar, dass ihre Gasse einer der tiefsten Punkte innerhalb der Stadtbefestigung Jenas war, zudem nah am Mühlgraben.

Wilhelm sprang aus dem Bett, rannte im Nachthemd mit blanken Füßen die Treppe hinunter, landete – patsch! – im Wasser, das bereits über seine Knie reichte, wollte die Fenster öffnen, um das Wasser nach draußen ablaufen zu lassen, bis ihm klar wurde, dass es ja von draußen hereindrang. Er rief nach oben zu Annette, dass er Licht brauche. Im selben Moment trat er unter Wasser in die Schneide eines scharfen Stechbeitels. Der Schmerz riss ihn fast von den Beinen. Er sah Annette vorsichtig die Treppe heruntersteigen, die Talglampe in der Hand. Sie schrie auf, als sie erkannte, dass sich rund um Wilhelm das Wasser blutrot färbte. Er schrie seine Frau an, sie solle stehen bleiben, holte tief Luft, bückte sich, den Kopf unter Wasser, tastete nach dem teuren Stechbeitel, hob ihn auf und brachte ihn zur Werkbank. Dort nahm er die anderen Werkzeuge vom Arbeitsbrett, die Halseisen, die Violinenhobel, Spitzzangen, Ausstoßeisen und Spanheber, Reibahlen und Feinsägen, legte sie allesamt in einen Korb und wollte damit zur Treppe laufen, doch das Wasser stand nun hüfthoch. Er konnte nur noch schwimmen. Es stank entsetzlich, wahrscheinlich hatten sich Fäkalien in das Schwemmwasser gemischt. Mühsam erreichte er die Stufen und zog sich hoch, Annette half ihm. Sein Fuß schmerzte so stark, dass es kaum zu ertragen war. Er betete zum Herrgott, dass er ihn von der Pein erlösen möge, und schaffte es endlich in die Küche.

Annette betrachtete die Verletzung an Wilhelms Fußsohle, der Schnitt war fast zwei Zoll lang. Sie reinigte die Wunde, legte blutstillende Kräuter auf und wickelte saubere Lappen um den Fuß. Sie sah Wilhelm an und er wusste, dass sie sich an den vergangenen Herbst erinnerte, an seine Stichwunde im Bauch. Sie weinte, und Wilhelm legte seine Arme wie schützende Schwingen um ihre Schultern, dann musste auch er weinen. Einträchtig gaben sie sich dem Schmerz hin. Der Streit vom Vorabend war vergessen. Wilhelm legte das Bein hoch auf den Küchentisch. Schließlich versiegte der Blutfluss. Sie schauten gebannt zur Treppe und hofften, dass wenigstens ihre Wohnung nicht überflutet würde.

Das Wasser stieg hinauf bis zur zweiten Treppenstufe, dort blieb es stehen.

~

Am frühen Montag war in Jena nichts mehr wie zuvor. Überall herrschte Chaos und Entsetzen. Menschen waren ertrunken, besonders außerhalb der Stadtmauern, die Paradiesgärten waren zu einer einzigen Schlammfläche geworden, Vieh war in Panik geflohen oder in den Fluten versunken. Die Hospitalgebäude vor dem Saaltor standen komplett unter Wasser. Krankenschwestern und Patienten waren verletzt worden und zu Tode gekommen, man hatte in der Stadtkirche St. Michael und in einem Universitätsgebäude am Nonnenplan behelfsmäßige Krankenstationen eingerichtet. Jeweils ein Medicus der Universität half dort, die vielen Verwundeten zu behandeln. Sie mussten bei Knochenbrüchen mit einfachen Mitteln Schienen ansetzen und in einigen Fällen sogar Gliedmaßen amputieren. Unermessliches Leid hatte sich über Jena ausgebreitet.

Martin Gottfried Reisinger befiel zum ersten Mal in seinem Leben wirkliche Angst. Sein eigenes Wohnhaus – zugleich sein Elternhaus, draußen vor der Stadt, nahe der alten Johanniskirche – war verschont geblieben. Aber was war mit seiner Werkstatt geschehen? Und was mit seinem Pferd und der Kalesche? Das alles hatte er von seinem Onkel Pistorius geerbt, seinem großen Vorbild mit einem Lebenswerk, das heute Teil seiner eigenen Existenz war. Hoffentlich hatte dieser schlampige Wilhelm sein Haus in der Saalgasse geschützt! Vielleicht hätte er doch keinen Gesellen mit Adelstitel einstellen sollen, denen fehlte wohl der Sinn für das Eigentum anderer Leute. Er griff nach dem Branntwein, trank einen großzügigen Schluck und stopfte die Flasche unter sein Lederwams. Ausgerechnet heute trug er lange Hosen, so wie es bei den *Sansculottes* während der Französischen Revolution Mode gewesen war. Die Hosenbeine würden schnell nass und schmutzig werden, aber das war ihm gleichgültig, er musste unbedingt wissen, was mit seinen Besitztümern geschehen war. Er machte sich auf den Weg zum Engelplatz.

Schon vom Löbdertor aus sah er das Unglück: Alle Flächen südlich der Stadtmauer waren überschwemmt, von den Häusern am Engelplatz waren nur noch die Dächer zu sehen. Er blieb minutenlang stehen, wie versteinert, bis er begriff, dass sein Pferd und seine Kutsche verloren waren. Welch ein Verlust! Er zog die Flasche unter seinem Wams hervor, trank, drehte sich um und lief in Richtung Saalgasse. Auf dem Markt drängten sich die Menschen mit Reisigbesen und Holzschaufeln und versuchten, den Platz vom Schlamm zu befreien. Ein mühsames Unterfangen. Es hatte aufgehört zu regnen, die Sonne gewann die Oberhand und jeder wusste, wenn sie hoch am Himmel stand, würde der

Dreck innerhalb weniger Stunden zu einer festen Masse gebacken werden, die kaum fortzuschaffen war. Die Leute sahen anders aus als sonst auf dem Markt: keine Zylinder oder ausladende Frauenhüte, kein Gehrock, kein Musselinkleid, weder Stiefeletten noch Lackschuhe. Stattdessen waren kurzärmlige Hemden, grobe Arbeitshosen und feste Stiefel angesagt. Mit Drückkarren und kleinen Eselfuhrwerken versuchte man, den Morast aus der Stadt zu bringen.

Reisinger drängte sich durch die Menge, rempelte Leute an, wurde beschimpft, er solle lieber helfen, doch das kümmerte ihn nicht. In der Saalgasse angekommen watete er durch das immer noch ein paar Zoll hoch in der Straße stehende Wasser bis zur Hausnummer fünf. Er öffnete die Tür. Entsetzen breitete sich in seinem Kopf aus. Die Werkstatt war nahezu unbrauchbar. Alles verschlammt, das Werkzeug verschwunden, nur einzelne Holzbretter hingen noch an der Wand. Der Anblick traf ihn wie ein Peitschenhieb.

»Wilhelm!«, schrie er nach oben. »Was haben Sie mit meinem Haus gemacht?«

Annette von Brun erschien an der Treppe. »Mein Ehemann ist im Hospital, Meister Reisinger. Er hat sich am Fuß verletzt, als er Ihre Werkstatt retten wollte, eine große Schnittwunde. Es tut mir wirklich leid …«

Seine Wut steigerte sich. »Ach so, es tut Ihnen leid? Wilhelm ist für das Haus verantwortlich, deshalb habe ich ihm einen Freundschaftspreis für den Mietzins gemacht, und jetzt das hier!«

»Aber Meister Reisinger, das ist höhere Gewalt, das ist … Gottes Wille. Was sollte Wilhelm dagegen tun?«

Diese Frau war eine schreckliche Xanthippe, musste immer das letzte Wort haben. So ging das nicht. Er stapfte hinauf in die Wohnung.

»So, so«, rief er, oben angekommen. »Sie meinen also, Gott hat die große Sintflut über Jena geschickt – oder wie?«

»Ich weiß es nicht. Immerhin hat Wilhelm Ihr gesamtes Werkzeug gerettet, sehen Sie hier in dem Korb. Heute früh fieberte er, sein Fuß hatte sich über Nacht entzündet, war rot angeschwollen. Der Bäcker von nebenan holte eine Leiter, sodass Wilhelm aus einem Fenster klettern konnte, was recht mühsam war mit dem verletzten Fuß. Dann brachte der Bäcker ihn zur Stadtkirche, dort wurde ein provisorisches Hospital eingerichtet.«

Diese Frau redete und redete, schrecklich! Jetzt wusste er, warum er nicht wieder geheiratet hatte. Andererseits sah sie hübsch aus mit ihren kastanienbraunen Haaren und den grünen Augen, und sie hatte eine weibliche Figur. Ihr Klumpfuß störte ihn nicht. »Passen Sie auf, liebste Annette, während Ihr Mann nicht da ist, könnten Sie – ja, Sie! – seine Versäumnisse wiedergutmachen.«

Die Frau wich zurück, Angst zeigte sich in ihren Augen. »Was meinen Sie damit?«

Ha, Weiber, die sich sträubten, hatte er umso lieber. »Sollen wir uns nicht setzen?« Er zeigte auf die Küchenstühle und fuhr sich mit beiden Händen durchs Haar.

»Nein«, sagte die Frau. »Oder, ja, vielleicht doch …«

Sie ließ sich auf einen der Stühle fallen und kam damit in die Nähe des großen Küchenmessers, das auf dem Tisch lag.

Er erkannte die Situation schnell, schob den Küchentisch mit einer flinken Bewegung zur Seite, bevor sie das Messer greifen konnte.

Sie schrie auf.

»Na, na, ich tue Ihnen nichts Böses, nur ein wenig …« Er zog die Branntweinflasche hervor und nahm einen kräftigen Schluck. Der Schnaps lief an seinem Bart herunter, es störte ihn nicht. »Willst du auch mal trinken?«

Sie schüttelte den Kopf, kniff die Augen zusammen, versuchte, mit dem Stuhl von ihm wegzurücken, prallte jedoch gegen die Wand. Sie war gefangen. Er lachte und setzte sich ihr gegenüber. Schon strich seine Hand über ihren Unterschenkel.

»Nein, bitte nicht!«

»Ach komm, es wird dir gefallen!«

»Nein!«

Er schob ihren Rock hoch, sie zitterte.

»Oha!«, rief er. »Ein rotes Strumpfband, wie aufregend!« Er griff nach dem Band, riss es ihr vom Bein und hielt es sich an die Nase. »Hm, das riecht gut!« Er steckte es in seine Hosentasche. »Das ist schon mal der Ersatz für meinen roten Hut!« Er lachte lauthals. Dann rückte er mit seinem Stuhl näher an sie heran.

»Bitte nicht, ich erwarte ein Kind!«

»Was?« Er überlegte, sah auf ihren Bauch. Es war noch nichts zu erkennen.

»Es ist erst der Beginn der Schwangerschaft, aber gerade da kann es leicht zu Fehlgeburten kommen, und Sie wollen doch sicher nicht dafür verantwortlich sein, oder?«

Er platzte fast vor Wut. »Verdammtes Weibsstück! Erzähl nicht so einen Unsinn, davon kann ein Kind nicht sterben!«

»Doch. Und noch ein totes Kind wollen Sie bestimmt nicht, oder?«

Er zuckte zusammen. »Was zur Hölle ... Verflixtes Weib!« Am liebsten würde er ihr eine ordentliche Abreibung geben.

Annette zeigte stumm auf ihren Leib.

»Sapperlot, das ist kein guter Tag heute, hoffentlich hat wenigstens der Rote Hirsch offen, damit ich ein Bier trinken kann!«

Er stolperte die Treppe hinab, rutschte mit den nassen Schuhen aus, konnte sich gerade noch am Geländer festkrallen, schaffte es nach unten, kämpfte sich durch den stinkenden Matsch und trat hinaus auf die Saalgasse.

Dort stand der Bäcker.

»Sie ist trächtig, nicht zu glauben, sie ist tatsächlich trächtig, ausgerechnet heute!«

»Wer? Was?«, fragte der Bäcker. »Eine Kuh?«

»Nein, die Frau da oben!« Er zeigte hinauf zur Wohnung.

»Sie meinen, Frau von Brun ist … in gesegneten Umständen?«

»Ja, was denn sonst!«

»Ach, wie schön, da wird Wilhelm entzückt sein!«

»Halt dein dummes Maul, Bäcker!«, rief Reisinger und trabte in Richtung Löbdertor davon.

Der Gasthof Roter Hirsch lag nahe dem Engelplatz. Das Wasser stand bis knapp unters Dach. Die Sonne brannte jetzt mit voller Kraft vom Himmel. Reisinger fluchte laut, zog die Flasche aus seinem Wams, sie war leer. Er warf sie wütend ins Wasser und schleppte sich mit seiner schlammbespritzten Hose nach Hause.

Als er dort ankam, wollte er seinen Hausschlüssel aus der Hosentasche ziehen und hielt plötzlich das rote Strumpfband in der Hand. Er grinste. Wenigstens etwas, an das er sich halten konnte.

Eine Krankenschwester erneuerte Wilhelms Verband, gab ihm eine Kräutersalbe und riet ihm, den Fuß vorläufig ruhig zu halten. Auf seinen Einwand, wie das gehen sollte angesichts der Hochwasserkatastrophe, wusste sie keine Antwort. Dennoch schickte sie ihn nach Hause, denn das Kirchenschiff war mit Schwerverletzten belegt, und der Medicus konnte sich nicht um ihn kümmern. Immerhin bekam er zwei hölzerne Gehhilfen mit je einer Achselstütze und einem Handgriff. Damit konnte er sich leidlich fortbewegen, er musste allerdings aufpassen, dass die Holzstützen nicht auf dem feuchten Untergrund ausglitten.

Als Wilhelm am Nachmittag in die Saalgasse zurückkehrte, war das Wasser fast vollständig vom Straßenpflaster verschwunden. Die dicken, schwarzen Pflastersteine waren aber kaum zu erkennen, überall lagen Schlamm und Dreck und Schutt. Zu seiner Überraschung stand Annette vor der Bäckerei, der Bäckermeister neben ihr.

Sie sah verwirrt aus, blass, schaute mit fahrigem Blick an ihm vorbei.

»Was ist passiert, Liebes?«

»Äh, nichts … Also, nein, nichts, ich …« Sie fuhr mit ihren Händen ungeschickt durch die Luft.

»Warum stehst du hier draußen?«

»Ich kann nicht mehr in dieses Haus zurück!«, rief sie laut.

Wilhelm erschrak ob ihrer Vehemenz und wusste nicht, was er mit dieser Äußerung anfangen sollte. »Warum? Ich meine, was ist mit dem Haus – mit unserer Wohnung?«

Annette senkte den Kopf.

Wilhelm sah den Bäcker an. Der winkte ihn zur Seite.

»Sie ist in gewisser Weise … verwirrt. Nun, in ihrem Zustand und dann diese Katastrophe, das wird ihr wohl zu viel!«

»Was meinen Sie? In welchem Zustand?«

»Eine Frau in guter Hoffnung ist manchmal schwer zu verstehen, mit meiner Frau war es ähnlich.«

»In guter Hoffnung?« Wilhelm strahlte übers ganze Gesicht. Doch sofort wurde er wieder ernst. Warum hatte Annette ihm nichts gesagt? Sogar der Nachbar wusste es – was war in sie gefahren? Sein Gemütszustand schwankte zwischen Hochgefühl und Entrüstung.

Er legte den Arm um seine Ehefrau und flüsterte: »Aber Liebste, warum hast du mir nichts gesagt?«

Sofort brach sie in Tränen aus. Er hob den Kopf und sog frische Luft ein. Im Grunde war er ratlos.

In diesem Moment schritt eine fein gekleidete Dame vom Schloss kommend die Gasse herunter. Wilhelm erkannte sie sofort: Frau von Dettmansberg.

»Kann ich Ihnen helfen?«, fragte sie.

»Ja, meine Ehefrau ... Also wir ... wir können nicht mehr in unsere Wohnung zurück.«

»Haben Sie jemanden, bei dem Sie Obdach finden?«

»Das schon, aber in Weimar, nicht hier, so schnell können wir nicht ... äh ...« Er merkte selbst, dass er wirre Sätze sprach.

»Passen Sie auf, ich nehme Sie jetzt mit in den Gasthof Zum Bären, dort wohne ich. Sie beide bekommen eine Kammer, ruhen sich aus und morgen sehen wir weiter, einverstanden?«

»Wer ist diese Frau?«, fragte Annette leise.

»Sie hat eine Guitarre bestellt«, flüsterte Wilhelm. »Sie ist reich.«

»Sie kennt dich. Woher?«

»Du brauchst keine Angst zu haben, sie ist nur eine Käuferin, ich habe sie gestern zum ersten Mal gesehen.«

Frau von Dettmansberg lächelte Wilhelm an. »Folgen Sie mir bitte. Beide!«

»Aber ich kann das nicht …«, stammelte er.

»Bezahlen? Das übernehme ich, keine Sorge!«

Auf dem Weg zum Gasthof Bären erleuchtete ein Gedanke sein Inneres: Dieser Tag war sicher einer der seltsamsten seines Lebens. Doch wenn ihn jemand fragen würde, ob er ihn noch einmal erleben wolle, würde er ohne Zögern zusagen. Denn er wurde Vater! Dieses Gefühl würde er für immer im Schatzkästchen seiner Erinnerungen aufbewahren.

Dem Ehepaar von Brun wurde eine schlichte Kammer zugewiesen: ein Doppelbett, ein schmaler Kleiderschrank, eine Waschschüssel, darüber ein Spiegel. Der Boden bestand aus Eichenbrettern, es gab keine Teppiche, keine Bilder an den Wänden, keine Gardinen.

Die Wirtin brachte ein einfaches Abendessen, zwei Brotkanten, etwas Speck und Käse, einen Krug Dünnbier.

Sie waren beide müde, dennoch versuchte Wilhelm noch einmal, ein Gespräch zu beginnen. »Liebes, ich freue mich riesig auf unser Kind, aber irgendetwas stimmt nicht mit dir, bitte … bitte rede mit mir!«

Sofort schossen ihr die Tränen in die Augen und immer wieder murmelte sie leise: »Ich kann nicht, ich kann nicht!«

Und so kam es, dass Wilhelm und Annette eine weitere Nacht Rücken an Rücken schliefen. Wilhelm hatte von solchen »Ehemissständen« gehört, von anderen Männern, nun ja, so etwas konnte es geben, der Alltag ist nicht immer hoffähig. Aber zwei Nächte hintereinander? Seine

Gedanken kreisten und er konnte nicht einschlafen. Hatte er etwas falsch gemacht? Wo war Annettes Vertrauen ihm gegenüber geblieben? Falls es geschwunden war, so nahm er sich vor, wenigstens sein Vertrauen ihr gegenüber zu behalten. Auch wenn es schwierig war.

Ruckartig setzte er sich auf. »Meine Güte, ich habe vergessen, eine Depesche nach Weimar zu schicken!«

»Bleib ruhig, Wilhelm!«, kam es von der Seite.

»Oh, entschuldige, habe ich dich geweckt?«

»Nein, ich bin noch wach. Tantchen wird sicher jemanden schicken, wenn sie von dem Hochwasser hört.«

»Hoffentlich!«

»Wie alt ist sie wohl?«

»Deine Tante?«

»Nein, diese Frau von Dettmansberg. Ungefähr so alt wie du, vielleicht etwas jünger?«

»Ja, mag sein.«

»Was will diese Frau von dir?«, fragte Annette leise.

»Ich weiß es nicht. Ich weiß nur, dass ich nichts von ihr will.«

7. Von nötigen und unnötigen Lügen

Jena/Weimar, Dienstag, 18. Juni 1805

Am nächsten Morgen zog die Sonne an einem klaren Himmel herauf und wärmte die Menschen und deren Gemüter. Man hatte das sichere Gefühl, dass der Regen sich zurückgezogen hatte.

Am Tag zuvor waren viele Berichte aus Jena am herzoglichen Hof in Weimar eingetroffen. Auch wenn solche Nachrichten durch die mündliche Übertragung oft dramatisiert wurden, blieben genügend Fakten übrig, die Louise von Göchhausen veranlassten, nach Jena zu eilen. Sie war früh aufgebrochen und hatte Obst, Gemüse, Getränke und Decken eingepackt. Sogar ein Biwakzelt hatte sie von den Husaren geliehen. Noch nicht einmal ihre Schmerzen in der verformten Schulter konnten sie von diesem Vorhaben abbringen.

Als Herrmann die zweispännige Berline von Westen kommend ins Innere von Jena lenkte, brach die zehnte Stunde an. Louise wunderte sich, dass zu dieser ungewohnten Zeit die Kirchenglocken von St. Michael läuteten. Das ließ nur einen Schluss zu: Man begrub die Toten.

Das Wasser war größtenteils aus der inneren Stadt abgeflossen, aber der Morast zeigte, was am Tag zuvor geschehen war. Herrmann versuchte, bis zur Saalgasse vorzudringen, doch da überall Dreck und Schutt den Weg versperrten, mussten sie in der Johannisgasse stehen bleiben. Louise wies den Kutscher an, die Pferde festzumachen und in die Saalgasse zu laufen, um die Situation zu prüfen. Währenddessen schaute sie sich um, mit Sorgen, mit Entsetzen, mit Grauen. Überall Verletzte, Bandagierte, Weinende, Verwirrte.

Nach wenigen Minuten kam Herrmann zurück und berichtete, dass die Werkstatt verwüstet sei und Annette und Wilhelm im Bären untergekommen seien. Louise war zunächst beruhigt. Sie kehrten um und umrundeten die Stadtmauer von außen in nördlicher Richtung.

Wilhelm stand vor dem Bären, als hätte er auf sie gewartet. Louise war so aufgeregt, dass sie von der Kutsche sprang, ohne darauf zu warten, dass Herrmann ihr die Trittstufe herunterklappte.

Sie lief auf Wilhelm zu und umarmte ihn, was sie nie zuvor getan hatte. Er lächelte.

»Wilhelm, ich bin so froh, Sie zu sehen. Was ist mit Ihrem Fuß passiert?«

»Eine Schnittwunde, nicht so schlimm, ich kann nur nicht auftreten, deswegen diese Holzdinger …« Er hob eine der Krücken hoch.

»Wo ist Annette, wie geht es ihr?«, fragte Louise.

Wilhelm zögerte mit der Antwort. »Sie ist unverletzt.«

»Aber?«

»Es geht ihr trotzdem nicht gut.«

Louise verstand nicht, was das zu bedeuten hatte. »Wo ist sie?«

»Dort im Gasthof. Äh, liebste Tante, darf ich Sie um etwas bitten?«

»Ja, natürlich!«

»Wir können nicht in der Stadt bleiben, also, Annette

will nicht zurück in unsere Wohnung. Können Sie uns mitnehmen nach Weimar?«

»Gewiss. Jetzt sofort?«

»Ja, am besten sofort. Und noch etwas, entschuldigen Sie …«

»Bitte, sprechen Sie!«

»Annette erwartet ein Kind.«

»Oh, wie wunderbar!«

»Ja, schon, aber sie ist auf irgendeine Weise betrübt, fast schwermütig.«

»Wie bitte? Sie könnte sich doch freuen.«

»Natürlich, trotzdem ist sie unglücklich. Sie spricht nicht mit mir darüber, ich habe das Gefühl, einer Frau würde sie sich eher anvertrauen. Könnten Sie vielleicht …?«

Louise staunte. Sie respektierte Wilhelm ohnehin, doch so viel Einfühlungsgabe hatte sie ihm nicht zugetraut. »Selbstverständlich, mein Lieber. Lassen Sie uns zuerst nach Weimar fahren, dann versuche ich, mit ihr zu sprechen.«

Jetzt umarmte er die Tante. »Danke!«

~

Eine Stunde später war Louise von Göchhausen mit dem Ehepaar von Brun auf dem Weg nach Weimar. Herrmann fuhr langsam, sie hatten Zeit.

Annette redete kein Wort, sie saß in sich gekehrt an Wilhelms Seite. Er hielt ihre Hand, sie sah aus dem Kutschenfenster. Selbst als Louise versuchte, sich mit Annette und Wilhelm über ihre nahe Zukunft zu unterhalten, reagierte sie nicht.

Es gab zwei Möglichkeiten, so meinte Louise von Göchhausen: Entweder sie brachte das Ehepaar vorübergehend im Witthumspalais unter oder im Schloss Tieffurth. In beiden Fällen musste sie die Herzoginmutter um Erlaubnis bitten, es blieb also nur der Weg über Weimar. Wilhelm bedankte sich und erklärte sich mit jedem der Szenarien einverstanden. Er fragte Annette, ob ihr das recht sei, doch sie antwortete nicht. Er sah Louise an und hob die Schultern.

Auf halbem Weg mussten sie in der Umspanne nahe Gut Kötschau eine Pause einlegen. Herrmann wechselte die Pferde, Louise und Wilhelm betraten die Gaststätte, Annette wollte in der Kutsche warten.

Die Nähe zu Hofgut Kötschau brachte Louise von Göchhausen auf eine Idee. »Das Gut gehört doch Ihnen«, sagte sie. »Zumindest die Hälfte, die Sie im vergangenen Jahr geerbt haben. Gibt es eine Möglichkeit, dort ansässig zu werden?«

Wilhelm nickte. »Dieser Gedanke kreist schon lange in meinem Kopf – nichts lieber als das. Das Herrenhaus ist allerdings in einem desolaten Zustand und ich habe nicht genügend Vermögen, es aufzubauen. Aber das ist und bleibt mein Ziel, in vier oder fünf Jahren vielleicht.«

Louise lächelte. Wie schön, wenn man fünf Jahre ohne alle Zweifel vorausdenken konnte – das Vorrecht der Jugend. Für sie selbst lag dieser Zeithorizont in einem himmlischen Nebel.

Dann sagte Wilhelm etwas, das sie erstaunte, sogar erschütterte: »Ich habe mich in Jena sowieso nicht heimisch gefühlt!«

»Aber die Werkstatt, der Guitarrenbau …«

»Das war alles gut, aber die Stadt, die Umgebung … Ich will niemandem unrecht tun, es lag wohl an mir, ich gehöre nach Weimar oder …«

»… nach Kötschau?«

Er hob unschlüssig die Hände.

»Sie wurden dort geboren«, sagte Louise. »Das bindet, das tragen Sie im Herzen, niemand kann dieses Empfinden auslöschen.«

Wilhelm staunte. »Das haben Sie schön gesagt.«

Weiter ging die Fahrt. Als sie Umpferstedt passierten, sagte Wilhelm unvermittelt: »Ich habe eine andere Idee!«

Louise sah ihn erwartungsvoll an.

»Mein Elternhaus in Weimar steht leer. Mein Ziehvater ist tot, meine Mutter im … Sie wissen schon. Annette und ich könnten dort wohnen!«

»In der Winkelgasse?« Louise erinnerte sich an ihren letzten Besuch in diesem Sträßchen, als ein Nachttopf direkt neben ihr ausgeleert worden war. Es ging um das Ilmviertel, eine der ärmeren Gegenden von Weimar, nicht weit entfernt vom Schloss, aber weit ab vom Glamour und Glanz des herzoglichen Hofs.

»Ist das ein guter Ort?«, fragte Louise vorsichtig.

Wilhelm lächelte. »Für mich schon, ich bin dort aufgewachsen.«

Ohne gefragt worden zu sein, nickte Annette.

Louise von Göchhausen spürte, dass die Würfel gefallen waren. Sie wagte nicht daran zu denken, in welchem Zustand das Haus in der Winkelgasse sich derzeit befinden musste, da es seit einem halben Jahr unbewohnt war. Besser als das Herrenhaus von Gut Kötschau? Sie wusste es nicht.

»Gut«, sagte Louise, »dann quartiere ich Sie beide ein oder zwei Nächte ins Witthumspalais ein, so können Sie das Haus inspizieren und vorbereiten. Einverstanden?«

Und ich kann in Ruhe mit Annette reden, dachte Louise.

»Wunderbar, ich danke Ihnen!«, sagte Wilhelm, und in Richtung seiner Ehefrau: »Liebes?«

Annette nickte erneut, lehnte sich zurück und schloss die Augen.

Louise hätte zu gern gewusst, was sich hinter ihrer Stirn verbarg. Und Wilhelms Blick verriet ihr, dass er Ähnliches empfand.

~

Der Adjutant des Oberhofmeisters öffnete die Tür zur Küche, als Rosine damit beschäftigt war, die Forellen für den nächsten Tag zu entschuppen.

»Rosine!«

Sie drehte sich um. »Der Herr wünschen?«

»Herr von Wolzogen möchte dich sehen!«

Sie sah an sich herunter und hob ihre nach Fisch riechenden Hände. »Soll ich so gehen?«

Der Adjutant überlegte einen Moment. »Er will dich sofort sehen, also komm!«

Sie wusch ihre Hände und folgte dem Mann.

Oberhofmeister Wilhelm von Wolzogen empfing sie sofort, er ließ kritische Blicke über ihre Kleidung gleiten.

»Ihre Hoheit Maria Pawlowna wünscht, dass du erneut in die Bibliothek gehst. Sie war über das kleine Geschenk höchst erfreut!«

Rosine vollführte einen Hofknicks. »Ich habe beim letzten Besuch um Auskunft gebeten, ob es nicht eine kleine Wohltat für Ihre Hoheit gäbe«, log sie.

Der Kammerherr lächelte wohlwollend. »Wasch dich und zieh dir etwas Ordentliches an, dann hol dir bei mir den Auftrag ab!«

»Sehr wohl, gnädiger Herr!«

Eine halbe Stunde später stand sie vor dem Oberhofmeister in einem dunklen Kleid, einer weißen Schürze und einer feinen weißen Haube mit kleinen Stickereien. So hatte sie eigentlich nie wieder aussehen wollen.

Herr von Wolzogen gab ihr einen Zettel. »Diese Bücher verlangt Ihre Hoheit. Ich hoffe, du kannst lesen?«

»Selbstverständlich!«, log Rosine erneut. Mit einer Verbeugung verabschiedete sie sich.

Mein Gott, überlegte sie auf dem Weg zum Grünen Schloss, hoffentlich traf sie Oswin, er war der Einzige, der ihr jetzt helfen konnte.

Vorsichtig öffnete sie die Tür zur Bibliothek. Niemand zu sehen. Das Schreibpult stand einsam zwischen all den Druckwerken. Sie wollte auf keinen Fall dem Bibliothekar begegnen. Langsam tastete sie sich vor in den Rokokosaal. Schritte. Sie versteckte sich hinter den Büchern. Es war Oswin Heimlich.

»Pst, Oswin!«, flüsterte sie.

Er wandte sich ihr zu, seine Augenbrauen hoben sich hinauf zu dem haarlosen Schädel, sie winkte, er lächelte. Sie streckte ihm ihre Brüste entgegen, verbarg dabei eine mit der Hand. Er traute sich nicht, sie nickte. Sein Mund war leicht geöffnet, seine Nase wirkte noch spitzer als sonst, Speichel tropfte aus seinem Mundwinkel. Vorsichtig griff er zu, dümmlich grinsend. Rosine hatte nichts anderes erwartet, Oswin war kein Mann, sondern ein Schuljunge in einem Manneskörper. Dennoch war er belesen und sie brauchte ihn.

»Das reicht, Oswin!«

»Aber …«

»Nichts da, beim nächsten Mal!«

Er sah sie mit beleidigter Miene an. Jetzt wollte er mehr, näherte sich, versuchte, erneut zuzugreifen. Sie musste ihn ablenken.

»Warum trägst du solch eigentümliche Hosen, lange Hosenbeine mit einem Umschlag, unten am Ende?«

»Weiß ich nicht, hat meine Mutter genäht.«

Das war kein Thema, das ihn interessierte, sie musste ein anderes wählen, um ein Gespräch in Gang zu bringen.

»Hast du eigentlich eine Liebschaft?«, fragte sie.

»Natürlich!«, kam es sofort. »Eine schöne Frau, kastanienbraune Haare, grüne Augen, wunderbare Figur und so schön, wirklich schön!«

»Wie heißt sie?«

Er schaute sie überrascht an. »Das sage ich nicht.« Es klang wie ein kleiner Junge, der nicht mehr mitspielen wollte.

»Aber du durftest ihre Brüste nicht anfassen, oder?«

Er schüttelte den Kopf und starrte in ihr Dekolleté.

Sie musste das Gespräch am Laufen halten. »Du hast ihr sicher ein Geschenk gemacht?«

Seine Augen leuchteten. »Oh ja, ich habe ihr …«

»Herr Heimlich?« Das war Christian Vulpius.

Sie schob Oswin hinaus auf den Gang und versteckte sich.

»Herr Heimlich, es fehlt ein Buch. Ich habe es registriert, aber es ist nicht im Regal und auch nicht als Ausleihe eingetragen! Der Titel lautet: Über die Waisenhäuser im Königreich Sachsen und den angeschlossenen Herzogtümern. Weiß Er etwas davon?«

»Oh, Herr Secretarius, ich …«

»Ich bin kein Secretarius mehr, wann lernt Er das endlich, ich bin jetzt der Erste Bibliothekar!«

»Ich bitte um Entschuldigung, Herr …«

»Also, was ist nun mit dem Buch?«

»Verzeihung, ich … Das muss ich … Das kläre ich.«

»Er weiß es nicht?«

»Nein, Herr Bibliothekar, ich … also, ich hoffe, es wurde nicht gestohlen.«

»Gestohlen?«, brüllte Vulpius.

»Das ist schon einmal … letztes Jahr, leider.«

»Ich weiß. Er sucht das Buch, verstanden? Vielleicht ist es verstellt worden in diesem Chaos. Mit dem grünen Einband müsste es ja leicht zu finden sein. Oder hat Er vergessen, es einzutragen?«

»Ich kümmere … mich … das, darum …«, stammelte Oswin.

Vulpius verschwand ohne ein weiteres Wort.

Rosine hatte in ihrem Versteck aufmerksam zugehört. Jetzt kam sie hervor. »Oswin, mein kleiner Lügner, du hast das Buch deiner Kastanienbraunen geschenkt, stimmt's?«

»Meine Güte, bitte nicht … nicht verraten … Ich wollte ja nur …«

»Ich weiß. Wie heißt sie?«

»Nein, bitte nicht …« Seine Gesichtsfarbe wandelte sich in geisterhafte Blässe.

Rosine merkte, dass sie die Zügel lockern musste. »Na gut, ich verrate dich nicht, solange du machst, was ich sage.«

Er nickte eifrig.

»Such mir diese Bücher für die Fürstin Maria Pawlowna heraus.«

»Selbstverständlich!« Oswin griff nach dem Zettel und eilte davon.

Rosine lächelte. Jetzt hatte sie ihn doppelt in der Hand – sehr vorteilhaft. Ein Buch mit grünem Einband. Mit diesem Mitis-Grün? Wie viele davon wohl existierten? Grün hatte sich inzwischen zur Modefarbe in Adelskreisen entwickelt, das wurde im Schloss erzählt. Sie musste nur noch ergründen, ob dieser Farbstoff sich für ihr Vorhaben eignete. Und wie sie dieses Giftgrün an den Mann brachte. An einen bestimmten Mann.

Louise von Göchhausen hatte sich vorgenommen, behutsam mit ihrer Nichte ins Gespräch zu kommen. Während Wilhelm auf dem Weg in die Winkelgasse war, ergab sich die Gelegenheit bei Tee und Gebäck. Zunächst erklärte sie Annette, dass sie sich Sorgen um sie mache. Sie wolle sie nicht nötigen, etwas zu sagen, aber sie merke, dass sie ein schweres Herz habe. Und – offen gesprochen – auch Wilhelm sei das aufgefallen und er habe sie gebeten, mit ihr zu sprechen, denn, so meinte er, vielleicht sei es eine Frauenangelegenheit.

Annette nickte, das Wasser stand ihr schon wieder in den Augen, sie sah ihre Tante nicht an und diese wartete. Louise von Göchhausen hatte sich in Gedanken verschiedene Szenarien zurechtgelegt, was ihrer Nichte passiert sein könnte, doch die Wahrheit übertraf all ihre Vorstellungen.

»Tante«, fing Annette an, »es fällt mir sehr schwer, das zu sagen …« Sie hob die Teetasse, stellte sie wieder ab. »Es wird dich schockieren, dennoch fange ich am besten mit dem Wichtigsten an.« Sie trank einen Schluck Tee. »Ich weiß nicht, ob ich tatsächlich ein Kind erwarte!«

Louise von Göchhausen zuckte zusammen. Diese Aussage war so ernst, dass sie wahr sein musste. »Wie bitte? Aber weißt du denn nicht, ob deine …?«

»Entschuldige, Tante, ja, meine Monatsblutung hat einmal ausgesetzt, das kann ja passieren.«

Louise nickte.

»Das ist jedoch kein Beweis. Ich habe euch gegenüber auch nie behauptet, guter Hoffnung zu sein, ich wollte abwarten. Reisinger hat das aufgebracht, hat es dem Bäcker erzählt und der wiederum hat es Wilhelm gesagt, ausgerechnet meinem Ehemann. So ein Unglück!« Die Tränen flossen, sie griff nach einem Schnupftuch.

Louise schluckte, das musste sie erst einmal verdauen.

»Aber wie kommt justament Reisinger dazu, so etwas zu behaupten?«

»Das ist es ja, Tante, ich habe solche Angst, Wilhelm die Wahrheit zu sagen, hoffentlich lässt er sich nicht scheiden.«

»Annette! Wilhelm ist ein Ehrenmann, keiner, der dir wehtun würde, keiner von diesen grauen Eminenzen, über die du schreibst. Vertrau ihm, bitte!«

Tränen liefen über Annettes Gesicht. »Reisinger war bei mir in der Wohnung. Er kam einfach hoch, ich war allein, Wilhelm war in der Krankenstation, Reisinger hat mich bedrängt …«

»*Mon dieu*, Annettchen …« Sie nahm ihre Hand. »Hat er …?«

»Nein, ich konnte ihn gerade noch abweisen, indem ich behauptet habe, ein Kind zu erwarten. Er hat es geglaubt und von mir abgelassen. Trotzdem hat er an mein Bein gegriffen …« Sie zeigte auf ihren Oberschenkel.

»Dieser Schuft, unglaublich, sonst hat er immer so freundlich getan und nun dies!«

»Er war betrunken.«

»Das ist keine Entschuldigung.«

»Nein, trotzdem … ich schäme mich so!«

Tante Louise nahm jetzt auch ihre andere Hand. »Annette, mein Kind, dich trifft keine Schuld. Reisinger wollte wohl die Abwesenheit von Wilhelm ausnutzen, um dich zu entehren. Das ist allein sein Fehltritt und seine Verantwortung!«

»Ich weiß, Tante, doch viele Menschen werden das anders sehen und mich beschuldigen, ich hätte mich ihm angebiedert. Du weißt, wie schnell so etwas geht, wir haben das oft genug erlebt.«

»Ja, du hast recht. Es gibt nur eine Möglichkeit«, sagte Louise von Göchhausen. »Wir müssen ihm seine Verfehlung nachweisen und die Beweise vors Criminalgericht bringen.«

»Was? An die Öffentlichkeit?«

»Wir werden versuchen, die Öffentlichkeit so weit wie möglich fernzuhalten. Ich kann Goethe fragen, er hat die Rechte studiert, vielleicht sieht er eine Lösung.«

»Ich weiß nicht ...«

»Vertraust du mir?«

»Natürlich!«

»Gut, dann lass mich die Sache bitte in die Hand nehmen. Ich werde nichts tun, was dich kompromittieren würde.«

»Jaja, nur ... welche Beweise?«

»Entschuldige, meine Liebe, ich möchte nicht fragen, wie das Ganze genau abgelaufen ist, aber bitte überlege in Ruhe, ob es irgendetwas gibt, das wir als Beweis nutzen können.«

Annette blickte zu Boden. »Nein, nein ...« Doch dann hob sie den Kopf. »Er hat mir ein rotes Strumpfband vom Bein gerissen.«

»Was hat er damit gemacht?«

Annette überlegte. »Ich glaube, er hat es eingesteckt.«

»In die Hosentasche? In sein Wams?«

»Nicht ins Wams.«

»Gut. Weißt du noch, welche Kleidung er trug?«

Es fiel Annette offensichtlich schwer, die schreckliche Szene in Gedanken durchzuspielen. »Ein Lederwams und eine lange Hose.«

»*Sansculottes*?«

»Ja. Hellbraun.«

»Und er war betrunken?«

»Ja, er hatte eine Flasche Branntwein unter dem Wams und trank davon.«

»Branntwein, gut, das hilft weiter. Ich kümmere mich darum. Und du redest mit Wilhelm.«

»Oh, Tante, kannst du das nicht machen?«

»Nein, Kind, du musst mit ihm sprechen, du bist seine Ehefrau. Sei mutig, bitte! Er wird dich nicht verstoßen, da bin ich ganz sicher. Das passt nicht zu seinem Charakter.«

Annette nickte vorsichtig und vergrub das Gesicht in ihren Händen. Sei mutig! Ja, das war es. Sie hatte beschlossen, mit Mut gegen die Welt der grauen Männer anzukämpfen. Jetzt brauchte sie eben diesen Mut, um sich ihrem jungen Ehemann zu offenbaren.

~

Als Wilhelm wusste, dass Annette in der Obhut von Louise von Göchhausen gut aufgehoben war, hielt er es nicht mehr länger aus und humpelte mit seinen Holzkrücken vom Witthumspalais in die Winkelgasse. Vom Rathaus schlug es sieben, als er dort ankam, es war immer noch heiß, und in der engen Gasse roch es nach Sauerkraut, Hundekot und Schweiß. Das Haus erkannte er sofort wieder. Es war das einzige in der Reihe mit einer Dachrinne aus Zinkblech. Sein Ziehvater hatte das Blech über die Dachdeckerzunft aus Belgien herbeigeschafft.

Vor dem Nachbarhaus traf er seinen Jugendfreund Adalbert Simon Zimmer. Da Zimmer seinen ersten Vornamen Adalbert nicht leiden konnte, nannten ihn alle Simon. Er hielt zwei Hunde am Strick und einen kleinen Jungen an der Hand.

»Wilhelm, alter Freund, warst lang nich hier.«

»Das stimmt, ich habe in Jena gewohnt, jetzt komme ich zurück.«

»So, aber du willst doch nich in dem Haus da ...«, er zeigte auf Wilhelms Elternhaus, »... also, du willst doch nich etwa da drin wohnen, oder?«

»Warum nicht?«

»Dein Vater is da gestorben. Kein gutes Omen!«

»Er war nicht mein Vater.«

»Was?«

»Außerdem bin ich nicht abergläubisch. Gott ist mein Begleiter.«

Adalbert Simon sah ihn erstaunt an. »Wie du denkst. Ich glaube nicht an Gott, aber an seine Ideale – das reicht mir!«

Eine Weile betrachteten sie sich einfach nur, als wollten sie ergründen, wie sich der jeweils andere verändert hatte.

»Ist das Henry?«, fragte Wilhelm und deutete auf den Jungen.

»Ja, das isser, unser Sohn, er is jetz fünf. Eigentlich heißt er Heinrich, wir finden Henry aber schöner, das is Französisch.«

»Hallo, Henry!«

Der Kleine reagierte nicht, er versteckte sich hinter seinem Vater.

»Entschuldige, wie heißt deine Frau? Isa?«

»Fast, Isetta. Und ne kleine Tochter ham wir auch, Josepha. Alle drei sin letztes Jahr an den verdammten Pocken erkrankt. Sin aber wieder gesund geworn, Henry und Josepha schnell, die warn vakziniert, bei Isetta hat's länger gedauert.«

»Das freut mich. Glück gehabt!«

Simon nickte. »Was is'n da passiert?«, fragte er mit Blick auf die Krücken.

Wilhelm berichtete, was in Jena geschehen war. »Ich möchte gern in unser Haus ziehen. Kannst du mir helfen?«

»Natürlich!« Die Antwort kam ohne Zögern.

»Wie sieht es aus da drinnen?«, fragte Wilhelm.

»Alles noch da, nix geklaut, ich hab bisschen aufgepasst.«

»Danke, Simon!«

»Nur ...«

»Was denn?«

»Ratten. En Haufen Ratten.«

»Das ist nicht gut. Ich mag keine Ratten.«

»Ich kenn noch wen, der keine Ratten mag. Hier!« Simon zeigte auf den größeren seiner beiden Hunde, einen weißbraunen Terrier. »Das is Babel.«

»Und der andere?«

»Sein Sohn, Babelinchen, der is noch zu klein für die Rattenjagd, spielt lieber mit Henry.«

»Leihst du mir Babel?«

Simon nickte, kniete sich neben den Hund und flüsterte ihm etwas ins Ohr und ließ ihn an Wilhelms Stiefeln schnuppern. Dann erhob er sich wieder und raunte seinem Freund zu: »Ich geb'n dir. Er hört auf ›Geh‹ und ›Bleib‹. Wenn du das ›Geh‹ laut und hart rufen tust, schnappt er sich die Ratten. Er is gut, ich hab's ihm beigebracht. Wenn du dein Haus säubern willst, musst du zwei Nächte drin schlafen, mit ihm.«

Wilhelm sah Babel in die Augen. Er erinnerte sich an den Hund aus seiner Kindheit, seinen Spielkameraden, ein ähnlicher Hundetypus. Sein Ziehvater hatte ihn im Rathsteich ertränkt. Er streichelte Simons Hund nicht, sondern nahm den Strick und sagte sanft: »Komm, Babel!«

Seit seinem Abschied im Oktober des vorigen Jahres hatte Wilhelm das Haus nicht mehr betreten. Es war ein seltsames Gefühl, wiederzukommen. Ein Gemisch aus Liebe und Hass, kindlicher Geborgenheit und erwachsener Abscheu. Wie können sich solch zwiespältige Regungen in einem Körper begegnen, ohne das Hirn zu spalten? Der Mensch ist ein wundersames Wesen.

Er öffnete die Tür. Das Innere des Hauses strahlte eine gewisse Traurigkeit aus. Dann sah Wilhelm die Ratten flitzen. Er löste den Strick von Babels Hals und rief laut peitschend: »Babel, geh!« Was nun folgte, war ein grausames Schauspiel. Überall huschten Ratten herum, versuchten zu fliehen, quietschten, blutige Rattenkörper flogen durch die Luft, einige sprangen hinaus in den Garten, andere suchten Schutz unter dem Herd, doch das half nichts, der Terrier spürte sie alle auf. Rattenknochen knackten, wenn er ihnen das Genick durchbiss, manche versuchten, sich zu wehren und attackierten Babel, doch der war schnell und gnadenlos. Dann musste Wilhelm selbst eingreifen: Er warf die Krücken zur Seite, griff den Schürhaken und hieb auf zwei Ratten ein, die auf den Herd gesprungen waren, um Babel von dort anzugreifen. Er tötete sie. War das der Schürhaken, mit dem seine Mutter zugeschlagen hatte? Nicht daran denken … Schwer atmend klammerte er sich an den um den Herd laufenden Griff, konnte so verhindern zu stürzen. Weiter ging Babels wilde Jagd, und Wilhelm hatte das Gefühl, dass der Kampf nie enden sollte. Doch schließlich schlug die Rathausuhr halb acht, und es war endlich Ruhe.

Wilhelm atmete tief durch, horchte, sah sich um, konnte kaum glauben, dass der Kampf vorbei war. Der Gestank des Rattenbluts stieg ihm brutal in die Nase. Er lobte den Hund, strich ihm über den Hals, holte Wasser aus einem Regenfass im Garten und gab ihm zu trinken. Die Haustür wurde geöffnet, Simon trat ein, er schob anerkennend die Unterlippe vor. Mit Schaufel und Besen reinigten sie die Küche, so gut es ging. Wilhelm würde etwas gegen den üblen Gestank unternehmen müssen, bevor Annette hier einzog.

Er stakste mit den Krücken hinauf unters Dach. Dort angekommen, beschloss er spontan, ohne die hölzernen Gehhilfen auszukommen, und schleuderte sie die Treppe hinab. Man konnte sie als Feuerholz nutzen. Oben sammelte er die alten Strohreste ein und warf sie aus dem Fenster. Mehrmals verlor er fast das Gleichgewicht, hielt sich an den Dachbalken fest. Simon brachte frisch gehäckseltes Stroh, eine Decke und zwei Krüge Dünnbier. Sie tranken und sprachen über alte Zeiten, über die Schule, die sie gemeinsam besucht hatten, über Simons Eltern, die beide vor Weihnachten an den Pocken verstorben waren, und über seine Geschwister, fünf an der Zahl. Zwei Brüder arbeiteten als Pferdeknechte auf einem Landgut in Kleyn Kromstorff, der dritte hatte sich als Soldat in einem preußischen Regiment verdungen. Eine der Schwestern hatte die Pocken überlebt, war jedoch unglücklich verheiratet, die andere war ledig und arbeitete als Zofe auf Schloss Friedenstein zu Gotha. Simon selbst, der Jüngste, lernte das Büttnerhandwerk. Eine sichere Zunft, denn Fässer wurden immer gebraucht. Nur über Agnes und Heinrich Gansser sprachen sie nicht.

Spät in der Nacht legte Wilhelm sich schlafen. Es war sein eigenes Bett mit dem Holzgestell, das er selbst gezimmert hatte und das ihm während seiner Jugendjahre als

Schlafstatt gedient hatte. Doch als er an diesem Abend den Kopf aufs Stroh sinken ließ, empfand er alles neu, anders, ungewohnt, spannend. Er beschloss, noch den folgenden Tag in der Winkelgasse zu verbringen, um das Haus für seine Liebste herzurichten und gleichzeitig die Ratten endgültig zu vertreiben.

Was sollte nur aus seiner Ehe werden? Was stand zwischen Vertrauen und Sprachlosigkeit? Er spürte eine Enge in der Brust, als trage er ein Kettenhemd, das ein teuflischer Knappe immer straffer schnürte. Der Schlaf brachte seine Gedanken zum Verstummen.

8. Vom Suchen und Gefundenwerden

Weimar, Mittwoch, 19. Juni 1805

Als Rosine an diesem Tag das Schloss verließ, schlug die Rathausuhr halb neun. Sie suchte ihre Mutter, sie suchte Margarete Schandinger. Rosine wusste, dass »Marga«, wie sie genannt werden wollte, an jedem Marktmittwoch bei sommerlichem Wetter mit ihren Kräutern, Salben und Wässerchen über die Felder bis nach Weimar wanderte. Nur selten fand sie jemanden, der sie von ihrer Wohnstatt in Großromstedt in einer Kutsche mitnahm, und so musste sie meistens um 4 Uhr in der Morgendämmerung aufbrechen, um zweieinhalb Stunden später vor Ort zu sein.

Gegen Mittag dann, wenn das Markttreiben beendet war, pilgerte Marga durch Weimars Straßen und beschwatzte diese oder jene Person, in der Hoffnung, etwas verkaufen zu können. Da sie am selben Tag nicht wieder zurücklaufen konnte – immerhin war sie schon fünfundfünfzig Jahre alt –, suchte sie sich eine kühle Ecke an einem beliebigen Haus, einen Platz, an dem sie möglichst unbemerkt die Nacht verbringen konnte. Meistens schlug sie ihr Nachtlager bei einer der beiden Mühlen, Federwisch- und Niedermühle, auf. Dort konnte sie sich leicht an einem der Nebengebäude niederlassen, ohne vertrieben zu werden.

Rosine begab sich auf den Weg zur Niedermühle, die im Nordosten von Weimar am Zusammenfluss von Asbach und

Ilm lag. Sie folgte dem Brühl, durchmaß einige Wiesenflecken und erreichte nach einer halben Stunde die Mühle. Hinter den direkt an der Mühllache gelegenen Stallungen befanden sich Büsche und Hecken, ein willkommenes Versteck für diejenigen, die vorübergehend oder auf Dauer keine Residenz ihr Eigen nannten. Obschon es noch hell war, lagerten hier zehn bis zwölf Männer und Frauen. Deren Kleidung war so abenteuerlich, dass Rosine Männlein und Weiblein nicht immer unterscheiden konnte. Sie musste manche wecken, teils sogar wachrütteln, ehe sie nach ihrer Mutter fragen konnte. Das Berühren der Menschen bereitete ihr Probleme, denn sie sonderten unangenehme Gerüche ab. Rosine würde sich später in ihrer Kammer gründlich die Hände waschen müssen. Vom tagsüber währenden Glanz des Schlosses hatte sie der Abend zum Schauplatz der Armen und Verzweifelten geführt.

Von ihrer Mutter keine Spur.

»Hey da, habt ihr die alte Kräuterhexe gesehen?«, rief Rosine laut.

Keine Antwort.

»Wer etwas weiß, bekommt einen ordentlichen Schluck aus meiner Branntweinflasche!«, rief sie.

Ein Mann erhob sich. »Meinst du die Alte, die nachts immer die Sterne anbetet?«

Das war ein untrügliches Merkmal im Verhalten ihrer Mutter. »Ja, die meine ich!«

»Letzte Woche war sie hier. Heute noch nicht.«

»Gut, danke!«

»Und wo ist mein Branntwein?«

»Oh, den muss ich wohl vergessen haben!« Rosine rannte davon.

Auf dem Weg zur Federwischmühle trottete sie durch den Graben. Die alten Rathsteiche waren zugeschüttet worden, sodass diese Straße sich in eine Flaniermeile verwandelt hatte. Als sie die Landschaftskasse mit dem zugehörigen Turm umrundet hatte, befiel sie eine Idee, unvermittelt, wie so oft: Linker Hand zweigte die Gasse »Hinter dem Zuchthause« ab, die zum ehemaligen Waisenhaus führte, in dem, so hatte Rosine es als Kind oft genug gehört, ihre Mutter jahrelang hatte einsitzen müssen. Dieses »Einsitzen müssen« hörte sich an wie ein Gefängnisaufenthalt und war insofern nicht aus der Luft gegriffen, als sich das Waisenhaus im selben Gebäudetrakt wie das Zuchthaus befand und auch ähnlich geleitet wurde.

Rosine lenkte ihre Schritte nach links. Es dauerte nicht lange, bis sie ihre Mutter in einer Mauernische fand, auf einer Kohleklappe sitzend, die in den Keller des ehemaligen Waisenhauses führte. Die Dämmerung hatte eingesetzt.

»Schleichst du hinter mir her?«, kreischte die Alte.

»Mutter …«

»Sag nicht immer Mutter zu mir!«

Ein Stich fuhr Rosine durchs Herz. »Gut, Marga, ich bleibe nicht lange, hab nur eine Frage.«

»Du immer mit deinen Fragen …«

»Es geht um ein Gift!«

Die Augen ihrer Mutter leuchteten auf. »Aha, du kleine Giftmischerin, das hast du von mir gelernt, jaaaa, Tod allen Vergewaltigern, Tod den …«

»Marga, schrei nicht so rum, sonst landest du da drüben im Zuchthaus!«

»Mir doch egal, schlimmer als hier kann es nicht sein. Hast du Emil gesehen, den Mörderbuben?«

»Nein, ich bin Vater nicht begegnet und er hat niemanden umgebracht.«

»Natürlich hältst du zu ihm …«

»Arsenik, darum geht es!«

»Oh ja, Arsenik, arsensaures Kupfer, gefährlich! Hab Emil schon mal fast damit …«

Rosine nahm solche Ausbrüche ihrer Mutter nicht ernst. Oft genug hatten sie sich als wortreiches Strohfeuer herausgestellt. Ein Mann kam durch die »Hinter dem Zuchthause«-Gasse gelaufen, er hielt eine Stocklaterne in der Hand und schien mehr Angst vor den beiden Frauen zu haben als umgekehrt. Rosine gab Marga ein Zeichen, nicht zu reden, erstaunlicherweise folgte sie der Aufforderung. Als der Mann verschwunden war, sagte Rosine: »Es geht um eine grüne Farbe, in der sich wohl Arsenik befindet. Ist die giftig?«

»Mitis-Grün, ein idiotischer Habsburger hat das entdeckt, Ignaz von Mitis, der bringt das Zeug in Umlauf, der Mörder, der Hund!«

»Es ist also giftig?«

»Meine Güte, natürlich, du dummes Kind! Man schmiert es an die Wände und auch sonst überallhin.«

»Warum?«, fragte Rosine. »Sieht das so gut aus?«

»Oh ja, es strahlt, es leuchtet, es zieht uns in seinen Bann – ein teuflisches Zeug. Falls du vor mir sterben willst …«

»Will ich nicht, Mu…, äh, Marga! Und wenn das Mitis-Grün an die Wand gestrichen wurde, bleibt es dann dort oder …?« Jetzt musste Rosine vorsichtig sein. »Oder fliegt es womöglich durch die Luft?«

»Endlich mal eine kluge Frage von dir, all die schlauen Männer meinen, die grüne Farbe klebe an der Wand, aber *nein*! Sie klebt nicht dort, kleine Tierchen tragen sie durch die Luft, überall hin, ja glaub mir, überall hin, überall!«

Rosine wusste, dass der Moment gekommen war, in dem sie ihre Mutter allein lassen musste. Da half nichts und niemand. Sie war in diesem Zustand weit entfernt von der Welt, ihr Gehirn lief über wie ein verstopfter Kanal, der stinkendes Abwasser auf den Straßen verteilte.

Sie wandte sich ab.

»Ja, ja!«, rief Margarete Schandinger hinter ihr her. »Lass mich nur allein. Ich bin sowieso allein. So allein wie der erste Mensch auf Erden. Oder der Letzte, das ist gleichgültig!«

Rosine zögerte kurz, dann stapfte sie davon, langsam, in Gedanken verloren.

Jena/Weimar am selben Tag

Maria von Dettmansberg hatte den gesamten Dienstag lang überall in Jena versucht herauszubekommen, wohin das Ehepaar von Brun verschwunden war. Wilhelm hatte nur einen kurzen Brief beim Wirt des Gasthofs Zum Bären hinterlassen mit seinem »aufrichtigen Dank«. Wer bearbeitete nun ihren Guitarrenauftrag? Tatsächlich ging es aber um mehr als das Musikinstrument.

Eine kleine, vornehme Dame habe das Ehepaar mit einer zweispännigen Kutsche abgeholt, so berichtete ein Laufbursche des Wirts. Das war alles. Auch in der Saalgasse konnte ihr niemand Auskunft geben, weder der Bäcker noch eine geschwätzige Nachbarin. Meister Reisinger war nirgends aufzutreiben.

Endlich, am Abend des Dienstags, gelang es ihr, mit einem Stallknecht zu sprechen, der meinte, das herzogliche Wappen auf der Kutsche der kleinen, vornehmen Dame gesehen zu haben.

Noch am selben Abend packte Maria ihre Sachen. Sie wollte am frühen Mittwoch in Richtung Weimar abreisen. Der Wirt hatte ihr eine Lohnkutsche organisiert, was sich bei dem Durcheinander nach dem Hochwasser zunächst als schwieriges Unterfangen herausgestellt hatte, dann aber doch gelungen war.

Maria bestand darauf, ohne Zwischenhalt durchzufahren. Kein Halt an der Umspanne Kötschau, kein Pferdewechsel. So trug sie ihren inneren Druck nach außen, übertrug ihn auf den Kutscher und die Pferde. Gegen 10 Uhr am Mittwochvormittag preschten die Tiere über den Weimarer Marktplatz, der Lohnkutscher schrie, mühsam brachte er das Gespann vor dem Hotel Elephant zum Stehen, die Gäule schnaubten, tänzelten unruhig hin und her, aufgeregt und ermüdet zugleich. Maria ließ ihr Gepäck abladen. Es bestand aus zwei großen Kisten und drei Mantelsäcken. Ihre Kleidung betreffend musste sie auf alles vorbereitet sein, besonders hier in der Residenzstadt. Zumal ihr verstorbener Mann enge Beziehungen zum russischen Hof gepflegt hatte und es nicht ausgeschlossen war, dass sie mit Maria Pawlowna Romanowa hier in Weimar zusammentreffen würde.

Sie ging davon aus, dass Wilhelm von Brun für die Hotelbediensteten ein Begriff war. Oder zumindest Wilhelm Gansser. Doch da hatte sie sich getäuscht. Keiner kannte ihn. Sie bekam den Hinweis, in der Konsistorialverwaltung nachzufragen.

Dort gab man sich äußerst zugeknöpft, eine Einsicht in die Kirchenbücher bedürfe der Zustimmung des Oberkonsistorialrats Wilhelm Christoph Günther, der für zwei Wochen auf Reisen sei. Da war nichts zu machen.

Auch im Rathaus blieb sie erfolglos. Sie drang zwar dank ihres entschiedenen Auftretens und mithilfe einiger Silbertaler bis zu Bürgermeister Carl Adolph Schulze durch, doch der weigerte sich mit fadenscheinigen Argumenten, Auskunft zu geben, sodass Maria den Verdacht hegte, es gäbe gar keine Aufzeichnungen, durch die Schulze den Aufenthaltsort von Wilhelm hätte herausfinden können.

Gegen Mittag speiste Maria von Dettmansberg im Gasthof Zum weißen Schwan, trank ein Glas Wein und ruhte sich ein wenig aus. Sodann ging es weiter.

Ihr fiel ein, dass Wilhelm als Tischlergeselle in Weimar gearbeitet hatte. Der Reihe nach suchte sie alle Tischlerwerkstätten auf, bei der dritten kannte man ihn. Tischlerei Frühauf in der Rittergasse. Ein junger Mann namens Anton erteilte ihr Auskunft: Ja, den Wilhelm Gansser kenne er, aber der sei ja inzwischen nach Jena gegangen und mehr wisse er nicht. Sie könne es beim Obermeister der Holzhandwerkerzunft versuchen.

Der war zunächst abweisend, doch als sie die Ausführung ihres Guitarrenauftrags anmahnte, wurde der Obermeister zugänglicher. Er hatte vor wenigen Tagen einen Instrumentenbaumeister Wilhelm von Brun in seine Zunftliste eingetragen. Marias Hand zitterte leicht. Das musste er sein. Wo denn dessen Werkstatt sei, wollte sie wissen. In der Winkelgasse, so hieß es. Der Zunftmeister betrachtete Maria von Dettmansberg und fragte, ob sie wirklich dort hingehen wolle. Selbstverständlich, versicherte sie. Er schüttelte den Kopf. Das sei keine Gegend für sie.

Als Maria eine halbe Stunde später am Ende der Winkelgasse stand, wusste sie, was der Zunftmeister gemeint hatte. Die Gasse war gezeichnet vom Hochwasser der Ilm, das zwar nicht so heftig ausgefallen war wie in Jena, dennoch einiges an Schmutz und Schlamm ins Ilmviertel getragen hatte. Kinder liefen umher, teils nackt, teils mit zerrissenen Kleidern, bewarfen sich mit Dreck, die Mütter schauten aus den Fenstern und lachten und stritten. Jugendliche lungerten an den Hauswänden herum, ein Halbwüchsiger kam provozierend auf Maria zu und fragte, ob sie sich verlaufen habe. Nachdem sie diese rhetorische Frage nicht beantwortet hatte, empfahl er ihr, schleunigst zu verschwinden. Dabei redete er in einer Ausdrucksweise, die in keiner Schule und keinem Lexikon gelehrt wurde. Maria wunderte sich selbst, dass sie die Sprache der Straße überhaupt verstand.

Sie drehte sich um und ging zurück ins holzgetäfelte Hotel Elephant. Es war Zeit, einen neuen Plan zu fassen.

Nach einem kleinen Abendessen, das aus lauwarmem Kalbsbraten, Sauce Cumberland und Spargelsalat bestand, saß sie mit einem Glas Rheingauer Riesling im Kaminzimmer des Hotels. Derart gestärkt, fasste sie den Entschluss, dass sie nicht zu Wilhelm kommen würde, sondern er zu ihr. Sie ließ sich Papier und Tinte bringen.

9. Von der Ehe und den Eheleuten

Weimar, Donnerstag, 20. Juni 1805

Annette wusste, dass sie ihr Inneres niederringen musste. Zunächst bat sie Wilhelm, ihr zuzuhören und sie nicht zu unterbrechen, denn sie müsse ihre Scham überwinden.

Er sah sie mit großen Augen an. Er setzte sich, um zuzuhören, zumal er ohne die Krücken noch etwas unsicher auf den Beinen war.

Dann begann Annette zu erzählen, sehr detailliert, wie Meister Reisinger zu ihr hinaufgekommen sei, wie er geschimpft habe auf Wilhelm – »Moment, Liebster, bitte lass mich zu Ende sprechen!« – und wie er meinte, sie, Annette, könne den Schaden an seinem Haus und seiner Werkstatt wiedergutmachen. Sie berichtete auch, dass er betrunken gewesen sei. Immer wieder stockte sie, weinte, errötete. Sie hätte niemals gedacht, so etwas erleben zu müssen, aber, so bekräftigte sie, dieses Leben gebe ihr alles – Freude, Liebe, Angst und Beben. Ohne das eine könne es das andere nicht geben.

Weiter schilderte sie, wie Reisinger sie bedrängte, nein, keine Angst, so weit sei es nicht gekommen. Sie habe ihn bei seinen eigenen Hörnern gepackt und behauptet, dass sie Nachwuchs erwarte und dass dieser gefährdet sei, wenn er – »Na, du weißt schon.« Und er wolle ja gewiss nicht für ein weiteres totes Kind verantwortlich sein.

»Du hast auf sein eigenes verstorbenes Kind angespielt?«, fragte Wilhelm.

»Ja. Und da hat er von mir abgelassen. Aber leider, Liebster, leider werden wir vorläufig keine Eltern werden!«

Daraufhin geschah das, was Annette sich sehnlichst gewünscht hatte: Ihr Ehemann nahm sie in den Arm, küsste und liebkoste sie, bis ihre Tränen versiegten. Ihr Kopf und ihr Herz beruhigten sich.

Es gibt alles, ja alles, das Leben.

Natürlich war Wilhelm betrübt, als er hörte, dass er vorläufig keinen Vaterfreuden entgegensah. Doch die Erleichterung darüber, dass Annette nicht in geistige Verwirrung gefallen war, wog die Enttäuschung auf. Er war höchst empört über Reisingers Verhalten, schimpfte und verfluchte ihn – auch wenn das einem Christenmenschen eigentlich nicht anstand. Sogleich spürte er, wie sehr Annette dieses Vorkommnis ergriffen und seelisch verletzt hatte. Er spendete ihr Trost, versuchte, sie aufzurichten, und wusste, dass das Prozedere der inneren Bewältigung einige Zeit in Anspruch nehmen würde. Und zwischen all diesen hin- und herwogenden Gefühlen erkannte er, dass Annette sehr klug gehandelt hatte, denn ohne ihr Argument einer Schwangerschaft hätte Reisinger ihr wohl Gewalt angetan. Dieser Eindruck verfestigte sich umso mehr, als sie Wilhelm die möglichen Beweise gegen seinen Meister darlegte. Was für eine Frau – seine Frau!

Indem wurde ihm gewahr, dass Reisinger in den vergangenen Wochen nicht schuldlos gestürzt, auch nicht erkrankt, sondern einfach nur betrunken gewesen war. Wilhelm entschloss sich, seinen Meister vor Gericht zu bringen.

Sodann stellte er Annette eine wichtige Frage: Was es denn hieße, »vorläufig«, würden sie keine Eltern werden? Bestand noch Hoffnung? Ja, antwortete sie, er müsse aber zwei Wochen warten, bis klar sei, ob ihre Monatsblutung tatsächlich ausblieb. Er fragte verwirrt, was sie damit meine. Sie lachte und wollte wissen, ob seine Mutter ihm nichts über den weiblichen Zyklus beigebracht hätte. Ach das, ja, natürlich. Beide lächelten und Wilhelm stellte sich darauf ein, Geduld zu üben. Zwei Wochen lang – schwierig für einen tatkräftigen, neugierigen Mann.

Als sich beide beruhigt hatten, gingen sie zu Tante Louise. Diese zeigte Verständnis dafür, dass die Eheleute sich nicht früher ausgesprochen hatten, denn, so meinte sie, auch eine Ehe will gelernt und geübt sein. Und das sagte diese kluge Frau, obwohl sie nie verheiratet gewesen war.

Zu dritt besprachen sie das weitere Vorgehen. Annette wollte auf keinen Fall einer öffentlichen Gerichtsverhandlung beiwohnen. Ihre Tante versprach, ihren Wunsch zu berücksichtigen. Sie sandte einen Boten zum Geheimrath von Goethe, um ihren Besuch wegen einer dringenden Angelegenheit anzukündigen. Die Antwortdepesche des berühmten Dichters erfolgte umgehend. Er stehe für ein Gespräch am Abend desselben Tages zur Verfügung.

Goethe litt seit Tagen unter Nierenkoliken. Dem zum Trotze empfing er Wilhelm und Louise am späten Abend und ließ sich genau erklären, was passiert war. Wilhelm kannte den Geheimrath bereits von gemeinsamen Aktivitäten im vorigen Jahr, die zur Verurteilung seines Halbbruders geführt hatten. Er schilderte die Zusammenhänge und hoffte inständig, dass Goethe ihnen helfen würde. Ohne zu zögern, versicherte der Geheimrath, diesen Fall im Geheimen Conseil zur Sprache zu bringen. Als juristisch geschulter Mensch sah er ein berechtigtes Anliegen darin, die Gerichtsverhandlung zumindest teilweise unter Ausschluss der Bevölkerung durchzuführen. Es würde sich allerdings nicht vermeiden lassen, dass Annette als Zeugin persönlich auftrat. Immerhin, so meinte er, sei die Chance, den Prozess zu gewinnen, sehr gut, denn schließlich habe ein Bürgerlicher eine Adlige genötigt und unsittlich berührt. In Wilhelms Innerem stritten Gefühle des Adels mit denen des gemeinen Handwerkers. Eigentlich sollten Adelsprädikate in solchen Fällen keine Rolle spielen. Aber sofort erinnerte er sich an einen klugen Satz, den seine Ziehmutter Agnes oft zu zitieren beliebte: »Gott gebe dir den Mut, Dinge zu ändern, die du ändern kannst, Dinge hinzunehmen, die du nicht ändern kannst, und die Weisheit, das eine vom anderen zu unterscheiden.« Und hier war es wohl weise, die gesellschaftlichen Gepflogenheiten zu akzeptieren. Auf jeden Fall musste sich Annette auf einen Prozess vor dem Criminalgericht Weimar einstellen.

Weiterhin erklärte Goethe sich bereit, eine Klageschrift anzufertigen und diese bei Generalpolizeydirektor von Fritsch einzureichen. Wilhelm war erleichtert und freute sich über die zugesagte Hilfe. Sein innerer Zustand nach dem Gespräch war fast schon frohgemut zu nennen, auch wenn dieses Wort angesichts dessen, was Annette passiert war, nie über seine Lippen gekommen wäre.

10. Von Erleichterung und Sorgen

Weimar, Freitag, 21. Juni 1805

Anna Amalia schien regen Anteil an dem Schicksal des jungen Paares zu nehmen. Sie gab ihr Einverständnis, dass Annette einige Nächte bei ihrer Tante im Witthumspalais verbringen durfte.

Wilhelm schlief in dieser Zeit – entsprechend Simons Empfehlung – in der Winkelgasse. Als er den Eindruck hatte, die Ratten seien verschwunden, begann er mit der Reinigung und Instandsetzung des Hauses. Einige Möbel mussten aufgearbeitet werden, die Wände neu getüncht, die Dielen geschrubbt und frisch gebeizt. Babel blieb vorläufig bei Wilhelm. Nächtens lag der Terrier auf einer Decke am oberen Ende der Treppe. Mehrmals hörte er eine Ratte, flitzte die Treppe hinunter und verscheuchte sie. Zubeißen musste er nicht mehr.

Wilhelm spürte eine tiefe Erlösung nach dem Gespräch mit Annette. Sie schliefen nicht mehr »Rücken an Rücken«, zwar noch nicht im selben Bett, aber doch in der Gewissheit, eine Krise gemeistert und ihre Brücke der Liebe wiedergefunden zu haben.

Am Abend dieses Freitags erhielt Wilhelm eine Depesche von Anna Amalia, in der sie ihm mitteilte, dass Generalpolizeydirektor von Fritsch das Ansinnen, Agnes Ganser in eine Einzelzelle zu verlegen, mit großem Wohlwollen betrachte. Nun hoffe sie, dass diese Gewogenheit auch zu einer Tat führe.

Somit hatte sich einiges zum Guten gewendet. Dennoch plagte Wilhelm der Gedanke an seine Zukunft. Er hatte seine Arbeit verloren und wusste nicht, wie er Annette und sich ernähren sollte. Derzeit wurden sie von Tante Louise unterstützt, doch das war kein Dauerzustand.

Wohin würde ihr Weg führen?

TEIL II:
Juli 1805

11. Von den Geschehnissen im Juli

Weimar, im Juli 1805

Gleich zu Beginn des Monats reiste Goethe mit der »Karawane« – wie er seine Mitreisenden oft nannte – nach Lauchstädt und Halle ab. Diesmal bestand seine Gefolgschaft aus Christiane, seinem fünfzehnjährigen Sohn August und seinem Freund Friedrich Wilhelm Riemer. Der Geheimrath bat Louise von Göchhausen, ihm umgehend brieflichen Bescheid vom Urteil gegen Martin Gottfried Reisinger zu geben.

Man wartete lange auf den Richterspruch des Weimarer Criminalgerichts, erst Mitte Juli wurde er verkündet. In Reisingers Wohnhaus hatte man seine mit Hochwasserschlamm beschmutzten langen Hosen gefunden, auch das rote Strumpfband war entdeckt worden. Es hatte in seiner Schlafkammer zwischen zwei Kerzen auf einer Bibel gelegen. Der Richter bezeichnete es in der Verhandlung als »eine Art Reliquie«. Die Auslassungen des Bäckers wurden angehört, doch als juristisches Schwergewicht konnte man nur die Aussage von Annette einstufen. Sie bemühte sich, während sie mit den Tränen kämpfte, die Geschehnisse des 17. Juni zu schildern. Für diesen Teil der Verhandlung wurden die Bürger ausgeschlossen. Das half Annette. Schlimm genug, dass sie sich mit Reisinger im selben Raum aufhalten musste. Auf Goethes Antrag – er fungierte als Annettes Advokat – wurde zwischen beiden eine Trennwand aufgestellt. Wilhelm und Tante Louise durften Annette begleiten. Nach Annettes ausführlicher, tapfer hervorgebrachter Schilderung vergaß Martin Gottfried Reisinger all seine arroganten Attitüden und legte ein Geständnis ab. Das war wichtig, denn nur so konnte er laut der immer noch rechtsgültigen *Constitutio Criminalis Carolina* aus dem 16. Jahrhundert schuldig gesprochen werden. Der entsprechende Artikel No. hundertneunzehn, die Notzucht betreffend, wurde komplett verlesen. Auch der von Reisingers Advokat zur Strafmilderung angeführte trunkene Zustand konnte ihm nicht helfen, ebenso wenig das Argument, an diesem Tag sei durch das Hochwasser seine Existenz vernichtet worden. Das war vielen Einwohnern Jenas so ergangen, ohne dass sie eine strafbare Handlung begangen hatten. Lediglich sein persönliches Schicksal mit dem toten Kind und der verstorbenen Ehefrau wurde mildernd angerechnet und ersparte ihm möglicherweise eine lange Kerkerstrafe.

Am Tag nach dem Schuldspruch wurde das Strafmaß bekannt gegeben. Wilhelm vermutete, dass das Geheime Conseil, gegebenenfalls sogar der Herzog persönlich, die Details und die praktische Umsetzung der Strafe bestätigen mussten. Die Maßregelung, die Reisinger auferlegt wurde, bestand aus vier Teilen. Erstens: Ihm wurde mit ausdrücklicher Zustimmung der Holzhandwerkerzunft die Meisterwürde entzogen. Zweitens: Sein Wohnhaus und sein gesamtes Geld fielen an die Stadt Jena. Drittens: Er wurde des Landes verwiesen. Wilhelm hatte sich ein härteres Urteil gewünscht, zumindest eine Zuchthausstrafe. Immerhin, Reisinger musste nun als armer Bettler durch die Lande ziehen. Annette war froh über diese Auflage, denn damit war sie sicher, ihrem Peiniger nie wieder begegnen zu müssen, solange sie sich im Herzogtum Sachsen-Weimar-Eisenach aufhielt. Man munkelte, Reisinger wolle nach Halle gehen.

So weit hatte man das Strafmaß vorhersehen können. Doch dann folgte ein vierter Teil, den weder Wilhelm noch sonst jemand erwartet hatte: Die herzogliche Meisterzuschreibung, die Werkstatt mit allen Werkzeugen und dem unversehrt gebliebenen Material, sämtliche Aufträge sowie das Haus in der Jenaer Saalgasse wurden im Sinne einer Entschädigung dem Ehepaar Wilhelm und Annette von Brun zugesprochen.

Beide waren überwältigt, wussten zunächst nicht, ob sie lachen oder weinen sollten. Dann erkannte Wilhelm die Situation: Er war nun in der Lage, eine eigene Werkstatt für den Musikinstrumentenbau zu gründen. Halleluja! Doch schlagartig wurde ihm klar, dass nur durch Reisingers Untat seine eigene Träumerei von einer Meisterwerkstatt zur Realität wurde. Der Preis in Form von Annettes Leiden war viel zu hoch, niemals hätte er ihn freiwillig bezahlt. Doch auch Annette war dankbar über diese neue Chance, und so nahm auch Wilhelm sie an.

Er wusste sofort, wo und wie er die Werkstatt einrichten würde. Da Annette auf keinen Fall wieder in die Saalgasse zurückwollte, verkauften sie das Haus. Aufgrund der vom Hochwasser verursachten Schäden bekamen sie lediglich die Hälfte des üblichen Preises, doch dieses Geld reichte, um einen Anbau an Wilhelms Elternhaus in der Weimarer Winkelgasse zu errichten, in dem eine kleine Werkstatt Platz finden sollte. Dort würde Wilhelm gerade so zwei Arbeitsplätze unterbringen. Und er wusste auch schon, wen er als Lehrling engagieren wollte.

Agnes Gansser war zu ihrer Überraschung in eine Einzelzelle verlegt worden. Der Wachhabende mit der locker sitzenden Uniform hatte ihr keine Erklärung gegeben, sie einfach umquartiert und dabei den Eindruck hinterlassen, als missbillige er ihre Bevorzugung. Der neue Kerkerraum glich dem alten, enthielt allerdings eine flache Pritsche, sodass sie nicht mehr auf dem Boden schlafen musste. Und sie hatte nun Ruhe vor dem lästigen Mann in der Gemeinschaftszelle. Als Wilhelm sie an einem Sonntag Mitte Juli besuchte, fühlte sie sich etwas besser, denn sie hatte zwei Nächte durchgehend geschlafen. Er brachte ihr Pfannkuchen und Äpfel, dazu einen Kräutersud, der sie stärken sollte. Vielleicht konnte sie damit die Dysenterie besiegen. Wilhelm hielt ihre Hand durch das Gitter hindurch, zum ersten Mal seit ihrer Gefangenschaft berührten sie sich. Sie war glücklich.

Man befand sich in den letzten Julitagen. Aus Berlin und Leipzig kommend verbreiteten sich Gerüchte, dass es eine neue Koalition gegen Napoleon geben sollte. Der dritte Versuch. Großbritannien, Russland, Preußen, Schweden und Österreich sollten dazugehören. Viele Menschen fürchteten einen wieder aufflammenden Krieg gegen Frankreich, andere hielten das für Geschwätz und Hysterie. Herzog Carl August gab sich offiziell neutral, auch wenn seine Affinität zu Preußen und Russland bekannt war.

Wilhelm stellte sich vor, wie es im Krieg war, im Feld, im Gefecht. Er war nie dabei gewesen und hatte keine klare Vorstellung vom Kämpfen, vom Töten und vom Sterben. Natürlich würde Gott ihn einmal zu sich rufen – aber dazu war es noch zu früh. Vor allem, da er bald Familienvater sein würde. Ja! Annettes Schwangerschaft hatte sich bestätigt, ihr Bauch wölbte sich schon leicht und sie spürte die Veränderungen ihres Körpers. Bis Ende September sollte der Aufsatz für den Neuen Teutschen Merkur fertig sein. Sie schrieb und schrieb und recherchierte, steckte ihre Nase tief in die Bücher, wälzte Lexika und Almanache, manchmal bis spät in die Nacht. Wilhelm hatte ihr in der Werkstatt einen kleinen Schreibtisch gezimmert, sodass das Ehepaar die meiste Zeit des Tages in trauter Zweisamkeit verbringen konnte.

Der Anbau des Hauses in der Winkelgasse war zu einer sauberen, mit allen Werkzeugen und Hilfsmitteln ausgestatteten Instrumentenwerkstatt geworden. Damit war er dem ersten seiner fünf Träume schon sehr nahegekommen.

Nun konnte er den Auftrag für die Guitarre der Frau von Dettmansberg weiterführen. Zunächst war er unsicher gewesen, ob die geheimnisvolle Dame nach der Jenaer Hochwasserkatastrophe weiterhin auf ihrem Instrument bestand. Er hielt die fünfzig Taler Anzahlung unter Verschluss und hätte sie ihr jederzeit zurückgeben können. Aber dann brachte ein Laufbursche einen Brief, in dem Frau von Dettmansberg die vollständige Ausführung ihres Auftrags verlangte. Wilhelm staunte. Woher wusste sie, dass er den Handwerksbetrieb von Reisinger übernommen hatte? Und wie konnte sie wissen, wo sich seine Werkstatt befand? Dem rätselhaften Wesen der Frau wurde eine weitere unerklärliche Facette hinzugefügt. Jedenfalls konnte er nun die Bestellung des Sitka-Holzes bestätigen, dessen Anlieferung für die letzten Julitage avisiert worden war. Simon Zimmer, sein Nachbar, hatte Wilhelm erlaubt, einen seiner Schuppen als Lagerstätte für das neue Holz zu nutzen. Wenige Tage später tauchte der Bote erneut auf, mit einer Depesche, in der die edle Dame aus Wien Wilhelm um eine Unterredung im Hotel Elephant bat. Diese Frau wurde ihm unheimlich. Und unangenehm. Er wollte nicht den Eindruck einer Annäherung erwecken, selbst wenn diese rein geschäftlicher Natur war. Keine Blamage. Kein Missverständnis, das Annettes Liebe zu ihm gefährden konnte. Gerade jetzt während der Schwangerschaft. Er ignorierte die Einladung.

Maria von Dettmansberg wartete drei Tage auf eine Antwort von Wilhelm. Nichts. Falls er wirklich der Mann war, den sie suchte, durfte sie ihn nicht verprellen. Sie beschloss, ihm eine Zeit des Nachdenkens zu gönnen und zunächst einen Vetter in Meiningen zu besuchen. Sie musste mehr über ihre Familie herausfinden.

Louise von Göchhausen war ihrem Freund, dem Geheimrath von Goethe, den sie unter vier Augen manchmal »mein Geheimräthchen« nannte, sehr dankbar für seine juristische Hilfe und versprach ihm als Gegenleistung, die Urfassung seines Bühnenstücks »Faust, eine Tragödie«, das er aus Frankfurt mitgebracht hatte, abzuschreiben und bei ihr zu hinterlegen. Es gab zu viele Kopisten, die seine Werke abschrieben und als ihre eigenen ausgaben oder ohne sein Wissen und seinen Vorteil verkauften. Das bedeutete für Louise wochenlange Schreibarbeit, aber sie tat es gerne, denn sie mochte Goethe, den alten Kauz.

TEIL III:
August 1805

12. Vom alten und neuen Leben

Weimar, Freitag, 2. August 1805

Wilhelm erwachte um halb sechs. Draußen war es bereits hell. Er ließ Annette weiterschlafen, kleidete sich leise an und schlich die Treppe hinab. Babel folgte ihm auf sachten Pfoten.

Wilhelm öffnete die Fenster. Seine Lungen füllten sich mit reiner, frischer Morgenluft. Er durchquerte die Werkstatt und betrat den Garten. Ein typischer junger Sommermorgen empfing ihn. Er sah hinauf in den Himmel und dankte seinem Schöpfer für diese Wohltat.

Babel jaulte leise. Wilhelm holte eine Schüssel und gab ihm zu fressen.

Dann griff er nach dem Feuerholz, schichtete es pyramidenförmig in den Herd und öffnete den Zunderkasten. Es dauerte eine Weile, bis es gelang, mittels Feuerstein und Zunderschwamm ein Feuer zu entfachen. Annette war darin geübter als er. Schließlich loderten die Flammen und er legte Kohle nach. Es war genügend Wasser im Haus, sodass er nicht zum Brunnen laufen musste. Wilhelm setzte einen Topf auf den Herd. Heute, an solch einem schönen Tag, sollte es Kaffee sein. Die Kaffeebohnen waren teuer, deswegen gab es dieses Getränk nur einmal pro Woche. Der erste Schluck war der beste. Wilhelm fühlte sich wohl, innerlich gewärmt und zufrieden.

Er öffnete die Haustür und trat hinaus auf die Winkelgasse. Alles schlief, keine Kinder spielten vor den Häusern, weder Henry noch Babelinchen waren zu sehen. Wilhelm lächelte, er war ein Frühmensch und liebte es, als Erster wach zu sein.

Als er sich umdrehte, um ins Haus zurückzukehren, stieß sein Fuß an einen Gegenstand. Ein kleines Paket lag auf der Erde neben der Haustür. Der Inhalt war in braunes Papier gewickelt, mit einem dünnen Bindfaden zusammengehalten. Wilhelm ahnte, was hier lag: ein Buch.

Trotz der Morgenkühle lief ein Rinnsal seinen Rücken hinab. Hier stimmte etwas nicht. Keine Adresse, kein Absender. Sein Unterbewusstsein meldete Gefahr. Aber warum? Woher stammte das Paket? Und von wem?

Er ging ins Haus und öffnete die Verpackung. Ein Buch von Edward Jenner mit dem Titel Über die Pockenerkrankung und die Vaccination bei Kleinkindern in England. Der Absender wusste, woran Annette arbeitete. Wilhelm nahm einen großen Schluck Kaffee, um sich zu beruhigen. Er drehte das Buch hin und her, blätterte darin und klappte es wieder zu. Erst jetzt fiel ihm auf, dass es einen grünen Einband besaß.

Unvermittelt stand Annette neben ihm. Er hatte sie nicht die Treppe herunterkommen hören, trotz ihres schweren Gangs.

»Oh, das Buch von Jenner«, rief sie. »Das kann ich gut gebrauchen!«

»Aber, Annette …«

»Stell dir vor, in der Bibliothek konnte ich es nicht bekommen, es war ausgeliehen, sagte der Bibliotheksgehilfe, und nun ist es hier, ich danke dir!«

Sie setzte sich auf seinen Schoß, umarmte und küsste ihn.

Wilhelm hielt sie, zog sie eng an sich, er wollte noch etwas sagen, doch die Worte verschwanden im hellen Schein der Liebe. Er schaffte es nicht, Annettes Begeisterung zu dämpfen. Stattdessen fuhr er mit den Fingern vorsichtig über ihren Bauch, versuchte, etwas zu ertasten, und sagte dann mit einem spitzbübischen Grinsen: »Ganz schön schwer, ihr beiden!«

Im selben Moment bemerkte er, dass Annette schluckte, die Augen weit öffnete und einen Würgereiz zu verspüren schien. Schnell griff er nach einer Schüssel und schon musste sie sich übergeben. Noch einmal. Und ein drittes Mal. Die Tränen liefen ihr übers Gesicht, sie klammerte sich an Wilhelm wie eine Ertrinkende. Endlich kam sie zur Ruhe. Babel stand mit besorgtem Hundeblick neben ihr.

»Keine Sorge!«, murmelte sie. »Das ist bei vielen Schwangeren so, das vergeht wieder.«

Wilhelm war erschüttert. So hatte er Annette noch nie erlebt. So schwach und verletzlich. Er hatte Angst um sie. Umgehend musste er eine Frau finden, die guter Hoffnung war, um sich bestätigen zu lassen, dass dieses Erbrechen normal war. Und um die dunkle Ahnung, die er kurz zuvor in eine Schublade seines Inneren abgelegt hatte, endgültig begraben zu können.

~

Rosine war in höchstem Maße verärgert. Erstens wegen des unmöglichen Benehmens ihrer Mutter und zweitens wegen eines Sommerfests am kommenden Sonntag im Tieffurther Park, zu dem die Fürstin Anna Amalia jeden eingeladen hatte, der im Herzogtum Rang und Namen hatte. Da auch ihre Herrin, die Erbprinzessin Maria Pawlowna, geladen war und jeder wusste, dass Rosine sich vor Ort auskannte, hatte man sie als Küchenhilfe abkommandiert. An ihren alten Arbeitsplatz: Schloss Tieffurth. Nichts Schlimmeres als das! Hoffentlich könnte sie sich dort in der kalten Küche verstecken und dort einfach ihrer Arbeit nachgehen. Dann würde sie dem eingebildeten Fräulein von Göchhausen nicht über den Weg laufen. Jedoch ahnte sie, dass sie mit weißer Schürze und ach so feinem weißen Häubchen im Park herumstolzieren müsste, um den Gästen Champagner einzuschenken. Sie könnte ihr Frühstück ausspeien, wenn sie daran dachte.

Die Köchin holte Rosines Gedanken zurück an ihren aktuellen Arbeitsplatz, indem sie befahl, die Küchenfenster zu öffnen. »Es stinkt bestialisch nach diesem schrecklichen Tee, den wir der Erbprinzessin jeden Tag kochen mussten«, rief sie. »Ich hätte so etwas nie trinken können. Der Geruch hängt noch in der Luft, aber den Rest könnt ihr wegschütten, es geht ihr zum Glück besser. In ein paar Wochen wird sie niederkommen.«

Rosine wusch sich die Hände, während alle Küchenhilfen, die saubere Finger hatten, die Fenster öffneten. Tee, Geruch, durch die Luft schwirrende Teilchen … Wie vom Donner gerührt blieb sie am Spülstein stehen. Sollte ihre Mutter doch recht behalten? Was hatte sie gesagt in ihrer geistigen Umnachtung? Kleine Tierchen tragen das Gift durch die Luft, überallhin. Konnte das wahr sein? Nun, das mit den winzigen Tieren klang etwas zu dramatisch, eher wie eines der Märchen, die ihr die Mutter als Kind erzählt hatte. Aber kleine schwebende Teilchen konnte es trotzdem geben, ähnlich den Staubkörnern, die im Sonnenlicht umherschwirrten – als Zofe bei der Göchhausen hatte sie sich oft genug damit herumschlagen müssen.

Oder ähnlich winzigen Schneeflocken, die man nicht sah. Wer konnte das wissen? Ein Apotheker, hatte Oswin vorgeschlagen. Gut, Hoffmann konnte sie kaum fragen, er würde Verdacht schöpfen und Colette womöglich entlassen – oh nein, diese nützliche Informationsquelle durfte sie nicht gefährden.

Carl August Tietzmann – das war eine gute Idee! Den zweiten Weimarer Apotheker in der Neuen Straße, den würde sie fragen. Und falls er die Information nicht preisgeben wollte, hatte sie Mittel, ihn, den Junggesellen, zu überzeugen. Das plante sie für Samstagvormittag, da hatte sie frei. Am Samstagnachmittag mussten alle in Tieffurth bei den Vorarbeiten helfen.

Frohgemut ging sie wieder ans Werk.

13. Das Kreuz mit dem Kreuzverhör

Weimar, Samstag, 3. August 1805

Maria von Dettmansberg war zurück in Weimar. Sie logierte erneut im Hotel Elephant, denn Herr Vetter, der Majordomus, hatte sich als nützlicher Informationslieferant erwiesen. Schnell erfuhr sie, dass am Sonntagabend im Park von Schloss Tieffurth ein rauschendes Sommerfest stattfinden sollte. Sie fragte nach Verbindungen und vernahm, dass Annette von Brun mit Louise von Göchhausen verwandt war, wie genau, das wusste Vetter nicht, aber das war unwichtig. Es zählte allein die Verwandtschaft zur ersten Hofdame von Anna Amalia. Umgehend verfasste Maria einen Brief an Wilhelm von Wolzogen, in dem sie sich anbot, der Fürstin Maria Pawlowna während des Festes Gesellschaft zu leisten. Sie sei die Witwe des Wiener Hofraths Paul von Dettmansberg, mit dem die Fürstin in St. Petersburg zusammengetroffen war. Vetter schickte einen Burschen mit dem Brief ins Schloss. Zwei Stunden später kam eine Einladungskarte für das Sommerfest. Maria lächelte. Sie wusste sich in diesen Kreisen zu bewegen. Nun musste sie schleunigst ein Kleid und den entsprechenden Schmuck aussuchen.

Es würde unvermeidlich sein, Wilhelm dort zu begegnen. Endlich kam sie einen Schritt weiter.

Rosine hatte ein Gespür für Menschen. Carl August Tietzmann war ein fast schon ängstlich zu nennender Mann, der pedantisch darauf bedacht war, nichts zu sagen, was ihm am herzoglichen Hofe zum Nachteil gereichen konnte. Ja, ein Teil des Mitis-Grüns bestehe aus Kupferarsenitacetat, so gab er zu, von einer erwähnenswerten Giftigkeit wisse er nichts. Rosine beobachtete ihn genau und war sicher, dass er log. Immerhin wusste er, welcher Wirkstoff in der Farbe enthalten war, Weiteres wollte er nicht preisgeben. Sie war sich sicher, dass »ein Teil« mehr zu bedeuten hatte, als das Wort aussagte, wohl eher »der größte Teil«. Von dem Grün der Wandbehänge im Weimarer Schloss wisse er angeblich überhaupt nichts.

Tietzmann war ein Heuchler, ein Kriecher und Durchlavierer, für den der Sinn des Lebens darin bestand, nirgends anzuecken. Ohne dass Rosine danach gefragt hatte, tischte er ihr die Entstehungsgeschichte seiner Apotheke auf. Er hatte die Freigabe des Herzogs für die zweite Weimarer Apotheke nur unter der Bedingung erhalten, dass er ein Haus in der Neuen Straße baute. Und – so versicherte er geschmeidig – der Name »Neue Straße« klinge ja deutlich besser als der alte: »Schweinemarkt«. Igitt – er schüttelte sich.

Ja, auf den Namen kam es ihm an. Mutmaßlich würde er demnächst für seine Verdienste geadelt werden. Rosine hasste solche Menschen. Und Hass war ein Gefühl, das sie kannte. Es passte zu ihr.

Nach dem Besuch in der Löwenapotheke lief sie direkt zum Exercierplatz vor dem Schloss. Zwischen der Bibliothek und dem Reithaus versteckte sie sich in der Nähe eines kleinen Durchgangs in der Stadtmauer. Sie brauchte nicht lange zu warten, da schlug es vom Rathaus zwölf.

Auf dem Exercierplatz begann die tägliche Parade der Ordonnanzhusaren. Zugleich sammelte sich vor einem Gebüsch eine Reihe junger Mädchen, die ihre Mittagspause dazu nutzten, die Husaren in ihren schneidigen Uniformen zu beobachten. Rosine wusste, dass sich in diesem Buschwerk an dem sachten Abhang auf der Rückseite der Bibliothek auch ein Mann aufhielt. Ein erwachsenes Mannsbild mit dem Gemüt eines Schuljungen. Er versteckte sich dort, um seinerseits die jungen Mädchen zu beobachten.

Rosine näherte sich dem Busch von der Seite. Sie hoffte, dass Oswin wenigstens noch seine Hosen geordnet hielt. Es raschelte in dem Gebüsch.

»Oswin!«, raunte sie ihm zu. »Komm sofort heraus!«

Nach einem kurzen Schockmoment flüsterte er: »Rosine, woher …?«

»Nun, ich kenne dich eben. Also, komm heraus, wir müssen reden!«

Ohne Geräusche zu verursachen, schlängelte er sich aus dem Buschwerk heraus. Er trug wieder die Hosen mit dem schrecklichen Umschlag, der locker über die Schuhe fiel, vollkommen aus der Mode fallend. Sein Gesicht war von einer deutlichen Röte überzogen. »Was ist?«

»Sag mir endlich, wem du das grüne Buch geschickt hast. Die Kastanienbraune, wer ist es?«

Oswin überlegte einen Moment. »Wenn du mich verrätst, verliere ich meine Anstellung und ich kann dir nicht mehr mit den Büchern helfen.«

Rosine dachte nach. Ausnahmsweise hatte der Kerl recht. Vor allem durfte keiner im Schloss erfahren, dass sie nicht lesen konnte. »Gut, ich überleg's mir, bis Montag!«

»Sie hat grüne Katzenaugen!«, sagte Oswin und grinste. Er sah sie lüstern an.

»Hier nicht«, erwiderte sie. »Montag in der Bibliothek. Wie viele grüne Bücher hat sie bekommen?«

»Drei. Eins hat sie bestellt, die anderen beiden nicht.«

»Und woher weißt du, welche Bücher sie interessieren?«

»Na, das weiß ich eben. Schließlich arbeite ich in einer Bib... Bib...«

»Ja, ich verstehe! Wir treffen uns am Dienstag wieder an diesem Ort, zur gleichen Zeit!«

Er nickte und ging zurück in sein Gebüsch.

Was für ein Mensch! Klug und dumm zugleich. Ein Intelligenzzwitter. Sie musste vorsichtig sein, vermutlich brauchte sie ihn noch für ihren Racheplan.

Louise von Göchhausen war an diesem Samstag im Aufbruch. Anna Amalia verlegte ihren Aufenthaltsort wieder nach Tieffurth. Das Wetter hatte sich stabilisiert, der große Regen war vorüber. Clara half Louise, die nötigen Sachen zu packen und sich auf das Sommerfest am folgenden Tag vorzubereiten.

Mitten in diesen Trubel hinein erreichte sie eine Depesche des Bibliothekars Vulpius, in der er sie bat, Schlag zwölf in der Bibliothek zu erscheinen, er brauche ihre Hilfe. Goethe habe ihm geschrieben, sie sei die Beste für diesen Fall. Er erinnere ans vergangene Jahr.

Einerseits schmeichelte ihr das, andererseits passte ihr der Zeitpunkt überhaupt nicht. Zudem wusste sie nicht, was mit »diesem Fall« gemeint war. Dennoch – sie konnte nicht ablehnen. Herrmann kutschierte Louise von Göchhausen und ihre Zofe zur Bibliothek, nach dem Gespräch sollte es direkt übers Kegelthor in Richtung Tieffurth gehen.

Als sie den Rokokosaal betrat, warteten dort bereits Christian Vulpius und – zu ihrer Überraschung – auch der Geheimrath Voigt. Der Bibliothekar begrüßte sie standesgemäß mit einem angedeuteten Handkuss und versicherte ihr, wie wichtig es sei, dass sie helfe. Voigt nickte ihr lediglich zu.

»Nun«, Vulpius räusperte sich umständlich, »wie ich bereits dem Herrn Geheimrath von Goethe und Herrn Geheimrath Voigt als Leiter dieser Bibliothek mitteilte …«

»Sagen Sie bitte einfach, um was es geht!«, fuhr Voigt dazwischen.

»Wir vermissen zwei Bücher. Sie sind unauffindbar und wir vermuten, dass sie gestohlen wurden.«

»Oh!«, machte Louise.

»Und bevor noch mehr Bücher verschwinden«, ergänzte der Bibliothekar, »wollten wir Sie bitten, Nachforschungen anzustellen. Geheimrath von Goethe hat dem zugestimmt, Sie haben freie Hand!«

»Das ehrt mich sehr, aber …« Louise zögerte.

»Goethe und ich sind beide für die Bibliothek verantwortlich«, sagte Voigt. »Er wollte unbedingt, dass wir Sie hinzuziehen.«

Für Louise klang das so, als sei er selbst anderer Meinung.

»Es hat keine besondere Eile«, schob Vulpius nach. »Schließlich sind es zwei Bücher von bescheidenem Wert, wir wollen jedoch vermeiden, dass sich das wiederholt. Denn es gibt einen gewissen Zusammenhang zwischen den verschwundenen Druckwerken.« Er hüstelte.

Louise sah ihn fragend an.

»Beide Bücher haben einen grünen Einband«, fuhr er fort. »Das allein kann einem Zufall unterliegen. Allerdings gibt es auch einen thematischen Bezug, denn beide handeln vom Wohlergehen von Müttern und Kindern.«

Das traf Louise bis ins Mark. Sofort dachte sie an das grüne Buch, das Annette ihr gezeigt hatte. Aber ihre Nichte stahl doch keine Bücher! Nein, das konnte nicht sein. Doch es traf genau den Aufsatzgegenstand. Die grauen Eminenzen. Sie wagte nicht, weiterzudenken.

»Das eine Buch handelt von den Waisenhäusern im Königreich Sachsen und den angeschlossenen Herzogtümern. Es wurde von Stephan Maria Kirch geschrieben. Bei dem anderen geht es um die Pockenerkrankung bei Kindern und die Vaccination. Verfasser ist dieser Engländer, Edward Jenner.«

Der Boden schien Louise unter den Füßen zu schwanken. Sie hielt sich an einer Säule fest.

Der Geheimrath Voigt schien das zu bemerken. »Ich sehe, Ihnen ist nicht wohl, vielleicht die Hitze, die setzt dem schwachen Geschlecht ja besonders zu. Erholen Sie sich, wir sprechen morgen Abend auf dem Fest weiter.«

Louise nickte. »Vielen Dank, Herr Geheimrath. Ich empfehle mich!«

Damit drehte sie sich um und verließ die Bibliothek. Vor dem Gebäude kam ihr ein schmaler, fast schon hässlicher Mann mittleren Alters entgegen, spitze Nase, kaum Haare auf dem Kopf: Oswin Heimlich.

Sie schritt an ihm vorbei zur herzoglichen Berline, Herrmann klappte die Einstiegshilfe herunter, sie stieg hinein und setzte sich Clara gegenüber. »Fahren Sie!«

Herrmann rief sein übliches »Heja, heja, heja ho!«, sie hörte das Schnauben der Gäule, das Knirschen von Leder, das Klirren von Metall – vertraute Geräusche. Dann fuhr die Kutsche an. Louise lehnte sich zurück und schloss die Augen, um nachzudenken.

Oswin hatte die klein gewachsene, leicht humpelnde Dame im roten Kleid, die ihm vor der Bibliothek entgegenkam, schon einmal gesehen, konnte sich aber nicht mehr an ihren Namen erinnern. Sie machte einen verwirrten, fast entsetzten Eindruck. Was war hier los?

Im Rokokosaal erhielt er die Antwort. Dort bauten sich der Bibliothekar und der Geheimrath Voigt vor ihm auf. Ohne Begrüßung begannen die zwei, ihn ins Kreuzverhör zu nehmen:

»Heimlich, hat Er die beiden Bücher gefunden?«

Oswin atmete tief durch. »Ich … äh … leider … nein.«

»Was heißt das?«

Oswin erinnerte sich an das Gespräch mit Rosine zuvor, er hatte es zum ersten Mal geschafft, dagegenzuhalten, hatte sich damit selbst überrascht.

»Ich dachte, sie seien vielleicht nur verstellt, habe gesucht, hier im Rokokosaal, alphabetisch nach Verfasser und Titel, auch nach grünem Einband, dann im Kellerarchiv, auf dem Dachboden – überall. Nichts.«

Allein mit diesem einen zusammenhängenden Satz ohne Stottern oder Zögern schien er Respekt hervorgerufen zu haben.

»Und in der Ausleihekladde?«, hakte Vulpius nach.

»Auch dort habe ich … habe ich keine Fehler entdeckt.«

Vulpius sah ihn verärgert an, in ihm schien es zu brodeln.

»Ich gehe davon aus, dass die Bücher gestohlen wurden«, schob Oswin hinterher.

»Passt Er denn nicht auf?«, fragte der Geheimrath Voigt.

»Eure Exzellenz, diese große Bibliothek mit über fünfzigtausend Büchern – wie soll ich die allein im Blick behalten? Verzeiht, aber das ist unmöglich. Und bitte bedenkt, dass der Secretarius Schmelzer sich noch im Krankenstand befindet.«

Voigt nickte. »Da hat Er wohl recht.« Und nach einer Weile des Überlegens sagte er: »Weiteren Diebstahl können wir nur verhindern, indem wir einen Kontrolleur am Ausgang postieren.«

»Das stimmt, Herr Geheimrath«, meinte Vulpius. »Soll ich mich darum kümmern?«

»Nein, nein, warten Sie. Zuvor muss ich mich mit Geheimrath von Goethe verständigen. Morgen wird mein Brief an ihn abgehen, in dem ich zugleich das Thema der weimarischen Dubletten anschneiden werde, die nach Jena verbracht werden sollen. Ich gebe Ihnen dann Bescheid.«

»Gut«, sagte Vulpius mit einer eilfertigen Verbeugung. »Erlauben Sie mir eine Anmerkung: Diese Maßnahme verspricht nur Erfolg, wenn der Kontrolleur die Ermächtigung bekommt, die mitgeführten Taschen und Beutel der Gäste zu prüfen. Und deren Garderobe.«

Voigt sah ihn erstaunt an. »Eine Visitation der Kleidung? Etwa auch bei Damen?«

»Nur die Überkleidung betreffend, Mäntel, Pelissen und so weiter. Diese müssten abgelegt werden.«

Der Geheimrath schüttelte den Kopf. »Nein, nein, das sind ja schon militärische Befugnisse. Und Damen von Adel können wir das unmöglich zumuten.« Und an Oswin gerichtet sagte er: »So lange, Heimlich, hält Er die Augen offen, verstanden?«

»Selbstverständlich, Eure Exzellenz!«

Voigt drehte sich um und strebte dem Ausgang zu. Vulpius zog sich in seine Kemenate zurück.

Mit einem dünnen Lächeln auf den Lippen erklomm Oswin die Treppe zur ersten Galerie. Seine Lieblinge warteten.

14. Festliches Verhalten auf dem Sommerfest

Tieffurth, Sonntag, 4. August 1805

Wilhelm war aufgeregt. Zum zweiten Mal nach der Hochzeit mit Annette an Weihnachten 1804 würde er dem Herzog und seiner Verwandtschaft begegnen. Er erinnerte sich daran, was ihm seine Ehefrau damals mitgegeben hatte: Die Mitglieder der herzoglichen Familie musste er mit »Eure Hoheit« anreden, alle Geheimräthe mit »Eure Exzellenz«. Die Kernfamilie des Serenissimus – so wurde Carl August auch betitelt – konnte er sich namentlich gut einprägen, doch ob er die Namen jedes einzelnen Geheimraths im Gedächtnis behalten hatte, bezweifelte er. Wichtig würden die PTR-Gespräche werden, wie Annette sie nannte. In kleiner Runde intelligent von allem und nichts zu reden. Gemäß dem modernen Sprachgebrauch hieß das: *»parler de tout et de rien«*. Und dabei war genau darauf zu achten, niemanden zu brüskieren oder sogar zu beleidigen. Wahrlich – das war nicht Wilhelms Lieblingsbeschäftigung, aber er tolerierte diese Üblichkeiten, Annette zuliebe.

Er atmete tief durch und betrachtete sich im Spiegel des Tieffurther Schlosses. Seine zunftgemäße Tischlerkleidung hatte er abgelegt. Stattdessen trug er ein weißes Hemd mit Rüschenärmeln, darüber ein Samtwams, dazu einen zweireihigen dunkelblauen Gehrock aus feinster, dicht gewebter Baumwolle, den der herzogliche Schneider in der Wagnergasse ihm im Vorjahr angefertigt hatte. Wie die meisten jungen Männer bevorzugte er knöchellange Hosenbeine.

In dieser standesgemäßen Kleidung bei heißem Augustwetter durch den Park zu stolzieren, würde gewiss kein Vergnügen werden. Erst später, wenn der Herzog eine Anzugerleichterung vorgab, durften die Herren ihre Kleidung lockern. Die Damen hatten es etwas einfacher mit ihren leichten Musselinkleidern und kurzen Puffärmeln, mussten aber das Dekolleté sittsam mit einem Dreieckstuch, dem *Fichu*, bedecken – mehr oder weniger jedenfalls, je nach Laune und äußerer wie innerer Hitze. Hüte waren für Damen und Herren ein Muss, bei diesem Wetter eine Schatten spendende Erleichterung. Dabei hatten die Männer wiederum keine Auswahlprobleme, denn ein Hut war ein Hut, ein Mittel zum Zweck, sonst nichts. Bei ziviler Bekleidung trug man einen Zylinder, bei Uniformen die zugehörige Kopfbedeckung, bei Soldaten meist einen Dreispitz. Frauenhüte hingegen mutierten zu einem Schmuckstück von ausladender Größe, Wagenrädern ähnlich, mit Blumen, Buschwerk, Federn und bunten Bändern versehen, die zu tragen mehr Belastung als Nutzen bedeutete.

Wilhelm sah sich um. Noch vor einem Jahr hatte er sich nicht vorstellen können, im Schloss Tieffurth als gleichwertiges Mitglied der Adelsgesellschaft empfangen zu werden. Nein, damals war er ein einfacher Handwerker, der den Damensekretär der Mademoiselle von Göchhausen instand setzte und dabei einen ominösen Brief fand. Dabei stieß er auf einen veritablen Mordfall um zwei Witwen, den er gemeinsam mit Louise und Major von Seebach lösen konnte. Am Ende hatte er sich von Wilhelm Gansser zu Wilhelm Bruno Lorenz von Brun gewandelt.

Gegen Mittag wurde eine Außentemperatur von einunddreißig Centigraden gemessen, woraufhin Anna Amalia nach Rücksprache mit ihrem Sohn entschied, den Beginn des Festes von drei am Nachmittag auf sechs am Abend zu verschieben. In der Zwischenzeit mussten die Speisen und Getränke kalt gehalten werden. Eine Heerschar von Dienern wurde losgeschickt, um aus den Tiefkellern in der Umgegend kühlende Eisblöcke herbeizuschaffen.

Die Wartezeit nutzten Annette und ihre Tante, um erneut den Ablauf der Festivität zu besprechen. Schließlich hatte die Herzoginmutter ihrer ersten Hofdame Louise von Göchhausen die Planung des Festes übertragen. Wilhelm hörte aufmerksam zu. Zunächst sollten sich alle Gäste im Schatten der großen Bäume vor dem Altan des Schlosses einfinden. Jeder würde von Geheimrath von Wolzogen laut vorgestellt werden und musste mit fünffachem Hofknicks oder einer Verbeugung an der herzoglichen Familie vorbeidefilieren: Herzog Carl August, Herzogin Luise, Herzoginmutter Anna Amalia, Erbprinz Carl Friedrich und seine Ehefrau Fürstin Maria Pawlowna. Danach erfolgte eine Art Erinnerungszug zur Bootsanlegestelle im nördlichen Parkteil, an deren Gegenufer sich der Kenotaph zu Ehren des Prinzen Friedrich Ferdinand Konstantin befand, des verstorbenen Bruders des Herzogs.

Über Konstantin, wie er meistens genannt wurde, schwebte nach Tante Louises Meinung das Menetekel eines unglücklichen Lebens. Als er geboren wurde, war sein Vater Monate zuvor gestorben. Er wurde als stiller, in sich gekehrter Mensch wahrgenommen, anders als sein älterer Bruder, unterhielt eine tragisch anmutende Liebesbeziehung, zog als preußischer General in den Krieg gegen Napoleon und kam dabei ums Leben. Auch hier verfolgte ihn eine gewisse Tragik, denn er starb nicht auf dem Schlachtfeld, sondern im Lazarett infolge einer Typhuserkrankung. Seine Mutter Anna Amalia ließ den Kenotaphen im Schlosspark errichten, in dem Park, an dessen Ausgestaltung Prinz Konstantin maßgeblich beteiligt war. Ein Scheingrab ohne Inhalt, mehr Gedenkstätte als Grablege.

Danach sollte das Fest an der Bootsanlegestelle fortgeführt werden, indem dort Goethes Singspiel »Die Fischerin« aufgeführt wurde. Im Jahr 1782 war es an selber Stelle uraufgeführt worden. Erst danach würden die Gäste den leiblichen Genüssen zusprechen können. An mehreren Örtlichkeiten im Park waren Tische für die Büfetts aufgebaut worden: am und im Schloss, vor dem Teesalon, am Musentempel und unter einer weit ausladenden Eichenkrone am Ilmufer. Neben jeder der »Futterstationen«, wie Tante Louise sie nannte, würde eine kleine Musikgruppe gute Stimmung verbreiten. Hunderte von Fackeln lagen bereit, um die Mücken zu vertreiben und weit in die Nacht hinein feiern zu können. Für die herzogliche Familie waren unter einer großen Buche einem Thron ähnliche Sitzgelegenheiten aufgebaut worden, mit einem Baldachin überspannt, sodass keine Blätter oder gar Hinterlassenschaften von Vögeln das Essvergnügen in freier Natur störten. Unzählige Lakaien und Servierfräulein in weißen Schürzen und Häubchen waren zum Fest beordert worden.

Voll Begeisterung berichtete Tante Louise, was an Köstlichkeiten bereitstand: Champagner, Rheingauer Riesling, Madeirawein, Apfel-, Himbeer- und Holundernektar sowie herzhaftes Kellerbier aus Ehringsdorf. Natürlich auch Kaffee, Tee und Kakao. Wildbret in Morchelsoße, italienischer Schinken, geräucherte Forellen, russischer Kaviar, auf Zedernholz gedünstetes Lachsfilet, Garnelencocktail,

Happen von Aal und Hecht mit Kräutersahne, Spießchen von Geflügel- und Kalbfleisch, Streifen von Hammel- und Entenkeulen, alles in kleinen irdenen Schüsseln mundgerecht zubereitet, denn man speiste vorwiegend im Stehen. Sehr wichtig waren die Süßspeisen: Biskuitkuchen mit Zitronenglasur, Mandel- und Mohnkuchen – wie in Thüringen üblich in zwei Finger breite Stücke geschnitten –, Apfel- und Birnenkompott mit Zimt, in Cognac flambierte Erdbeeren. Für die Kinder lagen kandierte Früchte bereit sowie Bonbons, mit einer glänzenden grünen Farbe überzogen.

Annette genoss Goethes Singspiel »Die Fischerin«. Sie hatte Wilhelm neben sich und konnte im Schatten einer Baumkrone stehen, was nicht jedem der fünf Dutzend Gäste vergönnt war. Inzwischen neigte sich die Sonne langsam hinter den großen Bäumen im Westen des Parks und die Temperaturen wurden angenehmer. Die offizielle Begrüßung durch die herzogliche Familie hatte ohne Pannen stattgefunden, und auch Wilhelm hatte sich fehlerlos in die höfische Gesellschaft eingefügt.

Annette gab ihrem Angetrauten ein Zeichen, dass sie Hunger habe, er nickte und sie drehten sich um. Plötzlich stand ihr Onkel Ferdinand von Auerbach vor ihnen. Annette hatte überhaupt nicht mit ihm gerechnet. Meine Güte, dachte sie, wie dumm von mir, immerhin ist er der Direktor des Wilhelm-Ernst-Gymnasiums, er musste also eingeladen werden.

»Onkel Ferdinand, ich habe Sie vorher gar nicht gesehen, guten Abend!«

»Ich habe gehört, ihr wohnt in der Winkelgasse«, sagte

er ohne Begrüßung. »Das ist ja wohl nicht euer Ernst, ihr seid von Adel!«

»Doch, Onkel, das ist unser Ernst. Wilhelm braucht eine Werkstatt und das Haus stand leer.«

Ferdinand von Auerbach sah Wilhelm an. »Ich denke, Sie haben ein Landgut in Kötschau, das wäre doch ein viel besserer Platz!«

»Im Grunde schon«, antwortete Wilhelm. »Aber ich habe nicht genug Geld, das verfallene Gut Kötschau instand zu setzen. Das ist unser Zukunftsplan, doch bis dahin werden noch sieben oder acht Jahre verstreichen.«

»Meine Güte, man kann Kredite aufnehmen, irgendwie wird das schon gehen. Die Winkelgasse hat einen sehr schlechten Ruf.«

»Wie Sie wissen, stamme ich aus der Winkelgasse, für mich ist das Heimat und der Ruf ist mir egal.«

»Pah!«

»Vielleicht können Sie uns ja einen Kredit geben«, sagte Wilhelm.

»Ich? Nein, ich bin doch kein Goldesel! Eure Tante Ernesta wird entsetzt sein, wenn sie hört, dass ihr *da* wohnt.«

»Das glaube ich nicht, lieber Onkel«, sagte Annette ruhig. »Der Einzige, der entsetzt ist, sind Sie. Und nun entschuldigen Sie uns bitte, wir haben Hunger!«

Damit ließ sie den verblüfften Onkel stehen und hakte sich bei Wilhelm ein.

~

Rosine erlitt genau das Schicksal, das sie befürchtet hatte: Sie war ein Teil der zwei Dutzend »Häubchensklaven«, wie sie es nannte: junge Mädchen mit weißem Häubchen und ebensolcher Schürze. Ihre Herrin Maria Pawlowna hatte sie persönlich herbeordert, da sie wusste, dass Rosine sich in Tieffurth auskannte. Der Fürstin ging es besser, doch sie stand wenige Wochen vor der Niederkunft und zwei Lakaien trugen ständig einen brokatgeschmückten Sessel hinter ihr her. Rosine fand das lachhaft und unwürdig, durfte sich aber nicht dazu äußern. Sie balancierte ein Tablett nach dem anderen durch den Park, lief zurück in die kalte Küche, um Champagner nachzufüllen, und ging erneut ihre Runde. Immerhin war sie an der frischen Luft und musste nicht in der stickigen Küche Gläser spülen. Alles lief gut, bis zu dem Moment, in dem Louise von Göchhausen vor ihr stand.

Wie immer war ihre ehemalige Herrin, dieses kleine missgestaltete Biest, in Rot gekleidet. Beide sprachen kein Wort. Louise von Göchhausen griff nach einem Champagnerglas, Rosine zitterte, das Glas fiel zu Boden. Geheimrath von Wolzogen, der in der Nähe stand, rief: »Pass Sie doch auf, zum Donnerwetter!«

Zum Glück war das rote Kleid der Göchhausen nicht beschmutzt worden. Ein Lakai sammelte die Scherben ein, Rosine selbst hatte Mühe, den Rest der Gläser auf dem Tablett in der Waage zu halten. Sie entschuldigte sich bei Seiner Exzellenz Geheimrath von Wolzogen, nicht jedoch bei Louise von Göchhausen – ein Affront, der aber im Durcheinander nicht auffiel. Rosine beschloss, sich im Laufe des Abends von allen roten Kleidern fernzuhalten.

~

Das Ehepaar von Brun stand am Fischbüffet unter der großen Eiche, sie ließen sich die Köstlichkeiten munden. Der

Herzog hatte noch keine Anzugserleichterung freigegeben, dennoch hatte Wilhelm sich heimlich ins Schloss geschlichen und sich in Tante Louises Räumen des Samtwamses entledigt. Seither fühlte er sich deutlich wohler. Annette hielt ein Champagnerglas in der Hand, er selbst einen Krug Ehringsdorfer Kellerbier. Sie lehnten sich aneinander und blickten verträumt in den Sonnenuntergang.

Unvermittelt wurde ein Brokatsessel neben ihnen aufgestellt und eine Frau mit deutlich vorgewölbtem Bauch setzte sich darauf. »*L'amour, l'amour!*«, sagte Fürstin Maria Pawlowna und sah die beiden freundlich an.

Annette reagierte als Erste. »Eure Hoheit, *bonsoir*!« Sie vollführte einen perfekten Hofknicks. »Annette von Brun.«

Wilhelm folgte mit einer Verbeugung. »Eure Hoheit, *je suis enchanté*!« Das hatte er von Tante Louise gelernt. »Wilhelm von Brun.«

Die Fürstin lächelte. »Ich bin erfreut!«

Es entspann sich ein lockeres Gespräch, das in einer soliden Mischung aus Deutsch und Französisch geführt wurde. Die Frauen tauschten sich über Erfahrungen in der Schwangerschaft aus, wobei sich Annette im Frühstadium des neunmonatigen Zeitraums befand, während Maria Pawlowna bereits dem glücklichen Ende entgegensah.

»Eure Hoheit«, sagte Annette. »Darf ich Euch in Anwesenheit meines Ehemanns eine persönliche Frage stellen?«

»Aber selbstverständlich, *ma chère*!«

»Wilhelm ist sehr besorgt um mich und möchte gern wissen, ob gewisse Unpässlichkeiten zu Beginn der Schwangerschaft normal sind, Ihr wisst schon ...« Annette griff sich an den Hals, um einen Würgereiz zu simulieren.

Maria Pawlowna betrachtete Wilhelm erstaunt. »*Mon cher*, es ist sehr ungewöhnlich, dass Sie sich für so etwas interessieren. Das ehrt Sie. Die meisten Männer kümmern sich nicht um den Zustand ihrer Frauen, die guter Hoffnung sind. Nun, ich kann Ihnen versichern, das ist normal. Jedenfalls zu Beginn der Schwangerschaft. Mit einer Einschränkung, die der herzogliche Medicus mir nahelegte: Ihre Frau sollte an Gewicht zulegen. Immerhin wächst ein kleines Wesen in ihr heran. Sobald sie Gewicht verliert, sollten Sie einen Arzt konsultieren. Sie können mir jederzeit eine Depesche zukommen lassen, falls Sie meine Hilfe benötigen.«

Wilhelm verbeugte sich. »Eure Hoheit, ich bin gerührt. *Merci beaucoup*!«

In diesem Moment trat eine weitere Frau zu der Runde hinzu. Wilhelm erkannte sie zunächst nicht.

»Darf ich Ihnen eine Freundin vorstellen?«, fragte die Fürstin. »Maria von Dettmansberg aus Wien!«

Wilhelm war bestürzt. Diese Frau hier? Und eine Freundin der Erbprinzessin? Außer einer angedeuteten Verbeugung brachte er nichts zustande.

»Mein verstorbener Mann Paul von Dettmansberg weilte des Öfteren in St. Petersburg«, erklärte die Wienerin ohne Wiener Dialekt.

Annette begrüßte die Dame standesgemäß höflich. Wilhelm fiel die Abkürzung ein: PTR – *»parler de tout et de rien«*.

»*Madame*«, sagte er in Maria von Dettmansbergs Richtung. »Ich hoffe, es geht Ihnen gut. Wie gefällt Ihnen dieser artig herausgeputzte Park am Tieffurther Schloss?«

Sie stieg sofort darauf ein. »Oh, *merci*, eine wunderschöne Umgebung hier, ich bin entzückt.«

Weiter so, dachte Wilhelm, von allem und nichts reden. »Hat Ihnen der Champagner gemundet?«

Im Augenwinkel sah er, dass Annettes Mund ein leichtes Lächeln umspielte.

»Sehr köstlich, der kommt sicher direkt aus Frankreich, oder?«

»*Bien sûr!*«, antwortete er. Champagner kommt immer aus Frankreich, dachte er, sonst wäre es ja keiner. Reden, ohne etwas zu sagen. Doch das änderte sich abrupt.

Frau von Dettmansberg wandte sich der Fürstin in ihrem Brokatsessel zu. »Eure Hoheit, Herr von Brun und ich kennen uns bereits, er fertigt eine Guitarre für mich an.«

»*Comme c'est merveilleux!*«, antwortete die Fürstin. »Dann können wir uns bald auf ein nettes Konzert freuen?«

Frau von Dettmansberg hob die Hände. »Noch beherrsche ich das Instrument nicht. Aber vielleicht kann Herr von Brun ein Konzert geben?«

Sie beherrschte die Guitarre noch nicht, dafür jedoch die Tastatur der Hinterhältigkeit.

»Manchmal spiele ich abends etwas für meine Frau«, sagte er. »Mehr nicht. Einem Konzert würde das nicht gerecht werden.«

Maria Pawlowna lächelte. Die gemeinsame Vorliebe des Ehepaars von Brun für Musik schien ihr zu gefallen.

In diesem Moment trat Erbprinz Carl Friedrich hinzu und wurde respektvoll begrüßt.

»*Ma chère*«, sagte er an seine Ehefrau gewandt. »Der Herzog wünscht, uns zu sehen, er möchte eine Ansprache halten. Die Geheimräthe Voigt und Wolzogen sind auch schon anwesend.«

»Selbstverständlich, *je viendrai*!« Sie erhob sich umständlich, nickte den anderen jovial zu, nahm den Arm ihres Ehemanns und schritt von dannen.

»Wir werden uns wohl auch zum Schloss bequemen müssen«, sagte Frau von Dettmansberg. »Zuvor eine Frage: Wie steht es mit meiner Guitarre?«

»Alles geht seinen Gang«, antwortete Wilhelm. »Das Sitka-Holz ist eingetroffen, ich habe mit der Hauptarbeit begonnen.« Er versuchte, den maximal möglichen körperlichen Abstand zu ihr einzuhalten.

»Gut. Eine Frage noch, Herr von Brun. Man munkelt, Sie hätten sich den Adelstitel erkauft oder erschlichen – Sie entschuldigen, wenn ich das so offen anspreche. Ich gehe davon aus, dass dies ein böses Gerücht ist, oder?«

Wilhelm musste tief durchatmen. Annette setzte zu einer Replik an, doch er kam ihr zuvor. »Selbstverständlich ist das ein Gerücht, nicht nur das, es ist eine blanke Lüge. Ich wurde auf Gut Kötschau geboren. Nun können Sie das glauben oder nicht. Falls Sie mir misstrauen, können Sie den Guitarrenauftrag gerne zurückziehen.« Er wagte sich damit weit vor, denn er hatte das Sitka-Holz schon bezahlt.

»Oh, bitte, verzeihen Sie, so war das nicht gemeint.«

Um ihre angebliche Demut zu zeigen, nahm sie ein Taschentuch aus ihrem Pompadour, wobei ein Zettel zu Boden fiel. Einer der Lakaien wollte sich danach bücken, doch Wilhelm war schneller.

Es war ein Reflex, eine spontane Reaktion. Noch Tage danach fragte er sich selbst, warum er so reagiert hatte. Aber erst Wochen später sollte er die Antwort erhalten.

Wilhelm griff nach dem Papier, nur eine Seite konnte er mit einem schnellen Blick erfassen, ohne unhöflich zu erscheinen. Diese war leer – kein Buchstabe, keine Zahl – nichts. Er konnte sich des Eindrucks nicht erwehren, dass mit dem Fallenlassen des Zettels eine gewisse Absicht verbunden gewesen war. Währenddessen tupfte sich Frau von

Dettmansberg das Gesicht ab, nach Wilhelms Geschmack zu affektiert und theatralisch.

Sie nahm den Zettel in Empfang. »Vielen Dank, Herr von Brun. Ich darf mich empfehlen!«, sagte sie.

Das dürfen Sie, sprach er – nur zu seinem inneren Ich, denn er wollte seiner Frau zuliebe niemanden brüskieren oder sogar beleidigen. Sein Äußeres verabschiedete sich mit einem kurzen Nicken.

Annette sah ihn entgeistert an.

»Bleib nur recht ruhig, Liebste, wir reden morgen darüber. Lass uns jetzt besser zum Schloss hinaufgehen.«

~

Als sich alle vor dem Schloss versammelten, sah Rosine ihn zum ersten Mal seit einem Jahr wieder: Wilhelm Gansser, den arroganten Tischlergesellen. Inzwischen hatte er sich auf irgendeine Art und Weise einen Adelstitel erschlichen – das war ihr klar und den anderen Bediensteten ebenso. Von Brun – lachhaft! An seinem Arm hing Annette, die Nichte der Frau von Göchhausen: kastanienbraune Haare und grüne Katzenaugen. Natürlich! Sie war es, von der Oswin träumte. Darauf hätte sie gleich kommen können. Schließlich kannte sie Annette von Auerbach – so hatte sie damals geheißen – von ihrem Aufenthalt im Schloss Tieffurth letzten Sommer. Sofort fiel ihr auf, dass Annette einen seltsamen Gang angenommen hatte, so als trage sie etwas Unsichtbares vor sich her. Natürlich – so liefen Schwangere! Geistesblitze zuckten durch ihren Kopf. Ja, das war die Lösung: Nicht Wilhelm selbst würde ihr Ziel werden, sondern seine Familie. Von einem Gespräch während seiner Hochzeitsfeier vergangenes Weihnachten hatte sie mitbekommen, dass er sich sehnlichst Kinder wünschte. Der Verlust seines ungeborenen Kindes würde ihn mehr treffen als eine Strafe gegen ihn selbst. Dieser hochnäsige Geselle hatte sie abgelehnt, sogar eine gewisse Form von Ekel seinerseits hatte sie gespürt. Es war an der Zeit, dass auch er etwas zu spüren bekam.

Ihre Innenwelt wurde von außen gestört. Ein älterer Herr in Kniebundhosen und Perücke kam auf sie zugestürzt und verlangte nach Champagner. Sie hatte ihn schon mehrmals bedient, es musste sein viertes oder fünftes Glas sein. Sie dachte weiter an Wilhelm, als der Kniebundhosenmann ein Glas ergriff. Dabei drückte er das Tablett nach unten, sie konnte es nicht abfangen und der Inhalt von drei Champagnergläsern floss über seinen Gehrock.

»Na, pass doch auf, du dummes Huhn!«, brüllte Ferdinand von Auerbach.

Sämtliche Umstehenden wandten sich dieser Szene zu. Die Wut der gesamten Welt schoss in Rosine hoch, nicht nur die Wut auf den unverschämten Alten, nein, auch auf Wilhelm, auf Annette und auf Louise von Göchhausen.

»Passen *Sie* lieber auf, Sie alter Gockel!«, rief sie.

Ferdinand von Auerbach sagte nichts, sah sie nur erschrocken an. Der Herzog stand etwa zwanzig Schritte von dem Geschehen entfernt, er war ins Gespräch vertieft und schien Rosines Beleidigung nicht gehört zu haben. Aber Geheimrath von Wolzogen hatte alles mitbekommen. Er schoss auf sie zu, packte sie grob am Arm und schob sie hinaus vor das Schloss. Er zeigte auf die Straße. »Verschwinde, und zwar für immer. Deinen Lohn für dieses Fest hast du soeben verwirkt. Und achte darauf, dass du mir nie wieder begegnest, sonst landest du im Kerker!«

Damit stieß er sie von sich, sodass sie ihr weißes Häubchen verlor und zu Boden fiel. Er drehte sich um und ging zurück.

Sie stand auf, löste ihre Schürze und warf sie neben das Häubchen in den Dreck. Dann machte sie sich auf den Weg nach Weimar.

Soeben hatte sich der Herr Geheimrath von Wolzogen als nächstes Racheopfer empfohlen. Und noch jemand hatte sich dafür qualifiziert. Wilhelms Strafe würde härter ausfallen, wenn sein Liebchen und sein Kind darunter zu leiden hatten.

Nach der Rede des Herzogs sprach sich der Skandal unter den Festgästen schnell herum. Louise von Göchhausen war erschüttert. Zugleich war sie froh, Rosine Schandinger nicht länger ertragen zu müssen, weder in Tieffurth noch im Weimarer Residenzschloss. Als sie Annette davon berichtete, bemerkte sie ein leichtes Lächeln angesichts der Tatsache, dass Onkel Ferdinand der Leidtragende gewesen war.

»Tantchen, hast du selbst gesehen, wie das passiert ist?«

»Nein, meine Liebe, Karl Wilhelm von Fritsch hat mir davon berichtet. Warum fragst du?«

»Herr von Fritsch, der Generalpolizeydirektor?«

»Ja, er stand in unmittelbarer Nähe.«

»Nun, Herr von Fritsch ist sicher ein guter Beobachter. Vielleicht hat er etwas bemerkt.«

»Was meinst du?«

»Es ist bekannt, dass Onkel Ferdinand gern und viel Champagner trinkt, insofern ...«

»Du denkst ...?«

»Ja.«

»Und wenn schon. Das wäre trotzdem kein Grund, sich gegenüber einem Adligen eine solche Beleidigung zu erlauben.«

»Natürlich, Tante, natürlich!«

»Wie weit ist dein Aufsatz gediehen?«, fragte Louise von Göchhausen.

»Gut, ich brauche noch ein paar Wochen, den Abgabetermin Ende September werde ich schaffen. Mit Wieland stehe ich in Kontakt.«

»Hast du genug Bücher zur Unterstützung deiner Recherche?«

Annette sah sie erstaunt an. »Hm, ja, ich habe genug, danke.«

Louise von Göchhausen traute sich nicht, zu insistieren. Eine genauere Nachfrage nach den Büchern hätte einen unlauteren Besitz vermuten lassen. Ihre inneren Sorgenfalten vermehrten sich.

»Schau nur, Annette, wie schön!«

Es war dunkel geworden und ein Fackelzug von Bediensteten zog durch den Park, illuminierte dabei den Teesalon, die Kalliope im Musentempel und alle Speisenbüffets.

»Komm, Annette, wir gönnen uns noch einen Kaffee und etwas Süßes.«

Sie gaben Wilhelm ein Zeichen – er stand etwas abseits im Gespräch mit Geheimrath Voigt – und gingen hinunter zum Musentempel.

Nach all den Diskussionen hoffte Wilhelm, etwas zur Ruhe zu kommen. Das Gespräch mit Geheimrath Voigt hatte ihn angestrengt, er trabte in Richtung des Musentempels, um sich mit Annette und Tante Louise zu treffen. Doch die beiden waren schon weitergezogen. Bei einem nächtlichen Kaffee begegnete ihm der Superintendent und Hofprediger Wilhelm Christoph Günther. Wilhelm kannte ihn von den dramatischen Ereignissen des vergangenen Jahres in der Jacobskirche.

Nach einer förmlichen Begrüßung kam Günther schnell zur Sache. »Herr von Brun, ich muss etwas mit Ihnen besprechen. Ihre Frau scheint sich da irgendwie verrannt zu haben. *Die grauen Eminenzen*, das ist ja unglaublich!«

Mit einem solchen Gespräch hatte Wilhelm am späten Abend nicht mehr gerechnet. Er holte tief Luft – irgendwann musste es kommen, warum nicht heute? »Haben Sie den Aufsatz schon gelesen, Herr Superintendent?« Wilhelm benutzte absichtlich die förmliche Anrede, um dem evangelischen Kirchenoberhaupt im Herzogtum Sachsen-Weimar-Eisenach seinen Respekt zu zollen.

»Nein, wie sollte ich? Aber …«

»Dann wäre ich Ihnen dankbar, wenn Sie kein vorschnelles Urteil fällen würden.«

Günther sah ihn prüfend an. »Sie erlauben sich eine scharfe Zunge!«

Wilhelm ließ diesen Satz im Raum stehen. »Woher wisst Ihr überhaupt davon?«

»Von Wieland, er ist recht stolz auf den Aufsatz Ihrer Frau.«

»Das kann er auch sein. Es geht um das Leben von Kindern, Säuglingen und Kleinkindern. Die Sorge um dieses junge Leben sollte doch auch die Sorge der Kirche sein.«

»Natürlich, aber wenn diese Kinder in Schande gezeugt wurden?«

»Sie kennen meine Lebensgeschichte. Nach Ihrer Meinung wurde auch ich in Schande gezeugt, oder was denken Sie?«

Der Superintendent bekam einen roten Kopf.

»Außerdem können die Kinder nichts dafür«, fuhr Wilhelm fort. »Sie kommen unschuldig zur Welt und bleiben so lange unschuldig, bis wir ihnen eine Schuld zusprechen.«

Günther schien beeindruckt. »Ich werde den Aufsatz lesen. Danach sprechen wir weiter, Herr von Brun!«

»Gerne, Herr Superintendent!«

15. Vom Wiegen und Abwägen

Weimar, Montag, 5. August 1805

An diesem Montagvormittag gingen Wilhelm und Annette hinaus zur Niedermühle, ein zehnminütiger Spaziergang bei freundlichem Sommerwetter. Der Müllermeister besaß eine große Laufgewichtswaage, mit deren Hilfe die Mehlsäcke exakt abgefüllt wurden. Falls ein Mensch sein eigenes Gewicht feststellen wollte, gemeinhin aus gesundheitlichen Gründen, konnte er sich hier ohne Bezahlung wiegen lassen. Die meisten spendeten ein paar Pfennige für die Müllerskinder, so auch Wilhelm. Annette wog hundertsiebzig preußische Medizinalpfund, das war nun der Ausgangswert für die kommenden Monate. Der Müller bot an, ihr Gewicht alle zwei Tage zu kontrollieren, das sei kein Problem, dauere ja nur wenige Minuten, und schließlich würde er lieber eine freundlich lächelnde Frau wiegen als einen gesichtslosen Mehlsack. Er lachte über seinen eigenen Scherz. Wilhelm fand die Bemerkung unangebracht, lächelte dennoch pflichtbewusst.

Auf dem Rückweg sprachen Wilhelm und Annette von den Vorgängen während des Fests in Tieffurth. Zunächst ging es um die unverschämte Frage der Frau von Dettmansberg, ob Wilhelm sich seinen Adelstitel erschlichen habe. Wer setzte nur solche Gerüchte in die Welt? Das fragten sich die beiden. War das Absicht, um sie zu kompromittieren? Wilhelm versicherte Annette, dass er die Dame Dettmansberg am liebsten zum Teufel – Entschuldigung! – schicken würde, sich das aber nicht erlauben könne. Ihr Auftrag war derzeit der einzige, er brauchte die hundert Taler, von denen er zwar die Hälfte für Material aufwenden musste, dennoch waren fünfzig Taler ein wichtiges Einkommen für seine Werkstatt. Mit etwas Glück erhielt er demnächst einen zweiten Auftrag von Geheimrath Voigt für dessen Ehefrau. Das würde ihn beruhigen.

Sodann erzählte Wilhelm von seinem Gespräch mit Oberkonsistorialrat Günther. Er wunderte sich, dass ausgerechnet die evangelische Kirche eine Gegenposition zu Annettes Aufsatz einnahm. Von den Katholiken hätte er das eher erwartet. Immerhin hatten Wilhelms Argumente ein klein wenig Wirkung gezeigt. Warum verhielt man sich so starr gegenüber unehelichen Kindern?

Annette ärgerte sich zudem über Wieland. Aus welchem Grund redete er schon vor der Veröffentlichung von ihrem Aufsatz? Mit Kritik war zu rechnen gewesen, wenn auch nicht so früh.

Wilhelm arbeitete weiter an der Guitarre für die Wienerin. Sehnsüchtig sah er auf das halb fertige Instrument. In Jena hatte er immer wieder eine der Guitarren bespielt, nicht zuletzt, um sie zu testen, und hatte sich dabei ein gewisses Geschick im Musizieren angeeignet. Manchmal war es ihm gelungen, Annette mit einer Melodie in den Schlaf zu begleiten.

Währenddessen vertiefte sich seine Angetraute in ihren Aufsatz, die drei grünen Bücher immer in Griffweite. Babel lag zu ihren Füßen, die Ratten mieden das Haus.

Gegen Mittag kam – wie so oft – Wilhelms Freund

Simon Zimmer von nebenan und brachte Essen, das seine Frau Isetta zubereitet hatte. Sohn Henry begleitete ihn. Er schleppte einen großen Blechnapf mit Futter für Babel heran. Babelinchen musste so lange draußen bleiben, denn oft verunreinigte er fremde Häuser, die er als sein Revier zu vereinnahmen suchte.

Annette aß nicht viel, hin und wieder musste sie sich übergeben, und manchmal schlief sie am Schreibtisch ein. Nach dem Gespräch mit der Fürstin Maria Pawlowna und dem Wiegen seiner Frau in der Niedermühle hatte Wilhelm seine Sorgen wieder in der inneren Gedankenschublade verschwinden lassen.

Louise musste sich von dem Gedanken lösen, dass Annette die beiden Bücher aus der Bibliothek gestohlen haben könnte. Das entsprach nicht dem Naturell und der Erziehung ihrer Nichte, zudem: Wie hätte sie das anstellen sollen? Einbrechen? Mit ihrem verkrüppelten Fuß? Niemals. Mit dieser Reflexion beruhigte Louise sich selbst.

Sie überlegte lange, wie sie bei der Suche nach den verschwundenen Büchern vorgehen sollte. Zunächst musste sie sich den Bibliotheksbetrieb genau ansehen. Wie funktionierte eine Ausleihe und wer hatte Zugang zur Bibliothek? Dabei sollte ihr Oswin Heimlich helfen. Dann würde sie sich das Kellerarchiv anschauen und das gesamte Gebäude nach geheimen Zugängen absuchen. Am liebsten hätte sie Wilhelm dabeigehabt als Ermittlungspartner, denn das hatte im vergangenen Jahr gut funktioniert. Aber sie wollte ihn nicht damit belasten, Annette und er hatten ausreichend Arbeit und genug Sorgen.

Sie begab sich vom Witthumspalais aus in die Bibliothek und verlangte komplette Aufklärung von Oswin Heimlich. Er erklärte ihr, dass fast jedes Buch inzwischen mit einem Zahlencode versehen sei. Die Nummern folgten einer exakten Systematik und waren zwecks Gegenprüfung in langen Handlisten vermerkt worden. Das werde von zwei Schreibern in einer separaten Canzley erledigt. Für den Rokokosaal, so meinte er, sei das eigentlich nicht notwendig gewesen, er selbst wisse, wo jedes Buch stehe.

Louise staunte. Übertrieb der Mann oder hatte er solch ein phänomenales Gedächtnis?

Für den Keller und den Dachboden sei eine solche Liste nicht schlecht, fuhr Heimlich fort. Im Übrigen gebe es noch den Secretarius Schmelzer, der aber erkrankt sei und wohl auf lange Zeit ausfalle. So sei er, Oswin Heimlich, allein für den großen Bücherschatz verantwortlich.

»Und der Bibliothekar Vulpius?«, fragte Louise.

»Ja, der natürlich auch. Und alle ausgeliehenen Bücher werden mit dieser Codiernummer und dem Namen des Entleihers in eine dicke Kladde eingetragen.«

»Kann dabei etwas schiefgehen?«, fragte Louise.

»Nein«, kam die bestimmte Antwort des Bibliotheksgehilfen. »Das ... also, das ist unmöglich. Ich gebe kein Buch aus der Hand, ohne das Ausleihen aktenkundig zu machen. Bei Entleihern, die außerhalb Weimars wohnen, notiere ich sogar die Adresse.«

»Gut, dann zeigen Sie mir bitte den Eintrag des Buchs von Dr. Schrödinger, das meine Nichte Annette von Brun am 12. Juni ausgeliehen hat.«

Heimlich erstarrte und sah sie mit großen Augen an. »Frau ... äh, Frau von Brun ist Ihre ...?«

»Ja, meine Nichte. Was ist daran so erschreckend?«

»Nein, also … Alles in Ordnung.«

Er senkte seinen Blick in die Kladde und blätterte zurück zum 12. Juni. »Hier!« Er zeigte auf den Eintrag.

Louise konnte keinen Fehler erkennen. »Frau von Brun wohnt übrigens nicht mehr in Jena, sondern in der Weimarer Winkelgasse Nummer 10.«

»Oh, tatsächlich, vielen Dank!« Mit offensichtlicher Freude trug er die neue Adresse ein.

»Seit wann fehlen die beiden besagten Bücher?«, fragte Louise.

»Das weiß ich … also, ich meine, nicht genau. Das erste Buch ist schon länger verschwunden, das Fehlen des zweiten, nun ja, der Herr Bibliothekar hat es am vergangenen Freitag festgestellt.«

»Und wie viele Bücher mit grünem Einband gibt es in der Bibliothek?«

»Im Rokokosaal sind es zweiundzwanzig Stück. Im Archiv, Sie verstehen … das ist schwierig … Das wissen wir nicht, das wird in den … Handlisten nicht vermerkt.«

»Aha. Und bei diesen Mengen an Büchern in all den Regalen hier im Rokokosaal gibt es nur zweiundzwanzig grüne Einbände, das wissen Sie genau?«

Heimlich sah sie entrüstet an. »Selbstverständlich, Demoiselle, das sind ja schließlich meine Lieblinge.« Er lächelte.

Louise stutzte. »Meine Lieblinge« – eine seltsame Ausdrucksweise. »Und können Sie sich erklären, warum ausschließlich Bücher mit grünem Einband verschwunden sind?«

»Äh … nein, ich … weiß … ich weiß es nicht.« Diese Antwort schien ihm besonders schwergefallen zu sein. »Vielleicht, vielleicht weil es derzeit modern ist, dieses Grün, ein schönes Grün, nicht wahr?«

»Was meinen Sie mit modern?«

»Eine leuchtende Farbe, wie eine grüne Sonne, wenn ich das mal so sagen …« Er verstummte.

»Wie eine grüne Sonne?« Louises Innenleben sträubte sich gegen diese Betrachtungsweise.

»Einfach als Vergleich«, schob Heimlich nach. »Auch viele Wandbehänge und Gardinen im Schloss haben diese grüne … also diese grüne Farbe.«

Louise von Göchhausen musste herausbekommen, ob das der Wahrheit entsprach. Bisher hatte sie von dieser besonderen Farbe nichts gehört. Doch zunächst wollte sie den Keller inspizieren. Oswin Heimlich erklärte ihr in stoßweise vorgetragenen Halbsätzen, dass es keine Schlupflöcher gab, durch die ein Mensch hinein- oder hinausgelangen konnte, weder beschädigte Mauerstellen noch gelockerte Fenstergitter. Louise inspizierte alles genau und stimmte ihm zu. In einem kleinen Raum direkt unter dem Eingang entdeckte sie einen Packtisch.

»Versenden Sie auch Bücher?«

»Ja, manchmal. Wenn das Buch nicht direkt zur Hand ist, weil es bereits ausgeliehen wurde, warte ich, bis es zurückkommt, und versende es dann an den nächsten Entleiher. Das trage ich auch in die Kladde ein. Ein ›OP‹ bedeutet *Ordinäre Post*, ein ›B‹ heißt *per Boten*. Daraus ergibt sich eine separate Gebühr, die bei der Rückgabe des Buches beglichen werden muss.« Mittlerweile hatte er sich offenbar an die Anwesenheit von Louise gewöhnt und sprach in vollständigen Sätzen.

Louise von Göchhausen war beeindruckt. Kein Fehler zu finden. Sie gingen wieder nach oben in den Rokokosaal. »Sagen Sie, Heimlich, angenommen, Sie wollten ein Buch stehlen …«

Seine Augen weiteten sich auf Handtellergröße.

»Keine Angst, nur ein Gedankenexperiment. Wie würden Sie es anstellen, ein Buch unbemerkt aus der Bibliothek zu bringen?«

»Mademoiselle, ich würde meinen Lieblingen so etwas nie …«

Wieder dieser honigsüße Sprachstil. »Ich weiß«, sagte sie. »Ich möchte nur ergründen, welche Wege es prinzipiell gäbe.«

»Ich … ja … ich verstehe. Ich, also, ich würde es verstecken, so …« Er nahm ein Buch und steckte es am Rücken in seinen Gürtel. »Und nun den Mantel darüber!«

»Hm, das ist möglich, geht aber nicht im Sommer«, erwiderte Louise. »Da trägt niemand einen Mantel. Und falls der Dieb eine Frau wäre?«

»Ja, auch da gäbe es eventuell … Nein, das kann ich nicht …«

»Heimlich, ich bin eine alte Frau und habe schon viel erlebt und gesehen, also sprechen Sie!«

Er lief rot an. »Gut … äh, eine Frau könnte es unter den Rock …«

Warum konnte der Kerl nicht einfach aussprechen, was er dachte, statt sich innerlich wegzuducken? »Und dann?«, fragte sie.

»Mit zwei Strumpfbändern ans Bein, Sie verstehen?«

Louise lachte auf. »Ja, natürlich verstehe ich das. Falls man einen Kontrolleur verpflichten kann, darf dieser die Männer überprüfen und das einfache Ablegen des Mantels wäre ausreichend. Aber bei einer Frau?«

»Die meisten Diebe sind Männer«, behauptete Oswin Heimlich.

»Soso, und welche Verbrechen begehen Frauen häufiger?« Noch war Louise amüsiert.

»Die benutzen eher Gift!«

Vorbei war es mit dem Amüsement. Louises Hals fühlte sich trocken an. Sie murmelte eine knappe Abschiedsformel und verließ die Bibliothek. Was war Spaß und was Ernst?

Anna Amalia weilte in Tieffurth und Louises Pflicht bezüglich des Festes war erfüllt. Sie hatte die Serenissima überzeugt, ihr wegen der besonderen Ermittlungsaufgabe, die der Geheimrath von Goethe ihr auferlegt hatte, Zeit in Weimar einzuräumen. Somit hatte sie nun Gelegenheit und Muße, die in der Bibliothek gesprochenen Sätze zu reflektieren.

Sie schritt über den Marktplatz und bog in Richtung Esplanade ab. Ein Husar öffnete ihr das Gitter am Frauenthor. Nur Adlige und Anwohner durften diesen Bereich betreten. Sie passierte Schillers Wohnhaus, in dem dessen Frau Charlotte wohnte, er selbst war im Mai des Jahres verstorben.

Heimlich nannte seine Bücher »Lieblinge« – seltsam. Zumindest ungewöhnlich. Warum waren nur grüne Bücher verschwunden? Zufall? Schlupflöcher für Menschen – genau das hatte er gesagt. War eine solch große Öffnung für den Diebstahl überhaupt notwendig? Vielleicht reichte ein kleines Loch für das Buch an sich. So könnte es nach draußen gelangen. Das würde wohl einen Komplizen voraussetzen, der die Lektüre außerhalb des Gebäudes entgegennahm.

Die Methode mit den Strumpfbändern hielt sie für unwahrscheinlich. Das wäre nur mit kleinen Druckwerken möglich. Sie hatte das Schrödinger-Buch bei Annette gesehen, das war so schwer, dass selbst drei Bänder es nicht halten könnten.

Die Luft hatte sich abgekühlt, der Aufenthalt im Freien war deutlich angenehmer als am Tag zuvor. Sie erreichte das Witthumspalais und setzte sich in Anna Amalias Garten in eine schattige Laube. Clara brachte ihr Limonade.

Oswin Heimlich war ein seltsamer Mann. Manche Mitmenschen würden ihn wohl als unsympathisch oder gar hässlich bezeichnen. Sie selbst wollte versuchen, kein eilfertiges Urteil über ihn zu fällen. Sein Gesicht hatte gestrahlt bei Annettes Erwähnung. War dieser Mensch in ihre Nichte verliebt?

Hoffentlich wurde er nicht zum zweiten Reisinger.

16. Von Farben und Farbenlehre

Weimar, Dienstag, 6. August 1805

Oswin hatte vergessen, dass er mit Rosine verabredet war. Um 12 Uhr, just als er sich in seinem Lieblingsgebüsch verstecken wollte, stand sie vor ihm. Schlecht gekleidet und schlecht gelaunt.

»Ich möchte, dass du Annette von Brun noch ein grünes Buch schickst!«, sagte sie, mehr im Befehlston statt als Wunsch formuliert.

»Wie bitte?« Sein Herz hämmerte. Woher kannte sie sein Geheimnis?

Rosine grinste. »Ich habe sie gesehen, auf dem Sommerfest in Tieffurth, kastanienbraune Haare und Katzenaugen.«

Er war nicht bereit, sein geheimes Innenleben mit eigenen Worten preiszugeben. Noch nicht. »Man hört, eine Bedienstete habe den Direktor des Gymnasiums beleidigt. Warst du das?«

»Das spielt keine Rolle.«

»Aha, du warst es. Gut so, der Kerl ist ein eitler Pfau.«

»Sie haben mich gefeuert.«

»Das war nur folgerichtig.«

»Du Tölpel! Jetzt kann ich meinen Mietzins nicht mehr zahlen. Ich muss etwas anderes finden.«

»Du kannst ja bei uns in der Bibliothek arbeiten, wir suchen Schreiber.«

»Unsinn, Oswin, ich kann nicht lesen und schreiben.«

»Ach so!« Er speicherte diese Information ab, ohne zu wissen, was er damit anfangen würde.

»Dann musst du wohl vom Armendeputat leben.«

»Vom Armen… was?«

»Armendeputat. Jeder herzogliche Bedienstete muss einen Teil seines Salairs an die Armenkasse abgeben. Davon werden die Notleidenden unterstützt.«

»Ich und notleidend? Du bist wohl verrückt! Auf keinen Fall. Außerdem werden die mir sowieso nichts bezahlen nach dem Vorfall in Tieffurth. Und ich darf diesem hochwohlgeborenen Herrn von Wolzogen nicht begegnen. Es wird sich schon etwas finden. Zunächst ist wichtig, dass du schnell ein weiteres Buch zu Frau von Brun schickst.«

»Das mache ich!«

Rosines Augen leuchteten. »Mein braver Oswin Oswinowitsch!«

»Aber nur unter einer Bedingung.«

»Was willst du?«

Seine Hände zitterten. »Heute Abend in der Bib… Bibliothek, wenn alle anderen weg sind, um sieben. Ich möchte … ha, ich möchte deine Brüste sehen … und anfassen. Beide!« Er fühlte sich so mutig und lebendig wie nie zuvor.

Sie zögerte. »Heute kann ich nicht. Morgen Abend.«

Er jubilierte innerlich und griff sich automatisch in den Schritt.

»Stopp, nicht hier und nicht jetzt. Hast du noch mehr grüne Bücher?«

»Ja, allerdings, also, nicht zu dem Thema, das sie bearbeitet.«

»Egal, nimm eines, das ungefähr passt!«

»Wie du meinst. Aber erst …«

»Jaja. Morgen Abend.«

~

Colette hatte soeben die Hofapotheke aufgeschlossen, als ein Bote hereinkam und ein Paket mitten im Verkaufsraum fallen ließ. Vom Absender konnte sie nur erkennen, dass es aus Schweinfurth kam, der Rest war vom Regenwasser zur Unkenntlichkeit degradiert worden. Sie hob es an, um es ins Labor zu bringen. Im selben Moment kam Professor Hoffmann zur Tür herein.

»Colette, zum Teufel, lass den Karton in Ruhe, das geht dich nichts an!«

Das war zu viel.

»Entschuldigen Sie, Herr Professor, Sie haben mir Anweisung erteilt, jedes Postpaket ins Labor zu bringen, damit Sie es dort öffnen können. Genau das tue ich gerade!«

»Aber doch nicht dieses!«

»Verzeihen Sie, Herr Professor, das wusste ich nicht, Sie hätten mir sagen müssen, dass ich eine Sendung aus Schweinfurth anders behandeln soll!«

Bei dem Wort »Schweinfurth« zuckte Hoffmann zusammen. »Jaja, das … stimmt. Nun denn, ab sofort gilt: Die Post aus … äh … Schweinfurth möchte ich selbst öffnen, klar?«

»Und wenn Sie nicht anwesend sind, so wie einige Minuten zuvor?«

»Meine Güte, du dumme Gans, dann lass es einfach in Ruhe und fass es nicht an!«

Colette wollte noch fragen, ob es genehm sei, eine Postsendung mitten im Verkaufsraum liegen zu lassen, wo jeder

Kunde darüber stolpern konnte, beschränkte sich aber auf ein stilles Nicken. Der Professor trug das Paket nach hinten in sein Kontor. Irgendwann würde sie ihm seine Ungerechtigkeiten heimzahlen.

Zunächst überwog jedoch ihre Neugier: Was war in diesem Karton? Was hatte es mit Schweinfurth auf sich? »Fass es nicht an!« – das klang sehr bestimmt, fast schon warnend. Das Rätsel musste sie lösen.

Der weitere Vormittag verlief ohne Besonderheiten. Die Weimarer kamen, um sich entweder einen Kräutersud gegen Bauchgrimmen, ein Pulver gegen Kopfweh oder ein Salz zur Beschleunigung des Urinierens zu kaufen.

Zum Mittagessen ging Professor Hoffmann wie gewöhnlich hinauf zum Frauenplan in den Weißen Schwan.

Die Neugier plagte Colette. Sie schlich nach hinten und wollte die Tür zum Kontor öffnen. Verschlossen. Mit mir nicht, dachte sie. Der Schlüssel lag wie immer unter einer Blumenvase. Sie betrat Hoffmanns Bureau. Das Paket fand sie schnell, er hatte es in einer Truhe versteckt. Es war bereits geöffnet. Eine Blechdose von der Größe eines Brotlaibs kam zum Vorschein. Sie öffnete den Deckel: ein grünes Pulver. Strahlend, anziehend, wunderschön. Sie benetzte einen Finger mit ihrem Speichel, tauchte ihn in die Dose und schleckte ihn ab, als sei er eine Zuckerstange. Ein flacher Geschmack, etwas säuerlich. Sie probierte erneut – das gleiche Ergebnis. Dann sah sie den Liefervermerk auf der beiliegenden Depesche: zugewiesen der Fürstlichen Freyen Zeichenschule.

Die Türklingel schellte. In Windeseile stopfte sie das Paket wieder in die Truhe, schloss die Tür des Kontors und lief vor in den Verkaufsraum. Den Schlüssel hielt sie noch in der Hand, sie ließ ihn kurzerhand in ihre Schürzentasche gleiten. Ein kleiner Junge verlangte eine Salbe zur Heilung verbrannter Haut, seine Mutter hatte sich den Arm am Herd verletzt. Direkt nachdem Colette ihm den Balsam verkauft hatte, kam Hoffmann zurück. Der Schlüssel!

Sie verwickelte ihn in ein Gespräch über die Brandsalbe. Nach einigen Minuten meinte er, weiterarbeiten zu müssen, es seien viele Briefe zu erledigen.

Er war bereits auf dem Weg zum Kontor, als Colette durch die Scheibe Friedrich Justin Bertuch über den Marktplatz gehen sah.

»Herr Professor, der Herr Bertuch läuft dort vorn, er hat gestern nach einem Nierentee gefragt.«

Das war zwar dreist gelogen, aber sie wusste, dass Hoffmann das nicht ignorieren konnte. Bertuch war der personifizierte Weimarer Geldadel, dennoch bei den Bürgern wohlgelitten, weil sehr engagiert für Arme und Schwache.

Hoffmann rannte nach draußen, Colette legte flink den Schlüssel unter die Vase, der Apotheker redete kurz mit Bertuch, kam zurück und schimpfte laut – der Herr habe derzeit gar kein Interesse an Nierentee.

»Oh«, sagte Colette, »dann muss ich das wohl verwechselt haben, ich bitte um Verzeihung!«

Professor Hoffmann sah sie erstaunt an und fragte sich wohl, wie man solch einen reichen Menschen verwechseln konnte.

Colette war das egal – sie hatte die Situation gerettet. Das war knapp!

Ein grünes Pulver, das sauer schmeckte und für die Fürstliche Freye Zeichenschule bestimmt war. Interessant, das musste sie unbedingt Rosine erzählen.

Louise von Göchhausen wanderte seit einer Stunde rastlos durch ihre Kemenate im Witthumspalais, immer hin und her. Das Gespräch mit dem Bibliotheksgehilfen geisterte durch ihren Kopf, und zwar in dreierlei Hinsicht: Erstens ging es um den Auftrag, die gestohlenen Bücher wiederzufinden. Zweitens wollte sie wissen, ob dieses Grün tatsächlich solch eine moderne, allseits gelobte Farbe war, wie Heimlich es geschildert hatte. Und drittens konnte sich ihr Denken nicht davon lösen, dass es eine Verbindung gab zwischen Annette und dieser Angelegenheit, nicht in unlauterer, sondern in unschuldiger Manier.

Louise hätte gern ihr »Geheimräthchen« konsultiert, er war erfahren und hilfsbereit. Doch er hielt sich immer noch in Lauchstädt auf. Wenn er längere Zeit auf Reisen war – und das kam häufig vor –, hinterließ er meistens eine Art Stellvertreterliste.

Sie schritt durch die Esplanade hinüber zum Frauenplan. Goethes Diener, Johann Ludwig Geist, öffnete die Tür.

»Mademoiselle, ich grüße Sie mit großer Freude. Was kann ich für Sie tun?«

»Mein lieber Geist, der Geheimrath erstellt oft eine Liste mit Substitutspersonen, so auch diesmal?«

»Oh ja, Gnädigste, um welche Materie geht es denn?«

»Um eine leuchtend grüne Farbe, die angeblich auch im Schloss eingesetzt wird.«

»Sie verzeihen …«

»Um Farben für Wandbehänge, Buchdeckel und Ähnliches.«

»Bei Farben empfehle ich Herrn Georg Melchior Kraus. Gerade für ein leuchtendes Grün hat er viel Verstand!«

»Wie meinen Sie das?«

»Ich hörte vom Herrn Geheimrath, es gebe in Weimar seit einigen Monaten ein sehr kräftiges Grün, das in der Fürstlichen Freyen Zeichenschule besonders gern als Hintergrund für Porträts genutzt wird.«

»Oh!« Das hatte Louise nicht erwartet. »Ich danke Ihnen, Geist, ich werde Kraus besuchen. Leben Sie wohl!«

»Vielen Dank, Gnädigste!«

Louise befand sich im Zustand eines akuten Aktivitätsschubs, gefördert durch ihr Lieblingswetter: Sonne, blauer Himmel und fünfundzwanzig Centigrade an Temperatur. Sie schritt gelassen, aber zielgerichtet hinunter zum Marktplatz.

Währenddessen wurde ihr klar, welch angenehme Stadt Weimar war. Residenzstadt, Zentrum des Herzogtums, Heimstatt eines großen Marktgeschehens und aller wichtigen Zünfte vom Metzger bis zum Schuhmacher, versehen mit der Generalpolizeydirektion und einer Gerichtsbarkeit, mit einem hochrangigen Theater, vielen wundervollen Gebäuden und einer kulturell interessierten herzoglichen Familie. Dabei war alles bequem zu Fuß erreichbar, nicht wie in großen Städten wie Berlin, Wien oder London, wo man zum Einkaufen eine Kutsche benötigte. Louise hoffte, dass dieser typische weimarische Charakter noch lange bestehen möge.

Zugleich bemerkte sie, welch wichtige Funktionen der Geheimrath von Goethe im kulturellen Leben des Herzogtums innehatte. Außer der Intendanz des Hoftheaters war er mitverantwortlich für die Bibliothek und ebenso für die Fürstliche Freye Zeichenschule. Louise nötigte das einen gewissen Respekt ab, sie spürte aber auch Erleichterung, denn das würde ihr helfen, den Verursacher von Annettes Leid zu finden.

Minuten später erreichte sie das Rote Schloss, das außer der Canzley des Geheimen Conseils auch die Zeichenschule beherbergte, in der junge Handwerker mit Unterstützung des Herzogs und unter Leitung von Georg Melchior Kraus ausgebildet wurden. Louise wurde in den Zeichensaal eingelassen.

Kraus war ein äußerst höflicher Mensch. »Mademoiselle, ich freue mich sehr, Sie hier zu sehen!« Ein angedeuteter Handkuss.

»Ich danke Ihnen, Meister Kraus. Es wurde mir zugetragen, dass Sie eine neue leuchtend grüne Farbe verwenden, die interessiert mich.«

»Oh ja, schauen Sie dort, diesem jungen Mann konnte ich diese Farbe zur Verfügung stellen. Das ist immer nur für einzelne hochbegabte Schüler möglich, denn die Farbe ist recht teuer. Sehen Sie bitte, dieses Leuchten, diese Strahlkraft, diese einmalige Wirkung auf das menschliche Auge!«

Louise merkte, dass Kraus vollkommen begeistert war. Sie bedauerte es fast, ihn in diesem Enthusiasmus möglicherweise beschneiden zu müssen. Der junge Künstler saß neben einem Spiegel und erstellte ein Selbstporträt, dessen Hintergrund vollständig mit der grünen Farbe abgedeckt war.

»Ich wundere mich über ein Porträt ohne Hintergrund«, sagte Louise. »Dennoch muss ich zugeben, dass das Gesicht dadurch an Prägnanz gewinnt, es erhält in gewisser Weise einen grünen Heiligenschein!«

»Mademoiselle, ich bin beeindruckt, Sie haben es auf den Punkt gebracht!«

Louise lächelte. »Haben Sie je davon gehört, dass mit dieser grünen Farbe etwas nicht stimmt?« Ein Schuss ins Blaue.

Er sah sie entgeistert an. »Verzeihen Sie – was meinen Sie damit?«

Einer plötzlichen Eingebung folgend fragte sie: »Diese leuchtend grüne Farbe, könnte die eventuell giftig sein?«

»Um Gottes willen, Mademoiselle«, flüsterte er. »Sagen Sie so etwas bitte nicht in diesem Saal! Und: Nein, davon weiß ich nichts, sonst hätte ich sie meinem Schüler nie überlassen.« Er holte tief Luft und blies sie durch die Nase wieder aus. »Wie kommen Sie überhaupt darauf?«

»Es gibt einen Anlass für meine Frage, den ich Ihnen allerdings nicht mitteilen darf.«

»Mademoiselle, ich bitte Sie, die Farbe wird in Verdünnung für Wandbehänge, Tapeten und Tücher verwendet. Das wäre ja … Nein, nein!«

»Ein Skandal? Wollten Sie das sagen?«

»Nein, nein, bestimmt nicht!«

Der mit dem Selbstporträt beschäftigte Schüler stand auf und kam auf Louise von Göchhausen zu. »Mademoiselle, wenn ich mir eine Bemerkung erlauben darf: Diese Farbe ist beeindruckend, für einen Künstler ein Gottesgeschenk. Dafür würde ich töten!«

Louise war konsterniert. Wie konnte man ein Geschenk Gottes mit einem todbringenden Wort beschreiben? Kraus schien ebenso erschüttert. Wahrscheinlich eher wegen der Tatsache, dass sein Musterschüler einen Teil der Unterhaltung mitangehört hatte.

»Kommen Sie, Demoiselle, wir müssen den Saal verlassen!«

Er zog sie hinaus in den Flur, von dort in seine Canzley. Er schloss die Tür.

Ohne sich zu setzen, hakte Louise sofort nach: »Bei wem kaufen Sie die teure Farbe?«

»Bei unserem Hofapotheker.«

»Hoffmann?«

»Ja.«

»Danke, ich werde das weiterverfolgen.«

»Also mit der Giftigkeit, Verehrteste, da müssen Sie sich täuschen!«

»Ich hoffe, dass ich mich täusche. Danke, Meister Kraus, ich wünsche einen schönen Tag!«

Sie ging hinaus auf den Marktplatz und ließ einen sprachlosen Georg Melchior Kraus zurück.

~

»Louise!« Sie schreckte auf. Goethe stand neben ihr.

»Mein Gott, sind Sie es wirklich oder sehe ich einen Geist?«

Er lachte. »Mein Geist ist im Hause, ich hingegen bin soeben aus Lauchstädt zurückgekommen und muss morgen wieder dorthin reisen. Zum Kuren. Dann zu Wolf nach Halle. Der Brief des Bibliothekars hat mich beunruhigt. Er schrieb, er brauche meine Hilfe, da Voigt sich nicht besonders zuvorkommend verhalte. Ich möchte gern wissen, was vorgefallen ist.«

»Ich bin sehr erfreut!«

»Gehen wir zu mir oder zu dir?«, fragte Goethe mit einem leichten Lächeln auf den Lippen.

»Zu dir. Ich bin allein im Palais, das wäre unschicklich.«

Louise hakte sich bei Goethe ein, und sie marschierten gemeinsam hinan zum Frauenplan. Der dienende Geist öffnete, sie stiegen die breite Treppe hinauf, der Hausherr führte sie ins Musikzimmer.

»Die Mutter meines Sohnes wird uns Limonade bringen!«, sagte er.

»Oh, vielen Dank!«, sagte Louise. Die Mutter meines

Sohnes – so wurde eine Frau auf eine einzelne Rolle reduziert.

»Nun, wie steht die Sache mit den gestohlenen Büchern?« Goethe riss sie aus ihren Gedanken.

»Ich habe mir das Grüne Schloss genau angesehen. Die Möglichkeit, dass jemand zur Nacht bei geschlossener Tür das Gebäude betritt, ist äußerst unwahrscheinlich. Es sei denn, er stiehlt einen Schlüssel.«

»Von denen drei an der Zahl existieren. Einen hat Heimlich, einen Vulpius und einen der erkrankte Secretarius Aaron Gabriel Schmelzer.«

»So ist es.« Louise nickte. »Du erinnerst dich an Koch, erst Gefreiter, dann Sergeant, inzwischen Leutnant bei den Ordonnanzhusaren?«

»Natürlich erinnere ich mich an Koch«, antwortete Goethe. »Er hat uns bei den Unbilden des letzten Jahres tatkräftig zur Seite gestanden. Jetzt Leutnant? Das hat er verdient, guter Mann.«

»Dem kann ich nur zustimmen. In Abwesenheit des Oberstleutnants von Seebach trägt er Verantwortung für die Husaren. Ich frage an, ob er die Kontrolle des Schlüssels bei Schmelzer übernehmen kann. Das muss eine Person mit herzoglicher Befehlsgewalt vornehmen.«

Dann repetierte Louise von Göchhausen so knapp wie möglich ihre Erkenntnisse aus den Gesprächen mit Oswin Heimlich, Geheimrath Voigt und Christian Vulpius. Sie berichtete von ihrem Verdacht, dass Heimlich für Annette schwärmte, von Voigts unterschwelliger Frauenmissbilligung, von Kraus' Begeisterung für das leuchtende Grün und von Hoffmann, der die Farbe an die Zeichenschule lieferte.

Es klopfte, Christiane trat ein, brachte einen Krug Limonade und zwei Becher. Sie war gekleidet wie eine Bedienstete, doch Louise wusste, dass ihre Stellung im Haus weit darüber hinausging. Christiane nickte ihr freundlich zu, bevor sie den Raum verließ, ohne ein Wort gesagt zu haben.

»Ich kann es nicht begründen«, sprach Louise. »Aber mein Gefühl sagt mir, dass die Farbe Grün eine wichtige Rolle spielt. Beide verschwundenen Bücher hatten einen grünen Einband.«

»Deine Empfindung, liebe Louise?«

»Ja, mein Gefühl, ich weiß …«

»Nein, ich zweifle nicht. Gemütsbewegungen sind wichtig, ich zehre in lyrischer Form davon.«

»Und noch etwas, wieder ein Gefühl. Annette, meine Nichte. Sie ist möglicherweise in den Diebstahl verwickelt, schuldlos selbstverständlich.«

»Hm«, brummte der Geheimrath. »Du wagst dich weit vor, vertraust mir, ich schätze das. Nun müssen wir gut überlegen, was zu tun ist.«

»Danke«, murmelte Louise.

Urplötzlich erhob sich Goethe, erklärte, er sei gleich zurück, und entschwand durch das Urbinozimmer. Nach wenigen Minuten kehrte er wieder, in der Hand einen Bogen Papier, auf dem ein Farbkreis prangte. »Schau, Louise, an diesem Thema arbeite ich seit Langem. Du siehst hier den Kreis, der die verschiedenen Farben darstellt, geordnet nach ihrer Wirkung auf unser Inneres. Daraus ergibt sich der Sukzessivkontrast.«

Louise verstand nichts davon.

»Zunächst werde ich damit beweisen, dass die Theorie des unsäglichen Isaac Newton unsinnig ist. Aber für dich – für uns – noch wichtiger: Jede Farbe in diesem Kreis fordert ihr gegenüberliegendes Pendant. Nur wenn beide vorhanden sind, können sich unsere Sinne zufrieden zeigen.«

Langsam verstand Louise, was er meinte.

»Schau, meine Liebe, das Violett, eine unruhige Farbe, fordert das Gelb, eine behagliche, muntere Farbe.«

»Deswegen der Gelbe Salon in der Mitte deines Hauses?«

»Genau so ist es. Nun schau, das Grün, kräftig, deckend. Gegenüber?«

»Rot«, sagte Louise. Und wie aus ihrem tiefsten Inneren emporsteigend floss ein Wort aus ihrem Mund: »Blutrot!«

Sie sahen sich an. Mit dem letzten Wortklang war jegliche Farbe aus ihren Gesichtern gewichen.

»Das Grün fordert Blutrot!«, murmelte Louise. »Ich muss Wilhelm warnen.«

»In Ordnung. Eigentlich müssten wir Hoffmann zur Rede stellen. Das wird jedoch schwierig, wir kennen uns gut, experimentieren oft zusammen. Als Hofapotheker beliefert er regelmäßig die herzogliche Familie. Reine Vermutungen bringen uns keinen Erfolg, im Gegenteil, sie könnten sogar Nachteile erzeugen, wenn Hoffmann den Herzog einschaltet und der uns weitere Nachforschungen verbietet. Wir brauchen klare Nachweise.«

»Ich muss Wilhelm warnen!«, wiederholte Louise.

»Und ich werde Tietzmann besuchen!«, sagte Goethe. »Er ist kein Hofapotheker, nimmt also einen neutralen Standpunkt ein.«

»Sehr gut! Heute noch?«

»Ja, jetzt sofort. Morgen Abend muss ich zurück in Lauchstädt sein. Vier bis fünf Stunden Kutschfahrt, das wird kein Vergnügen!«

»Ich danke dir, mein Geheimräthchen!«

17. Von Angst und Ängstlichkeit

Weimar, Mittwoch, 7. August 1805

Früh am Morgen klopfte es vehement an der Tür des Hauses Winkelgasse Nummer 10. Sieben- oder achtmal hintereinander. Wilhelm saß allein in der Küche. Er stellte seine Teetasse ab und öffnete. Babel war bei ihm, er knurrte leise.

»Tante Louise, was führt Sie hierher, und so früh?«

»Es ist wichtig. Wo ist Annette?«

»Oben, sie schläft noch.«

»Gut, kommen Sie mit in die Werkstatt.«

Sie ging voraus, er folgte ihr. »Wilhelm, ich habe eine schlechte Nachricht. Annette ist in Gefahr!«

»Was? Wie bitte? Warum?« Wilhelm wurde von einer heißen Welle überflutet.

»Tut mir leid, mein Junge, aber wir müssen handeln. Ich habe diese grüne Farbe in Verdacht. Gestern habe ich den Geheimrath von Goethe eingeweiht, er war ebenfalls beunruhigt.«

»Wovon sprechen Sie?«

»Ich möchte es kurz halten. Goethe war bei Tietzmann, dem neuen Apotheker. In der grünen Farbe ist Kupferarsenitacetat enthalten.«

»Was ist das? Und um welche grüne Farbe geht es?«

»Er sagt, es sei ein Salz der Essigsäure. Das ist aber unwichtig. Kupfer-arsenit-acetat. Verstehen Sie?«

»Arsen?«

»Genau!«

»Und wie sollte Annette damit in Berührung gekommen sein? Doch nicht etwa …?«

»Diesen grünen Stoff gibt es als Pulver und als Flüssigkeit, beides ist teuer. In flüssiger Form wird es als Farbanstrich verwendet, auf Wänden oder zum Färben von Stoffen und bei besonderen Druckwerken … für den Einband!«

»Nein!«

»Es wäre möglich.«

»Nein, nein, nein! Arsen wirkt doch nur als Gift, soweit mir bekannt, wenn man es isst oder trinkt. Sie nimmt doch die Buchseiten nicht in den Mund und schneidet sie auch nicht ins Essen!«

»Gewiss«, antwortete Louise. »Goethe meint jedoch, die Moleküle – ein Name für kleine Teilchen eines Stoffes – könnten sich an ein Gas binden und sich somit durch den Raum bewegen. Zuvörderst bei Hitze. So wie derzeit in ganz Weimar und besonders hier in dieser Werkstatt.«

»Was sind die Merkmale einer solchen Vergiftung?«

»Die Symptome sind Übelkeit, Appetitlosigkeit, Schüttelfrost, Fieber und Muskelschmerzen.«

Annette kam die Treppe heruntergestakst. Ihr verwachsener Fuß schien zu schmerzen. Verwundert blieb sie in der Küche stehen. »Tantchen?«

Wilhelm sprang auf. »Hier, iss ein Stück Brot«, sagte er zu seiner Ehefrau. »Dann gehen wir zur Niedermühle, zum Wiegen!«

»Aber Wilhelm …«

»Ich erkläre dir alles später, hier, iss, bitte!«

»Ich habe keinen Hunger.«

»Gut, dann eben ohne Essen. Komm!«

Annette begann zu schwanken.

Louise sprang hinzu und stützte sie. »Muss das jetzt sein?«

»Ja«, sagte Wilhelm ungeduldig. »Es bringt die einzig verlässliche Antwort.«

Zu dritt schafften sie den Weg zur Niedermühle in knapp zwanzig Minuten.

Sie kamen früher als vereinbart, sodass die Waage noch besetzt war und sie draußen vor dem Gebäude warten mussten. Wilhelm stand am Fenster und lugte immer wieder ungeduldig in den Abfüllraum, in dem der Müller für einen Mann im feinen Zwirn drei Säcke von der Größe eines Ochsenkopfs abwog. Der gut gekleidete Herr warf ihm einen kurzen Blick zu, drehte sich dann rasch um und raffte sein Hab und Gut zusammen. Sein glattrasiertes Gesicht und die roten Haare verliehen ihm ein aristokratisches Aussehen. Auf der rechten Wange konnte Wilhelm eine lange Narbe erkennen.

»Zweihundertfünfzig Lot Eisenschrott!«, hörte Wilhelm den Müller sagen. »Das macht zwei Groschen Wägegebühr.«

Der fein gekleidete Mann zahlte und verließ die Mühle, ohne sich noch einmal umzusehen.

Wilhelm trat ein. »Müssen wir auch eine Gebühr zahlen?«, fragte er.

»Nein, es bleibt dabei, wie vorgestern besprochen. Fürs Wiegen von Personen berechne ich nichts, das gehört zur Fürsorge und kommt nicht so häufig vor. Schließlich bin ich der Einzige im gesamten Herzogtum, der eine amtlich adjustierte Waage besitzt.«

Wilhelm sprach seinen Dank aus. Annette setzte sich auf die eine Seite der Laufgewichtswaage, der Müller verschob die Gewichte auf dem langen Balken, bis die Waage im Gleichgewicht stand.

»Und?«, fragte Wilhelm.

»Hundertsechsundsechzig preußische Medizinalpfund.«

»Ich habe Gewicht verloren?«, rief Annette.

»Ja, so ist es.«

»Sind Sie sicher?«, fragte Louise.

»Ganz sicher. Ich benutze die Waage täglich. Zudem ist sie von der königlich sächsischen Commission zur Ajoustierung geprüft worden. Hier, sehen Sie die Stempel und die Schlagzahlen, das ist der Nachweis für die gezahlte Prüftaxe.«

»Gott helfe uns«, murmelte Wilhelm.

Annette stand auf. Sie schien jetzt von einer sachlichen, vernunftreinen Vorgehensweise geprägt zu sein. »Ich gehe mit Tantchen zurück in unser Haus, das schaffe ich. Liebster, lauf ins Schloss und verlange, den Oberhofmeister von Wolzogen zu sprechen. Über ihn kommst du zur Erbprinzessin. Sie wird uns helfen.«

Er rannte los.

~

Es gelang Wilhelm, zügig zu Geheimrath von Wolzogen vorzudringen, den er nicht vergaß, mit »Eure Exzellenz« anzureden. Er verdeutlichte ihm, dass es um Leben und Tod ging, was zunächst übertrieben wirkte, sich im Nachhinein aber als richtig erwies. Da alle Menschen im Umfeld der Fürstin Maria Pawlowna schon seit Monaten von deren schwieriger Schwangerschaft geprägt waren, schien es selbstverständlich, auch Annette von Brun zu helfen. Die Erbprinzessin selbst befahl, sofort den herzoglichen Physikus in die Winkelgasse zu schicken. Wilhelm zeigte dem Arzt den Weg, wenngleich dieser ihn wohl auch allein gefunden hätte, denn im vorigen Jahr hatte er dort die Vaccination der Kinder gegen die Pocken durchgeführt.

Nachdem der Arzt sich ausführlich nach Annettes Befinden erkundigt und auch das Datum ihrer letzten Menstruation erfragt hatte, tastete er Annettes Bauch ab und meinte, das Kind sei recht klein. Dies sei aber kein Grund zur Besorgnis. Falls jedoch Blutungen einsetzten, solle man ihn sofort rufen. Er teilte Wilhelm mit, wo er ihn erreichen könne und was in diesem Fall umgehend zu tun sei.

Louise blieb bei Annette, während Wilhelm den Physikus nach draußen begleitete. Er war froh, dem kleinen, stickigen Schlafzimmer unter dem Dach für ein paar Minuten zu entkommen. Vor dem Haus fragte er den Arzt, ob eine Arsenvergiftung Einfluss auf das Ungeborene haben könne.

Der Physikus hob die Augenbrauen und spitzte den Mund. »Mit so etwas scherzt man nicht, Herr von Brun. Arsen ist ein gefährliches Gift. Außer Magenschmerzen und Fieber führt es zu Schäden an Lunge, Herz und Nieren. Je nach Dosis kann es Ihre Frau und Ihr Kind töten. Und falls Sie es genau wissen wollen: zuerst Ihr Kind, dann Ihre Frau!«

Wilhelm stand einige Minuten unschlüssig in der Winkelgasse. Babel strich um seine Beine, so als ahnte er, dass sein Herrchen Kummer hatte. Wilhelm steckte in einer Zwickmühle. Einerseits wollte er Annette nicht unnötig beunruhigen, andererseits konnte er ihr, nur auf Louises Verdacht hin, nicht einfach die Bücher wegnehmen, die sie für ihren Aufsatz brauchte.

Es ging auf Mittag zu, die Sonne brannte mit aller Macht vom Himmel.

Als er wieder ins Haus kam, sah er Tante Louise in der Werkstatt vor Annettes Schreibtisch stehen. Einen solch wütenden Gesichtsausdruck hatte er noch nie bei ihr wahrgenommen.

»Was ist passiert, Tante? Sie schauen so …«

»Hier, die beiden Bücher«, zischte sie, wohl in dem Bestreben, Annette nicht zu wecken. »Genau diese zwei sind in der Bibliothek gestohlen worden!«

»Wie bitte?«

»Und ich bin damit beauftragt, den Diebstahl aufzuklären.«

»Aha, nun gut, ich war es nicht, und Annette ebenso wenig.«

»Das weiß ich. Aber wie sind die beiden Bücher zu euch gelangt?«

»Sie kamen mit der Ordinären Post, eines nach Jena, eines hierher.«

»Absender?«

»Keiner. Ohne jegliche Angaben, kein Liefervermerk – nichts!«

Tante Louise sah ihn zweifelnd an.

»Sie glauben mir nicht?«, fragte Wilhelm.

»Das ist … in der Tat schwer zu verstehen.«

Wilhelm griff unter Annettes Schreibtisch. »Hier, in dieses Packpapier war das Buch eingewickelt. Sehen Sie, dort sind die Falze. Es lag am Freitagmorgen vor unserer Tür. So als hätte es jemand in der Nacht heimlich abgelegt.«

Sie betrachtete das Papier, hielt das Buch daran, es passte. »Verzeih, Wilhelm, es passiert gerade so viel, ich habe mich von Verdächtigungen leiten lassen.«

Sie versuchte, ihm die Hand auf die Schulter zu legen, um sich zu entschuldigen. Dabei lagen ihre Finger mehr auf seinem Arm, denn Wilhelm war mit sechseinhalb Fuß Körpergröße zwei Köpfe größer als Louise.

»Ja, es passiert viel«, sagte er. »Ich wollte die Bücher gerne zurückgeben, aber …«

»Aber?«

»Annette war so begeistert von ihrem Aufsatz und dazu passen die Bücher thematisch sehr gut. Ich brachte es nicht übers Herz, ihr die Bücher wegzunehmen. Außerdem wusste ich nicht, woher sie kamen.«

»Wie vermutet: Der Absender weiß, an welchem *Sujet* Annette arbeitet!«

»*Sujet* – ein französisches Wort?«

»Ja, das haben wir noch nicht durchgenommen.«

»Stoff, Thema, Aufgabe?«

»Sehr gut, mein Lieber!«

»Ja, offensichtlich weiß der Absender, an welchem Sujet Annette arbeitet!«

»Hm, interessant.« Tante Louise grübelte. Sie betrachtete die Rücken der grünen Bücher. »Keine Codierung, dennoch stammen sie aus der Bibliothek. Seltsam. Wir müssen klären, ob die Codiernummern entfernt wurden.«

»Wie könnte man das bewerkstelligen?«

»Mit Zitrone und Natron.«

»Aha. Ich habe auch etwas Neues«, sagte Wilhelm. »Auch wenn ich nicht sicher bin …«

»Sag es nur!«

»Vorhin in der Niedermühle … dieser elegante Herr, der vor uns drei Säcke altes Eisen abgewogen hat, er sah mich kurz an. Ich kannte den Blick.«

»Wer war es?«

»Verzeihen Sie, liebe Tante, es ist zu unwahrscheinlich, um es schon auszusprechen. Geben Sie mir etwas Zeit.«

Tante Louise sah ihn erstaunt an. »Nun gut, so soll es sein.«

Wilhelm schätzte Louise von Göchhausens Geduld, nie hatte sie ihn und Annette zu etwas gedrängt oder sogar gezwungen.

»Ich muss überlegen, was jetzt zu tun ist«, sagte sie.

»Darf ich vorschlagen, dass wir gemeinsam überlegen, so wie vergangenes Jahr? Das war doch sehr erfolgreich.«

Louise lächelte. »Oh ja … natürlich!«

»Ich würde es begrüßen, wenn Sie die beiden grünen Bücher mitnähmen, dann wären sie nicht mehr in Annettes Nähe. Ich denke, die wichtigsten Inhalte hat sie notiert.«

»Gut, aber wie wollen Sie ihr das erklären?«

»Mit der Wahrheit. Sie soll alles wissen, außer …« Wilhelm zögerte. »Außer von der Gefahr für unser Kind.«

»Annette ist eine kluge Frau …«

Wilhelm nickte. »Wir wandeln auf einem schmalen Grat zwischen Ehrlichkeit und Rücksichtnahme. Zwischen Vertrauen und Sorge.«

»Ja, das ist wahr. Auf jeden Fall müssen die grünen Bücher von ihrem Schreibtisch verschwinden. Irgendwann werde ich sie zurückgeben, doch zuvor muss ich … müssen wir überlegen, wie wir den Dieb fassen. Vielleicht benötigen wir die Bücher dazu.«

»Sie denken an eine Finte, die den Dieb aus der Deckung lockt?«, fragte Wilhelm.

Sie lächelte. »Genau das! Aber zunächst muss geklärt werden, ob sich der dritte Schlüssel zur Bibliothek tatsächlich bei Secretarius Schmelzer befindet. Leutnant Koch ist gerade damit beschäftigt, ihn beizubringen.«

»Leutnant Koch – unser Koch?«

»Genau der!«

»Oha, erstaunlicher Aufstieg!«

»In der Tat. Und noch eine wichtige Sache, Wilhelm: Wir müssen klären, ob der Dieb die Bücher hergeschickt hat, um Annette absichtlich zu schaden.«

»Um sie absichtlich … zu verletzen?«

»Tut mir leid, Wilhelm, aber es wäre möglich. Wir sollten darauf vorbereitet sein.«

Wilhelm setzte sich auf Annettes Hocker an ihrem Schreibtisch und nahm beide Hände vors Gesicht. Tränen flossen durch seine Finger. Endlich, nach Minuten, hob er den Kopf und sagte: »Jetzt kann ich sagen, wer mich in der Niedermühle so überrascht angesehen hat, jetzt bin ich sicher. Der Mann in den edlen Kleidern …« Er holte tief Luft und sah Louise an. »Ich denke, das war Reisinger.«

~

Colette saß am Abend dieses Mittwochs am üblichen Treffpunkt im Baumgarten. Sie wartete lange. Als Rosine endlich erschien, dämmerte es bereits.

»Wo bleibst du denn nur?«

Rosine schien ruhiger als sonst. »Bin ja schon da. Ich war noch … in der Bibliothek.«

»Wie, so spät?«

»Ja, du weißt schon … Oswin.«

»Oh mein Gott, du hast ihn doch nicht etwa …«

»Nein, er wollte nur meine Brüste berühren, mehr gibt's nicht!«

Colette überlegte, sie kannte ihre Freundin. »Was hast du dafür bekommen?«

Rosine grinste. »Informationen. Und zwei Silbertaler.«

»Geld? Warum?«

»Ich wurde entlassen. Von irgendetwas muss ich ja leben.«

Das Wort »Hurendienst« lag Colette auf der Zunge, doch sie hielt es zurück. »Warum wurdest du entlassen?«

»Am Sonntag, auf dem Fest in Tieffurth …«

»Ach, du warst das. Hätte ich mir ja denken können.«

»Nun red nicht so schlau daher! Was wolltest du mir sagen?«

»Hoffmann hat so ein grünes Pulver bekommen, in einem Paket aus Schweinfurth. Es ist leuchtend grün, das Pulver, und es schmeckt sauer.«

»Du hast es probiert?«

»Ja, warum nicht?«

Auch wenn ihre Freundin ein Bauerntrampel war, ein wenig Mitleid empfand Rosine nun doch für sie. »Ich war am Samstag vor dem Tieffurther Fest bei Tietzmann, er sagt, es könnte giftig sein!«

Colette bekam große Augen.

»Aber nur in größeren Mengen«, behauptete Rosine.

Ihre Freundin beruhigte sich wieder. »Jetzt ist mir auch klar, warum Hoffmann so ein Geheimnis um das grüne Pulver macht. Es ist giftig!«

»Will er damit jemandem schaden?«

»Ich weiß es nicht. Es ist für die Fürstliche Freye Zeichenschule bestimmt.«

»Soso«, murmelte Rosine. »Interessant.«

»Was meinst du?«

»Dieses Pulver könnte …« Sie zögerte. »Es dient vielleicht als leuchtender Farbstoff für die Malschüler. Kannst du mir eine Handvoll davon besorgen?«

»Rosine! Ich hab schon meine Anstellung riskiert, um in das Paket zu schauen. Wenn etwas fehlt … Hoffmann hat eine Waage, das fällt doch auf!«

»Gut, dann eine halbe Handvoll und beim nächsten Paket noch mal dasselbe.«

Colette atmete tief ein und blies die Luft in Richtung Himmel. »Gott wird mir gnädig sein, ich versuche es!«

Rosine grinste. »Du bist eine tolle Freundin!«

Jena

In dieser Nacht, genau beim Übergang von der letzten Mittwochsstunde zur ersten Minute des Donnerstags, schlich sich ein Mann auf den Friedhof an der alten Johanniskirche. Er schleppte mit beiden Händen etwas Schweres. Ein zufälliger Beobachter hätte nicht erkennen können, was es war, denn der Mann trug es unter einem schwarzen Umhang. Die recht hohe Temperatur der Augustnacht ließ ihn keuchen und schwitzen. Auf dem Kopf trug er eine dunkle Kappe. Er lief gezielt auf ein Grab zu, so als kenne er den Weg genau, selbst in der Finsternis verlief er sich nicht. Endlich angekommen, ließ er zwei Säcke fallen, beide in der Größe eines Ochsenkopfs. Hinter dem Grabstein zog er eine Schaufel hervor, setzte sie flach an und hob eine Blumenstaude vorsichtig vom Grab herunter. Dann fing er an zu schaufeln. Nach wenigen Minuten – er war nicht besonders tief ins Erdreich vorgedrungen – versenkte er die beiden Säcke in die entstandene Öffnung und brachte den Aushub an seinen Platz zurück. Er deckte das Grab wieder mit der Staude ab, sodass man, selbst bei Tageslicht, keinen Verdacht schöpfen würde, dass sich hier im Erdreich etwas verberge – abgesehen von den Gebeinen des Johann Pistorius Reisinger. Geboren 1745, gestorben 1804 – so stand es in den Stein gemeißelt.

Der Mann nickte zufrieden, erfüllt, fast etwas selbstgefällig. Er würde seinem Idol nacheifern, sein Vermögen mehren, reich werden. Mit einem Grinsen erinnerte er sich an den berühmten Satz seines Onkels: »Man muss fettes Geld machen, bis der Beutel kracht!« Er zog ein Schnupftuch aus der Tasche des Umhangs, nahm die Kappe vom Kopf und trocknete sich den Schweiß von seinem glattrasierten Gesicht und dem Ansatz der roten Haare. Dann setzte er die Kopfbedeckung wieder auf und trottete zurück zum Friedhofstor.

18. Vom Schloss zum Schlüssel

Weimar, Donnerstag, 8. August 1805

Am Vormittag des nächsten Tages saßen Wilhelm und Annette gemeinsam mit Louise in der Küche ihres Hauses in der Winkelgasse und beratschlagten, was zu tun sei.

Wilhelm hatte sich auf der Gratwanderung zwischen Offenheit und Rücksicht für ein Höchstmaß an Aufrichtigkeit seiner Ehefrau gegenüber entschieden. Die Erfahrungen seiner Ehe, auch wenn diese erst ein halbes Jahr andauerte, hatten ihn das gelehrt. So erklärte er Annette sanft, aber klar, dass die Möglichkeit bestehe, dass ihr jemand schaden wolle. Sie nahm die Neuigkeit recht gelassen auf, meinte, sie werde sich ab sofort von grünen Büchern und grüner Farbe fernhalten, die Eventualität von umherfliegenden Giftpartikeln schob sie als Mär aus Tausendundeiner Nacht von sich. Wilhelm ließ diese Betrachtungsweise stehen, sah sie als Selbstschutz seiner Frau an, der ihr helfen würde, mit der Situation umzugehen. Auch sie wandelte auf einem Grat, auf dem zwischen Achtsamkeit und Panik.

Das Einzige, was er ihr nicht offenbarte, war der Verdacht, sie könnten Reisinger in der Niedermühle begegnet sein. Und nur so konnte man es als neutraler Beobachter nennen: einen Verdacht. Für Wilhelm selbst war es mehr als das, seine anfängliche Ahnung war zur Gewissheit geworden: Reisinger war zurück. Es war schwierig, diese Überzeugung herunterzuschlucken – er tat es seiner Frau zuliebe.

Wilhelm und Louise hatten zwei Aufgaben: den Schutz von Annette und die Suche nach dem Absender der Bücher.

Zunächst schlug Louise vor, dass ihre Nichte ins Witthumspalais übersiedeln sollte, dort wäre sie sicher und Clara könnte sich um sie kümmern. Doch Annette wollte bei ihrem Ehemann bleiben.

Daraufhin beschloss Wilhelm, Babel dauerhaft an ihre Seite zu stellen. Der Hund sollte sie beschützen, zudem würde er Alarm geben, wenn es Annette nicht gut ging.

Lange diskutierten sie die Frage, wie Wilhelm gleichzeitig seiner Arbeit in der Werkstatt nachkommen und nach dem Frevler suchen konnte. Annette selbst hatte den entscheidenden Gedanken: »Du brauchst einen Lehrjungen, der dir hilft!«

Wilhelm sah sie erstaunt an. »Einen Lehrjungen? Äh, ja, das ist eine … gute Idee.«

»Anton!«, rief Annette.

»Wer ist Anton?«, fragte Tante Louise.

»Mein ehemaliger Gehilfe bei Meister Frühauf«, antwortete Wilhelm, »hier in Weimar, in der Rittergasse. Siebzehn Jahre alt, wissbegierig. Ich habe ihm die Buchstaben beigebracht.«

»Meinen Sie, er kann da … weg und zu Ihnen wechseln?«

Wilhelm nickte. »Da ich offiziell als Meister bei der Holzhandwerkerzunft gemeldet bin, ist das amtlicherseits kein Problem. Ob er das will, weiß ich nicht, aber immerhin haben wir uns gut verstanden, ich war so etwas wie …«

»Sein großer Bruder?«, fragte Annette.

Wilhelm lächelte vorsichtig. »Ja.«

»Frag ihn doch einfach!«

»In der Frühauf-Werkstatt kann ich mich nach dem Rauswurf im vergangenen Jahr nicht mehr sehen lassen. Und ich möchte es auch nicht.«

»Verstehe«, sagte Louise. »Dann übernehme ich das. Frühauf kennt mich ja von damals, von unserem Fall mit den beiden Witwen.«

So war es beschlossene Sache.

Simon kam mit Babelinchen vorbei, um sich nach Annettes Befinden zu erkundigen. Er meinte, Annette müsse unbedingt regelmäßig und gesund essen, und seine Frau Isetta könne das Kochen gerne übernehmen. Für Wilhelm hatte es mit der freiwilligen Nachbarschaftshilfe nun ein Ende, und er bestand darauf, der Familie Zimmer ihre Hilfe zu bezahlen. Man einigte sich schnell.

Wilhelm überredete Annette, sich auszuruhen, und brachte sie nach oben. Dort schwor er Babel ein, bei ihr zu bleiben. Auch erklärte er seinem Freund Simon, wo im Notfall der Amtsphysikus zu erreichen sei. Wilhelm wollte Tante Louise ins Witthumspalais begleiten und auf dem Weg dorthin Pläne schmieden. Simon Zimmer versprach, bis zu Wilhelms Rückkehr bei Annette zu bleiben.

~

Die Mittagshitze stand still zwischen den Hauswänden. Kein Windhauch, keine Kühlung.

»Nehmen wir an, es war Reisinger«, sagte Louise, »was könnte er in der Niedermühle gewogen haben – wirklich Eisenschrott, wie es hieß?«

»Zwei Groschen Wägegebühr für altes Eisen? Das wäre seltsam, denn mehr als diese Summe wird er für die beiden Säcke auf dem Markt nicht erzielen.« Wilhelm überlegte.

»Ich bezweifle, dass tatsächlich Alteisen in den Säcken war. Die haben ein Geräusch gemacht wie …«

»Ja, ein bekanntes Geräusch«, murmelte Tante Louise. »So wie … Silbertaler!«

»Waaas? Silbertaler!«

Sie querten gerade den Töpfermarkt.

»Sprechen Sie nicht so laut, Wilhelm, sonst laufen gleich die Diebe wie Ratten hinter uns her!«

»Aber Reisingers gesamter privater Besitz wurde per Gerichtsurteil der Stadt Jena zugesprochen. Wie kann er so reich sein?«

»Ich weiß es nicht. Angenommen, wir sind auf der richtigen Spur: Was will er mit dem Geld?«

»Wenn er es wiegen lässt, liebe Tante, dann hat er etwas Geschäftliches vor, vielleicht etwas Amtliches. Fragt sich nur was.«

»Zunächst müssen wir diese … Schmeißfliege identifizieren.«

Wilhelm sah sie erstaunt an. Solche Ausdrücke kannte er nicht aus ihrem Munde.

»Gibt es ein unveränderliches Zeichen an ihm«, fuhr sie fort, »ein Muttermal oder Ähnliches?«

»Der Mann in der Niedermühle hatte eine lange Narbe auf der Wange, ich glaube rechts. Die hatte Reisinger nicht.«

»Die kann er sich inzwischen zugezogen haben.«

»Richtig. Und eine Geste fällt mir ein, typisch für ihn: Er fährt sich oft mit beiden Händen durchs Haar, so als wolle er sich kämmen. Das macht er oft.«

»Hast du diese Geste auch in der Niedermühle gesehen?«

»Nein.«

»Wie können Sie dann sicher sein, dass es Reisinger war?«

Wilhelm hob die Schultern.

Louise fuhr fort: »Sie sagten, der Kerl in der Niedermühle habe rote Haare und ein glattrasiertes Gesicht gehabt. Wie sah Reisinger aus, bevor er wegging?«

»Er hatte dunkle Haare und trug einen Bart. Aber dieser Blick!«

»Oh, mein Lieber, Bärte kann man stutzen oder abrasieren, und Haare kann man färben. Männer kennen das nicht. Dazu wird meistens das typische Rot des Hennastrauchs genutzt.«

»Das kenne ich nicht.«

»Henna ist ein orangeroter Farbstoff, der zum Färben von Wolle und Seide genutzt wird. Oder eben zum Färben von Haaren. Normalerweise nur von Frauen.«

»Hm, was ist heute schon normal …?«

»Allerdings! Außerdem ist der Henna-Farbstoff teuer, denn der Strauch wächst in Afrika.«

Sie erreichten das Witthumspalais. Wilhelm übergab Louise von Göchhausen an ihre Zofe Clara. Aufgrund der jüngsten Ereignisse hatte er das Bedürfnis, die Frauen, die er liebte, geborgen in ihrem Zuhause zu sehen.

»Werte Tante, ich wünsche Ihnen ein wohlschmeckendes Mahl und eine erholsame Mittagsruhe!«, sagte er und verabschiedete sich mit einem angedeuteten Handkuss.

Tante Louise lächelte. »Das war perfekt, mein lieber Wilhelm. Ich danke Ihnen!«

Als Wilhelm in die Winkelgasse zurückkam, lag ein drittes Buch vor der Haustür. Wieder war es in Packpapier eingewickelt, wieder ohne Absender und ohne jeglichen Kommentar. Er packte es aus und betrachtete es gründlich. Der Titel: *Die Darstellung von Kindern in den Texten von Shakespeare und Goethe – ein literaturkritischer Vergleich.*

Der Verfasser war Emil Nimrodt. Dieses Thema hatte nur am Rande mit Annettes Aufsatz zu tun. Und erneut besaß es einen grünen Einband. Ging davon eine Gefahr aus? Das Buch schien ihn anzusehen, als wollte es sagen: Ich bin vollkommen harmlos! Doch Wilhelm glaubte dem Buch nicht. Er wickelte es wieder ins Packpapier und versteckte es im Schuppen unter dem Holz der Sitka-Fichte.

Maria von Dettmansberg war trotz ihres recht jungen Alters von sechsundzwanzig Jahren eine erfahrene Frau. Mit fünfzehn hatte sie ihre Heimat verlassen, nachdem sie erkannt hatte, dass ihr Erzeuger kein Vater, sondern ein männliches Scheusal war. Sie hatte sich einer Theatergruppe angeschlossen, die in Wien auftreten wollte. Damals war es ihr gleichgültig, wohin der Strom des Lebens sie trieb, nur möglichst weit weg von ihrem Vater. Ihren ursprünglichen Rufnamen Wilma tauschte sie gegen den Zweitnamen Maria. Sechs Monate später heiratete sie Paul von Dettmansberg, einen Geschäftsmann, zweiundzwanzig Jahre älter als sie. Er liebte sie, war behutsam und zuvorkommend, akzeptierte, dass sie keine Kinder bekommen wollte, und vertraute ihr sogar seine Geschäfte an. Sein Vertrauen in sie sollte sich als berechtigt erweisen. Während seiner ausgedehnten Reisen nach Warschau, Riga und St. Petersburg führte sie sein kaufmännisches Imperium mit Umsicht und sorgte dafür, dass die Erträge von einem Rinnsal zu einem steten Fluss wurden. Im fünften Lebensjahrzehnt ihres Ehemanns streckte ihn ein Herzschlag darnieder, er starb just an seinem sechsundvierzigsten Geburtstag. So wurde Maria als junge Frau von vierundzwanzig Jahren zur Witwe. Ein weiteres Geschäftsjahr lang kümmerte sie sich um das Lebenswerk ihres Mannes, bis sie von Heimweh geplagt alle Geschäfte verkaufte und ins Herzogtum Sachsen-Weimar-Eisenach zurückkehrte. Dieser Schritt war unvermeidlich gewesen, hatte sie jedoch innerlich dermaßen beschwert, dass sie nicht mehr wusste, wer sie war. Ihre Identität trieb umher wie ein Blatt im Wind und war kurz davor, im Sog der Ilm zu landen und mitgerissen zu werden.

Kann man seine Kindheit vergessen? Kann man Geschehenes aus seinem Gedächtnis streichen? Nein, denn es gibt die Nacht. Die Traumbilder holten sie ein, zwangen sie, Gemälde anzusehen, die in der Galerie neben der großen Treppe hingen, ihre Eltern, der Blick ihres Vaters, der sie verfolgte bis in ihre Schlafstube, wo er sich auf ihr Bett setzte und … endlich wachte sie auf. Sie schrie, ein See von Tränen ergoss sich auf ihr Kissen, sie schlug verzweifelt gegen die Wand, bis ihre Hand blutete. Selbst Paul von Dettmansberg hatte sie nichts davon erzählen können. Aber Wilhelm, er würde es verstehen, das wusste sie, sie waren beide Opfer desselben Mannes. Auf dem Fest, als er den leeren Zettel aufhob, hatte sie seinen Nacken gesehen, das Muttermal, geformt wie ein kleines Gesicht. Alle Männer der Familie von Brun besaßen dieses Kennzeichen. Ihr Vater, ihre Brüder Wilbert und Willebrord – und auch Wilhelm.

Sie musste Mut aufbringen. Den Mut, Wilhelm zu sagen, dass sie seine Halbschwester war. Und dass sie keine Kinder wollte, um einer möglichen Tochter ein Schicksal wie das ihrige zu ersparen. Dann würden sich die Schleusen öffnen. Doch dazu brauchte sie Zeit.

~

Colette hatte Angst. Wenn Professor Hoffmann sie erwischte, würde sie das ihre Werkstelle und damit ihre Lebensgrundlage kosten.

Auch an diesem Donnerstag verließ Professor Hoffmann die Apotheke, um im Weißen Schwan zu speisen. Das Paket mit dem grünen Pulver befand sich inzwischen im Labor, zu dem sie freien Zugang hatte. Zu ihrer Überraschung stand es offen auf dem Wägetisch. Das machte es ihr leicht. Sie nahm einen Trinkbecher und füllte ihn zur Hälfte mit dem Pulver. Dann schüttete sie den Inhalt in ihre Schürzentasche. Von außen war nichts zu erkennen, der weiße Baumwollstoff war dicht gewebt.

Als Hoffmann zurückkam, fiel es ihr schwer, sich normal zu verhalten und ihm in unschuldiger Weise in die Augen zu schauen. Sein Blick war seltsam, durchdringend, fast ein wenig anklagend. Noch hätte sie fliehen können, doch es dauerte ein paar Minuten, bis sie begriff, dass er ihr eine Falle gestellt hatte.

Er rief sie ins Labor und zeigte auf die Feinwaage. »Colette, es fehlt ein Teil dieses grünen Pulvers. Wo ist es?«

Sie erstarrte.

»Wo – ist – es?« Sein Ton wurde schärfer.

Ihre Kehle war wie zugeschnürt.

»Das Pulver ist teuer. Die fehlende Menge hat einen Wert von fünf Silbertalern. Es ist für die fürstliche Zeichenschule bestimmt, ich habe es Georg Melchior Kraus versprochen. Also: Wo ist es?«

Colette überlegte. Sollte sie zugeben, gestohlen zu haben? Würde sie dann vor dem Criminalgericht landen, vielleicht im Kerker? Nein, Hoffmanns Verhalten barg ein Geheimnis, er konnte damit nicht an die Öffentlichkeit gehen. Aber wenn sie blieb, würde ihre Arbeit in der Apotheke zur Qual werden. Und das bei diesem Hungerlohn! Sie grübelte zu lange. Schon sauste Hoffmanns große, kräftige Hand hernieder. Er traf sie am linken Ohr, ihr Kopf wurde zur Seite geschleudert, sie prallte gegen den Türrahmen. Ihre Wut gewann die Oberhand über den Schmerz. Sie warf einen Blick in den Verkaufsraum. Vor der Tür stand eine Kundin, Frau Kurland. Sie hatte die Klinke schon in der Hand.

Colette rannte los. Just als sie den Eingang erreicht hatte, öffnete Frau Kurland die Tür, Colette schlüpfte hindurch und war innerhalb von Sekunden im Menschengewühl auf dem Marktplatz verschwunden.

Das grüne Pulver befand sich sicher verwahrt in ihrer Schürzentasche.

Leutnant Koch galoppierte voraus, zwei Gefreite folgten ihm.

Sie befanden sich auf der Straße nach »Puffarth«, wie das Dorf Buchfarth in thüringischer Mundart genannt wurde. Der erkrankte Secretarius Aaron Gabriel Schmelzer weilte dort im Haus seines Sohnes.

Oberstleutnant von Seebach war im Lande unterwegs, um Rekruten auszuheben. Koch sollte in dieser Zeit seinen Fuchshengst übernehmen, damit das Tier bewegt, trainiert und gefordert wurde. Ein erstklassiges Pferd. Die Grundlage schlechthin für ein Offiziersleben.

Das Haus des Schmelzer junior war schnell gefunden, nicht jedoch dessen Wohlwollen. »Was wollen Sie, Leutnant?«

»Guten Tag, Herr Schmelzer. Wir sind auf der Suche nach dem dritten Schlüssel zur Weimarer Bibliothek …«

»Den habe ich bestimmt nicht!«

»Natürlich nicht. Aber Ihr Vater …«

»Der auch nicht!«

»Sind Sie sicher?«

»Ganz sicher!«

»Immerhin hatte Ihr Vater einen Schlüssel und der ist nicht …«

»Mein Vater ist krank, sehr krank, lassen Sie ihn in Ruhe. Er war schon lange nicht mehr in der Bibliothek!«

»Und genau so lange fehlt der Schlüssel.«

»Was heißt das denn?«

»Es wurden Bücher gestohlen …«

»Sicher nicht von meinem Vater!«

»Das behauptet ja auch niemand, wir müssen nur sichergehen, dass der Schlüssel nicht in falsche Hände gelangt ist.«

»Und dafür schickt der Herzog eigens drei Husaren nach Puffarth? Was für ein …?«

»Ich muss mit Ihrem Vater sprechen!«

»Auf keinen Fall!«

Leutnant Koch atmete tief durch. »Passen Sie auf, Schmelzer …«

»Nein!«

»Entweder Er wird jetzt einsichtig, oder ich setze Ihn hier jetzt fest wegen Widerstands gegen herzogliche Abgesandte und werfe Ihn in den Kerker! Hat Er das verstanden?«

Die beiden Gefreiten nahmen zur Unterstützung ihre Gewehre von der Schulter und stellten sich in Bereitschaftsposition.

»Meinetwegen«, brummte Schmelzer junior. »Er liegt oben.«

Leutnant Koch stieg mit einem der Gefreiten die Stufen hinauf, der andere postierte sich am Fuß der Treppe, um zu verhindern, dass der Sohn ihnen folgte.

Aaron Gabriel Schmelzer befand sich in einem Zustand, der eine Rückkehr in die Bibliothek unmöglich machte. Sein Gesicht war leichenblass, der Atem rasselte, das Essen stand unangetastet neben dem Bett, im Hintergrund ein Nachttopf mit Deckel. Das Augustwetter hatte den Raum in nahezu unerträglichem Maße aufgeheizt. Im Gaubenfenster saß eine schwarze Krähe.

Koch setzte sich auf einen Stuhl. Er stellte sich vor und fragte, ob Schmelzer ihn verstünde. Der alte Mann nickte. Dann erklärte der Leutnant ihm die Situation. Man wolle verhindern, dass ein Verdacht auf ihn oder seinen Sohn falle.

»Wissen Sie, wo der Schlüssel ist?«

Schmelzer schüttelte den Kopf.

»Denken Sie nach, bitte!«

Keine Reaktion.

»Sie hatten einen Schlüssel für die Bibliothek. Was haben Sie damit gemacht?«

Der Alte zuckte mit den Schultern.

Leutnant Koch wartete eine Weile, ohne zu reden. Vielleicht kam etwas, wenn Schmelzer sich beruhigte.

Irgendwann stöhnte der alte Mann, sagte »Au!« und zeigte auf seinen Rücken.

Nun, dachte Koch, wenigstens soll er bequem liegen in den letzten Tagen seines Lebens. Er hob die Bettdecke. Es roch nach Tod. Und es sah genau so aus: Das war kein Mensch mehr, nur noch ein Gerippe. Er drehte den Mann auf die Seite, um zu prüfen, was unter seinem Rücken lag. Aus der Strohunterlage blitzte etwas Metallenes hervor: ein

Schlüssel! Er besaß genau die Form des Schlüsselbarts, die Koch sich zuvor eingeprägt hatte.

Er nahm das *Corpus Delicti* an sich und drehte Schmelzer vorsichtig wieder zurück.

»Danke!«, hauchte der Kranke.

Unten hielt Koch den Schlüssel vor des Sohnes Gesicht. »Der wird amtlich konfisziert, und es hat keinen Sinn, dagegen zu protestieren!«

Schmelzer Junior blieb stumm.

»Und jetzt kümmern Sie sich um Ihren Vater. Er hat nicht mehr lange zu leben!«

Der Sohn nickte. »Das mache ich, aber er kann und kann nicht seinen letzten Weg gehen.«

»Sagen Sie ihm, dass in der Bibliothek alles in Ordnung ist, er braucht sich keine Sorgen zu machen. Vielleicht kann er dann loslassen.«

Schmelzer Junior stand das Wasser in den Augen. »Danke!«

Die Husaren gingen zu ihren Pferden, saßen auf und ritten im Trab zurück nach Weimar.

Erst viel später erfuhren sie, dass der alte Mann diese Welt bereits verlassen hatte, als sie in der Stadt angekommen waren.

~

Louise besuchte an diesem Donnerstag Karl Wilhelm von Fritsch, den Generalpolizeydirektor, der im Roten Schloss residierte. Sie bat ihn um Unterstützung bei der Suche nach dem Bücherdieb. Von Fritsch war sehr zurückhaltend. Wegen zweier verschwundener Bücher lohne es sich nicht, ein riesiges Getrommel zu veranstalten. Auch die Möglichkeit, dass weitere grüne Bände gestohlen werden könnten, beeindruckte ihn nicht. Er bezeichnete Louises Sorge als Hysterie. Leider fehlte ihm in dieser Sache – so wie in manch anderer Angelegenheit – die Weitsicht. Und nicht nur das. Es mangelte ihm an der geeigneten Ausdrucksweise und der gebotenen Höflichkeit. Hysterie! Welche Unverschämtheit! Louise musste sich überlegen, ob sie die Freundschaft mit seiner Frau Henriette fortsetzen konnte. Diese war natürlich schuldlos am Benehmen ihres Ehemannes, aber Louise wäre es peinlich, ihm bei einem Besuch ihrer Freundin plötzlich gegenüberzustehen.

Just als Louise von Göchhausen das Rote Schloss verließ, preschte Leutnant Koch auf dem Fuchshengst heran.

»Mademoiselle!« Er sprang in wilder Manier vom Pferd. »Hier ist der Schlüssel. Er war tatsächlich noch bei Secretarius Schmelzer. Die Wahrscheinlichkeit, dass er von dort aus in falsche Hände geriet, halte ich für sehr gering.«

»Vielen Dank, Herr Leutnant. Ich denke, Sie bringen ihn am besten zu Herrn Geheimrath Voigt.«

»Genau das habe ich beabsichtigt. Darf ich fragen, ob es in puncto Bücherdiebstahl etwas Neues gibt?«

»Ja, die beiden gestohlenen Bücher wurden gefunden. Das muss aber noch unter uns bleiben.«

Der Leutnant sah sie fragend an.

»Halb Weimar trifft sich heute Abend im Hoftheater. Man gibt Schillers *Jungfrau von Orleans*. Der Geheimrath Voigt und der Bibliothekar Vulpius sind in der Pause zu einer kurzen Konversation bereit, dann werde ich alles erklären. Dürfen wir mit Ihnen rechnen?«

»Sehr gern, Mademoiselle!« Er salutierte, übergab den Fuchshengst einem Diener und stürmte ins Rote Schloss.

Der Himmel hatte sich zugezogen, eine graue Wolkendecke hing über Weimar. Louise von Göchhausen schlug den Weg in Richtung Rittergasse ein. Wie würde Anton reagieren?

~

Nach dem Mittagessen – Isetta hatte Kartoffelstampf mit Bohnengemüse und Zitronenlimonade herübergebracht – ging Wilhelm wieder an die Arbeit. Annette saß bei ihm am Schreibtisch, die grüngewandeten Druckwerke waren von ihrem Arbeitsplatz verschwunden.

Die Guitarre für die Wienerin musste fertig werden. Es kostete ihn enorme Überwindung, nicht mehr an die grünen Bücher zu denken. Oder an die Schmeißfliege.

Mehrmals betrachtete er Annette liebevoll, wie sie aufrecht und konzentriert an dem improvisierten Sekretär saß, die Feder ins Tintenfass tauchte, abstrich und fein säuberlich ihre Gedanken zu Papier brachte.

Eine Stunde später ging Annette nach oben, um sich auszuruhen. Von Isettas Mittagessen hatte sie nur zwei Löffel gegessen, den Becher mit der Zitronenlimonade hatte sie zumindest zur Hälfte geleert. Wilhelm brachte ihr den Rest des Getränks nach oben.

Er kam gut voran mit der Guitarre für Frau von Dettmansberg. Immer wieder dachte er an die Dame aus Wien, die sogar eine Bekanntschaft mit der Fürstin Maria Pawlowna pflegte. Welches Geheimnis verbarg diese Person?

Mitten in seine Gedanken hinein klopfte es vehement. Ohne dass Wilhelm reagiert hätte, wurde die Haustür aufgestoßen und ein Mann trat in die Küche: Onkel Ferdinand. Er trug einen gepuderten Zopf, einen schwarzen Leibrock, unter den Knien gebundene Hosen und Schuhe mit großen Schnallen.

Wilhelm ging auf ihn zu. »Guten Tag, Onkel, was kann ich für Sie tun?«

»Hier wohnt ihr also …« Seine Stimme vibrierte.

»Ja.«

»Gar nicht so schlecht. Wo ist Annette?«

»Oben, sie ist schwanger und es geht ihr nicht gut.«

»Ich muss sie sprechen!«

»Bitte, Onkel, das geht heute nicht!«

Onkel Ferdinand machte eine wegwerfende Handbewegung und stieg die Treppe hinauf. Nach den ersten beiden Stufen musste er Babel bemerkt haben. Wilhelm hörte den Hund knurren. Und dieses Knurren klang unfreundlich, man konnte auch sagen feindselig.

»Ruf den Hund zurück!«, sagte Onkel Ferdinand.

»Nein«, antwortete Wilhelm.

»Was erlaubst du dir?«

»Ich erlaube mir, meine Ehefrau zu schützen!«

»Das wirst du bereuen!«

»Warum sind Sie eigentlich gekommen? Was wollen Sie?«

»Der Superintendent hat mir von Annettes Aufsatz berichtet. *Die grauen Eminenzen.*« Er zeigte auf seine Haare. »Was für eine Unverschämtheit!«

»Sie kennen schon den Inhalt des Aufsatzes, der noch gar nicht veröffentlicht wurde?«

»Nun werd nicht unverschämt, Junge, ich habe dich in mein Haus aufgenommen und dir meine Nichte zur Frau gegeben, etwas Dankbarkeit kann ich da schon erwarten, nicht wahr?«

»Das stimmt. Ich habe mich auch bereits bedankt. Mehrmals. Das gibt Ihnen jedoch nicht das Recht, einfach hier reinzustürmen und meine Frau zu beleidigen, zumal Sie von der Sache keine Ahnung haben. Ich darf Sie nun bitten, mein Haus zu verlassen!«

»Du wirfst mich raus?«

»Nein. Ich bitte Sie lediglich, zu gehen. Ich denke, das wäre besser für uns beide.«

Onkel Ferdinand schnaubte erzürnt und stapfte zur Haustür. Ohne sich noch einmal umzudrehen, ging er hinaus auf die Winkelgasse. Die Tür fiel hinter ihm krachend ins Schloss.

Wilhelm wusste, dass er soeben einen Feind fürs Leben gewonnen hatte.

~

Auf Betreiben des Geheimraths von Goethe war das Weimarer Hoftheater vor sieben Jahren zu einem repräsentativen Gebäude mit eintausend Sitzplätzen ausgebaut worden. An diesem Donnerstag wurde *Die Jungfrau von Orleans* gegeben, das einzige von Schillers Dramen, das nicht in Weimar uraufgeführt worden war. Die Aufführung heute war also eine posthume Hommage an den großen Arzt, Historiker und Dichter Johann Christoph Friedrich Schiller.

Die Menschen strömten herbei, aus allen Richtungen, zum Teil nach langen Fußmärschen. Ausgerechnet an diesem Tag setzte leichter Regen ein. Auch wenn die Bauern und Landbesitzer sich freuten, die Theaterwanderer haderten mit der Schicksalsfügung. Aber, so sann Louise von Göchhausen, der Wettergott kann nicht allen gerecht werden.

Anna Amalia war zu diesem Ereignis aus Tieffurth angereist, sie und Louise nahmen während einer kleinen Regenpause den kurzen Fußweg vom Witthumspalais über den Vorplatz zum Hoftheater.

Auf der ersten Galerie, gesäumt von Säulen, befand sich Anna Amalias Balkon. Der Vorhang hob sich, der erste Aufzug begann. Die Figur der Johanna alias Jeanne d'Arc wurde eingeführt. Sie deklamierte, den göttlichen Auftrag zur Befreiung ihres Vaterlandes erhalten zu haben, sich dabei aber in keinen Mann verlieben zu dürfen. Louise konnte sich gut mit ihr identifizieren, erging es ihr nicht ebenso?

Berührt und tief bewegt saß sie noch auf ihrem Sessel, lange nachdem der Pausenvorhang bereits gefallen war. Selten hatte sich ihr Herz so von einem Theaterstück gefangen nehmen lassen. In Sachen Liebe hatte sie keine Erfahrung, konnte die Anzeichen dafür bei anderen gut deuten, bei sich selbst nicht.

Es klopfte an der Tür zu Anna Amalias Theaterbalkon. Die Herzoginmutter blieb während der Pausen meistens sitzen, ihre Knie schmerzten. Das Klopfen galt Louise. Behutsam, mit fast schon pantomimischer Langsamkeit erhob sie sich. Üblicherweise traf man sich zu Verabredungen in den langen Gängen des Theaters vor dem Zugang des Balkons der höchstgestellten Person im Konversationskreis. Dies war hier schwer auszumachen, da die Herzoginmutter selbst nicht an dem Treffen teilnahm. Dennoch hatte man sich auf den Treffpunkt vor ihrem Balkon geeinigt. Die drei Männer standen bereit. Louise straffte ihren Rücken.

»Meine Herren!«, begann sie. »Die beiden gestohlenen Bücher sind wieder aufgetaucht.«

Der Geheimrath Voigt und der Bibliothekar Vulpius wussten noch nichts davon, sie zollten ihren Respekt. Mit solch einer schnellen Erledigung von Louises Aufgabe hatten sie offensichtlich nicht gerechnet. Dann erläuterte

Louise in klarer Offenheit, was mit den Büchern passiert war. Sie konnte Zweifel in den Gesichtern erkennen. »Bitte vertrauen Sie mir.«

Vulpius und Koch nickten.

»Der dritte Schlüssel zur Bibliothek wurde ebenfalls gefunden. Herr Leutnant, ein kurzer Bericht, wenn ich bitten darf.«

Koch berichtete aus Buchfarth. Militärisch, prägnant, zielgerichtet.

»Wir wissen also immer noch nicht, wer die Bücher gestohlen hat und auf welche Weise?«, fragte Geheimrath Voigt.

»Richtig, Eure Exzellenz«, antwortete Louise von Göchhausen. »Das wissen wir noch nicht.« Sie betonte dabei das Wort »noch«.

»Sie haben eine Inspiration?«

»Ja, so ist es. Zuvor müssen wir die beiden Herren noch über das sogenannte Mitis-Grün informieren.« Sie erklärte, was Goethe herausgefunden hatte: Kupferarsenitacetat.

»Und, Mademoiselle, was schlussfolgern Sie daraus?«, fragte Voigt.

»Eure Exzellenz, ich vermute, dass jemand Frau von Brun schaden will. Leider. Deswegen habe ich Leutnant Koch hinzugezogen. Wir brauchen eine Offizialgewalt, falls wir dem Täter nahekommen.«

»Oder – verzeihen Sie – der Täterin!«, bemerkte Vulpius.

»Natürlich.«

»Was ist nun mit Ihrer Erleuchtung?«, fragte Geheimrath Voigt.

»Annette ist eine hübsche, selbstbewusste Dame von vornehmem Stand. Ich denke, es gibt genügend Männer, die eine Neigung für sie hegen. Wäre dies ein Mann von hohem

Stand, hätte er ihr vor der Hochzeit den Hof gemacht. Ein Mann von niederer Herkunft würde eher heimlich für sie schwärmen.«

Sie hatte versucht, das Wort »heimlich« so neutral wie möglich auszusprechen, und es schien ihr gelungen zu sein.

»Das Versenden von Büchern ohne Absender kann Ausdruck solch einer geheimen Neigung sein«, fuhr sie fort. »Unklar ist jedoch, woher derjenige das *Sujet* von Annettes Aufsatz kennt. Säuglinge, Kinder, Mütter, deren Gesundheit und deren Sterblichkeit, darum geht es.«

Louise ahnte, dass die Schwärmerei von Oswin Heimlich ausging. Er konnte von dem ersten, ausgeliehenen Buch ungefähr ableiten, für welches Thema sich Annette interessierte. Dennoch war unklar, ob er auch die Bücher verschickt hatte, denn wenn er Annette verehrte, warum sollte er ihr Krankheit oder sogar den Tod wünschen? Aus diesem Grund war Louise penibel darauf bedacht, keinerlei Vorverurteilungen zu äußern.

»Und nun?« Voigt wurde ungeduldig.

»Solch eine Person lebt wahrscheinlich in einer romantischen Gefühlswelt, wollte eigentlich gar keinen Diebstahl begehen und befindet sich nun in einer Zwickmühle. Mein Vorschlag: Wir bieten dem Dieb über das Weimarische Wochenblatt an, die Bücher an ihn zurückzugeben, damit er sie an ihren ursprünglichen Ort verbringen und damit sein Unrecht wiedergutmachen kann. Das Ganze inkognito und damit ohne Strafverfolgung.«

»Was? Sie wollen die Bücher aus der Hand geben? Jetzt, wo wir sie gerade gefunden haben? Und ohne Strafverfolgung? Sind Sie verrückt geworden?«

»Werter Herr Geheimrath Voigt, ich denke, solche Worte geziemen sich einer Dame von Adel gegenüber nicht.

Außerdem werden wir die Bücher natürlich nicht wirklich aus der Hand geben, sondern den Dieb bei der Übergabe festhalten und arretieren.«

»Aha, das klingt schon besser!« Keinerlei Entschuldigung.

»Ich halte diese Vorgehensweise für sehr pragmatisch«, warf Vulpius ein. »Auch wenn sie natürlich keine Garantie bietet, den Dieb zu fassen.«

»Ich stimme dem zu«, sagte Leutnant Koch. »Meine Leute werden die Arretierung übernehmen!«

»Na, wunderbar!«, rief Louise.

»Meinetwegen«, brummte Voigt. »Aber kommen Sie mir bloß nicht noch einmal mit der Idee der Leibesvisitation – so etwas können wir Personen von hohem Stand unmöglich zumuten! Wo ist eigentlich Goethe?«

»In Lauchstädt. Interessanterweise gibt man dort heute Abend ebenso die Jungfrau von Orleans!«

»In diesem kleinen Möchtegerntheater?«

Louise zog es vor, nicht auf die Bemerkung einzugehen. Voigt war an diesem Abend offensichtlich schlecht gelaunt.

Die erste Klingel zur Fortsetzung des Schauspiels ertönte, als ein Mann vor Louise stehen blieb und sich verneigte. Seiner Kleidung nach war er ein Bediensteter des Hoftheaters. »Mademoiselle von Göchhausen?«

»Die bin ich.«

»Ich habe eine Depesche von Herrn von Brun für Euch!« Er reichte ihr einen Brief.

»Danke!« Louise öffnete den Umschlag. »Es ist ein drittes Buch abgelegt worden, wieder vor seiner Tür.«

Die Herren sahen sich erstaunt an. Louise wunderte das Auftauchen des dritten Buchs nicht. Unerwiderte Liebe war ein starkes Gefühl.

»Haben Sie den Titel des Buchs?«, fragte der Bibliothekar.

»Ja, hier.« Sie reichte ihm den Brief.

Vulpius zitierte: »*Die Darstellung von Kindern in den Texten von Shakespeare und Goethe – ein literaturkritischer Vergleich*. Von Emil Nimrodt.«

Die zweite Klingel ertönte.

»Gut, ich werde morgen sofort prüfen, ob dieses Buch ebenfalls aus der Bibliothek stammt.«

»Damit hätten wir das Wichtigste besprochen!«, sagte Louise von Göchhausen.

Man nickte und eilte ohne weitere Worte zu den jeweiligen Balkonen.

Die dritte Klingel sorgte für das Schließen der Türen.

Drinnen erschien Johanna auf der Bühne. Draußen regnete es.

Für den Fall eines unwirtlichen Wetters waren Colette und Rosine an einer alten Scheune neben Bertuchs Baumgarten verabredet. Es war eine der wenigen Holzbauten, die beim großen Scheunenbrand anno 1797 gerettet werden konnten. Darin gab es eine kleine Kammer, die früher von den Schweinehirten benutzt worden war, allgemein Hirtenkammer genannt. Sie war nicht komfortabel eingerichtet – ein Bett, eine Truhe, ein Stuhl, alles verschmutzt, aber trocken.

Hier trafen sich die beiden werkstellenlosen Frauen, die nun auch heimatlos waren. Rosine hatte ihre Kammer verloren, da sie den Mietzins nicht rechtzeitig hatte entrichten können, Colette traute sich nicht mehr nach Hause zu ihren Eltern, denn dem Rauswurf bei Hoffmann würde eine Tracht Prügel durch ihren Vater folgen.

Colette berichtete von ihrem Streit mit dem Professor. Fünf Silbertaler für eine Handvoll grünes Farbpulver? Rosine vermutete, dass Hoffmanns wahre Beweggründe in seiner Habgier lagen. Er wollte das grüne Pulver zu Wucherpreisen an Georg Melchior Kraus verkaufen. Solches Verhalten stand – so hatte Rosine gehört – unter Strafe. Sie überlegten, dem Direktor der Fürstlichen Freyen Zeichenschule das Pulver ihrerseits anzubieten, immerhin war es wertvoll. Doch das wäre zu gefährlich. Hoffmann und Kraus waren vermutlich Freunde. Oder zumindest Geschäftspartner.

Rosine überzeugte Colette, ihr das Pulver aus der Schürzentasche zu überlassen, als Gegenleistung werde sie zum Apotheker Tietzmann gehen und ihr dort eine neue Anstellung verschaffen. Er hege einen argen Groll gegen Hoffmann und es werde ihn sicher äußerst zufriedenstellen, wenn er ihm seine beste Arbeitskraft abspenstig machte. Außerdem sei Tietzmann ihr recht zugetan – während dieser Worte streckte Rosine ihre Brust nach vorn, um zu zeigen, welche Art von Gunst sie meinte. Vielleicht könne er Colette mitsamt der Anstellung sogar eine Unterkunft bieten. Bis dahin müssten sie mit dieser schäbigen Hirtenkammer zurechtkommen. Kein Mensch wusste, dass sie hier untergekommen waren.

Colette lächelte.

Rosine überließ sie ihren Gedanken und ging hinaus in den Baumgarten. Kurze Zeit später kam sie zurück, sechs Äpfel vor sich her tragend, die sie »gefunden« hatte.

Das Obst dämpfte den Hunger, auch wenn er weiter im Magen schwelte wie ein heruntergebranntes Feuer, das immer noch die Kraft hatte, jemanden zu verletzen.

19. Von Kriegs- und Verteidigungsbereitschaft

Weimar, Freitag, 9. August 1805

Am Freitag um halb sieben in der Frühe trat Wilhelm vors Haus, um nachzusehen, ob dort erneut ein Buch lag. Nein, an diesem Tag nicht.

Beruhigt blickte er in die Winkelgasse in Richtung Westen. Babel stand neben ihm, ruhig, den Kopf erhoben, schnuppernd, so als wollte er die Morgenluft prüfen. Der Regen der Nacht hatte sich verzogen.

Da kam ein Mann auf die beiden zu, langsam, fast vorsichtig, ein junger Bursche, schlank, rötliche Haare, helle Haut. Wilhelm kannte diese Silhouette, diesen Gang: Anton.

Er blieb vor ihm stehen, ohne ein Wort zu sagen, mit wachen Augen und regem Gemüt. Sie umarmten sich wie zwei Brüder, die lange getrennt gewesen waren, auch wenn es sich nicht einmal um ein ganzes Jahr gehandelt hatte.

Dann lachten sie, wieder und wieder, ein Lachen, das ansteckte und Türen öffnete. Annette schien sie gehört zu haben, sie stieg die Treppe herunter, hielt ihren Bauch und lachte mit und meinte, das würde dem Kind guttun. Auch sie umarmte Anton.

Sie gingen ins Haus, setzten sich an den Küchentisch und frühstückten. Zur Feier des Tages gab es Knackwurst und eingelegte Gurken, dazu frisches Brot und Tee.

Anton berichtete, dass es mit seinem Lehrmeister Frühauf seit Wilhelms Ausscheiden immer weiter bergab gegangen sei. Kaum Aufträge, und die wenigen wurden schlampig ausgeführt, Meister Frühauf sprach mehr und mehr dem Bier zu, nicht dem Dünnbier, so betonte Anton, sondern dem kräftigen Gebräu, und seine Frau schimpfte den ganzen Tag hinter ihm her. Selbst Theo, der Altgeselle, hatte sich abgesetzt. Der Besuch der Mademoiselle von Göchhausen am gestrigen Abend sei genau zum richtigen Zeitpunkt gekommen. Nun wollte er wissen, was Wilhelm mit dieser Frau zu tun habe, bei der er damals in Tieffurth den geheimnisvollen Brief im Damensekretär gefunden hatte. Als er hörte, dass Louise von Göchhausen Annettes Tante und damit jetzt auch Wilhelms Tante sei, war Anton erleichtert. Für ihn müsse alles seine Ordnung haben, erklärte er. Dabei streichelte er Babel und der schien es zu mögen.

Wilhelm stellte fest, dass Anton in der Zwischenzeit einen deutlichen Adoleszenzgrad erreicht hatte. »Kennst du mittlerweile alle Buchstaben?«

»Natürlich«, antwortete Anton stolz. »Alle von A bis X! Nur kann ich sie noch nicht zusammensetzen.«

»Soll ich dir helfen?«, fragte Annette.

»Oh, das wäre sehr nett von Ihnen.«

»Du kannst gern du zu mir sagen.«

»Verzeihen Sie, das ist ein großzügiges Angebot, aber bei Ihnen muss ich das ablehnen, wenn's recht ist, das kann ich nicht.«

Annette lächelte. »In Ordnung.«

Wilhelm erhob sich. »So, Anton, dann an die Arbeit!«

»Einen Moment, wenn ich bitten dürfte. Welcher Lohn wird mir hier zugestanden?«

»Gut, dass du fragst. Wir machen eine runde Sache: Du

bekommst einen Taler pro Woche bei freier Verpflegung, also Frühstück und Mittagessen. Letzteres bringt uns Isetta, die Nachbarin. Ist das fein für dich?«

Anton sprang auf seinen neuen Meister zu und fiel ihm um den Hals, sodass dieser fast umgekippt wäre. »Danke. Das ist ja mehr als bei meiner alten Werkstelle, vielen Dank!«

Wilhelm wollte auf keinen Fall den niedrigen Lohnsatz bezahlen, den er von der Tischlerei Frühauf kannte, und hoffte inständig, dass er das durchhalten konnte. Die Holzhandwerkerzunft machte keine Vorgaben wie andere Zünfte, die meistens einen Maximal-, manchmal auch einen Mindestlohn festsetzten.

»Jetzt erkläre ich dir, was wir in dieser Werkstatt machen«, begann Wilhelm. »Es geht nicht mehr um Möbel, sondern um Musikinstrumente.«

Wilhelm legte ein Schürzleder an. Anton folgte ihm und lächelte übers ganze Gesicht. Er schien sich auf die Arbeit zu freuen.

~

Annette konnte nicht länger als eine Stunde am Schreibtisch sitzen, dann überkam sie eine unerklärliche Schwäche. Sie kroch nach oben. Tatsächlich tapste sie, ähnlich wie Babel, auf allen vieren ins Schlafzimmer. Dort konnte sie sich ausruhen.

Isetta hatte an diesem Freitag Kartoffeln mit Grützwurst gekocht. Letztere wurde in Thüringer Landen auch »Tote Oma« genannt. Sie stellte die beiden Schüsseln neben Annette ab und meinte, hier oben müsse einmal ordentlich gelüftet werden. Dann öffnete sie die Fenster und schüttelte Annettes Kissen auf.

Annette versuchte, etwas zu essen, aber eine solche Übelkeit überkam sie, dass sie den Teller angeekelt wegschob. Ihr Kopf sagte »essen«, ihr Bauch sagte »nein«, Bauch über Kopf. Auch Isettas Hinweis auf das Wiegeergebnis half nichts.

Annette bat um Zitronenlimonade. Isetta erschrak, sie hatte das Getränk draußen vor dem Haus abgestellt, während sie die zwei Schüsseln die Treppe hoch balanciert hatte. Schnell sprang sie hinab und holte den Becher. Annette trank ihn fast leer, sie hatte Durst. Wenigstens das Trinken klappte. Sie merkte, dass sich ihr eigener Körper fremd anfühlte. Eigentlich war sie nicht krank, sondern schwanger. Und von einigen Frauen in anderen Umständen hatte sie gehört, dass sie Unmengen essen konnten, meistens zu viel und oft skurrile Sachen wie zum Beispiel Erdbeeren mit Sauerkraut. Was war los?

Sie spürte ein seltsames Gefühl in ihrem Innern, das sie aus ihrer Kindheit kannte. Nach einigem Nachdenken wusste sie, was sie empfand: Angst. Pure, hässliche Angst.

Jena, am selben Tag

Wilhelm wurde im herzoglichen Marstall eine Schimmelstute zugeteilt, die an Schnelligkeit und Ausdauer dem Fuchshengst des Oberstleutnants von Seebach in nichts nachstand. Leutnant Koch hatte ihm die Stute aus hundertfünfzig Tieren ausgewählt.

Sie hatten es auf dem Weg nach Jena nicht besonders eilig, so konnten sie in der Umspanne bei Kötschau eine Pause einlegen, die Pferde tränken und füttern lassen. Sie saßen im Garten, bestellten ein Mittagsmahl und genossen die hochstehende Sonne bei geschätzten fünfundzwanzig Centigraden. Nicht weit entfernt lag das Hofgut Kötschau, Wilhelms Geburtsort, seine Heimat. Zum Glück konnte er die Mauern nicht sehen, alles war zugewachsen oder von Bäumen verstellt. Bei dem Gedanken daran, wie er dieses Gemäuer wiederaufbauen und in Betrieb nehmen sollte, versagte seine Fantasie. Die Fenster in dem südlich gelegenen Herrenhaus waren zerbrochen, die Treppe zertrümmert, die Räume kalt und leer. Auf der im Osten befindlichen Scheune musste das Dach repariert werden. Wilhelm war lange nicht mehr auf dem Gutshof gewesen, er hatte Mühe, sich an Einzelheiten zu erinnern. An der Nordseite des Vierseitenhofs befanden sich die Ställe, schon damals hingen die Türen windschief in den Angeln. Es tat weh.

Leutnant Koch lenkte ihn ab, er führte das Gespräch auf ihren Plan für Reisinger – besser gesagt gegen ihn. Es gab zwei Anhaltspunkte, gesetzt den Fall, er sei tatsächlich zurückgekehrt: die ehemalige Werkstatt in der Saalgasse und Reisingers Elternhaus in der Nähe der alten Johanniskirche. Da er sich wohl nicht von selbst zu erkennen geben würde, hatte Wilhelm sich eine Falle ausgedacht.

Als sie am späten Vormittag in Jena ankamen, ritten sie zunächst durch das Areal innerhalb der Stadtmauern, um sich einen Überblick zu verschaffen. Wilhelm war beeindruckt, welch gute Arbeit die Jenaer Bevölkerung in den vergangenen zwei Monaten geleistet hatte. Alle Straßen und Gassen waren vom Schmutz und Schlamm des Hochwassers befreit. Der Platz vor der Stadtkirche St. Michael war sauber, fast schon herausgeputzt, so als wollte man zeigen: Wir haben wieder die Oberhand.

Sie bogen in die Saalgasse ein. Die Nummer fünf war unbewohnt. Wilhelm stieg ab und ging in die benachbarte Bäckerei. Der Bäcker hatte nach dem Richterspruch das Haus gekauft, um darin einen Laden einzurichten und sein bisheriges Domizil als reines Wohnhaus zu verwenden. Die Nutzbarmachung dauerte allerdings länger als geplant, er würde hoffentlich zu Beginn der Adventszeit fertig sein. Von Reisinger hatte der Bäcker nichts gehört oder gesehen, dessen Haus an der alten Johanniskirche war ihm unbekannt. Er gab Wilhelm jedoch den Hinweis, im Rathaus nach dem Actuarius Heinrich Märzenbecher zu fragen – ja, ein seltsamer Name. Der Mann beschäftigte sich mit den Liegenschaften innerhalb der Stadt und deren Besitzern. Beim Kauf der Nummer fünf hatte er mit ihm zu tun gehabt. Wilhelm bedankte sich.

Ins Rathaus gingen sie zu zweit, da ein Husarenleutnant doch erheblichen Respekt einflößte. Das Haus an der alten Johanniskirche hatte vor Kurzem ein gewisser Milan Georg von Naumburg erworben.

Wilhelm überlegte. Wer war das? Kannte dieser Mann seinen ehemaligen Handwerksmeister Martin Gottfried Reisinger?

»Wann hat von Naumburg das Haus gekauft?«, fragte der Leutnant.

»Vergangene Woche«, sagte Märzenbecher.

»Und wie hat er es bezahlt?«

»Alles bar, kein Kreditbrief.«

»In Silbertalern?«, fragte Wilhelm.

»Richtig!« Der Actuarius sah ihn erstaunt an. Der Leutnant ebenso.

»Vielen Dank, eine letzte Frage: Wie sah dieser Herr von Naumburg aus? Haarfarbe, Bart?«

»Kein Bart, an die Haarfarbe kann ich mich nicht erinnern, er trug einen Hut, den er in meinem Kontor auch nicht abgenommen hat.«

»Sie haben uns sehr geholfen, Herr Actuarius!«

Draußen vor dem Rathaus berichtete Wilhelm dem verdutzten Leutnant von seinem Verdacht mit den Silbertalern auf der Mühlwaage.

Der nickte. »Sehr gut, von Brun! Sie würden zu den Husaren passen.«

Wilhelm lachte. »Nein, nein, ich bin verheiratet und werde bald Vater!«

»Oh, Glückwunsch!«

»Bitte nicht zu früh beglückwünschen, noch ist das Kind nicht auf der Welt.«

»Verstehe. Wie sieht Ihr weiterer Plan aus?«

»Reisinger ist ein Trinker. Mit etwas Glück werden wir ihn in einem der Jenaer Gasthäuser finden. Soweit ich mich erinnere, war der Rote Hirsch seine bevorzugte Trinkanstalt. Sollen wir dort anfangen?«

»Einverstanden!«

»Falls wir ihn da nicht treffen, bleiben noch zwei andere Gasthäuser und sein Elternhaus. Und denken Sie an seine typische Gestik!« Wilhelm fuhr sich mit beiden Händen durchs Haar.

Der Leutnant tippte sich zur Bestätigung an den Dreispitz.

~

Martin Gottfried Reisinger hatte es nicht bis Halle geschafft. In Naumburg war er gestrandet. Nach der Verbannung führte er für Wochen das Leben eines Landstreichers, ohne Obdach, ohne Geld, aufs Betteln und Stehlen angewiesen.

Und das alles, obwohl er drei Säcke von seinem Onkel geerbte Silbermünzen in dessen Grab versteckt hielt. Welch eine Ungerechtigkeit!

Dann traf er Maleika, eine Schauspielerin, die mit einer Theatergruppe durchs Land reiste. Sie erklärte ihm, wie man Haare färbt und sein Äußeres verändert. Sie hatte eine kleine Tochter, vier Jahre, im selben Alter wäre sein verstorbenes Mädchen jetzt auch. Am liebsten hätte er Maleika geheiratet, aber die Männer ihrer Schauspieltruppe waren dagegen. Klar, eine echte Romni band sich nicht an ein Mannsbild, das womöglich mit ihr sesshaft werden wollte. Ja, es zog ihn zurück nach Jena, das Heimweh plagte ihn, er hätte Maleika und die Kleine mitgenommen. Deswegen war es zu einem handfesten Streit zwischen ihm und Milan, dem Babo der Truppe, gekommen, von dem sein Gegner ein blaues Auge und Reisinger eine lange Narbe an der rechten Wange zurückbehielt. Milan trug immer ein Messer griffbereit mit sich. Maleika ging dazwischen, wahrscheinlich rettete sie ihm das Leben.

Nun war er allein von Naumburg gekommen. Aus Martin machte er Milan. Trotz des Messerangriffs respektierte er den Babo. Vielleicht auch gerade deswegen. Aus Gottfried wurde Georg. Durch die gleichen Anfangsbuchstaben erschien ihm der neue Name nicht ganz so fremd.

Welch ein Leben, wenn man Geld hatte! Feine Kleider, ein Obdach, gutes Essen, Anerkennung.

Leider hatte er die Silbertaler wiegen lassen müssen, um sein eigenes Haus zu kaufen, und die Niedermühle in Weimar war die einzige Wägestelle in der gesamten Gegend, die eine adjustierte Waage hatte. Ausgerechnet dort war er diesem unverschämten Wilhelm über den Weg gelaufen mitsamt dessen hübscher, aber geschwätziger Frau –

unglaublich! Nun ja, er würde sich zu rächen wissen, das war klar, doch eins nach dem anderen.

Ein weiterer großer Vorteil von Reichtum: Man konnte trinken, so viel und was man wollte. Wenn die Branntweinflasche rief, konnte er antworten. Dabei ging es um wirklich guten Branntwein. Nicht dieses Gesöff, das er in seinem alten Leben hatte schlucken müssen. Onkel Johann Pistorius Reisinger sei Dank! Dem Roten Hirsch blieb Herr von Naumburg treu, das war Ehrensache. Es würde ihn sowieso niemand erkennen, da war er sicher.

Nach dem fünften Branntwein sah er einen Husarenleutnant in die Gaststätte kommen. Der Offizier war allein und setzte sich zu ihm an den Tisch. Warum ausgerechnet zu ihm? Warum mit Säbel und Kavalleriepistole? Ließ man Waffen nicht außerhalb der Gaststube?

»Guten Abend, der Herr!«

»Guten Abend«, murmelte von Naumburg.

Der Wirt eilte herbei, natürlich traute er sich nicht, die Waffen anzumahnen. Der Leutnant bestellte Bier. Milan Georg von Naumburg war froh, dass der Husar ihn nicht in ein Gespräch verwickelte. Doch über das, was danach passierte, war er nicht erbaut.

Wilhelm und Leutnant Koch hatten sich abgesprochen, die Gaststube getrennt zu betreten. Koch wollte sich in Reisingers Nähe setzen. Wilhelm kam über den Hinterhof, seinen braunen Filzhut tief ins Gesicht gezogen, und setzte sich weit entfernt von seinem ehemaligen Meister an die gegenüberliegende Wand, ihm den Rücken zukehrend. Das Stichwort lautete: »Wirt, bring Er zwei Branntwein!«

Einige Minuten passierte zunächst nichts. Alle tranken und aßen, gedämpftes Gemurmel. Leutnant Koch sprach seinen Tischnachbarn an: »Der Herr, darf ich Sie auf einen Branntwein einladen?«

Sein Gegenüber schien überrascht und wenig begeistert. Er fuhr sich mit beiden Händen durch die Haare. »Nun ja, von mir aus …«

Der Leutnant winkte dem Schankwirt und rief laut: »Wirt, bring Er zwei Branntwein!«

Im selben Moment ertönte von der anderen Seite des Raums eine Männerstimme: »Meister Reisinger?«

Des Leutnants Tischnachbar drehte den Kopf und sagte: »Ja, bitte?«

~

Gottfried Reisinger merkte sofort, dass er in eine Falle geraten war. Er sprang auf.

Der Leutnant zog seinen Säbel. »Reisinger, bleib Er stehen, ich muss Ihn arretieren!«

Rufe des Erstaunens ringsherum. Reisinger wusste, dass sein Name seit dem Urteilsspruch in Jena bekannt war. Er hatte nur eine Chance: Er musste fliehen.

Flink griff er des Leutnants Bierkrug und warf ihn in dessen Richtung, dann rannte er los. Im Augenwinkel sah er, dass der Offizier sich unter dem fliegenden Krug hinwegduckte und ihn verfolgte. Reisinger stolperte über ein Stuhlbein, schaffte es bis zur Tür, da spürte er den harten Griff des Leutnants an seinem Kragen. Ein Gerangel entstand. Er schlug nach dem Husaren, traf aber nur dessen Schulter, beide keuchten, standen sich nun gegenüber, von Angesicht zu Angesicht.

Plötzlich spürte Reisinger etwas Kaltes in seinem Bauch, einen stechenden Schmerz. Er sah an sich herunter und erkannte voller Entsetzen, dass sich der Säbel des Husarenleutnants in seine Eingeweide gebohrt hatte. In diesem Moment verließen ihn die Sinne.

Weimar, am selben Tag

Wilhelm traf gegen Abend wieder in Weimar ein. Anton hatte seine Aufgaben in der Werkstatt erledigt, Simon berichtete, dass Annette kaum etwas gegessen, aber viel getrunken hatte.

Die Nachricht von der Gefangennahme des verbannten Martin Gottfried Reisinger verbreitete sich rasch in der Stadt.

Es war nicht zu vermeiden, Annette einzuweihen. Wilhelm setzte sich zu ihr und erklärte ihr genau, was passiert war. Er musste darauf vertrauen, dass sie die Neuigkeit gut aufnehmen würde. Nur eines berichtete er nicht: dass ihr Reisinger in der Niedermühle so nah gekommen war. Als sie hörte, dass ihr ärgster Feind zurück in Jena war, bekam sie Luftnot und lief rot an. Wilhelm hatte große Mühe, sie zu beruhigen.

»Leutnant Koch hat ihm den Säbel in den Bauch gerammt«, berichtete Wilhelm. »Jetzt liegt er im Hospital in Jena.«

»Wird er überleben?«

»Sehr unwahrscheinlich, er hat viel Blut verloren und kämpft mit dem Tode.«

»Oh Liebster, zum ersten Mal im Leben wünsche ich mir, dass ein Mensch stirbt. Darf ich das?«

Er nahm ihre Hand. »Eigentlich nicht, aber für solch einen Frevler macht unser Herrgott bestimmt eine Ausnahme.«

Unten erscholl eine Stimme. »Herr von Brun, hier ist Sergeant Heerd. Leutnant Koch schickt mich, darf ich hereinkommen?«

Wilhelm sah Annette fragend an. Sie nickte.

»Treten Sie näher!«, rief er.

Die Schritte des Sergeants klangen wie Kanonenschläge. Wilhelm stieg die Treppe herab. Anton hatte Babel eine Klappe in die Hintertür eingebaut, durch die er jederzeit hindurchschlüpfen konnte. Jetzt stand der Hund neben ihm und beäugte den Gast argwöhnisch.

Der Husar schlug die Hacken zusammen und grüßte militärisch. »Sergeant Heerd. Verzeihen Sie den späten Besuch, Herr von Brun. Ich soll Ihnen Informationen überbringen. Leutnant Koch kann leider nicht selbst erscheinen, er ist etwas …«

»Betroffen? Bewegt?«

»Ja, korrekt. Schließlich ersticht man nicht jeden Tag einen Menschen. Er sitzt in der Offizierskantine mit einer Flasche …«

»Branntwein?«

»Korrekt. Das passiert bei ihm selten!«

»Ich verstehe.«

»Leutnant Koch kam soeben von unserem durchlauchtigsten Herzog, der Ihnen beiden seinen Dank ausspricht für die Arretierung des Reisinger. Ich soll Ihnen das übermitteln.«

Wilhelm freute sich. »Danke!«

»Der Herzog hat förmlich getobt«, fuhr Heerd fort, »weil er nicht versteht, wie es Reisinger als Verbanntem gelungen ist, erneut das Herzogtum zu betreten. Das wird Konsequenzen haben, meint der Leutnant.«

Wilhelm wunderte sich nicht. Aus seiner Sicht konnte es keiner noch so großen Streitmacht gelingen, eine Landfläche vom Umfang des Herzogtums Sachsen-Weimar-Eisenach vollständig abzuriegeln. Zumal des Herzogs Lande in vier Teile zersplittert waren: den Kernteil mit Weimar und Jena, die Eisenacher Partition, die Enklave Ilmenau und den Sprengel Neustadt an der Orla. Jede Menge Landesgrenzen – wie sollte es möglich sein, diese lückenlos zu überwachen? Aber er war nicht in der Stimmung, darüber zu disputieren.

Der Sergeant fuhr fort: »Zweitens soll ich Ihnen eine Neuigkeit aus der großen Politik überbringen. Es ist heute *finalement* ein neues Bündnis gegen Napoleon geschmiedet worden.«

»Wieder einmal«, antwortete Wilhelm. Seit Wochen schon hatte man über diese dritte Koalition verhandelt. »Wer ist diesmal beteiligt?«

»Großbritannien, Schweden, Russland, Österreich und die da unten ... Neapel.«

»Aha, und unser Herzog?«

»Er zögert, ebenso wie die Preußen. Trotzdem, Oberstleutnant von Seebach hat sein Regiment bald zusammen. Sicher ist sicher. Wir müssen kriegsbereit sein, meint der Leutnant.«

»Kriegsbereit?«

»Ja, falls Napoleon uns angreift.«

»Sie meinen verteidigungsbereit?«

»Äh ... ja. Ist das nicht das Gleiche?«, fragte der Sergeant.

»Für mich nicht«, entgegnete Wilhelm. »Aber ich bin kein Soldat.«

20. Von grünem Glanz und grünem Pulver

Weimar, Samstag, 10. August 1805

Es war morgens um fünf, als Babel anschlug. Er jaulte nicht, er heulte. Mit Hunden vertraute Menschen hätten wohl sogar gesagt: Er weinte.

Wilhelm schreckte auf. Die Morgensonne tauchte die Schlafkammer in ein hennaähnliches Licht. Er sah sofort, dass Annette in einer Blutlache lag. Der Bauch, die Beine – alles blutverschmiert. Sie atmete flach.

Er versuchte, sich an die Anweisungen des Physikus zu erinnern. Zuerst Hilfe holen! »Babel, lauf zu Simon!« Er zeigte nach nebenan. »Hol Simon!«

Der Hund sauste los.

Wilhelm griff nach der Flasche Kartoffelschnaps, die er für diese Situation unter dem Bett deponiert hatte. Sein Herz schlug wild. Er hob Annettes Oberkörper hoch und versuchte, ihr den Alkohol einzuflößen. Sie drehte den Kopf weg.

»Liebste, du musst das trinken!«

»Nein, das Kind!«

Tränen liefen über Wilhelms Gesicht. »Es tut mir leid, ich befolge nur den Ratschlag des Physikus!«

»Ist unser Kind …« Sie hustete. »Ist es tot?«

»Ich weiß es nicht …« Mehr konnte er nicht sagen, und sie wusste, was das bedeutete.

»Neiiiiiiin!«

Der Schrei drang so tief in Wilhelms Herz, dass er wünschte, es würde stehen bleiben. Er wollte die Zeit anhalten oder sogar zurücklaufen lassen auf bessere Stunden.

»Es muss sein, bitte trink!«

Annette hing schlaff in seinem Arm, sie war weit weg, sie schluckte, hustete, trank, ohne Widerstand, sie ließ alles über sich ergehen. Schluck für Schluck – immer wieder.

Schritte auf der Treppe, der Physikus. Er sah auf die halb leere Flasche und nickte. »Herr von Brun, Sie gehen jetzt besser nach unten!«

Wilhelm tat, wie ihm geheißen. Mit einem letzten scheuen Blick nahm er wahr, dass der Physikus sich auf die Bettkante kniete und beide Hände mit ausgestreckten Armen über Annettes Bauch hielt. Wilhelm stolperte die Treppe hinab und presste die Hände aufs Gesicht. Schon erscholl von oben ein solch grauenvoller Schmerzensschrei, dass er beinahe selbst die Besinnung verloren hätte. Kurz darauf ein zweiter Schrei und ein dritter. Dann war Ruhe.

Lebte Annette noch? Er traute sich nicht, nach oben zu gehen.

Isetta erschien mit einem Eimer heißen Wassers. Der Physikus kam herunter und gab ihr einen Wink, die Treppe hinaufzusteigen.

»Es ist alles in Ordnung«, sagte er. »Ich musste das leider tun, ein toter Fötus im Bauch der Mutter führt zu einer Vergiftung. Das Kind war leider nicht zu retten. Sie braucht jetzt weibliche Hilfe, später können Sie zu ihr gehen.«

Wilhelm blieb stumm. Das Wort »Vergiftung« heftete sich an seine Gedanken. »Arsen?«, fragte er.

Der Arzt hob die Schultern. »Ich weiß es nicht. Ein Abgang zu diesem frühen Zeitpunkt der Schwangerschaft ist nicht selten.«

Wilhelm nickte.

»Herr von Brun, ich habe Ihrer Frau einen blutstillenden Tee verordnet, den muss sie regelmäßig trinken. Sie darf nicht noch mehr Blut verlieren.«

»Was ist mit einem Aderlass?«

»Auf keinen Fall!«

Wilhelm war verwirrt. Der Aderlass gehörte zu den gängigsten Heilmitteln der Ärzte.

»Hören Sie, von Brun, Sie sind ein kluger Mann, ich erkläre es Ihnen in aller Kürze: Seit William Harvey, einem englischen Wissenschaftler, wissen wir, dass sich das Blut immer im Kreis durch den Körper bewegt, angetrieben vom Herzschlag. Die Blutmenge entspricht ungefähr fünf weimarischen Marktmaß. Ihre Frau hat durch den Abgang des Fötus bereits 1 bis 2 Marktmaß verloren. Wenn sie noch mehr einbüßt, kann der Kreislauf des Bluts nicht mehr aufrechterhalten werden, es ist einfach zu wenig vorhanden. Es ist ihr Lebenssaft, verstehen Sie?«

Wilhelm machte eine zustimmende Handbewegung. Seine Kehle war wie ausgetrocknet, er konnte nicht sprechen.

»Der Aderlass ist der größte Unsinn, den die Medizin jemals hervorgebracht hat!«, ergänzte der Physikus.

Sollte Wilhelm das glauben? Er erinnerte sich erneut an die Vaccination gegen die Pocken im vorigen Jahr. Fast alle vom herzoglichen Physikus geimpften Kinder, die in Weimar an den Pocken erkrankt waren, hatten überlebt. Bis auf ein kleines Mädchen. Er beschloss, dem Arzt zu vertrauen.

»Ich passe auf, dass sie den Tee trinkt«, sagte er. »Vielen Dank!«

Der Physikus hob kurz die Schultern, so als wollte er sagen, dass dies sein Beruf sei, nichts Besonderes. Für Wilhelm war es allerdings etwas Besonderes. Es ging um das Wichtigste in seinem Leben.

»Und noch etwas, mein Lieber«, ergänzte der Arzt in einem weichen Ton, »halten Sie Ihre Frau warm. Trotz des Sommerwetters. Blutverlust bedeutet gleichzeitig Wärmeverlust.«

Nachdem der Physikus ihn verlassen hatte, taumelte Wilhelm durch die Küche, hinüber in die Werkstatt. Anton war noch nicht erschienen, die Rathausuhr schlug sechsmal. Er stolperte zurück an den Herd, auf dem ein Becher mit einem Rest Zitronenlimonade stand. Annettes Becher. Gestern hatte sie behauptet, die Limonade habe besonders sauer geschmeckt, mehr als sonst. Gedankenverloren goss er den Rest in den Spülstein. Wie vom Blitz getroffen sah er es: Überall verstreut zeigten sich grüne Punkte, Kristallen ähnlich, leuchtend grün, eine intensive, schöne Farbe. Seine Gedanken rotierten. Diesen Stoff gibt es als Pulver und als Flüssigkeit – das waren Louises Worte. Grüne Bücher. Grünes Pulver. Arsen. Gefahr – Lebensgefahr!

Isetta stieg die Treppe hinab.

»Woher stammen diese grünen Kristalle, Isetta? Die waren in der Limonade.«

Sie zuckte mit den Schultern. »Keine Ahnung.«

»Die Limonade kam von dir, oder?«

»Ja, schon, was ist denn los?«

»Die Kristalle, dort, schau dir das an, die sind sehr wahrscheinlich giftig!«

Schlagartig wich jegliche Farbe aus Isettas Gesicht. »Aber ich hab doch nicht …«

»Natürlich nicht. Hat der Becher vielleicht eine Weile irgendwo gestanden? Unbeaufsichtigt?«

»Oh ja, draußen vor der Tür, auf der Gasse. Ich habe erst das Essen hochgebracht, Annettes Kissen aufgeschüttelt und frische Luft in den Raum gelassen.«

»Wie lange stand der Becher da?«

»Ungefähr das Viertel einer Stunde. Babelinchen war dabei, aber … nein, wie schrecklich!«

»Du kannst nichts dafür. Ich gehe erst einmal hoch zu Annette. Danke für deine Hilfe!«

Isetta schlich weinend davon.

Wilhelm stieg leise die Treppe hinauf. Seine Frau öffnete kurz die Augen. Fassungslosigkeit stand ihr ins Gesicht geschrieben. Er gab ihr Tee und deckte sie zu. Dann schlief sie wieder ein. Vorsichtig setzte er sich neben sie und hielt ihre Hand.

Bei dem Gedanken, dass jemand in die Winkelgasse gekommen war, direkt vor die Haustür, so nah zu Annette, mit der Absicht, ihr zu schaden, sie vielleicht sogar zu töten, schnürte es Wilhelm die Kehle zu. Noch nie hatte ein anderer Mensch ihm oder seinen Lieben offen nach dem Leben getrachtet. Auch wenn sein leiblicher Vater, Graf Friedrich von Brun, ihn als Säugling lieber tot als lebendig gesehen hätte. Aber das wusste er nur von seiner Ziehmutter.

Wie konnte ein Mensch so niederträchtig sein, das Leben eines Unschuldigen auslöschen zu wollen? Das Leben, das so schön sein konnte, aber auch unwiederbringlich war. Tot ist tot. Es gibt kein halb tot oder halb lebendig. Deswegen musste man mit dem menschlichen Dasein vorsichtig umgehen. Zart und vertrauensvoll. Und er hoffte, dass Mörder in der Hölle landeten oder als Kakerlake wiedergeboren wurden. Manchmal staunte er über sich selbst, dass er als erwachsener Mann fähig war, solch kindliche Traumbilder zu schaffen. Agnes Gansser, seine Ziehmutter, hatte ihn oft angehalten, sich ein wenig seines jungenhaften Gemüts zu bewahren. Er vertraute ihr, er liebte sie, er vermisste sie. War dieser naive Gerechtigkeitssinn Teil seiner Verbindung zu ihr?

In diesem Moment fiel ihm sein Halbbruder Wilbert ein. Er hatte drei Menschen getötet, man hatte ihm den Kopf abgeschlagen. Sollte auch er in der Hölle schmoren? Oder als Kakerlake herumkriechen? Sein kindliches Konstrukt war wohl doch zu simpel.

Mit Enttäuschung und Schmerz beladen musste er feststellen, dass einer seiner fünf Träume geplatzt war wie eine Seifenblase.

Annette taumelte zwischen Traum und Realität, zwischen Einbildung und Wahrheit. Sie dachte an einen chinesischen Philosophen – ihre Großmutter hatte von ihm erzählt –, der berichtete, er habe geträumt, er sei ein Schmetterling. Doch als er erwachte, wusste er nicht, ob er vielleicht ein Schmetterling war, der träumte, ein Mensch zu sein.

Als sie die Schmerzen in ihrem Unterleib spürte, war ihr klar, dass sie nicht geträumt hatte. Nein, sie war tatsächlich schwanger gewesen – und ihr Kind war tot.

Seltsamerweise konnte sie sich an die Phasen der Einbildung ihres eigenen Schmetterlingsdaseins genau erinnern. An die schlimmen Schmerzen, während sie aus dem Kokon geschlüpft war. Sie konnte sich entsinnen, wohin sie geflogen war, welche Dinge sie getan und gesehen hatte, wie der Himmel ausgesehen hatte und wie grün das Gras gewesen war. Sie flatterte einem hellen Licht entgegen, das einladend und warm schien, sie wollte dorthin, sie musste dorthin – doch dann schlug sie die Augen auf und der Traum war zu Ende.

Welch ein Unsinn!

Oder doch nicht?

Sie trank den blutstillenden Tee, Kräuterwickel lagen zwischen ihren Beinen, und alle hofften, sie werde wieder gesund. Sie selbst ersehnte das am meisten, denn für sie galt: Jetzt erst recht! Jetzt musste der Aufsatz unbedingt im Neuen Teutschen Merkur erscheinen.

Irgendwann würde sie ein Gedicht schreiben für ihr Kind. Dieses Kind, das sie nie hatte kennenlernen dürfen. So wollte sie mit ihm Kontakt aufnehmen. Für einen Moment wärmte dieser Gedanke ihr Herz. Während ihr die Tränen herunterliefen, spürte sie eine tiefe Erschöpfung und schlief ein.

Annette wachte erst wieder auf, als Isetta mit dem Mittagessen die Treppe heraufkam. Sie musste zwei Stunden geschlafen haben und fühlte sich etwas besser. Die Blutung schien gestillt. Die Nachbarin hatte sich hübsch gemacht, erschien in einer sauberen weißen Schürze und mit einem gestärkten Häubchen. Doch auch das trug nicht dazu bei, dass Annette mehr als drei Löffel Kartoffelsuppe essen konnte. Besorgt zog Isetta mit der Schüssel von dannen.

Annette fiel erneut in einen unruhigen Halbschlaf, sah eine junge Frau vor sich, ein Dienstmädchen in Arbeitskleidung, eine weiße Haube auf dem Kopf.

Sie schoss hoch und war schlagartig wach. Diese Frau hatte sie auf dem Sommerfest im Tieffurther Park gesehen. War das nicht Rosine, die ehemalige Zofe ihrer Tante, das

Mädchen, das einen Kuss von Wilhelm erpresst hatte? Die Widerspenstige, die sich nicht zähmen ließ?

Eifersucht war ein starkes Gefühl.

Nein, sie träumte. Was für dummes Zeug! Sie schloss die Augen.

~

Am Tag zuvor, Freitag, dem 9. August, hatte sich geklärt, dass auch das dritte unverhofft angelandete Buch aus der herzoglichen Bibliothek im Grünen Schloss entwendet worden war. Seit dem frühen Morgen brütete Louise über der Anzeige, die, wie im Theater beschlossen, am kommenden Montag im *Weimarischen Officiellen Wochenblatt* erscheinen sollte. Dazu musste der Text allerdings noch am heutigen Samstag abgegeben werden. Sie saß an ihrem *Bureau plat*, einem kleinen, flachen Schreibtisch im Witthumspalais. Vor ihr lagen ein großes Blatt Papier und blaue Pastellkreiden: Sie wollte zunächst ein Gedankenbild zeichnen. Louise horchte in sich hinein, versuchte, ihr Inneres auf der Schreibplatte auszubreiten. Mehrmals wollte sie beginnen, musste dann jedoch wieder abbrechen. Es dauerte lange, bis sich endlich der Vorhang hob. Linksseitig in mittlerer Höhe erschien ein stilisiertes Männergesicht auf dem Blatt, es floss aus Louises Pastellkreide, fast als führe ein Fremder ihre Hand. Die Darstellung erinnerte an ein Strichmännchen – sie wollte es einfach und übersichtlich halten. Darunter schrieb sie WvB für Wilhelm von Brun. Rechts daneben tauchte jetzt die strichförmige Darstellung einer Frauengestalt mit der Abkürzung AvB auf – ihre Nichte Annette. Zwischen beiden zog sie eine kräftige Linie, mitten hinein malte sie ein Herz. Sie betrachtete die kindlich anmutende Zeichnung. Die Figuren lachten sie von dem weißen Hintergrund an, Louise lächelte zurück.

Sie war allein im Haus, Fürstin Anna Amalia befand sich im Schloss Tieffurth, Clara und Herrmann kümmerten sich dort um ihre Herrin. Louise konnte sich weitgehend selbst versorgen, zum Mittagsmahl traf sie sich mit ihrer Freundin Henriette von Fritsch im Weißen Schwan. Das ruhige Sommerwetter und die Stille im Witthumspalais verhalfen ihr zu spontanem Gedankenfluss, zu innerer Sammlung. In solchem Zustand bemerkte sie ihre Schmerzen nicht, weder im Knie noch in der verformten Schulter.

Rechts von Annette zeichnete Louise ein Strichmännchen mit herabhängenden Mundwinkeln und ohne Haare: OH. Ihrer Vermutung zufolge zog sie einen dünnen Pfeil von Oswin Heimlich zu ihrer Nichte, daneben zeichnete sie ein kleines Herz mit einem Fragezeichen. Wenn überhaupt, handelte es sich um eine einseitige Schwärmerei. Unter dem Ehepaar von Brun erschien nun ein großer Frauenkopf mit langen Haaren: RS – Rosine Schandinger. Ein Pfeil richtete sich auf Wilhelm, ein Herz und ein Blitz fanden sich ein. Ein zweiter Pfeil zog sich zu Annette, daneben ein Blitz.

Wer fehlte noch?

Reisinger. Natürlich. MGR – rechts unten, relativ klein stand er dort, ein Strich mit einem Ausrufezeichen führte zu Annette von Brun. Neben MGR ein weiteres Mannsbild, eine Lockenperücke zierte ihn: FvA – Ferdinand von Auerbach, Louises Cousin. Auch von ihm führte eine Linie zu AvB, mit einem großen Fragezeichen versehen.

Maria von Dettmansberg, ja, auch die gehörte mit ins Bild. Links unten: MvD. Dazu ein Strich zu Wilhelm, ebenfalls mit dem Zeichen der Fragwürdigkeit versehen.

Oben, über dem Ehepaar von Brun, da war reichlich Platz auf dem Papier. Ein Männerkopf mit einem Dreispitz und eine Frau mit Krone stellten sich ein. Quer dazu eine Wellenlinie. Leutnant Koch und Fürstin Maria Pawlowna schwebten über den beiden.

Louise stand auf, schritt zum Fenster, griff nach ihrem Weinglas, das sie auf dem Fensterbrett abgestellt hatte, trank einen Schluck und kam zurück. Ein neu ausgerichteter Blick fiel auf das Bild.

Der größte Kopf war derjenige von Rosine Schandinger, das deutlichste Blitzzeichen war dasjenige zwischen ihr und Annette. Oswin Heimlich war eher klein geraten, ebenso Maria von Dettmansberg und Martin Gottfried Reisinger.

Sie überlegte. Hatte das etwas zu bedeuten? Sollte sie ihrer Intuition trauen? Oder saß sie einem Hirngespinst auf?

Oswin Heimlich hatte die Gelegenheit gehabt, die grünen Bücher zu verschicken, er konnte sich ungehindert in der Bibliothek bewegen und im Keller stand ein Packtisch. Doch warum wollte er Annette schaden, wenn er sie verehrte? Hassliebe? Nein, entschied Louise, das passte auf die Theaterbühne von Kotzebue, nicht ins wahre Leben.

Falls Rosine für die gestohlenen Bücher verantwortlich war, wie kam sie dann in das Gebäude, um selbige zu entwenden?

Maria von Dettmansberg schien ein besonderes Interesse an Wilhelm zu haben. Was steckte dahinter? Gewiss nicht nur der Wunsch nach einer Guitarre. Spielte sie die Rolle der Buhlschaft? Nein, das wäre nicht Wilhelms Stil. Louise klassifizierte sie als Statistin. Zugegeben, eine charmante Statistin – mehr aber nicht.

Rosine, dieses unflätige Weib, sie schien eine Hauptrolle einzunehmen, insofern Louise ihrem eigenen Gemütsbild

Glauben schenken konnte. Schon als Zofe in den Göchhausen-Gemächern hatte sie sich halsstarrig und aufsässig benommen, bei dem Fest im Tieffurther Park hatte sie die Grenze des Erlaubten überschritten. Einfach aus Dummheit? Trotz? Verbohrtheit? Oder stand ein Beweggrund dahinter? Rache an Louises Vetter Ferdinand von Auerbach? Warum? Und was hatte sie mit ihm zu tun? Oder Rache an Louise, weil sie Rosine aus ihrer Stellung entlassen hatte?

Dabei fiel ihr auf, dass sie sich selbst auf dem Bild vergessen hatte. Und auf gewisse Weise widerstrebte es ihr, eine Louise-Figur aufs Blatt zu bringen. Offensichtlich hatte sie eine andere Rolle: die der neutralen Betrachterin, von außen, so als wohne sie einem Theaterstück bei, das auf der Lebensbühne gespielt wurde, während sie auf dem Balkon saß und zuschaute. Die Idee, dass sie die Regie dieses Bühnenstücks übernehmen könnte, kam ihr erst viel später.

Es klopfte an der Haustür. Wiederholt, kräftig. Sie stieg die Stufen hinab. Wilhelm. Er war sehr aufgeregt, zeigte ihr ein Papiertütchen mit grünen Kristallen, noch feucht, und erklärte ihr, was passiert war. Vielleicht könne sie etwas damit anfangen, er müsse zurück zu Annette. So nervös und unsicher hatte sie ihn noch nicht erlebt. Enthielt das grüne Pulver womöglich dieses Kupferarsenitacetat? Hatte es mit den Umschlägen der Bücher zu tun? Sie würde am Montag Professor Hoffmann fragen, er kannte sich mit Medizin und Gift aus.

Louise brauchte zunächst eine mittägliche Pause. Und etwas in den Magen. Sie musste Zeit sparen, wollte das Haus nicht verlassen, ging hinüber in die Küche und wärmte sich eine Hühnerbrühe auf, die die Köchin für sie bereitgestellt hatte. Hühnerbrühe war eine Geheimwaffe, die bei Krankheit und ausgezehrtem Gehirn half, selbst bei dem vorherrschenden Sommerwetter. Schon beim Schlürfen der Brühe – das Alleinsein hatte auch Vorteile – kam ihr eine wertvolle Idee für die Anzeige:

Die Überschrift lautete: *An einen Dieb – wir reichen die Hand!*

Dann folgte der Text: *Er hat sich drei Bücher angeeignet. Wir wissen nicht, von wem Er sie genommen hat, auch die Beweggründe sind uns unbekannt. Aber wir reichen Ihm die Hand. Bei einem Treffen kann Er die Bücher wiederbekommen und an den ursprünglichen Ort bringen. Wir vertrauen Ihm, ohne Ihn zu kennen. Treffen am Dienstag, 13. August, um 11 Uhr. Der Ort ergibt sich aus den Namen der Schriftsteller der drei Bücher. So kann Er Unrecht wiedergutmachen und sich Gottes Gnade sichern.*

Männer würden diesen Text wohl als zu weich betrachten, zu anbiedernd. Louise hoffte auf den Anstand und das christliche Gewissen des Diebs – egal, wer es war. Wenn es schiefging, würde man ihr Naivität vorwerfen. Dessen ungeachtet: Anna Amalia und Goethe hielten zu ihr, das wusste sie. Das Rätsel konnte nur derjenige lösen, der die drei Namen kannte: Stephan Maria Kirch, Edward Jenner und Emil Nimrodt. Daraus kombinierte sie einen Treffpunkt: St. M Kirch E J EN. Das hieß: St.-Michael-Kirche in Jena. Die Verlagerung in die Nachbarstadt und die Verschlüsselung sollten sicherstellen, dass nicht die halbe Weimarer Bevölkerung bei der Arretierung anwesend wäre und den Erfolg derselben in Gefahr brächte.

Sie griff nach ihrem Sonnenschirm, betrachtete sich kurz im Spiegel, der so angebracht war, dass ein Mensch von gewöhnlicher Körpergröße höchstens sein Schuhwerk hätte prüfen können, und verließ das Palais. Minuten später durchquerte sie das Foyer des Rathauses und öffnete eine Tür mit der Aufschrift *Weimarisches Officielles Wochenblatt.*

~

Nachdem dies erledigt war, stand Louise von Göchhausen auf dem Marktplatz, von ihrem Schirm beschattet, unschlüssig ob ihres nächsten Schrittes. Da fiel ihr Blick auf die Hofapotheke. Warum nicht sofort?

Entschlossen begab sie sich zur Nordseite des Platzes. Die Türklingel schellte, als sie eintrat. Der Apotheker schien aufzuräumen.

»Guten Tag, Herr Professor!«

»Mademoiselle von Göchhausen, ich wünsche einen schönen Tag!«

»Ich danke Ihnen, Herr Professor. Darf ich Sie stören?«

»Selbstverständlich!«

»Wo … ich meine, wo ist Colette?«

Er räusperte sich, die Frage schien ihm unangenehm zu sein. »Die musste ich wegen Unzuverlässigkeit entlassen.«

»Oh …« Mehr konnte Louise nicht sagen.

»Was kann ich für Sie tun, meine Dame?«

»Ach ja …« Sie öffnete ihren Pompadour und zog ein kleines Briefchen heraus. »Können Sie mir sagen, was dies für ein Pulver ist?«

Er nahm das Tütchen und schaute hinein.

Solch ein geisterhaftes Antlitz hatte Louise noch nie gesehen. Seine Hand umklammerte den Rand der Theke, die Knöchel traten hervor, einem Skelett ähnelnd.

»Woher …?« Er stockte.

»Das ist unwichtig«, antwortete Louise. »Jedenfalls ist die Lage ernst.«

»Verzeihung, aber was … wollen Sie damit sagen?«

»Wir vermuten, dass diese grünen Kristalle giftig sind. Eine Frau sollte durch sie zu Schaden kommen.«

»Sie meinen … mit Absicht?«

»Ja, genau das meine ich!«

Hoffmann kam hinter der Theke hervor, unsicher einen Fuß vor den anderen setzend, und ließ sich auf den Stuhl fallen, der eigentlich für seine Kunden und Fragesteller gedacht war, in diesem Moment ein Affront Louise gegenüber. »Ich bitte um Verzeihung, Mademoiselle, ich fühle mich nicht wohl – die Hitze!«

»Hören Sie, Professor, Sie wissen etwas über diese Kristalle, das ist offensichtlich.«

»Nein, nein, ich weiß nichts, gar nichts!«

»Vielleicht kann ich Ihnen auf die Sprünge helfen: Kupferarsenitacetat!«

»Neiiin! Lassen Sie das, bitte gehen Sie!«

»Passen Sie auf, Herr Professor Hoffmann! Hier läuft einiges schief. Falls Sie etwas verbergen, werde ich das herausbekommen! Und Sie werden sich verantworten müssen!«

»Nein, da ist nichts!«

»Ich könnte Colette fragen, was meinen Sie?«

»Das tun Sie nicht. Und jetzt verschwinden Sie … bitte!«

»Das mache ich!« Sie griff nach dem Tütchen, Hoffmann hielt es fest, er schien es nicht hergeben zu wollen. »Das gehört mir!«, rief Louise. »Loslassen oder ich schreie über den gesamten Marktplatz, dass ich in Ihrer Apotheke bestohlen werde!«

Er lockerte seinen Griff, Louise zog das Tütchen aus seiner Hand, verstaute es wieder in ihrem Pompadour und verließ die Apotheke. Durch das Fenster glotzte ihr ein totenbleiches Gesicht nach.

Hoffmann wusste etwas. Wie konnte sie hinter das Geheimnis kommen? Und sie musste überlegen, was mit dem ersten Buch geschehen sollte, dem Schrödinger-Werk, das Annette offiziell ausgeliehen hatte und das vermutlich die gesamten Ereignisse ins Rollen gebracht hatte. Sie würde das am morgigen Sonntag mit Wilhelm besprechen.

Das war jedenfalls ihr Plan.

21. Von Mutter und Sohn

Weimar, Sonntag, 11. August 1805

Wie immer am Sonntag in der Monatsmitte besuchte Wilhelm seine Ziehmutter Agnes Gansser im Zuchthaus. Das war zu einem festen Bestandteil seines Lebens geworden. Er hatte Babel bei Annette postiert, Simon beobachtete das Haus, Isetta bereitete das Mittagessen. Wie üblich hatte Wilhelm einen Korb mit Brot und Obst bei sich.

Als er in die Wachstube trat, sah ihn der Wachhabende mit der weiten Uniform erstaunt an. »Was wollen Sie denn hier?«

Wilhelm zögerte mit der Antwort. Eigentlich war der Grund seiner Anwesenheit klar. »Ich möchte meine Mutter besuchen.«

»Die ist tot!«, erklärte der Wachhabende und drehte sich um.

»Was soll das, Sergeant, wollen Sie mich ärgern? Ich habe nur Brot und Obst …«

»Nun glauben Sie's mir, sie ist letzte Woche gestorben. Dysenterie.«

»Nein!«

»Gewiss. Und nun verschwinden Sie endlich!«

Wilhelm erkannte am Gesichtsausdruck des Sergeanten, dass er es ernst meinte. »Das ist doch nicht möglich. Sie war doch noch … nein, nicht doch!« Ihn überkam ein Gefühl, als öffne sich ein riesiges Erdloch und er drohe hineinzufallen, hielte sich gerade noch am Rand fest. »Wo … also, wo ist sie? Ihr Körper?«

»Gerade Sie sollten wissen, wohin die Körper verstorbener Verbrecher gebracht werden.«

»Verbrecher?«

»Ja, natürlich. Alle, die hier sterben, kommen nach Jena.«

»Zu den Medizinstudenten?«

»Genau.«

Ihm versagten die Beine. Er versuchte, am Schreibtisch des Wachhabenden Halt zu finden. Das gefiel dem gar nicht, er packte Wilhelm am Kragen, schob ihn hinaus und drückte ihn draußen gegen die Wand.

»Das hat sie nun davon!«, schnaubte er und verschwand in der Wachstube.

Wilhelm lehnte an der Wand und bewegte sich nicht. Die Sonne kroch hinter den Wolken hervor. Die Zeit floss zäh dahin. Stunden schien er reglos an dieser Wand zu stehen.

Dann endlich gelang es ihm, sich in Bewegung zu setzen. Die Sonne hatte seine Glieder wieder aufgetaut. Er taumelte, wankte wie ein Betrunkener, schien in einem Tunnel zu wandeln, Häuserfronten zogen vorüber. Wer würde ihm nun Haferkuchen backen? Wer ein Gutenachtlied singen? Er erreichte einen Turm, der riesig wirkte, fast als würde er bis in den Himmel reichen. Überraschend öffnete sich eine Tür, er lief hindurch und setzte sich auf eine Holzbank.

Der Kontakt seines Körpers mit dem Holz brachte ihn zurück in die Wirklichkeit. Er saß auf einer Bank in der Stadtkirche, reglos, vor sich den Altar, neben sich die bunten Kirchenfenster. Hatte er hier nicht schon einmal gesessen und versucht, seiner Not gewahr zu werden? Ja, nach dem Rauswurf aus der Tischlerei Frühauf.

Er wollte nicht sofort eine Lösung finden, sondern die Situation begreifen. Trauern. Beten. Abschied nehmen. Er faltete die Hände. Doch er konnte sich nicht auf ein Zwiegespräch mit Gott konzentrieren. Immer wieder flohen die Gedanken zu seiner Ziehmutter. Noch nicht einmal begraben durfte er sie.

Oh Herr, wie konnte das passieren? War das gerecht?

Dann begann jemand, die Orgel zu spielen. »Geh aus, mein Herz, und suche Freud.« Die Melodie packte ihn, die Töne überkamen ihn wie eine brausende Flut, anschwellend, rissen ihn fort, seine Tränen flossen, sein Inneres strebte nach oben, mit Dank und Verehrung für seine Mutter. Während die Musik noch in ihm nachschwang, beschloss er, einen Kenotaph für seine Ziehmutter zu errichten. Ein Denkmal, so wie dasjenige für Prinz Constantin. Ein Werk der Erinnerung. Der Dank eines armen Tischlergesellen.

Mit Enttäuschung und Schmerz beladen musste er feststellen, dass ein weiterer seiner Träume die Ilm hinabgeflossen war.

Für Wilhelm und Annette waren diese beiden Tage, Samstag und Sonntag, zwei Schreckenstage. Zunächst starb ihr Kind, dann Wilhelms Ziehmutter. Konnte man zwei solch schreckliche Ereignisse in schneller Folge überhaupt aufnehmen, verstehen, in seinem Herzen wirken lassen?

Nein, sagte Wilhelm.

Nein, sagte Annette.

Aber sie hatten keine andere Wahl, als weiterzuleben. Auch wenn zwei Menschen nicht mehr bei ihnen weilten. Die Vögel im Garten sangen wie am Tag zuvor, die Sonne strahlte wie schon seit Tagen, die Nachbarn arbeiteten und die Kinder spielten, als sei nichts geschehen. Konnten denn nicht alle einmal innehalten, nur für einen Tag, mit ihnen trauern und ihrem Leid Tribut zollen?

Nein, murmelte Wilhelm.

Nein, murmelte Annette.

Keiner konnte ihnen helfen. Auch gut gemeinte, aber sich in ihrer Beliebigkeit verlierende Sätze halfen nicht. »Du wirst bald ein Kind bekommen!« Wer wollte das mit Sicherheit wissen? Niemand. »Du hast ja noch eine Mutter, eine richtige Mutter!« Für Wilhelm war Agnes Gansser lebenslang seine richtige Mutter gewesen, bis zum letzten Jahr, als der schicksalhafte Eintrag im Kirchenbuch bekannt wurde. Seitdem wusste er, dass er ein geborener von Brun war und die Ganssers seine Zieheltern. Konnte all dies das Herz der beiden Eheleute beruhigen?

Nein, rief Wilhelm trotzig.

Nein, rief Annette verärgert.

Nein, knurrte Babel.

Wieder war Tante Louise die einzige Person, die sie mit sinnvollen, mitfühlenden Worten unterstützte. »Gott hat uns nicht den Geist der Furcht gegeben, sondern den der Kraft, der Liebe und der Besonnenheit.«

Konnte das helfen, mutig in die Zukunft zu blicken?

Ja, antwortete Wilhelm.

Ja, antwortete Annette.

Babel bellte sein Ja kurz und knapp.

~

Colette hatte tatsächlich eine Anstellung beim Apotheker Tietzmann in der Neuen Straße bekommen. Am Freitag war alles besprochen worden, am Montag sollte sie anfangen. Der Mann war ihr nicht sonderlich sympathisch, sprach in gehobenen Worten, die sie nicht alle verstand, lobte seine Apotheke und sich selbst, als sei er der gemeinsame König des Morgen- und Abendlandes. Aber sie war nicht in der Lage, wählerisch zu sein. Tietzmann konnte ihr keine Unterkunft zur Verfügung stellen, da das Haus, in dem sich die Apotheke befand, noch ausgebaut wurde. Somit musste sie mit Rosine weiterhin in der Hirtenkammer bleiben. Das Strohlager teilten sie sich, für beide nichts Ungewöhnliches, sie waren Schlimmeres aus ihrer Kindheit gewöhnt.

Für den Sonntagabend hatte Rosine von dem letzten Groschen des von Oswin erpressten Silbertalers eine billige Flasche Wein gekauft.

»Warum willst du eigentlich nicht zurück nach Hause?«, fragte Rosine.

»Es ist wegen des Knechts auf dem Hof meiner Eltern in Tröbsdorf. Ich will ihm nicht begegnen.«

»Warum? Hat er dich … angefasst?«

Colette nickte. Bisher hatte sie mit keinem Menschen darüber sprechen können. »Mein Vater und mein Bruder wussten es und haben ihn nicht rausgeworfen. Vater sagte, er brauche ihn für die Arbeit, er sei ein guter Knecht. Ich fand ihn nicht so gut. Ein frecher, ungehobelter Kerl!«

»Und da bist du einfach abgehauen?«

»Ja.«

»Respekt!«

»Hm. Hab mich mit meiner Mutter auch nicht gut verstanden.«

»Das kenne ich«, sagte Rosine.

Colette nahm einen Schluck aus der Weinflasche.

»Wo bist du zu Hause?«, fragte sie.

»Das weiß ich nicht«, antwortete Rosine.

»Aber ich meine …«

»Ich hab kein Zuhause. Mein Vater ist ständig betrunken und meine Mutter ist dem Irrsinn anheimgefallen!«

Colette wunderte sich nicht. Bei Rosine war alles ungewöhnlich und extrem. »Und Liebschaften?«

»Einen kannte ich, den wollte ich haben, er hat mich sitzen gelassen, der Idiot.« Rosines Gesicht verzog sich, als habe sie Schmerzen.

»Wie ich dich kenne, wirst du dich rächen, oder?«

»Ja. Das grüne Pulver, sie hat es geschluckt.«

Colette sprang auf. »Mein Pulver?«

»Ja.«

»Und wer ist ›sie‹?«

»Seine Frau!«

»Und jetzt?«

»Muss sie kotzen, lange und intensiv, das wird sie nicht vergessen!«

»Geschieht ihm recht!«

»Allerdings«, sagte Rosine.

Sie teilten sich das letzte Stück Brot. Es war hart geworden, sie gaben ein wenig Wein darauf und warteten, dass es aufweichte.

»Ich hoffe, der Tietzmann benimmt sich«, meinte Colette. Sie wollte einfach nur in Ruhe arbeiten, nicht angefasst und nicht beschimpft werden.

»Ach, der ist harmlos!«

»Meinst du?«

»Pass auf, Colette. Du weißt, dass ich nicht schreiben und lesen kann. Dafür habe ich andere Vorzüge. Ich kann besser hören, auch zuhören. Und ich schaue auf die kleinen

Wichtigkeiten bei einem Menschen. Dadurch kann ich ihn oder sie besser einschätzen. Den Teil des Gehirns, den ihr zum Lesen und Schreiben braucht, nutze ich zum Hören, Sehen und Taxieren. Tietzmann ist harmlos. Er will Hofapotheker werden und dafür tut er alles. Das kannst du dir merken: Wenn ein herzoglicher Bediensteter, jemand von Adel oder sogar von der herzoglichen Familie in die Apotheke kommt: Alarm! Besonders aufmerksam und höflich sein, ehrerbietig! Verstehst du?«

»Ja, danke!«

»Wenn du das beherzigst, wird dir Tietzmann ewig dankbar sein.«

Colette nickte. »Es kann übrigens sein, dass mein großer Bruder mich sucht. Er tut so, als sei er für mich verantwortlich, und glaubt, ich sei immer noch ein kleines Mädchen.«

»Wie alt bist du?«

»Sechzehn, bald siebzehn in ein paar Tagen.«

»Und, bist du … fühlst du dich als kleines Mädchen?«

»Bis zu der Sache mit dem Knecht fühlte ich mich so. Danach nicht mehr.«

»Gut so! Hier findet uns keiner. Und jetzt schiebst du den Riegel von innen vor!«

Colette stand auf, ging zur Tür, hob den Fuß und trat gegen den Riegel, der krachend einrastete. All ihre Wut lag in diesem Tritt, auf Vater und Bruder, auf den Knecht und auf Hoffmann.

22. Von Schwester und Bruder

Weimar, Montag, 12. August 1805

Wilhelm und sein Lehrling arbeiteten an der Guitarre für Frau von Dettmansberg. Anton war voller Ehrfurcht, als er hörte, wer das Instrument in Auftrag gegeben hatte. Adelstitel flößten ihm Respekt ein, noch dazu trug ihn eine Frau aus Wien, dem Sitz von Kaiser Franz II., Oberhaupt des »Heiligen Römischen Reichs Teutscher Nation«. Wilhelm musste ihm die Frau beschreiben, ihr stolzes Auftreten, ihr teils überhebliches Benehmen, ihre vornehme Kleidung. Anton staunte.

Wilhelm behandelte die Decke der Guitarre, das wichtigste Teil für den Klang des Instruments. Das teure Sitka-Holz wollte er selbst bearbeiten. Anton war damit beschäftigt, die Zargen mit dem Schlichthobel auf die vorgegebene Breite zu bringen.

Annette lag oben im Bett, sie traute sich noch nicht, aufzustehen.

Es klopfte an der Haustür. Wilhelm sah Anton an und hob die Schultern. Er erwartete niemanden. Dennoch legte er sein Werkzeug aus der Hand und öffnete.

Zunächst erkannte er sie nicht. Sie trug ein normales Kleid, das Annette oder Isetta gehören könnte. Keine Spur von teurem Samt und vornehmer Seide. Die Haare waren locker frisiert, ohne Bänder, ohne Perlenketten oder sonstigen höfischen Schmuck.

Dennoch war es Maria von Dettmansberg.

Er bat sie, einzutreten. Sie sah sich nicht um, ihr Blick blieb an Wilhelm geheftet. Mitten in der Küche blieb sie stehen und sagte: »Wilhelm, ich möchte dir etwas sagen!«

Sie duzte ihn!

»Ich bin Maria von Dettmansberg. Diesen Namen trage ich seit meiner Heirat mit dem Hofrat Paul von Dettmansberg. Damals habe ich meinen zweiten Vornamen Maria als Rufnamen angenommen. Vor der Hochzeit hieß ich Wilma von Brun.«

Pause. Zum ersten Mal nahm Wilhelm ihre strahlend blauen Augen wahr.

Anton hatte aufgehört zu hobeln. Es war so ruhig geworden in Werkstatt und Küche, dass man meinen konnte, alle Menschen im Raum hätten das Atmen eingestellt. Nur von oben kamen leise Geräusche.

Wilhelm fühlte seine Zunge schwer wie einen Backstein im Mund liegen. Er schaffte es lediglich, den Kopf zu schütteln.

»Du glaubst mir nicht?«, fragte Maria. »Das ist verständlich. Ich selbst habe dir nicht geglaubt, habe Tage und Wochen gezweifelt. Ich musste unanfechtbar feststellen, dass du es bist. Alle Männer derer von Brun haben ein bestimmtes Muttermal hinten im Nacken. Ich wollte eine Gelegenheit abwarten, es bei dir zu prüfen. Deswegen habe ich im Tieffurther Park den Zettel fallen lassen. Du hast dich gebückt, und ich habe das Mal gesehen.«

»Das kann Ihnen irgendjemand erzählt haben!«, erklang es in scharfem Ton von der Treppe. Annette stand dort, in einen Hausmantel gehüllt. Babel hatte neben ihr Stellung bezogen, blieb aber ruhig, er schien keine instinktiven Einwände der fremden Frau gegenüber zu haben.

»Liebste, wie geht es dir?« Wilhelm kam auf Annette zu und wollte sie umarmen.

»Warte bitte, Wilhelm. Zunächst müssen wir die Angelegenheit klären. Diese Frau verfolgt dich schon seit Jena!«

»Das stimmt«, sagte Maria. »Ich habe es bereits erklärt, ich wusste nicht, ob Wilhelm wirklich Wilhelm von Brun ist, mein Halbbruder.«

Das Wort »Halbbruder« segelte durch den Raum wie eine Schwalbe, von der man nicht wusste, ob sie bleiben oder wieder entschwinden würde.

»Unser Vater ist Graf Friedrich von Brun, meine Mutter ist Gräfin Elisabeth von Brun, deine Mutter Olivia Lorenz. Unsere Brüder heißen … nein, hießen Wilbert und Wilebrord.«

»Auch das kann Ihnen jemand erzählt haben!«, rief Annette.

Wilhelms Stichwort lautete: Olivia Lorenz. »Du bist eineinhalb Jahre nach mir geboren, woher weißt du überhaupt von mir und meiner Mutter?« Er duzte sie, ohne es zu merken.

»Ich weiß es von Johann, unserem Stallburschen. Er wurde letztes Jahr fast von einem Eichenstuhl erschlagen.«

Der Klepper.

»Warum hast du Gut Kötschau verlassen?«, fragte Wilhelm.

»Wegen unseres Vaters. Er war – wie soll ich es sagen? – ein wenig galanter Mann. Besonders mir gegenüber.«

Wilhelm ahnte, was sie damit meinte. Was für eine Familie!

»Und sicher willst du wissen, warum ich zurückgekehrt bin«, fuhr Wilma fort. »Mein Ehemann verstarb, ich habe eine Weile seine Geschäfte geführt, aber dann hielt mich nichts mehr in Wien. Ich hatte Heimweh.«

»Was ist mit dem anderen Stallburschen passiert?«, fragte Wilhelm. »Mit diesem … Gabriel?« Ein Schuss ins Blaue.

»Zu meiner Zeit gab es keinen Gabriel auf dem Hof«, antwortete sie.

»Gut, das stimmt. Warum hast du uns in Jena geholfen?«

»Ich kann doch meinen Bruder und seine Ehefrau nicht ins Verderben laufen lassen. Es war meine Christenpflicht, euch zu helfen!«

Wilhelm hob die Schultern. Er war immer noch nicht bereit, diese Frau als seine Schwester anzuerkennen.

Maria griff in ihren Pompadour und zog eine kleine, grob geformte blaue Holzfigur heraus. »Das ist Viola. Sie gehörte ursprünglich Willebrord. Die Gräfin, also meine Mutter, hat sie mir geschenkt. Sie sagte, Olivia habe sie geschnitzt, für jedes Kind eine. Unser Bruder ist noch am Tag seiner Geburt gestorben.«

Wilhelm griff in seine Hosentasche und förderte seine blaue Holzfigur zutage. Sie hielten sie nebeneinander: Zwillinge.

Wilhelm drehte sich zu Wilma, Wilma zu Wilhelm.

»Ihr seht euch ähnlich!«, rief Annette.

Dann umarmten sich die Geschwister. Ein tiefes Gefühl der Dankbarkeit durchströmte Wilhelm. Einer seiner fünf Wünsche war ihm erfüllt worden. Komplett, ohne Einschränkung, ohne Rücktrittsrecht. Wie gern hätte er seiner Mutter Agnes davon erzählt.

~

Text und Sinn von Louises Anzeige im Weimarischen Wochenblatt verbreiteten sich wie ein Lauffeuer in der Stadt. Alle möglichen und unmöglichen Vermutungen wurden angestellt – über die Bücher, den Dieb und den Übergabeort.

Rosine ließ sich den Text dreimal von Oswin vorlesen. Gemeinsam überlegten sie, was mit dem Rätsel zum Übergabeort gemeint sein konnte, und kamen schnell auf die Kirche St. Michael in Jena. Stephan Maria Kirch, Edward Jenner und Emil Nimrodt: St. M KirchE JEN.

Rosine lehnte eine Entgegennahme der Bücher ab, das sei viel zu gefährlich. Sie meinte, es gäbe zwei kritische Situationen: entweder sie würden gleich bei der Übernahme geschnappt oder später, wenn sie die Bücher in die Bibliothek zurückbrächten.

Den zweiten Punkt hielt Oswin für unproblematisch, denn schließlich sei er in der Herzoglichen Bibliothek angestellt und halte sich täglich dort auf. Und im Übrigen wolle er straffrei aus der Sache herauskommen und sehe dazu in dem Vorschlag aus der Anzeige eine gute Chance.

Rosine riet dringend davon ab, doch als sie sah, wie Oswin zitterte, wie er förmlich um sein Leben bangte, kam sie zu der Einsicht, etwas unternehmen zu müssen. Falls Oswin unter Verdacht geriet, würde er dem Druck nicht lange standhalten. Er würde ihren Namen preisgeben, und dann landete sie im Kerker. Sie hatte das Gefühl, eingekreist zu werden. Doch für Rosine Schandinger war Aufgeben keine Möglichkeit.

»Gut, Oswin Oswinowitsch, ich habe da eine Idee!«

Wilhelm war klar, dass Wilma seine leibliche Mutter nicht kannte, denn Olivia Lorenz hatte schon vor Wilmas Geburt den Hof verlassen. Trotzdem hätte er gern mehr über das

Gut Kötschau, ihren gemeinsamen Vater und alles Denkbare und Undenkbare im Zusammenhang mit seinem Geburtsort gehört. Doch Wilma unterbrach ihn: »Entschuldige, Bruder, aber ich bin gekommen, um euch zu helfen. Was kann ich tun?«

Wilhelm befürchtete, dass sie ihn mit Geld unterstützen wollte, das ergab allerdings wenig Sinn. Im Augenblick war ihm nur wichtig, dass der Urheber des Giftanschlags gefunden wurde.

»Was ich damit meine«, erklärte Wilma, »ist Hilfe durch mich persönlich. Ich weiß, was euch widerfahren ist, die Giftattacke, die Fehlgeburt. Wo kann ich zupacken?«

Wilhelm war verwirrt. Woher wusste sie all das? Mittlerweile wunderte ihn nichts mehr an dieser Frau. An seiner Halbschwester. Es war ein seltsames Gefühl, plötzlich, von einer Minute auf die andere, eine Schwester zu haben, einen Menschen, der zur Familie gehörte und sich selbst als zugehörig erklärte.

Auch Annette schien ihrer Schwägerin innerlich nähergekommen zu sein. »Ich fühle mich noch schwach«, sagte sie. »Kannst du kochen?«

Wilma lächelte. »Ja, das kann ich. Ich habe immer gern für Paul gekocht.«

Das war nicht selbstverständlich, besonders nicht für die Frau eines Hofrats, solche Damen hielten sich normalerweise eine Köchin.

»Ich fände es gut, wenn du jeden zweiten Tag für uns kochst, hier, für uns drei, Wilhelm, Anton und mich. Du wechselst dich dann mit Isetta ab, das ist unsere Nachbarin, nur so lange, wie ich liegen muss, zwei Wochen vielleicht. Was meinst du?«

»Gerne, Annette, das mache ich mit Freude!«

Annette schien irritiert, als müsse sie sich an das Duzen der neuen Schwägerin erst gewöhnen.

Wilhelm strahlte. »Ich danke dir. Dann wärst du auch über Mittag hier und ich könnte ab und zu das Haus verlassen, um mit Tante Louise den Kerl zu suchen, der Annette das angetan hat.«

»Louise von Göchhausen?«

»Ja, genau.«

»Eine kluge Frau, ich habe sie auf dem Sommerfest kennengelernt. Ich kann auch früher kommen oder länger bleiben. Im Hotel Elephant herrscht eine betuliche Stimmung.« Sie lachte und alle lachten mit ihr.

»Und noch eine Sache, Wilhelm: Wenn du als Jäger unterwegs bist, musst du nicht unbedingt an meiner Guitarre arbeiten, es eilt nicht!«

Wilhelm erkannte mit Freude, dass seine Familie neben ein paar Halunken auch sehr vernünftige, hilfsbereite Menschen hervorgebracht hatte. Noch dazu eine Person, von der er das niemals erwartet hätte. Nicht alles ist schwarz oder weiß. Einiges kann schwarz und weiß sein.

Er selbst als Jäger – das gefiel ihm. Das intensive Gespräch über Kötschau konnte warten, jetzt musste er sich um sein Wildbret kümmern. Er teilte Anton Arbeit zu und wies ihn an, auf die Frauen aufzupassen. Das erfüllte den Lehrling mit Stolz, er richtete sich auf und nickte.

Wilhelm brachte Annette wieder nach oben, sie fühlte sich etwas besser, aber noch schwach. Babel legte sich neben sie. Wilhelm küsste seine Liebste, verabschiedete sich von Wilma und begab sich auf den Weg zum Witthumspalais. Die Übergabe der Bücher am folgenden Tag musste vorbereitet werden.

»Pass auf, du übler Bursche, wir kommen!«, rief er laut in die Winkelgasse hinein.

23. Vom Dieb und was ihm blieb

Jena, Dienstag, 13. August 1805

Wilhelm betrat die Kirche St. Michael in Jena. Ein wunderschönes Gotteshaus, mächtig, hoch, deutlich größer als die Stadtkirche in Weimar. Während des Lazarettbetriebs hatte er das nicht wahrgenommen, hatte sich auf die Wunde an seinem Fuß konzentriert.

Er stieg die Treppe zur Galerie hinauf und nahm seinen vorgesehenen Platz im nördlichen Teil direkt über der Holzplastik des Erzengels Michael ein. Er sollte nicht eingreifen, lediglich den Überblick behalten und die Person, wenn möglich, identifizieren, sobald sie von den Husaren arretiert war.

Er wusste, dass sich unter ihm, versteckt in einer Nische, Leutnant Koch mit einer Armbrust positioniert hatte. Für alle Fälle, hatte er gesagt, brauche er eine Distanzwaffe. Eine Feuerwaffe erschien ihm blasphemisch in einer Kirche. Zumal Schillers Theaterstück ihn auf die Idee mit der Armbrust gebracht hatte und er diese mittelalterliche Waffe durch die Jagd auf Rotwild beherrschte. Er benutzte eine stählerne Armbrust, den Bogen hatte er über ein Zahnstangengewinde bereits gespannt, sodass sie jederzeit schussbereit war.

Louise saß in der Südhälfte des Kirchenschiffs auf einer Bank nahe des Brautportals, das geschlossen war. Sie blickte direkt auf die steinerne Kanzel, von der Martin Luther bereits gepredigt hatte.

Leutnant Koch und zwei seiner Husaren deckten den westlichen Teil unterhalb der Orgel ab. Drei weitere seiner Männer kontrollierten die Eingänge, ohne sichtbar in Erscheinung zu treten. Die Zeiger der Kirchenuhr bewegten sich auf 11 Uhr zu.

An diesem Dienstagvormittag waren nur wenige Besucher in der Kirche. Louise hatte sich absichtlich in einen Bereich gesetzt, in dem sich außer ihr niemand befand. Sie hielt ein grünes Buch in der Hand. Keines von den echten Exemplaren, sondern eine Nachahmung.

Die Uhr schlug elf. Nichts geschah.

Die Minuten rannen, so langsam, wie sie immer rinnen, wenn man einem Ereignis entgegenfiebert.

Dann trat er ein. Durch den Südeingang. Komplett in Schwarz gekleidet, übliches Beinkleid, dazu ein Umhang mit einer weitgeschnittenen Kapuze, wie einem Mönchsgewand zugehörig. Die Größe, die Statur, die Bewegungen – kannte Wilhelm den Kerl?

Der Mann lief durch den Mittelgang und setzte sich neben Louise. Die beiden unterhielten sich leise, Wilhelm konnte nichts verstehen. Das ärgerte ihn. Seine Unruhe stieg.

Louise zitterte. Warum hatte sie sich zu solch einer Aktion bereit erklärt? Und überhaupt: Sie wollten die gestohlenen Gegenstände dem Dieb zurückgeben. War das nicht paradox? Sie zweifelte an ihrer eigenen Idee, das war widersinnig. Während sie all das gegeneinander abwog, setzte sich ein Mann neben sie. Schwarz gekleidet, eine Kapuze über dem Kopf.

»Stammt der Aufruf im Wochenblatt von Ihnen?«, fragte er leise.

»Ja.«

»Geben Sie mir die Bücher!«

Louise sah stur geradeaus. »Vorläufig gibt es nur ein Buch!«

»Drei Bücher – so war es abgesprochen!«

»Abgesprochen war gar nichts, es war ein Angebot!«

Er zog einen Dolch und hielt ihn an ihre Kehle.

~

Wilhelm beobachtete Tante Louise und den Fremden. Sie sprachen miteinander. Die Szene wirkte friedlich, fast harmonisch. Dann plötzlich blitzte ein Dolch auf, der Mann hielt ihn Louise an den Hals. Wilhelm sprang auf, der Drang, seiner Tante zu Hilfe zu eilen, wallte in ihm auf, doch schon stürzten die Husaren auf die beiden zu. Der Unbekannte zerrte Louise an sich und schleppte sie die Stufen zur Kanzel hinauf.

»Keiner rührt mich an«, rief er durch die Kirche. »Sonst stirbt sie!« Einige Gläubige stürzten in Panik hinaus.

Louise schrie, der Dolch hatte ihr beim Weg nach oben eine Schnittwunde zugefügt, Blut tropfte an der Außenseite der Kanzel hinab.

Wilhelm gingen viele Gedanken durch den Kopf. Blut auf einer Kirchenkanzel, Golgatha, sterben für eine gute Sache …

»Nein!«, schrie er.

Der Unbekannte drehte sich um, immer noch den Dolch an Louises Kehle. Die Kapuze rutschte herunter. Ein wildes, verzerrtes, zu allem entschlossenes Gesicht kam zum Vorschein. Wilhelm erkannte ihn: der Pockennarbige. Der Mann, der nachts in die Werkstatt in der Saalgasse eingedrungen war. Der Mann, der ihm im vergangenen Jahr während der Suche nach dem Mörder der beiden Witwen in der Gaststätte Zur Forelle einen schweren Faustschlag versetzt hatte. Sofort bereute es Wilhelm, ihn in der Nacht des Einbruchs nicht getötet zu haben. Doch ganz tief in seiner Seele wusste er, dass Töten nicht zu ihm gehörte. Es war gegen seine Natur.

»Ich kenne dich!«, rief er von der Galerie herunter. »Du hast auf dem Gut von Frau von Bandewitz gearbeitet, draußen auf dem Feld, bei Wind und Wetter, während sie es sich drinnen mit dem italienischen Grafen bequem gemacht hat.«

Die Verblüffung war dem Mann anzusehen. Sein Kiefer fiel herunter, seine Hand mit dem Dolch sank herab. Im selben Moment zischte der Pfeil einer Armbrust durch die Kirche. Das Geschoss fuhr dem Pockennarbigen in die Brust, Blut spritzte auf Louise und besudelte die Kanzel. Der Bolzen steckte im Körper des Mannes fest wie ein eingeschlagener Nagel. Der Pockennarbige brach zusammen.

Wilhelm raste die Treppe von der Galerie hinab, durch das Kirchenschiff, die schmale Steintreppe hinauf, nahm Louise auf beide Arme und trug sie hinunter, weg vom Ort des Grauens, bis zu den letzten Sitzplätzen unterhalb der Orgel. Dort legte er sie auf eine Bank und hielt ihre Hand.

»Ich helfe dir, liebe Tante!«, flüsterte er.

Sie nickte dankbar. »Wilhelm, kannst du bitte weiter Du zu mir sagen? Das klingt so schön.«

Wilhelm lächelte. »Sehr gerne!«

~

Weimar, am selben Tage

Wilhelm brachte seine Tante zurück nach Weimar ins Witthumspalais, sie wollte sich ausruhen. Für den Abend hatte er sie erstmals in die Winkelgasse zum Essen eingeladen, Wilma würde ein Mahl zubereiten.

Auf dem Heimweg sinnierte er über die Geschehnisse des Mittags in Jena. Gut, sie hatten den Pockennarbigen identifiziert, einer der Husarengefreiten kannte ihn. Als Dieb und Betrüger war er schon mehrmals für kurze Zeit im Kerker gelandet. Er wollte die Bücher haben, doch sie konnten ihn nicht mehr nach den Hintergründen befragen: Der Mann war tot. Der Stahlbolzen hatte sein Brustbein durchschlagen, innerhalb zwei, drei Minuten hatte er sein Leben ausgehaucht – auf der Predigtkanzel eines Gotteshauses. Aus Sicht des Getroffenen schien es besser so, denn hätte er verletzt überlebt, so wäre er gefoltert worden, um Hinweise auf seine Hintermänner aus ihm herauszupressen. Die geltende Rechtsvorgabe, die *Constitutio Criminalis Carolina*, ließ das zu.

So blieben viele Fragen unbeantwortet:

Was hatte der Pockennarbige mit den grünen Büchern zu tun?

Wer war der wirkliche Antreiber hinter ihm?

Hätte er die Bücher in die Bibliothek zurückgebracht?

Zu Hause angekommen begrüßte Wilhelm seine neugewonnene Schwester. Sie bereitete das Abendessen zu. Erneut wurde ihm die Besonderheit dieser Situation bewusst: Er war nicht mehr der Einzige aus seiner Herkunftsfamilie. Er war nicht allein. Siebenundzwanzig Jahre hatte er darauf warten müssen. Ein Gefühl, das ihm Erfüllung vermittelte. Zusammenhalt. Vollständigkeit und Beglückung.

Wilhelm prüfte Antons Arbeit – er war zufrieden – und stieg hinauf zu Annette. Babel begrüßte ihn mit leisem Winseln und Schwanzwedeln. Seine Ehefrau lag friedlich auf ihrem Strohlager und schlief. Sie sah schön aus, trotz des erlittenen Unbills, trotz der Schmerzen an Körper und Seele. Das Licht fiel durch das schmale Fenster auf ihr Gesicht. Dunkle Haare, helle Haut, lange Wimpern, fein geschwungener Mund: eine Schönheit. Wilhelm wurde sich bewusst, welches Himmelsgeschenk ihm mit seiner Frau zuteilgeworden war, ungeachtet der traurigen Ereignisse der letzten Tage. Dieses Eheweib glücklich zu machen, das war eines seiner fünf großen Ziele, am liebsten mit Kindern, aber diese – so wurde ihm heute klar – sollten keine absolute Bedingung sein.

Er musste wohl über eine Stunde so neben ihr gesessen haben, als Wilma zum Essen rief. Zugleich hörte er unten die Stimme von Tante Louise. Wilhelm weckte Annette vorsichtig und geleitete sie die Treppe hinab. Babel folgte ihnen.

Anton hatte den Küchentisch mit einer Holzplatte und zwei selbst gezimmerten Standbeinen verlängert, sodass die fünf Personen bequem Platz fanden. Wilma hatte den Tisch gedeckt, das Geschirr des Ehepaars – ein Hochzeitsgeschenk von Onkel Ferdinand – war einfach, aber zweckmäßig, und Wilhelms Schwester hatte es mit Blüten und Früchten wundervoll dekoriert. In der Mitte stand eine große Schüssel mit Fleisch und einer herrlich duftenden dunkelbraunen Soße. Dazu gab es Reis und Erbsengemüse.

Nachdem sich jeder den Teller gefüllt hatte, sprach Wilhelm ein Tischgebet. Er freute sich, er fühlte sich wohl und bedankte sich dafür bei seinem Schöpfer.

»Meine Güte, Wilma«, sagte er nach dem ersten Bissen, »das schmeckt ja köstlich, so etwas habe ich noch nie gegessen!«

Wilma strahlte. »Das ist Rehkeule, die habe ich dem Hofjäger abgekauft!«

Annettes Gesicht überzog sich mit einer leichten Röte. »Nun ja, weißt du, so etwas können wir uns im Alltag nicht leisten. Jedenfalls vielen Dank, es schmeckt köstlich!«

Nun war es an Wilma, einen roten Kopf zu bekommen. »Verzeiht …«

»Hervorragend!«, sagte Wilhelm und Anton nickte dazu. »Du kannst wirklich gut kochen!«

»Mein Paul wollte keine Köchin im Haus haben, er hatte einen schwachen Magen und hat sich auf mich verlassen.«

Stille. Nur Klappern des Bestecks auf den Tellern.

»Ich habe übrigens auf dem Weg hierher das Schrödinger-Buch in der Bibliothek abgegeben«, sagte Louise. »Kleiner Umweg, aber die Bewegung an der frischen Luft tat mir gut.«

»War dieser Oswin Heimlich anwesend?«, fragte Annette.

»Ja, ihm habe ich das Buch ausgehändigt. Ich bat ihn, es aus der Leihkladde zu streichen, und habe deinen Namen genannt. Er war sichtlich verwirrt.«

»Aus welchem Grund? Was meinst du, Tante?«, fragte Wilhelm.

»Ich weiß es nicht. Vielleicht, weil er Annette erwartet hatte. Es könnte auch einen anderen Grund geben …«

Alle sahen sie gespannt an.

»Er hat nach meiner kleinen Schnittwunde hier am Hals gefragt, ob ich verletzt sei und so weiter, wie immer hat er ohne Zusammenhang herumgestammelt. Ich habe ihm die Wahrheit gesagt und von den Vorgängen in St. Michael erzählt.«

Sie legte eine Pause ein, offensichtlich in der Erwartung, ihre Entscheidung zur Diskussion zu stellen.

»Ich denke, das war gut so. Wie hat er reagiert?«, fragte Wilhelm.

»Er war geschockt und hat sich halbwegs bei mir entschuldigt.«

»Wie bitte?«, fragte Annette. »Das hört sich ja so an, als sei er mitschuldig!«

»Ja, mein Kind, das sehe ich genauso. Und als ich dann sagte, dass der Pockenmann tot sei, da fiel er förmlich in sich zusammen. Irgendetwas hat er damit zu tun!«

»Er kam auf jeden Fall an die Bücher, nur nicht an das grüne Pulver«, sagte Wilhelm.

»Und noch etwas«, warf Louise ein. »Als ich über den Exercierplatz schritt und auf die Bibliothek zuging, kam Rosine aus dem Grünen Schloss.«

»Aus der Bibliothek?«

»Ja. Sie sah mitgenommen aus, schlecht gekleidet, man könnte sogar sagen: schmutzig. Sie hat mich nicht beachtet, ich hatte den Eindruck, sie wollte nicht gesehen und noch weniger erkannt werden. Und sie trug eine seltsame rote Kappe, eine Art Filzhut.«

Wilhelm und Annette tauschten Blicke aus.

»Saß an dem Filzhut vorn ein Orden, einem Stern ähnlich?«

»Genau so war es, woher weißt du das?«

»Der Hut gehörte Reisinger«, antwortete Wilhelm. »Bei dem Einbruch in die Werkstatt in der Saalgasse wurde er gestohlen.«

»Von wem?«

»Von dem Pockennarbigen.«

Louise holte tief Luft und atmete wieder aus. »Das heißt, Rosine stand in Verbindung zu dem Pockenmann.«

»Ja.«

»Verzeiht, dass ich mich einmische«, sagte Wilma. »Diese Rosine, heißt die mit Nachnamen Schandinger?«

»Allerdings!«, antwortete Louise. »Warum?«

»Nun, heute auf dem Markt lief ein junger Mann umher und fragte die Leute, ob sie seine Schwester gesehen hätten, er müsse sie finden. Und auf die Frage, wie sie heiße, sagte er: Colette.«

»Das ist die ehemalige Apothekenhelferin von Professor Hoffmann!«, rief Louise aufgeregt.

»Und als sich niemand meldete, meinte der Bruder noch, sie habe eine Freundin namens Rosine Schandinger. Ob die jemand gesehen hätte. Aber kein Mensch wusste etwas vom Verbleib der beiden.«

Wilhelm sprang auf. »Das ist wichtig, danke, Wilma! Danke auch an dich, Tante Louise! Jetzt wissen wir, dass es irgendeine Verbindung zwischen Rosine, Colette, Oswin und dem Pockennarbigen gibt.«

»Ich stelle mir Folgendes vor«, sagte Annette. »Rosine ist entlassen worden, sie hat nur noch wenig Geld, kann ihre Kammer nicht mehr bezahlen, weshalb sie ihr gekündigt wird. Colette wird von Hoffmann ebenfalls entlassen, und sie geht nicht mehr nach Hause zurück, denn sonst würde ihr Bruder sie nicht suchen, vielleicht schämt sie sich. Beide Frauen sind in einer ähnlichen Lage und haben sich irgendwo einen Stall oder ein dreckiges Loch gesucht, um nachts unterzukommen. Rosines Kleidung spricht dafür.«

Alle stimmten zu.

Anton hob die Hand. »Darf ich etwas beitragen?«

»Natürlich!«, antwortete Annette.

»Mein Onkel ist – nun, wie soll ich sagen? – in einer ähnlichen Lage wie Colette und Rosine. Ich könnte ihn über meine Mutter fragen, welche geheimen Unterkünfte er kennt.«

Die anderen sahen sich erstaunt an.

»Äh, ja, Anton«, sagte Annette. »Das wäre gut, danke!«

»Gut«, sagte Wilhelm und sah Tante Louise an. »Wir beide müssen herausbekommen, welche Verbindung zwischen Rosine, Colette und Oswin besteht, was sie getan haben und was vorhaben. Und was sie von dem grünen Pulver wissen.«

»Richtig«, antwortete Louise. »Ich habe von Kraus erfahren, dass er das Pulver bei Hoffmann kauft. Ich kläre mit Leutnant Koch, ob wir die Hofapotheke durchsuchen können.«

»Zum Dessert habe ich eine Apfeltarte gebacken«, sagte Wilma mitten hinein in die Unterhaltung.

Wilhelm hatte den Eindruck, als wollte sie den vielen belastenden Sätzen etwas Erbauliches entgegensetzen.

»Es ist ein französischer Apfelkuchen«, ergänzte sie. »Der wird mit Quittengelee bestrichen.«

»Meine Güte, Wilma, was für ein Festmahl!«, sagte Wilhelm.

Die Tarte wurde verteilt. Obwohl alle dem Rehbraten reichlich zugesprochen hatten, konnte jeder ein Stück Apfelkuchen annehmen, etwas Süßes, einer positiven Nachricht gleich.

Tante Louise räusperte sich. »Ich habe noch eine Neuigkeit für euch.«

»Gut oder schlecht?«, fragte Annette.

»Ich weiß es nicht.«

»Bitte, Tante, sag es uns!« Annette war ungeduldig.

»Reisinger ist tot!«

24. Von Sturm und Starrsinn

Weimar, Mittwoch, 14. August 1805

Oswin klagte Rosine an. Er fühlte sich für den Tod des Pockennarbigen verantwortlich. Rosine fragte ihn, ob er verrückt geworden sei. Der Kerl sei selbst für seine Handlung verantwortlich, so wie jeder sein Tun und Lassen eigenständig rechtfertigen müsse. Er hätte die Aufgabe in der St.-Michael-Kirche schließlich nicht zu übernehmen brauchen, für einen läppischen Silbertaler, den sie, Rosine, noch nicht einmal besitze. Sie lachte über den Toten.

Oswins Bewunderung für die Frau Rosine begann, sich in Abneigung gegen den Menschen Rosine Schandinger zu wandeln. Für einen Moment regte sich in ihm der Wunsch, ihr eine Ohrfeige zu verpassen. Doch das konnte er nicht, körperliche Gewalt war ihm so zuwider wie Töten und Morden. Er verschwand hinter den Stellagen seiner Lieblinge, setzte sich vor dem Regal mit den Liebesromanen auf den Boden und begann zu weinen.

~

Am Nachmittag dieses Mittwochs war alles geklärt. Leutnant Koch stürmte in Begleitung von drei Husaren die Hofapotheke. Louise und Wilhelm folgten ihnen.

Professor Hoffmann protestierte aufs Schärfste und kündigte an, sich beim Herzog zu beschweren. Alle Beteiligten wussten, dass dies leeres Geschwätz war, denn der Serenissimus gab sich nicht mit solch kleinen Streitigkeiten ab, das war Sache des Geheimen Conseils, das nur staatstragende Angelegenheiten an Herzog Carl August heranbrachte.

»Öffnen Sie das Kontor!«, befahl Leutnant Koch.

Hoffmann überlegte kurz, holte dann in Anbetracht der vier uniformierten Soldaten den Schlüssel unter der Bodenvase hervor und schloss auf.

»Die Truhe!«, rief der Leutnant.

Hoffmann schloss auf und klappte den Deckel hoch. Der Karton mit den grünen Kristallen wurde sichtbar.

»Ist dies das ominöse Pulver?«, fragte Koch.

Wilhelm nahm den Inhalt des Kartons in Augenschein. »Ja, das ist es!«, bestätigte er, und Louise nickte.

»Im Namen des Herzogs: Die grüne Substanz ist hiermit beschlagnahmt!«

»Nein«, schrie Hoffmann völlig außer sich. »Das können Sie nicht machen, das ist mein Eigentum, ich habe es ordnungsgemäß gekauft!«

»Wo ist der Kaufnachweis?«, fragte Koch.

»Den … den habe ich vernichtet. Ich habe es von Herrn Ruß in Schweinfurth gekauft, Colette kann das bestätigen!«

»Wer ist Colette?«, fragte der Leutnant.

»Das ist … Das war …« Er stockte.

»Mitnehmen!«

»Zu Befehl, Herr Leutnant!«

Hoffmann trat einen Schritt zurück. Dann wieder einen nach vorn. »Wissen Sie, Leutnant Koch, ich werde mich beschweren. Natürlich nicht beim Serenissimus höchstpersönlich. Ich kenne da Personen, die geeigneter wären. Herr Bernward Friedrich von Jadus zum Beispiel.«

Koch winkte ab. Wilhelm und Louise sahen sich an. Beide wussten, dass Jadus ein gefährlicher Gegner war. Ein junger Mann aus altem Adelsgeschlecht, ein gut aussehender, blonder Mensch, für den das Wort dünkelhaft wohl erfunden worden war. Und er hatte einen unerklärlichen Einfluss bei Hofe.

»Darf ich erfahren, was Sie mir vorwerfen?«, fragte der Apotheker.

»Natürlich«, antwortete der Husarenleutnant. »Es besteht der Verdacht, dass dieses grüne Pulver eine giftige Wirkung entfalten kann.«

Wilhelm beobachtete Hoffmann genau. Für einen Moment las er Erleichterung auf des Apothekers Gesicht. Es musste ein anderes Faktum geben, das er fürchtete.

»Solch ein Unfug«, rief Professor Hoffmann. »Die Farbe wird im Residenzschloss verwendet, überall, an den Wänden, an der herzoglichen Kleidung und am Kinderspielzeug – da kann sie wohl nicht giftig sein!«

»Das werden wir klären!«, erwiderte der Leutnant.

Hoffmann schnappte nach Luft. »Nicht zu fassen«, murmelte er.

Wilhelm griff in den Karton, nahm eine Handvoll des grünen Pulvers und ließ es in seine Wamstasche gleiten. Sobald Goethe zurück war, würde er – hoffentlich – einen Vergleich zwischen diesem Pulver und den Kristallen aus Annettes Limonade herbeiführen können. Louise nickte ihm zu, gut gemacht!

25. Vom Hof und den Höflingen

Weimar, Donnerstag, 15. August 1805

Wilhelm saß des Morgens bei Annette am Bett, Babel zu seinen Füßen. Die Hitze hatte nachgelassen, sodass es in dem Raum unterm Dach erträglich war.

»Liebste, leider kann ich dich nun nicht mehr schonen. Wir beide stehen im Fokus, und wir müssen offen und ehrlich die Geschehnisse betrachten.«

»Gut, Wilhelm, ich bin einverstanden.«

»Pass auf ... Es besteht der Verdacht, dass Oswin Heimlich im Geheimen für dich schwärmt.«

»Wie bitte?« Annette sah ihn staunend an.

»Tante Louise sagt das. Besser: Ihr ... Gefühl sagt das.«

»Für mich schwärmt? Wie meint sie das?«

»Für dich als Frau.«

Annettes Gesicht wurde knallrot.

»Dafür brauchst du dich nicht zu schämen, Liebste. Das zeigt nur, welche Schönheit du bist. Außerdem verhält sich Oswin eher wie ein Schüler, nicht wie ein erwachsener Mann.«

Annette nickte.

»Damit hätte er einen Grund, dir die grünen Bücher zu schicken«, fuhr Wilhelm fort. »Die Möglichkeit dazu hatte er in der Bibliothek. Er wollte dir möglicherweise bei deinem Aufsatz helfen. Voraussetzung für diese

Annahme ist, dass er nichts von der Giftigkeit des grünen Farbstoffs wusste. Zumindest nicht vom Ausmaß der Giftigkeit.«

»Vielleicht stehen die beiden in Verbindung, ich meine Rosine und Oswin. Tantchen hat Rosine schon zweimal aus der Bibliothek kommen sehen.«

Wilhelm überlegte.

»Das ist möglich. Rosine wiederum ist die Freundin von Colette und steht oder stand sehr wahrscheinlich mit dem Pockennarbigen in Kontakt. Offensichtlich hat sie ihn beauftragt, die Bücher in Jena abzuholen.«

»Colette arbeitete für Professor Hoffmann, inzwischen für Tietzmann. Sie kennt sich mit Kräutern und sonstigen Heilmitteln aus – vielleicht auch mit giftigen Substanzen.«

»Das wäre möglich, Liebste, sehr gut! Hoffmann hat noch ein anderes Geheimnis, ihm geht es nicht ums Gift. Das finden wir hoffentlich bald heraus!«

»Hat Hoffmann das grüne Pulver in meine Limonade gemischt?«

»Unwahrscheinlich. Eher Colette.«

»Verstehe.«

»Nur Babelinchen weiß, wer es war.« Wilhelm hatte das scherzhaft gemeint, doch sofort wurde ihm klar, dass Hunde ein gutes Erinnerungsvermögen hatten.

»Und noch etwas, mein Liebster«, sagte Annette mit einem leichten Lächeln. »Rosine hat dich doch damals zu einem Kuss gedrängt, nicht wahr?«

Jetzt bekam Wilhelm einen roten Kopf.

»Du brauchst dich deswegen nicht zu schämen. Das zeigt nur, welch stattlicher Mann du bist.«

Sie mussten beide lachen.

»Ich bin überzeugt«, fuhr Annette fort, »dass sie es auf dich abgesehen hat.«

»Na, also, bitte …« Wilhelm lächelte verlegen.

»Sie ist wahrscheinlich eifersüchtig, und für eine Frau kann das ein wichtiger Beweggrund sein.«

»Hm.«

»Merkst du etwas, Wilhelm?«

»Was meinst du?«

»Alles verdichtet sich auf Rosine, immer wieder Rosine. Ich habe von ihr geträumt, und Tantchen hat sie auch im Visier, sie hat mir eine Zeichnung gezeigt … Nun, das ist eine andere Ebene, das würdest du nicht verstehen.«

»Und Anton hat mich daran erinnert, dass ich letztes Jahr zu ihm sagte: ›Halte dich von Rosine entfernt, sie ist gefährlich!‹«

»Das hast du gesagt?«

»Ja.«

»Hm. Vielleicht war sie es auch, die die Kirche am Tag unserer Hochzeit verschlossen hatte, vermutlich mit einem Nachschlüssel.«

»Möglich. Ziemlich kindisch.«

»Allerdings.«

»Sie versteckt sich irgendwo.«

»Mit Colette.«

Wilhelm wurde schlagartig klar, was zu tun war. »Wir müssen die beiden finden. Ich kümmere mich darum.«

»Und ich?«, fragte Annette.

»Du bringst deinen Aufsatz zu Ende. Wann muss er fertig sein?«

»Wieland braucht ihn bis zum 30. September. Das schaffe ich.«

»Sehr gut, los geht's!«

Er stand auf, voll Tatendrang, vergaß sogar, Annette einen Abschiedskuss zu geben, und war schon an der Treppe angelangt, als sie ihm nachrief: »Warte bitte!«

Er drehte sich um, aus den Aktionsträumereien gerissen.

»Hier!«, sagte sie und hielt ein beschriebenes Blatt hoch.

Er sah ihr an, dass es wichtig war, und kam zurück.

»Schau! Ich habe ein Gedicht geschrieben. Für unser Kind.«

Er erstarrte. »Für unser Kind … unser Kind, das wir nie im Arm hielten?«

»Ja, genau, für dieses Kind.« Sie sprach leise. »So konnte ich Verbindung zu ihm aufnehmen.«

Mit allem hatte er gerechnet von Annettes Seite: Tränen, Trauer, Wut, Verzweiflung. Aber nicht mit einem Gedicht. Langsam griff er nach dem Blatt und begann zu lesen.

Es war bei mir, es war so nah,
Das Kind, das ich nie hielt, nie sah.
Weder sein Haar noch sein Gesicht,
Selbst nicht die kindliche Gestalt.
Das Bild in mir verschwindet bald.
Das Erinnern ist schon verwischt.

Du bist ein Stern am Firmament,
Der Wunsch nach dir noch immer brennt.
Du gingst von mir, du gingst zu früh.
Kind, mein Kind, was hab ich getan?
Kind, mein Kind, ich klage mich an.
Ich sah dich nicht. Ich sehe dich nie.

Louise von Göchhausen saß an diesem Mittag allein im Weißen Schwan. Ihre Freundin Henriette von Fritsch fühlte sich nicht wohl, sie war zu Hause geblieben.

Louise hatte bereits Tafelspitz mit Meerrettichcreme und gebratenen Kartoffeln bestellt, als Leutnant Koch den Gastraum betrat.

»Verzeihen Sie, Gnädigste, darf ich mich zu Ihnen gesellen? Es wäre wichtig.«

»Natürlich, Herr Leutnant, nehmen Sie Platz. Möchten Sie etwas essen?«

»Sehr freundlich, ich danke Ihnen ... Nein, mir ist der Appetit abhandengekommen.«

»Nanu, das ist ungewöhnlich für einen Soldaten. Was ist passiert?«

»Ich wurde heute früh zu unserem durchlauchtigsten Herzog zitiert. Er hat mir eine ordentliche Abreibung verpasst – wie wir unter Soldaten sagen.«

»Oh Gott, wegen Hoffmann?«

»Genau. Der Hofapotheker sei eine honorable Persönlichkeit, wie wir dazu kämen, ihn zu beschuldigen, das Grün werde ja überall eingesetzt, auch im Schloss und so weiter und so fort.«

»Herr von Jadus?«

»Der stand grinsend dabei.« Koch hob die Hände als Zeichen seiner Ohnmacht. »Ich hatte keine Chance zur Verteidigung, zumal der Serenissimus mich in Person bisher nicht kannte, bei Oberstleutnant von Seebach wäre das anders verlaufen. Wir hätten die Hofapotheke ohne Erlaubnis des Herzogs nicht stürmen dürfen, das hat er mir persönlich angekreidet.«

»Nun, machen Sie sich keine Vorwürfe. Wenn Sie nicht weiter ermitteln können, dann übernehmen Wilhelm und ich alles Weitere allein.«

Der Leutnant schüttelte den Kopf. »Der Herzog hat mir eine Verwarnung ausgesprochen. Wenn ich seine Befehle nicht genau befolge, werde ich unehrenhaft aus der Armee entlassen. Und zu diesen Befehlen gehört, dass ich Sie und Herrn von Brun davon abhalte, in dieser Causa weiterzuforschen.«

»Das heißt, wenn wir dem Verbot nicht folgen, gefährden wir Ihre Militärkarriere?«

»So ist es, Gnädigste. Es tut mir leid.«

Der Tafelspitz wurde serviert, doch Louise konnte nichts essen.

~

Annette, Wilhelm und Anton hatten soeben das Mittagessen beendet – es hatte Isettas Kartoffelsuppe gegeben –, als Louise hereinkam.

»Bitte, nimm Platz!«, sagte Wilhelm. »Gut, dass du da bist, wir haben Neuigkeiten.«

Louise ordnete ihr kirschrotes Kleid und setzte sich. Zunächst fiel ihr besorgter Blick keinem der Anwesenden auf.

»Anton hat einen Hinweis von seinem Onkel erhalten«, sagte Wilhelm. »Er sah zwei Mädchen, auf die die Beschreibung von Colette und Rosine passt, mehrmals im Bertuch'schen Baumgarten. Eine Blonde und eine Dunkelhaarige. Das könnten sie sein.«

»Können wir uns darauf verlassen?«, fragte Louise von Göchhausen.

Anton wollte soeben antworten, als Wilhelm ihm zuvorkam. »Gewiss, Tante. Du kannst dem Vertrauen schenken. Antons Onkel bewegt sich – leider – in einem ähnlichen

Milieu wie die beiden Frauen und ist imstande, korrekte Informationen zu erhalten.«

Der Anflug eines Lächelns huschte über Louises Antlitz. Dieser Ausdruck: imstande sein, etwas zu tun oder nicht zu tun. Im Stande sein – so konnte man es auch umschreiben. Das war ein geflügeltes Wort zwischen ihr und Wilhelm, seit sie sich kannten.

»Wir müssen sie suchen!«, sagte Wilhelm.

Louise atmete tief durch. »Tut mir leid, das geht nicht. Professor Hoffmann hat sich bei Hofe beschwert und der Herzog hat entschieden, dass wir nicht weiter ›herumschnüffeln‹ dürfen, wie er sich ausdrückt.«

»Was? Warum?« Annette war empört.

»Weil er glaubt, dass der Apotheker unschuldig ist. Schließlich ist er der Hofapotheker. Und dieser Bernward von Jadus unterstützt den Serenissimus in dieser Meinung.«

»Mein Gott, das können wir uns nicht gefallen lassen!«, erwiderte Wilhelm. »Wir setzen unsere Suche fort, versteckt, heimlich, das muss doch keiner merken!«

Tante Louise schüttelte den Kopf. »Bei Zuwiderhandlung droht Leutnant Koch die unehrenhafte Demission!«

»Schockschwerenot!«

»Was machen wir nun?«

»Wir müssen warten, bis Goethe nach Weimar zurückkehrt. Er ist mit Herzog Carl August befreundet, vielleicht kann er ihn umstimmen. So lange haltet bitte still. Leutnant Koch war uns immer eine Stütze, wir sollten seine Karriere nicht gefährden.« Tante Louise erhob sich. »Wo ist eigentlich Wilma?«

»Sie sucht eine Wohnung in Weimar«, antwortete Wilhelm.

Louise nickte. »Bei ihren finanziellen Möglichkeiten sollte sie schnell ein Obdach finden. Ich sah sie gestern mit einem Landauer in Richtung Jena fahren. Was macht sie dort?«

Wilhelm hob die Schultern. Louise drehte sich um und schritt zur Haustür. Sie wirkte noch kleiner als sonst, ging gebückt, offensichtlich von Sorge gezeichnet.

»Wann kommt der Geheimrath Goethe denn zurück?«, rief Annette ihr hinterher.

»In zwei bis drei Wochen!«, antwortete Louise von Göchhausen. »Er befindet sich zum Kuren in Lauchstädt und wollte von dort nach Halle und Magdeburg.«

Die Tür fiel ins Schloss.

TEIL IV:
September 1805

26. Von den Geschehnissen im September

Weimar, im September 1805

Goethe kehrte am 6. September zurück nach Weimar. Endlich. Louise von Göchhausen kontaktierte ihn umgehend, er hörte zu, meinte dann aber, er müsse handfeste Beweise gegen Professor Hoffmann haben, sonst könne er den Herzog nicht um Aufhebung des Banns gegen Leutnant Koch und die Ausforschungsgruppe »Giftgrün« – so nannte er Louise, Wilhelm und Annette – bitten.

Der Geheimrath untersuchte das grüne Pulver, das in Annettes Limonade gefunden worden war, und verglich es mit demjenigen aus Hoffmanns Paket, dem Wilhelm beim Erstürmen der Hofapotheke eine Probe entnommen hatte. Dazu benutzte Goethe eine aus dem Niederländischen stammende Linsenapparatur, die eine starke Vergrößerung von für das menschliche Auge unsichtbaren, winzig kleinen Teilchen bewirkte. Er benannte diese Apparatur Mikroskop. Damit konnte er feststellen, dass die Kristallstruktur der beiden Pulver sich sehr ähnelte. Louise war begeistert und begriff dies als Beweis, dass das giftige Pulver aus der Limonade und dasjenige aus dem Karton des Apothekers identisch waren. Goethe dämpfte ihre Euphorie jedoch umgehend, denn er meinte, dieses holländische Verfahren habe sich noch nicht überall durchgesetzt, sodass Herr von Jadus die Linsenapparatur als Hokuspokus bezeichnen werde. Da müsse etwas Klares, Auffälliges herbeigebracht werden. Etwas Spektakuläres. Louise hatte keine Idee, was dieses Spektakulum sein könnte. Wieder gerieten die Nachforschungen ins Stocken.

Wilma Maria von Dettmansberg, geborene Wilma Maria von Brun, mietete sich eine Wohnung in der Marienstraße am Rande des Ilmparks. Sie kochte jeden zweiten Tag für Wilhelm, Annette und Anton. An den anderen Tagen erledigte sie Einkäufe oder fuhr nach Kötschau, um sich ihren im Zerfall befindlichen Erbteil anzusehen. Manchmal tauchte sie dort mit einem fremden Mann auf. Genauer gesagt mit verschiedenen fremden Männern.

Am 25. September 1805 wurde der erste Sohn von Erbprinz Carl Friedrich und seiner Frau Maria Pawlowna geboren. Sie tauften ihn auf den Namen Paul Alexander. Der Name Paul erinnerte an Maria Pawlownas Vater Zar Paul, der 1801 ermordet worden war. Alexander hieß Marias ältester Bruder, der derzeitig amtierende Zar. Von Anfang an war das Kind kränklich und viele Ärzte befürchteten einen schnellen Tod des Buben. Zum Erstaunen seiner Mitmenschen hielt sich der Junge jedoch über Wochen und Monate. Vielleicht halfen die Besuche seiner Tanten, denn zwei der vier noch lebenden Schwestern von Maria Pawlowna besuchten den Kleinen mehrfach. Auch Wilma Maria von Dettmansberg stattete Maria Pawlowna einen Höflichkeitsbesuch ab, bei dem die Erbprinzessin so frohgemut, ja fast schon freudetrunken wirkte, dass Wilma für einen Moment an ihrem Entschluss zweifelte, keine Kinder bekommen zu wollen. Doch bei dem Gedanken an ihren Vater zog der Zweifel schnell vorüber. Sie nahm die Gelegenheit wahr, Maria Pawlowna zu fragen, ob sie nicht versuchen wolle, das Spiel auf der Guitarre zu lernen, denn die weichen, wohlklingenden Töne beruhigten Leib und Seele. Ihr Bruder sei ein guter Handwerker, er könne solch ein Instrument für sie anfertigen. Ja, kam sofort zur Antwort, das wolle sie, Herr von Wolzogen werde sich bei Herrn von Brun melden.

Mitte September hörte man, dass die österreichische Armee unter Feldmarschall Mack von Leiberich in Bayern einmarschiert war. Infolgedessen habe eine gewaltige französische Armee – man sprach von zweihunderttausend Mann – den Rhein überschritten. Obwohl diese Kriegsaufmärsche sich im Süden des Reichs ereigneten und für das Herzogtum Sachsen-Weimar-Eisenach somit keine direkte Gefahr bestand, wurden die Fürsten und Generäle in Weimar nervös. Auch in Dresden, Berlin, Prag und Moskau schrillten die Alarmglocken. Da sich Preußen immer noch neutral verhielt, rechnete man damit, dass Zar Alexander den Österreichern zu Hilfe eilen würde. In der Bevölkerung breitete sich mehr als zuvor die Besorgnis aus, das Herzogtum könne in einen Krieg verwickelt werden. Konnte man diesem französischen Militärkaiser trauen? Die im Osten ansässigen herzoglichen Untertanen hatten Angst, sahen eine konkrete Kriegsgefahr am Horizont. Die Bewohner der westlich gelegenen Landesteile blieben ruhig, abgeklärt, besonnen.

Goethe kümmerte sich nicht um die europäische Politik, auch nicht um die Ausforschungsgruppe »Giftgrün« – er hatte in diesem Monat andere Prioritäten: Er focht einen Streit mit einer aufsässigen Köchin aus, nahm sich der Schiller'schen Witwe an und trachtete danach, sein Verhältnis zum Fürstenhaus zu intensivieren, indem er zum Beispiel Prinzessin Caroline, die fünftgeborene Tochter des Herzogs, und deren fast gleichaltrige Schwägerin Maria Pawlowna zum

Frühstück einlud. Zudem korrigierte er den *Wilhelm Meister* und stand in regem Briefkontakt mit dem Cotta-Verlag. Seine Gedanken kreisten um eine Weltsicht, bei der die Tiere einst, als noch keine Menschen die Erde bevölkerten, unseren Planeten beherrschten, und um die Frage, ob solch eine Konstellation angesichts des widernatürlichen Verhaltens der Menschheit wiederkehren könne. Das Säbelrasseln in Europa betrachtend schien diese Frage mehr als berechtigt.

Rosine hatte immer noch keine Anstellung gefunden, allerdings, so musste man sagen, bemühte sie sich auch nicht wirklich darum. Das Leben in der Hirtenkammer gefiel ihr recht gut. Colette konnte sie beide leidlich ernähren, den Rest stahl Rosine bei nächtlichen Streifzügen durch das Weimarer Land von den dortigen Bauern. So teilten sie sich das Schlaflager, Rosine schlief tagsüber, während Colette arbeitete, und Colette schlief nächtens, derweil Rosine »arbeitete«. Sie trafen sich morgens und abends für ein bis zwei gemeinsame Stunden, tranken Dünnbier oder gestohlenen Wein und verfluchten die Männer.

Auch Colette genoss es, frei und unbeschwert zu sein, unabhängig von den verkrusteten Strukturen ihrer Familie. Niemand außer dem Apotheker Tietzmann gab ihr Anweisungen, und mit ihm kam sie zurecht. Einmal wäre sie in der Neuen Straße fast ihrem ältesten Bruder in die Arme gelaufen. Der hätte sie bei einem Zusammentreffen gepackt und gezwungen, nach Hause zu kommen, eine ordentliche Tracht Prügel durch ihren Vater wäre die Folge gewesen. Sie hatte sich gerade noch hinter einem Pferdefuhrwerk verstecken können. Zum Glück hielten ihre Eltern nichts von Apotheken, sie kauften ihre Kräuter und Zauberwässerchen bei einem Bader in Tröbsdorf, sodass eine Begegnung an ihrem Arbeitsplatz äußerst unwahrscheinlich war.

Die beiden Apotheker Hoffmann und Tietzmann lieferten sich einen harten Wettstreit. Professor Hoffmann war immer noch der Hofapotheker, fand aber keine Helferin, die ihre Sache annähernd so gut machte wie Colette. Das lag hauptsächlich daran, dass er nicht bereit war, eine Entlohnung zu zahlen, die bei den derzeitigen Brot- und Gemüsepreisen mehr gestattete, als knapp dem Hungertod zu entgehen. Tietzmann gewann zunehmend an Boden, da er Colette an seiner Seite hatte und ihr, als er merkte, dass sie eine solide Erfahrung mit Kräutern und Tinkturen vorweisen konnte und höflich mit Höflingen umging, freie Hand gewährte. Zudem verkaufte er viele vergleichbare Heilmittel zu niedrigeren Preisen als der Hofapotheker.

Wilhelm saß tagelang an Annettes Bett, bis er den Eindruck gewann, es ginge mit ihrem Gesundheitszustand aufwärts. Da er nicht mehr ermitteln durfte, konzentrierte sich sein Schaffen auf die Guitarre für seine Schwester, auf das Anlernen von Anton und die Wiedererlangung seines inneren Gleichgewichts. An einem Sonntag kutschierte ihn Herrmann nach Eberstedt. Eigentlich hatte er diese Reise gemeinsam mit Annette unternehmen wollen, aber die stundenlangen Erschütterungen in einer Kutsche waren noch nicht zuträglich für Annettes Innenleben. In der Ölmühle sprach Wilhelm mit vielen verschiedenen Leuten, bekam aber keine zufriedenstellende Antwort. Ein alter Mann behauptete, Olivia Lorenz gekannt zu haben, sie sei wenige Tage, nachdem man sie aus der Ilm gezogen habe, verschwunden. Eine Frau meinte, sie sei tot aus dem Wasser geborgen worden, man habe sie auf einer Gemeindewiese verscharrt. Das Wort »verscharrt« riss Wilhelm fast das Herz heraus. Alle anderen Menschen hatten nie etwas von einer Olivia Lorenz gehört. Herrmann sagte nichts, legte Wilhelm lediglich die Hand auf die Schulter und wies mit dem Kinn auf die Kutsche. Unter »Heja, heja, heja ho!«-Rufen verließen sie Eberstedt.

~

Louise von Göchhausen wusste von der Bedeutung des Zwiebelmarkts für die Weimarer Bevölkerung. Das zweite Oktoberwochenende war ein unverrückbarer jährlicher Höhepunkt. Auch die höfische Gesellschaft nutzte ihn als Fixpunkt im Jahresablauf. Anna Amalia ließ den Umzug von Tieffurth ins Witthumspalais vorbereiten, denn er musste vor dem Zwiebelmarkt abgeschlossen sein. Louise von Göchhausen war mit eingebunden, sie plante und organisierte den gesamten Domizilwechsel.

Der »Viehe- und Zippelmarckt«, wie er früher genannt wurde, hatte ursprünglich zur Versorgung mit Obst und Gemüse für den Winter gedient. Inzwischen gab es Verkaufsstände mit Thüringer Rostbratwurst, mit Bier und Wein oder Süßigkeiten für Kinder. Feuerschlucker, Karussells und Theatergruppen – all das trug dazu bei, dass sich der Zwiebelmarkt von einem reinen Zweckereignis zu einem Vergnügungsfest entwickelt hatte.

Louise von Göchhausen war keine Freundin von Märkten, denn sie konnte sich nicht gut in Menschenmengen bewegen. Mehrmals schon hatte man sie aufgrund ihrer Statur als Kind angesehen und gefragt, wo ihre Mutter sei. Nein, das brauchte sie nicht. Dennoch sah sie dem Spektakel mit positiver Gelassenheit entgegen. Schon Ende September gab es nur ein Thema: den Zwiebelmarkt. Die Vorfreude war überall spürbar.

~

Am 30. September war es vollbracht: Annettes Aufsatz für den Neuen Teutschen Merkur war fertig. Wilhelm hatte ihn gelesen, wollte sich aber nicht anmaßen, Kommentare oder gar Korrekturen einzubringen. So geübt war er nicht im Schreiben und Lesen. Er begleitete Annette in die Rittergasse. Dort wohnte Wieland inzwischen wieder, nachdem sein Haus umgebaut und frisch getüncht worden war. Er lebte dort mit einigen seiner vierzehn Kinder, seine Frau war vier Jahre zuvor in Oßmannstedt gestorben. Er war ein lebensfroher Mann, ein bekannter Dichter, Schriftsteller, Herausgeber und Theologe.

Wieland freute sich sehr über Annettes Manuskript und erkundigte sich, ob sie nach den ersten Anfeindungen den Text angepasst habe. Nein, so versicherte Annette, sie habe das Konzept wie geplant umgesetzt, nur den Titel geändert. Wieland lächelte zufrieden.

Auch Wilhelm freute sich, der Stolz auf seine Frau erwärmte sein Inneres. Sie war seine Heldin von Weimar.

TEIL V:
Oktober 1805

27. Von Bäumen und Gärten

Weimar, Montag, 14. Oktober 1805

Simon Zimmer hatte ein Gartenstück im Baumgartengelände von Friedrich Justin Bertuch gepachtet. Isetta und er bauten dort Kartoffeln, Bohnen und Tomaten an. Auch ein Blumenbeet gab es. Die Pacht war niedrig und der Ertrag reichte, um die vierköpfige Familie mit Sohn Henry und Tochter Josepha zu versorgen.

An diesem Montagabend herrschte reger Betrieb im Baumgarten. Das Wetter war günstig – ein milder Herbsttag mit Temperaturen um fünfzehn Centigrade. Es war Erntezeit, Einlagerungs- und Einkochzeit. Alles, was die Familie Zimmer nicht selbst anbaute, also Kohl, Steckrüben und Obst, hatten sie auf dem Zwiebelmarkt am vergangenen Wochenende erstanden. Die Woche würde arbeitsam werden. Henry musste mit anpacken, Babelinchen wich ihm dabei nicht von der Seite. Josepha war noch zu klein, um zu helfen, sie krabbelte im Garten herum, war schmutzig und glücklich.

Isetta kochte immer noch jeden zweiten Tag für Wilhelm, Annette und Anton, im regelmäßigen Wechsel mit Wilma. Das damit verdiente Geld konnten sie gut gebrauchen.

Gegen sechs am Abend beobachtete Simon, trotz aller Geschäftigkeit, eine dunkelhaarige Frau, die von der Neuen

Straße kam, sich am Brunnen kurz niedersetzte, die Hände und Arme benetzte und dann in Richtung Schwanseegatter verschwand. Er prägte sich ihr Gesicht ein. Später, in der Dämmerung, als sie ihre Sachen packten, kam aus der gleichen Richtung, in der die Dunkelhaarige verschwunden war, eine blonde Frau gelaufen. Sie war im Gegensatz zu der anderen nachlässig gekleidet und querte den Baumgarten in nördlicher Richtung. Ob die beiden zusammengehörten?

Oswin Heimlich befand sich in einer misslichen Verfassung. Er hockte hinter den Bücherstellagen, träumte mit offenen Augen, wollte sich kaum regen und hatte kein Bedürfnis, seine Lieblinge aus dem Regal zu ziehen und in den Arm zu nehmen. Selbst bei dem Gedanken an Rosines Brüste regte sich nichts an und in ihm.

Er sehnte sich nach einer wirklichen Frau, einer Verlobten, einer Ehefrau, so wie viele Männer sie ihr Eigen nannten, ganz offiziell, nicht im Geheimen hinter einem Gebüsch oder in einer dunklen Bibliotheksecke. Doch jegliche Versuche in dieser Richtung waren gescheitert. Eine der Frauen hatte ihn sogar als hässlich bezeichnet. Nun ja, sein Haarwuchs war schwach, so wie bei all seinen männlichen Vorfahren, Vater, Onkel, Großvater. Aber sonst …? Grässlich … Abstoßend … sah er tatsächlich so schlimm aus? Auf die Idee, dass sein Verhalten zu der Ablehnung beitrug, kam er nicht.

Seine Mutter hatte sich nach einer Vergewaltigung das Leben genommen. Nicht allein wegen der Gräueltat, nein, hauptsächlich, weil ein Nachbar anschließend behauptet hatte, zu mehr sei sie nicht nütze. Sein Vater war schon tot gewesen zu dieser Zeit, er hätte sonst dem Stupratore und dem Nachbarn die Nase platt geschlagen. Oswin selbst war damals dreizehn oder vierzehn Jahre alt. Am liebsten hätte er beide Männer aufgeknüpft, aber er hatte sich zu nichts überwinden können, noch nicht einmal eine deftige Beleidigung war ihm über die Lippen gekommen. Der kalte Schweiß lief seinen Rücken hinab, als er jetzt daran dachte.

Und nun die Ereignisse in der St.-Michael-Kirche in Jena im August. Die klein gewachsene Frau im roten Kleid hatte ihm die Geschehnisse mit allen Details geschildert, hatte sogar behauptet, selbst dabei gewesen zu sein. Eine Narbe am Hals hatte ihr als Beweis gedient. Oswin war sich nicht sicher, ob das alles der Wahrheit entsprach. Trotz allem: Tief in seinem Inneren fühlte er eine Verantwortung. Er versuchte, klar zu denken, sich selbst von den Ereignissen in Jena abzukoppeln. Doch er schaffte es nicht, konnte sich von der Schuld am Tod des Pockennarbigen nicht freisprechen. Nein, es gelang ihm nicht.

Wieder einmal brüllte der Bibliothekar Vulpius durch den Rokokosaal und verlangte nach ihm. Oswin hielt sich die Ohren zu.

~

Babel hatte sich an sein neues Heim gewöhnt und machte nicht den Eindruck, zu Simon zurückgehen zu wollen. Wilhelm gab ihm genügend zu fressen und hatte inzwischen gemerkt, dass Babel keinen Fisch mochte. Wilhelm zerrte nicht ständig an ihm herum und streichelte ihn nicht andauernd wie so manch anderer, kurz gesagt, Babel fühlte sich als Hundepersönlichkeit ernst genommen. Im Gegenzug hatte er einen starken Beschützerinstinkt für Wilhelm und Annette entwickelt – sie brauchten ihn.

Als typischem Terrier machte es Babel Spaß zu jagen. Besonders auf Ratten und Katzen hatte er es abgesehen. Andere Hunde interessierten ihn nicht, solange sie sein Revier bei den Familien Zimmer und von Brun respektierten.

In dieser Nacht von Montag auf Dienstag lag er wie gewohnt auf seiner Decke am oberen Ende der Treppe. Er schlief, doch sein akustisches und olfaktorisches Gespür war wach. Ein leises Kratzgeräusch weckte ihn. Er hielt die Nase hoch und schnupperte. Es roch nach Ratte. Er schoss die Treppe hinab. Sein Gegner war schnell. Flink entwischte der Nager durch die Hundeklappe in den Garten. Nicht zu fassen, das Vieh benutzte seinen eigenen Ein- und Ausgang!

Er schlüpfte hindurch nach draußen. Die Ratte sauste in Richtung des Holzschuppens von Simon Zimmer. Das war immer noch Babels Revier, hier kannte er sich so gut aus wie in seinem Fressnapf. Die Ratte war schlau. Sie flitzte unter den Stapel mit dem Sitka-Holz, da kam ein Hund nicht hin. Anscheinend war das Nagetier dort aber in eine kleine geschlossene Höhle geraten, denn es kam nicht weiter. Und Babel ließ die Ratte nicht zurück. Er stand knurrend vor dem Holzstapel. Wenn ein Hund lachen könnte, hätte Babel genau das jetzt getan. Hier kam die Ratte nicht mehr raus!

28. Von Beweisen und Beweisführung

Weimar, Dienstag, 15. Oktober 1805

Als Wilhelm am Dienstag früh aufwachte, lag Babel nicht auf seiner Decke am Treppenabgang. Er wusste sofort, dass etwas Ungewöhnliches passiert war. Flink zog er sich an und stieg die Treppe hinab. Unten roch es nach Fisch, Wilma hatte am Vortag Forellen gebraten. Keine Spur von Babel. Wilhelm öffnete die Tür zum Garten. Babel saß vor dem Sitka-Holzstapel, blickte ihn kurz an und heftete seinen Blick sofort wieder auf den Fuß des Bretterstapels. Wilhelm kniete sich auf den Boden. Unter dem letzten Sitkabrett lugte ein Rattenschwanz hervor. Jetzt wusste er, was passiert war.

»Brav, Babel!«, murmelte er. »Ich muss überlegen. Bleib!«

Er ging zurück in die Küche, zündete den Ofen an – inzwischen hatte er Übung darin – und setzte Teewasser auf. Er konnte die Ratte mit einer Art Speer erstechen. Es ekelte ihn bei diesem Gedanken – zu viel Gewalt, zu viel Blut. Er nahm einen Schluck Minztee. Das half, jetzt kam ihm eine Idee. Er holte den Rest des grünen Pulvers aus seinem Wams, stopfte es in einen der Fischköpfe, die vom Tag zuvor noch im Kochtopf schwammen, und spießte ihn auf einen langen Stock. Dann ging er in den Garten und schob den präparierten Fischkopf in Richtung der Ratte. Da sie dort vermutlich schon einige Zeit ausharrte, war sie bestimmt hungrig und würde dem Köder nicht lange widerstehen können. Wenn das grüne Pulver wirklich giftig war, sollte sie an dieser Menge – im Verhältnis zur Körpergröße – zugrunde gehen. Der Hund würde den Fisch nicht anrühren, das wusste Wilhelm. Er spendierte ihm stattdessen einen dicken Knochen. »Bleib!« So verließ er den Garten.

Anton erschien, sie frühstückten gemeinsam mit Annette, der es inzwischen – acht Wochen nach dem Abgang des Fötus – zusehends besser ging. Sie arbeiteten vier Stunden. Die Guitarre für Wilma alias Frau von Dettmansberg stand kurz vor der Vollendung. Die Sitka-Decke und die Zargen bekamen den letzten Schliff und wurden lackiert.

Kurz vor dem Mittagessen kam Babel durch die Hundeklappe herein, ruhig und gelassen, legte sich geruhsam auf seinen Platz am Herd und schlief ein.

Das konnte nur eins bedeuten: Die Ratte war tot. Wilhelm stürmte hinaus. Tatsächlich, das Nagetier lag vor dem Holzstapel, hatte grünen Schaum vor dem Maul, der Körper verkrampft. Sie rührte sich nicht mehr.

~

Nach dem Mittagessen stopfte Wilhelm das tote Tier in einen Jutesack und lief hinauf zum Frauenplan. Der Geheimrath von Goethe war mit seinem Sohn August soeben erst von einem Besuch der Familie Frommann in Jena zurückgekehrt. Er war müde, schlecht gelaunt und hungrig. Zudem halte er am nächsten Tag einen physikalischen Vortrag bei der Mittwochsgesellschaft, so erklärte er, und deswegen habe er wenig Zeit. Der Anblick einer verendeten Ratte trug nicht zu seiner Erbauung bei. Er wandte sich angeekelt ab und bat seinen Besucher, nach Hause zu gehen und auf eine Depesche zu warten.

Wilhelm war erstaunt und enttäuscht zugleich. Solch ein abwehrendes Verhalten vonseiten des Geheimraths hatte er nicht erwartet. Es ging ja schließlich um eine Sache von höchster Wichtigkeit. Sein Kind war getötet und seine Frau fast vergiftet worden. Zudem war in Jena ein Mensch ums Leben gekommen. Ja, es hatte sich dabei um einen Dieb gehandelt, aber auch der war ein Mensch.

War das alles etwa eine Lappalie?

Vielleicht war es ihm nicht gelungen, seine Gründe ins beste Licht zu rücken, seinen Standpunkt ausreichend zu verfechten. Doch gegen einen Mann vom Erscheinungsbild und der Wortgewalt eines Geheimraths von Goethe kam er nicht an.

Beim Verlassen des Hauses am Frauenplan traf er im unteren Flur auf einen Halbwüchsigen, etwa fünfzehn Jahre alt, vornehm gekleidet wie ein junger Mann. Jener stellte sich als August von Goethe vor. Wilhelm begrüßte ihn höflich. Er hatte Goethes Sohn bisher nie kennengelernt, nur bei verschiedenen Gelegenheiten von Ferne gesehen. August erklärte ihm, dass sein Vater derzeit etwas launisch sei, nun ja, er zögerte kurz, eigentlich sei er immer von schwankender Laune, aber heute ganz besonders, da er einen kleinen Kampf mit dem Redakteur Eichstädt auszufechten habe. Wilhelm kannte den Angesprochenen nicht. Wenn Wilhelm möge und ihm vertraue, so meinte August, solle er ihm den Jutesack mit dem Beweis übergeben, er werde versuchen, am kommenden Donnerstag mit dem Herzog zu sprechen.

Wilhelm zögerte und erklärte August offen, dass er ihn kaum kenne und nicht sicher sei, ob er ihm diesen wichtigen Beweis anvertrauen könne. August von Goethe nickte mit ernster Miene und signalisierte Verständnis. Sein Vater und er seien am Donnerstag zur herzoglichen Rotwildjagd am Ettersberg eingeladen. Er werde den Jutesack in seine Satteltasche packen, und es fände sich wohl eine Gelegenheit in all dem Jagdtrubel, mit dem Serenissimus zu reden. Wilhelm meinte, für einen Mann in seinem Alter sei dies ein gewagtes Vorhaben. August stimmte dem zu, erklärte jedoch, dass er sich vorgenommen habe, dem Vater nachzueifern, und der habe sich nie von Alter, Stand oder fehlendem Geld abhalten lassen, seine Bestrebungen durchzusetzen. Dieser Satz imponierte Wilhelm. Zudem, so fuhr August fort, sei die naturgeprägte Jagdumgebung eher geeignet, eine tote Ratte zu präsentieren als das gehobene Ambiente innerhalb des Residenzschlosses.

Das überzeugte Wilhelm, und er übergab August den Jutesack mit dem leblosen Beweisstück.

~

Annette stand an ihrem Schreibtisch. Als Wilhelm eintrat, reichte sie ihm einen Brief. Ein Bote hatte ihn abgegeben. Auf dem Schreiben prangte das herzogliche Siegel.

Sie zitterte. Eine schriftliche Mahnung? Eine Strafandrohung? Oder sogar ein Verweis aus dem Herzogtum? Welchen Einfluss hatte Professor Hoffmann? Und welche Macht kam diesem Herrn von Jadus zu?

Vorsichtig öffnete Wilhelm den Brief, es schien, als traue er sich nicht, das Siegel zu brechen. Annette stand neben ihm. Sie schaute höflicherweise nicht über seine Schulter, sondern wartete auf seine Reaktion.

Er las und las, schien nicht glauben zu wollen, was dort geschrieben stand.

»Wilhelm, Liebster, nun sag doch bitte, was steht in dem Brief?«

Er sah sie konsterniert an. »Es ist ... Bitte, schau selbst.« Wilhelm reichte ihr das Schreiben.

Annette griff nach dem Blatt und las vor.

Wir, das herzogliche Beschaffungsamt, erteilen Ihnen, Meister Wilhelm von Brun, hiermit den Auftrag, eine Guitarre derselben Bauart wie das für Frau von Dettmansberg gefertigte Instrument zu ebensolchem Preise für die Erbprinzessin des Herzogtums Sachsen-Weimar-Eisenach, Ihre Hoheit Maria Pawlowna Romanowa, zu fertigen und zu liefern. Mit vorzüglicher Hochachtung Wilhelm von Wolzogen, Geheimer Rath, Oberhofmeister und Finanzverweser am Hof der Erbprinzessin.

Annette warf die Arme in die Höhe. »Wunderbar, das festigt dein Handwerk. Und du wirst Hoflieferant!«

Zu ihrem Erstaunen lief ein banger Ausdruck über Wilhelms Gesicht.

»Was hast du, Liebster, freust du dich nicht?«

Er schüttelte den Kopf. »Lies bitte weiter.«

Sie blickte zurück auf das Papier.

PS: Wir gehen in diesem Zusammenhang davon aus, dass Ihre Ehefrau Annette von Brun von ihrem geplanten Artikel Die grauen Eminenzen *im Neuen Teutschen Merkur Abstand nimmt.*

Annette konnte kaum zu Ende lesen, fast versagte ihr die Stimme. Sie sah Wilhelm an.

»Das wirst du nicht tun, Annette!«

29. Von Mut und Anmut

Weimar, Mittwoch, 16. Oktober 1805

Wilhelm kannte seine Frau bisher nur mit Mut und Anmut, mit Klugheit und Schönheit. Mit klarer Denkstruktur, leuchtenden grünen Augen, elfenbeinfarbener Haut und kastanienbraunem Haar. Doch heute schien sie die Courage verlassen zu haben, das sonst so leuchtende Antlitz war von einem grauen Schleier überzogen.

Sie hatten die halbe Nacht geredet, debattiert, bejaht und verneint, gestritten, gelacht und geweint, geschimpft, gehofft und aufgegeben, überlegt, unterbrochen, erneuert und wiederholt, verworfen, geändert und gestrichen.

Am Morgen des Mittwochs war das Ergebnis recht mager, trotzdem moderater als bei dem letzten Streit kurz vor dem Hochwasser: Sie hatten in Einigkeit entschieden, dass Annettes Aufsatz nicht unter Wilhelms Namen erscheinen sollte. Dieses Vorgehen war eine gebräuchliche Art, um Ärger nach der Veröffentlichung zu vermeiden und höhere Akzeptanz zu gewährleisten. Weder Sophie von La Roche noch Caroline Schelling hatten diesen »leichteren« Weg beschritten.

Uneinig waren sie jedoch im Ausmaß des Zurückweichens. Annette wollte sich anpassen, den Rat ihrer Tante einholen und den Text entschärfen. Statt klare Schuldzuweisungen zu entwerfen, gedachte sie, diese durch Fragen zu ersetzen. Sie gab Wilhelm ein Beispiel. Statt: *Die grauen Eminenzen tragen Schuld am Tod vieler Neugeborener* wollte Annette schreiben: *Tragen die grauen Eminenzen möglicherweise eine Mitschuld am Tod vieler Neugeborener?* Für Wilhelm klang das wässrig. Er meinte, es müsse eine klare Sprache gesprochen werden, sonst könne man nichts bewegen. »Was nützen Allerweltsgedanken, die vorüberziehen in ihrem gewöhnlichen Gewand, ohne eine Gefühlsregung zu erzeugen? Weder Empörung noch Wut, weder Lachen noch Träumerei.«

»Und wie willst du deine Werkstatt aufrechterhalten ohne den Auftrag der Erbprinzessin?«, fragte Annette. »Das kann dich die Existenz kosten!«

»Ich leiste gute Arbeit, auch Anton hat sich bereits in den Instrumentenbau eingefunden. Mir stehen eine Ehefrau, eine Schwester und eine Tante zur Seite – mir kann nichts passieren!«

Annette sah ihn verliebt an.

Wilhelm lächelte. »Wie gerne würde ich dir jetzt einige Liebeslieder auf der Guitarre vorspielen, aber das Instrument muss eine Woche trocknen, bevor ich die Saiten aufziehen kann.«

Sie lehnte den Kopf an seine Brust, und so standen sie in der Werkstatt, verliebt, verlobt und verheiratet.

»Wo bleibt denn Anton?«, fragte Annette leise.

»Keine Sorge, Liebste. Die Guitarre ist fertig, ich habe ihn zu Simon geschickt. Er hilft ihm einige Tage mit den Fassdauben, da kann er lernen, wie man Holz biegt. Zugleich ist es ein Dank an Simon für seine Hilfe. Und für Babel.«

Sie lachten beide und wie gerufen stand der Hund unversehens neben ihnen.

»Du merkst aber auch alles!«, sagte Wilhelm in Babels Richtung, und der wedelte mit dem Schwanz.

»Ich habe gleich eine Verabredung«, sagte Wilhelm. »Mit einer hübschen Frau.«

»Was?«, fragte Annette gespielt empört und Eifersucht vortäuschend.

»Johanna Viktoria Voigt, die Ehefrau des Geheimraths Voigt.«

»Wegen einer Guitarre?«, fragte Annette.

»Ja, wir müssen nur noch die Einzelheiten und den Preis klären. Ich hatte das mit dem Geheimrath während des Festes im Tieffurther Park besprochen.«

»Oh, sehr gut. Ist Johanna Viktoria nicht eine geborene Hufeland, von dieser Arztfamilie?«

»So ist es. Insofern wäre sie eine wichtige Kundin. Bis später!«

Ein langer Abschiedskuss folgte.

Abermals endete ein Tag traurig und voller Ärger: Der Geheimrath Voigt hatte sich der Meinung des Oberhofmeisters von Wolzogen angeschlossen. Auch er forderte den Rückzug von Annettes Artikel. Andernfalls dürfe seine Frau keine Guitarre bei Wilhelm kaufen.

»Der Hof ächtet uns!«, stellte Wilhelm mit versteinertem Gesichtsausdruck fest.

Nach einem Moment des Bedenkens sagte Annette: »Ich habe eine Idee. Vertrau mir bitte!«

Wilhelm staunte. Seine Frau schien ihren Mut und ihre Angriffslust wiedergefunden zu haben, während er einen gewissen Hoffnungsverlust in sich spürte. Da wurde ihm klar, was eine gute Ehe ausmacht: gegenseitige Stütze, Ausgewogenheit, Zugewandtheit in jeder Lebenslage. Offenheit. Vertrauen. Mit einem Wort: Liebe.

Das isses. So hätte Simon es ausgedrückt.

»Ja, ich vertraue dir, Liebste!«

30. Von einem Brief und seinen Antworten

Weimar, Donnerstag, 17. Oktober 1805

Noch am Abend des Mittwochs hatte Annette drei gleichlautende Briefe verfasst. Je einen an Wolzogen, Jadus und Voigt. Sogar eine Abschrift hatte sie erstellt, für sich selbst, als Nachweis für alle kommenden Ereignisse. Und so lautete der Inhalt des Briefs:

> *Eure Exzellenz, hochverehrter Herr Geheimrath von Wolzogen, es ist nicht meine Absicht, Euch mit dem geplanten Aufsatz* Die grauen Eminenzen *zu verärgern oder ungerechtfertigt zu beschuldigen. Falls dieser Eindruck entstanden sein sollte, so bitte ich höflichst um Entschuldigung. Auf Euren speziellen Wunsch hin werde ich den Titel des Aufsatzes ändern in* Die Heldinnen von Weimar. *Ich hoffe, Euren Zweifeln an meiner Aufrichtigkeit hiermit entgegengekommen zu sein, und verbleibe ergebenst,*
> *mit vorzüglicher Hochachtung,*
> *Annette Caroline Ferdinanda von Brun, geborene von Auerbach, derzeitiger Aufenthalt bei Louise von Göchhausen im Witthumspalais*

Am frühen Vormittag beauftragte sie einen Boten, die Briefe den drei Adressaten zu überbringen. Währenddessen war Wilhelm in Weimar unterwegs, um weitere Interessenten für eine Guitarre zu finden. Doch das Geld für solch ein Instrument hatten außerhalb des herzoglichen Hofs nur wenige. Tante Louise hatte ihm einige Damen genannt, die aufgrund ihrer Vermögensverhältnisse infrage kamen. Alle, die direkt oder indirekt mit dem Hof verbunden waren, wie zum Beispiel Henriette von Fritsch oder Amelie von Stein, die Schwiegertochter der Charlotte von Stein, lehnten bedauernd ab. Wilhelm merkte, dass sie wollten, aber nicht durften, so berichtete er Annette am Mittag. Als einzige Kandidatin blieb Caroline von Egloffstein, die junge Tochter einer Freundin von Tante Louise, die Wilhelm im vergangenen Jahr kennengelernt hatte. Sie weilte jedoch nur kurzzeitig in Weimar, wohnte ansonsten bei ihrer Familie im Hannoverschen. Das machte die Sache kompliziert, dennoch nicht unmöglich. Wilhelm sah dies als kleinen Lichtschimmer am Horizont. Annette blieb ruhig, sie wusste, dass ihre Briefe eine Wende herbeiführen würden.

~

Das Ehepaar von Brun befand sich auf dem Weg zum Witthumspalais. Laut Annette hatte Tante Louise sie für die fünfte Stunde zum Tee geladen. Wilhelm konnte sich nicht an solch eine Einladung erinnern, doch seine Frau war sich sicher und gab ihm liebevoll, aber eindrücklich zu verstehen, dass Männer so etwas schon einmal »überhören« konnten.

In Abwesenheit der Fürstin Anna Amalia – sie besuchte Verwandte in Eisenach – durften sie das Speisezimmer in der ersten Etage als Teesalon benutzen. Kaum hatte Wilhelm einen Schluck Tee genommen, erschien die Zofe Carla und brachte eine Depesche, die soeben von einem herzoglichen Boten für Frau von Brun abgegeben worden war.

Wilhelm sah seine Ehefrau an. Was ging hier vor?

Ehe er etwas fragen konnte, faltete Annette das Blatt auseinander und las die Nachricht. »Die Depesche kommt von Herrn von Wohlerzogen … äh, von Wolzogen.«

Wilhelm lachte, Tante Louise lächelte.

»Der Bann ist aufgehoben. Wilhelm, du kannst die Guitarre für die Fürstin Maria Pawlowna in Angriff nehmen.«

»Wie hast du das angestellt?«, fragte er.

»Nun, in dem Bann-Schreiben von Wolzogen wurde ich – wörtlich – darum ersucht, von dem Titel des Aufsatzes *Die grauen Eminenzen* Abstand zu nehmen. Und genau das habe ich getan. Der Titel lautet jetzt *Die Heldinnen von Weimar*. Mehr habe ich nicht geändert, alles andere ist gleich geblieben.«

»Annette …« Tante Louise blieb der Mund offen stehen.

»Und das hat gereicht?«, fragte Wilhelm.

Annette hielt die Depesche in die Höhe. »Ja, offensichtlich war das ausreichend!«

Kaum hatte Wilhelm diese Nachricht verdaut – auch gute Kunde kann Kraft kosten –, meldete Carla einen Besucher: Herrn von Goethe. Ein Herr von Goethe ohne den Geheimrathstitel? Wer mochte das sein? Wilhelm hätte es wissen müssen, verstand es aber erst, als August von Goethe ins Zimmer trat. Seine Stiefel starrten vor Dreck, sein Benehmen hingegen war einwandfrei. Er war bei Charlotte von Stein in die Schule gegangen. Zunächst begrüßte er Louise von Göchhausen formvollendet und entschuldigte sich für sein schmutziges Schuhwerk. »Ich komme direkt von der Jagdgesellschaft des Herzogs, er bat mich, Herrn von Brun eine dringende Nachricht zu übermitteln.«

»Das ist sehr freundlich von Ihnen«, sagte Tante Louise. »Und woher wussten Sie, dass Herr von Brun bei mir ist?«

»Das erfuhr ich von Herrn Anton!«

Louise lächelte. »Gut, dann überbringen Sie bitte Ihre Nachricht.«

»Ich bin Ihnen zu Dank verpflichtet, Gnädigste!« Er wandte sich an Wilhelm. »Es geht um die Aufforstungsgruppe ›Giftgrün‹, sie darf weiterarbeiten.«

Wilhelm musste sich das Lachen verkneifen, Annette und Tante Louise ging es wohl ebenso.

»Jedoch«, fuhr August fort, »unter der Bedingung der Führung durch Leutnant Koch.«

Wilhelm erhob sich. »Das ist eine sehr gute Nachricht, Herr von Goethe, ich danke Ihnen! Meine beste Empfehlung an Ihren Herrn Vater und Ihre Frau Mutter!«

Für einen Moment schien August verwirrt. Vielleicht hatten ihn die Grüße an seine Mutter überrascht, die hatte er sicher selten zu überbringen. Christiane Vulpius war eine Mutter inkognito. August schlug die Hacken zusammen und salutierte.

Wilhelm nickte, August von Goethe machte kehrt, die Dreckbrocken flogen durchs Zimmer. Louise rief nach Carla und dem Besen.

Wilhelm spürte einen Drang in sich, den er – offen gegen sich selbst – nur als Rachegelüst bezeichnen konnte.

»So«, sagte er leise, aber prägnant, vor den beiden Damen stehend. »Die Jagd ist eröffnet. Rosine Schandinger ist unsere Beute. Die Fährte zu ihr führt über Colette und Professor Hoffmann.«

Er atmete tief durch. Sein Brustkorb dehnte sich, er fühlte sich stark und frei.

31. Von Napoleon in und um Ulm herum

Weimar, Freitag, 18. Oktober 1805

Wilhelm, Annette, Louise von Göchhausen und Leutnant Koch einigten sich auf eine gemeinsame Vorgehensweise. Die beiden Männer sollten Georg Melchior Kraus befragen, um den Verdacht des Wuchers gegen Professor Hoffmann zu erhärten oder auszuräumen. Schließlich war das Mitis-Grün für seine Zeichenschule bestellt worden.

Louise wurde aufgrund ihres Standes und ihrer Verbindungen auserkoren, Friedrich Justin Bertuch zu konsultieren, um festzustellen, ob Rosine oder Colette im Baumgarten eine Parzelle gepachtet hatten.

Annette hatte sich angeboten, Professor Hoffmann zu befragen. Er kannte sie nur flüchtig und nicht im Zusammenhang mit dem Mitis-Grün. Sie war eine echte Patientin, konnte also nach blutstillendem Tee fragen. Ihre Aufgabe war es, zu ermitteln, wo sich Colette befand.

Anton war weiterhin für die Büttnerwerkstatt abgestellt, Simon lobte seine Arbeit.

Wilhelm und Leutnant Koch begrüßten Georg Melchior Kraus.

»Meister Kraus«, so begann Wilhelm. »Die Fürstliche

Freye Zeichenschule bildet künstlerische Talente aus dem Handwerk aus, auch solche, die sich eine öffentliche Kunstschule nicht leisten können. Ich weiß das sehr zu schätzen.«

Kraus sah ihn erstaunt an. Mit solch einer Gesprächseröffnung hatte er wohl nicht gerechnet. Und genau deswegen hatte Wilhelm diese Worte gewählt.

»Ja, das stimmt, Herr …«

»Von Brun.«

»Äh, ja, Herr von Brun. Das Ziel ist es, einer breiten Bevölkerungsschicht den Sinn für Ästhetik und Kunst näherzubringen.«

»Sehr gut. Die Demoiselle von Göchhausen hat mir von dem Besuch bei Ihnen berichtet. Von dieser wunderbaren grünen Farbe, die Sie verwenden. Was wir wissen möchten, genauer gesagt, was der Herr Leutnant hier …« Wilhelm sah Koch an. Der räusperte sich. »Wir würden gern erfahren, wie sich diese Schule finanziert.« Nach dem Erlebnis mit Professor Hoffmann war der Leutnant in seiner Wortwahl vorsichtiger geworden.

Kraus stand das Entsetzen ins Gesicht geschrieben. »Monsieur, das ist kein Sujet öffentlichen Interesses, aber da wir eine Fürstliche Schule sind, sollte sich die Antwort von selbst ergeben, nicht wahr?«

»Gut, ich muss leider konkreter werden. Wem gegenüber sind Sie berichtspflichtig?«

Kraus wurde kalkweiß. »Herr Leutnant, ich weiß nicht, ob Sie berechtigt sind, mir solch eine Frage zu stellen.«

»Wir handeln im Auftrag des Serenissimus«, warf Wilhelm ein. »Das hat er gestern entschieden. Herr von Goethe hat mir die Nachricht überbracht.«

Das schien zu wirken. Der Geheimrath von Goethe hatte die Oberaufsicht über die Zeichenschule. Die kleine

Unschärfe in der Personenzuordnung konnte man nach Wilhelms Meinung vernachlässigen. Er hatte nicht gelogen, nur etwas frei formuliert.

»Ich kann recht selbstständig wirtschaften, mit einem ausreichenden Etat. Falls etwas darüber hinausgeht, muss der fürstliche Schatullenverwalter es genehmigen.«

»Bertuch?«, fragte der Leutnant.

»Ja, Bertuch.«

»Und wie oft ist das bisher der Fall gewesen?«, wollte Wilhelm wissen.

»Bisher noch nie. Aber dieses Jahr …« Kraus stockte.

»Was ist dieses Jahr?«, fragte Koch.

»Ich werde ihn zum ersten Mal bitten müssen, einen zusätzlichen Etat freizugeben.«

»Warum?«, fragte Wilhelm.

»Nun ja, nun ja …« Er zögerte. Er krümmte sich.

Die beiden Männer warteten.

»Wegen des Mitis-Grüns. Es ist solch eine beeindruckende Farbe. Aber sie ist teuer. Die Menge, die wir für ein Bild mittlerer Größe benötigen, kostet fünfzig Taler. Das ist viel Geld, der halbe Jahreslohn eines Handwerkers.«

»Wenn er Glück hat!«, murmelte Wilhelm.

»Sie kaufen das bei Professor Hoffmann?«, fragte Koch.

Kraus nickte.

»Könnten Sie es auch andernorts erwerben?«

»Ich muss alle Materialien, wenn möglich, innerhalb des Herzogtums kaufen. Das ist eine fürstliche Vorgabe.«

»Ich verstehe«, sagte Wilhelm. »Wir kümmern uns darum.«

Sie verabschiedeten sich.

Draußen auf dem Marktplatz fragte Koch: »Was reden Sie da, von Brun? Was haben Sie wieder ausgeheckt?«

»Ich habe einen Verdacht, Herr Leutnant. Gilt es als sträfliches Vergehen, wenn man Preise absichtlich überhöht?«

»Ja. Das nennt man Wucher. Sträflich ist es aber nur, wenn der eine Beteiligte dem anderen gegenüber in einem Abhängigkeitsverhältnis steht. Schüler zu Lehrer zum Beispiel.«

»Aha, das ist hier also …«

»… nicht relevant. Außerdem müssten wir erst einmal beweisen, dass der Preis überhöht ist, wozu es erforderlich wäre, einen Vergleichspreis herbeizubringen.«

Wilhelm nickte. »Ich denke darüber nach.«

Friedrich Justin Bertuch war ein bekannter Mann, nicht nur in Weimar, sondern im gesamten Herzogtum und darüber hinaus. Als erfolgreicher Kaufmann, Verleger, Fabrikant und Herausgeber des *Journal des Luxus und der Moden* hatte er sich einen hervorragenden Ruf erworben. Auch als Mäzen war er im Volk geschätzt. Er führte eine Kunstblumenfabrik, in der er ledige Mütter beschäftigte. Mit dem Verpachten von kleinen Gartenflächen im Baumgarten zu günstigem Pachtzins unterstützte er ärmere Familien. Wegen seiner konsequenten Haushaltsführung hatte ihn der Herzog zum Schatullenverwalter seines Privatvermögens bestimmt.

Dennoch trug er keinen Adelstitel. Somit war es unüblich, um nicht zu sagen unmöglich, dass Louise von Göchhausen ihn besuchte. Es ging nur umgekehrt, er musste sie aufsuchen.

Louise fand einen Zwischenweg. Sie schickte ihm eine Depesche und bat um ein Gespräch beim Mittagessen auf neutralem Terrain. Wie zu erwarten, wählte sie ihr Lieblingsrestaurant Zum weißen Schwan am Frauenplan. Das Gespräch erfolgte noch am selben Tag, da Bertuch am Morgen des Folgetags zu einer Reise aufbrechen wollte.

Das eigentliche Thema war schnell abgehandelt. Louise erklärte Bertuch offen die Situation und machte klar, dass es von außerordentlicher Wichtigkeit sei, Rosine Schandinger zu finden. Er begriff sofort und versicherte ihr, dass weder Rosine noch Colette einen Garten bei ihm gepachtet hatten. Auch sonst standen sie in keinerlei Verbindung zu ihm. Louise von Göchhausen bedankte sich für die schnelle und klare Antwort.

Sodann fragte sie, mehr aus Gründen des *parler de tout et de rien,* nach seinem Reiseziel für den nächsten Tag. Bertuch war in Berlin verabredet, um dort Geschäfte abzuschließen und gleichzeitig die politische Lage zu sondieren. Wegen des zweiten Punkts war Louise erstaunt und verwirrt zugleich.

»Gnädigste, für meine Geschäfte brauche ich Frieden. Und derzeit sieht es nach Krieg aus.«

Louise erschrak. »Napoleon – so schlimm?«

»Ja, man hört von verschiedenen Seiten, dass die österreichische Armee unter Feldmarschall Mack gestern mit vierundzwanzigtausend Mann und sechzig Geschützen bei Ulm von Napoleon eingeschlossen worden sei. Viele befürchten, dass sie sich ergeben müssen, um ein Blutbad zu vermeiden. Offensichtlich haben die Österreicher die Marschgeschwindigkeit der *Grande Armée* unterschätzt.«

»Oh mein Gott! Und die Truppen des Zaren, die sollten doch helfen. Was ist passiert?«

»Deren Herannahen hat sich verzögert, ihre Marschstrecke ist lang und beschwerlich. Eine rechtzeitige Unterstützung der Österreicher ist unmöglich.«

»Damit wäre der Weg frei nach Wien«, murmelte Louise von Göchhausen. »Der Weg zur Kaiserstadt, zum Machtzentrum des Heiligen Römischen Reichs Teutscher Nation!«

»Gnädigste haben das richtig erkannt. Hier im Herzogtum wächst die Unruhe. Wer es sich leisten kann, richtet geheime Vorratsbunker für Nahrungsmittel ein, füllt zusätzliche Löschteiche und bringt das Vieh auf Lichtungen in tiefen Wäldern, um es dort zu verstecken. Sogar Waffen werden vorbereitet, die beim Landvolk jedoch kaum über Dreschflegel und leichte Stichwaffen hinausgehen.«

»Nein – wirklich?« Louise kam sich vor, als hätte sie im Palais nichts vom wahren Leben um sich herum mitbekommen.

»Napoleons Armee befindet sich zwar noch im Süden des Reichs, aber die meisten Militärs trauen ihm zu, Europa zu überrollen. Er hat als Feldherr inzwischen den Nimbus des Unbesiegbaren erreicht.«

Innerlich flehte Louise um Gottes Beistand. Äußerlich versuchte sie, Contenance zu wahren. »Und Sie, Monsieur, was haben Sie vor? Wollen Sie dem Krieg entfliehen?«

»Bitte, behalten Sie das für sich: Ich überlege, all meine Geschäfte nach Berlin zu verlegen. Dort, im Zentrum Preußens, wäre ich sicher. Das darf der Serenissimus aber auf keinen Fall erfahren!«

Louise nickte. »Sorgen Sie sich nicht. Bei mir ist Ihr Geheimnis gut aufgehoben.«

»Ich danke Ihnen, Mademoiselle.«

~

Die Türklingel schellte laut, als Annette die Hofapotheke betrat.

»Madame, ich wünsche einen wunderschönen Tag, womit kann ich dienen?« Hoffmann sagte das mit einer gewissen Überhöhung, bei der die Höflichkeit drohte, zur Posse zu mutieren.

»Guten Tag, Herr Professor. Auf Anraten des herzoglichen Medicus benötige ich einen blutstillenden Tee.«

»Oh, ich bitte um Verzeihung, diesen Tee muss ich erst zubereiten, der wird nicht oft verlangt, nur bei inneren Blutungen oder einem Abortus ... Äh, *excusez-moi*, äh, entschuldigen Sie bitte, ich ...«

»Herr Professor Hoffmann, ich bin des Französischen und des Lateinischen durchaus mächtig. Und wenn es Sie auch nichts angeht, es handelt sich tatsächlich um einen Abortus.«

Der Apotheker bekam einen roten Kopf.

»Im Übrigen«, fuhr Annette fort und bemühte dabei einen strengen Tonfall, der für sie untypisch, in dieser Situation aber notwendig war, »als Ihre Helferin noch hier arbeitete, hatten Sie solche Tees immer parat. Wie hieß das Mädchen, Cornelia?«

»Colette«, rutschte es Hoffmann heraus.

»Ach ja, wo ist sie?«

»Sie arbeitet an anderer Stelle, dieser Ti..., also, sie war unzuverlässig.«

»Na schön, wann bekomme ich meinen Tee?«

»Morgen, gnädige Frau, morgen gegen Mittag können Sie ihn gerne abholen.« Wieder dieser schrecklich abgehobene Ton. Annette war solches Anbiedern zuwider.

»Bis morgen!«, sagte sie und verließ grußlos die Apotheke. Vor lauter Ärger über die aufgesetzte Art von Professor Hoffmann hatte sie Mühe, mit ihrem verwachsenen Fuß die drei Stufen hinab zum Marktplatz zu bewältigen.

Aber sie wusste jetzt, wo Colette arbeitete: in der Löwen-Apotheke bei Carl August Tietzmann.

~

Am Abend dieses Donnerstags kamen die Mitglieder der Ausforschungsgruppe »Giftgrün« in der Winkelgasse zu einem einfachen Abendessen zusammen. Wilma war nicht anwesend, sie hatte eine Verabredung im Hotel Elephant. Anton war mit Simon unterwegs, sie lieferten Fässer aus. Babel lag an seinem Platz neben dem Herd.

Nachdem Tante Louise – sie trug ein mohnrotes Kleid – von ihrem Gespräch mit Bertuch berichtet hatte, skizzierte Annette ihr Wortgefecht mit Hoffmann, und Leutnant Koch rapportierte die Erkenntnisse der Diskussion mit Kraus.

Sodann versuchte Wilhelm eine Zusammenfassung: »Weder Rosine noch Colette haben ein Gartenstück von Bertuch gepachtet. Warum also halten sie sich im Baumgarten auf? Immer vorausgesetzt, es waren tatsächlich die beiden Frauen, die Antons Onkel dort gesehen hat. Das gilt es zu klären. Weiter: Colette arbeitet inzwischen bei Tietzmann. Das ist wichtig zu wissen. Wir müssen gut überlegen, wie wir vorgehen. Was Hoffmann angeht, hege ich den Verdacht, dass er dem schnöden Mammon nachjagt und das Mitis-Grün zu Wucherpreisen verkauft. Das gilt es zu beweisen, dazu brauchen wir einen Vergleichspreis. Habe ich etwas vergessen?«

»Ja«, warf Tante Louise ein. »Es besteht noch die Frage, ob sich das Mitis-Grün aus einem Buchumschlag, einem Bild oder einer Tapete lösen kann und durch Einatmen zu Vergiftungen führt.«

»Oh ja, danke, liebe Tante. Das wäre allerdings eine dramatische Entwicklung, die in logischer Folge dazu führen müsste, alle mit Mitis-Grün gefärbten Tapeten und Wandbehänge im Residenzschloss und anderen fürstlichen Bauten niederzureißen.«

Koch sah auf. »Das ist ja wohl nicht Ihr Ernst …«

»Doch, Herr Leutnant. Es wäre das logische Resultat. Aber wir alle wissen, wie unlogisch das Leben verlaufen kann.«

Koch schüttelte still den Kopf.

»Nun aber zu den naheliegenden Dingen«, fuhr Wilhelm fort. »Wie verfahren wir mit Colette?«

»Es hieß, sie sei mit Rosine befreundet«, sagte Tante Louise. »Sie wird ihre Freundin nicht auf eine Nachfrage hin verraten. Wir sollten sie ausspähen, vielleicht führt sie uns zu Rosine.«

»Einverstanden?«, fragte Wilhelm.

Alle stimmten zu.

»Wer kann das übernehmen?«

»Eine Frau ist vielleicht zu … auffällig«, sagte Annette zögerlich. »Ich könnte es aber schon …«

»Nein, Annettchen!« Tante Louise winkte ab. »Wir müssen sie abends abpassen, wenn sie die Apotheke verlässt. Eine verheiratete Frau im Dunkeln allein in der Stadt, das ist unüblich, das würde auffallen und genau das sollten wir vermeiden. Die Aufgabe muss ein Mann übernehmen.« Sie wandte sich an Wilhelm. »Kennt Colette dich?«

»Nein«, antwortete er. »Als wir die Apotheke durchsuchten, war sie schon entlassen worden.«

»Gut, dann übernimm du das am besten.«

Wilhelm nickte. »Wie kommen wir an einen Vergleichspreis für Mitis-Grün?«

Annette hob die Hand. »Ich hätte da eine Idee. Onkel Ferdinand kennt Johann Heinrich Meyer.«

»Den Kunschtmeyer?«

»Ja, genau den. Er war oft bei Onkel und Tante zu Gast. Ich könnte versuchen, einen Kontakt herzustellen. Er weiß sicher Rat.«

»Wirst du Onkel Ferdinand um Empfehlung bitten?«

»Nein, auf keinen Fall. Ich frage Tante Ernesta.«

»Sehr gut, Annette!«

»Moment mal«, rief der Leutnant. »Als wir das grüne Pulver bei Hoffmann beschlagnahmten, sagte er etwas von einem Apotheker Ruß in Schweinfurth, der ihm das Zeug liefert. Vielleicht hilft das.«

»Stimmt, danke, Herr Leutnant!«

»Ich werde es beim Gespräch mit Heinrich Meyer einbringen«, sagte Annette.

»Ich bleibe mit meinen Husaren zunächst im Hintergrund«, erklärte Koch. »Falls sich ein Grund ergibt, einzuschreiten, sind wir bereit!«

In diesem Moment klopfte es. Anton. »Ist es gestattet, dass ich einen Hinweis beitrage zur Suche nach Rosine und Colette?«

»Aber sicher, Anton!«, antwortete Wilhelm. »Komm herein und setz dich zu uns.«

Er nahm Platz. »Simon hat von seinem Garten aus zwei Frauen beobachtet, eine Blonde und eine Dunkelhaarige. Das passt zur Beobachtung meines Onkels. Simon sah die eine in Richtung Schwanseegatter gehen, die andere von dort kommen. Vielleicht hilft es ja …«

»Schwanseegatter?«, fragte Wilhelm.

Anton nickte eifrig.

»Das ist allerdings von Wichtigkeit. Danke!«

Annette und Wilhelm sahen sich an. Beide dachten wohl das Gleiche. Dort, nahe dem Schwanseegatter, einem kleinen Tor in der Stadtbefestigung, befand sich die Hirtenkammer, die alte Unterkunft der Schweinehirten aus der Zeit, in der die Neue Straße noch Schweinemarkt hieß. Hier hatte sich Wilhelm im vergangenen Jahr einige Tage versteckt gehalten.

Louise kannte dieses Versteck ebenfalls. »Die Hirtenkammer gehört zu den herzoglichen Magazinscheunen. Ich kläre im Schloss, ob sie leer steht oder einer regelmäßigen Verwendung zugeführt wurde.«

»Danke, liebe Tante!«

Draußen war es inzwischen dunkel geworden.

Wilhelm hob sein Glas. Annette goss Anton einen Becher Wein ein.

»Zum Wohl!«, sagte Wilhelm. »Viel Glück und Gottes Segen für morgen!«

32. Von Jägern und Gejagten

Weimar, Samstag, 19. Oktober 1805

Annette gelang es recht schnell, einen Kontakt zu Johann Heinrich Meyer, dem hoch angesehenen, aus der Schweiz stammenden Kunstmaler und Bildhauer, herzustellen. In Weimar war er im eigenen Dialekt ausgedrückt als »Kunschtmeyer« bekannt. Er pflegte eine enge Beziehung zu Goethe, die beiden kannten sich aus Italien.

Für den Vormittag dieses Samstags, während Onkel Ferdinand im Gymnasium weilte, hatten sich Tante Ernesta und Annette bei Heinrich Meyer angemeldet. Der Mann empfing die Damen herzlich, er war ein fröhlicher, unterhaltsamer Mensch. Nachdem er eine Lobeshymne auf Goethe gehalten hatte – darauf waren Annette und Tante Ernesta vorbereitet gewesen, denn das gehörte zu Meyer wie seine »Kunscht« –, kredenzte Amalie, seine junge Frau, einen Pfefferminztee.

Annette brachte ihr Anliegen zum Mitis-Grün vor. Dabei erklärte sie auch den Zusammenhang mit Schweinfurth und dem Apotheker Ruß. Meyer war sofort bereit zu helfen. Im Gegensatz zu seiner emotionalen Kunstauffassung ging er hier pragmatisch vor. Im weiteren Umkreis von Schweinfurth kannte er einen jungen Künstler namens Johann Martin Wagner. Er stammte aus Würzburg, ihm wollte er schreiben, und er hoffte, dass Wagner einen Preis für das Mitis-Grün nennen könne. Heinrich Meyer selbst kannte die Farbe, fand sie aber nicht so extraordinär, dass er sich intensiv damit beschäftigt hätte. Er werde Annette umgehend Nachricht geben, sobald er Antwort erhalte. Das könne jedoch eine gewisse Zeit dauern, da Wagner ein reisefreudiger Mann sei. Man plauderte noch ein wenig und verabschiedete sich. Der Besuch hatte keine Stunde gedauert.

Wilhelm versteckte sich im Gebüsch des kleinen Parks an der Neuen Straße, gegenüber der Löwen-Apotheke. Er wartete auf das Glockensignal des Rathauses. Die Dämmerung hatte eingesetzt, es regnete leicht. Er hatte schwarze Kleidung und ein dunkles Regencape gewählt. Durch das große Fenster der Apotheke konnte er im Lichtschein Colette bei der Arbeit sehen. Sie trug ein grünes Kleid mit einem weißen Schal und war dabei, den Verkaufsraum aufzuräumen und alles zu verschließen. Als die Rathausuhr sechsmal schlug, löschte sie die Lampen – die Apotheke lag im Dunkeln. Um Colette nicht zu verpassen, kam Wilhelm aus seiner Deckung hervor und benahm sich wie ein Spaziergänger, wofür er sich extra einen Gehstock besorgt hatte. Er ging hin und her, hatte die Apotheke schon dreimal passiert, das Mädchen war immer noch nicht zu sehen. Irgendwann kam ihm der Gedanke, es könne einen Hinterausgang aus dem Gebäude geben. Der Schreck fuhr ihm in die Glieder. Wenn dem so war, würde Colette die Neue Straße gar nicht passieren, sondern durch das dahinterliegende Trümmerfeld laufen, das durch den großen Scheunenbrand 1797 entstanden war, und von dort direkt zur Hirtenkammer – vorausgesetzt, die Kammer war wirklich ihr derzeitiges Domizil.

Wilhelm nahm den Weg über Bertuchs Industrie-Comptoir zum Baumgarten. Er kannte sich hier gut aus. In sicherer Entfernung wartete er hinter dem Stamm eines Apfelbaums. Colette brauchte etwas länger, um den Weg zurückzulegen, da das Trümmerfeld schlecht begehbar war. Kurz darauf erschien sie, er erkannte sie an dem weißen Schal. Sie lief in Richtung der letzten alten Scheune, die von den Flammen verschont worden war, er folgte ihr. Dort entdeckte er die Tür zur Hirtenkammer. Er wusste genau, was sich dahinter verbarg: ein einfaches Bett mit Strohauflage, ein Tisch, ein Stuhl, eine Truhe, an der Tür von innen ein geschmiedeter Riegel. Mehr nicht. Seine Eingeweide rebellierten fast, als er an die Schmerzen dachte, denen er tagelang in dieser Kammer ausgeliefert gewesen war. Er hielt sich instinktiv die Hand auf seine Narbe neben dem Sonnengeflecht. Die Stelle schmerzte so stark wie lange nicht. Colette betrat die Hirtenkammer und schlug die Tür hinter sich zu.

Von Rosine war nichts zu sehen. Zunächst ärgerte Wilhelm sich, er hätte sie gern dingfest gemacht. Doch dann war er froh darüber, denn womöglich hätte er ihr etwas angetan. Vermutlich war sie die Mörderin seines Kindes. Vermutlich. Wahrscheinlich. Unbewiesen. Er kannte sich plötzlich selbst nicht mehr. Gewalt war nie sein Antrieb oder seine Befriedigung gewesen. Es war paradox, aber bevor Rosine doch noch auftauchte, drehte er sich lieber um und verschwand.

Colette schlug die Tür hinter sich zu. Rosine lag auf dem Strohlager und schlief. »Wach auf, Rosine, ich werde verfolgt!«

Ihre Freundin schoss hoch. »Von wem?«

»Von einem großen, kräftigen Kerl, ich konnte ihn im Dunkeln nicht erkennen. Er lief vor der Apotheke hin und her mit so einem lächerlichen Spazierstock, als sei er ein alter Mann. Es könnte mein großer Bruder gewesen sein!«

»Und, was hast du gemacht?«

»Ich hab den Hinterausgang benutzt, er hat mich nicht gesehen. Ich musste mich durch die alte Brandstätte quälen.«

»Er hat dich also nicht hierher verfolgt?«

»Nein, unmöglich, er konnte ja nicht sehen, dass ich das Haus verlassen habe. Wahrscheinlich spaziert er immer noch vor der Apotheke herum!«

»Sehr gut, Colette, gut gemacht! Ganz so dumm bist du doch nicht.«

»Na, danke schön!«, erwiderte diese in scharfem Ton. Was bildete sich Rosine eigentlich ein? Hatte keine Arbeit, lebte von Colettes Geld und vom Stehlen, benahm sich aber wie eine Prinzessin.

»Und du meinst, es war ein großer, kräftiger Kerl?«, fragte Rosine.

»Ja, hab ich doch schon gesagt, ein Jäger, Soldat oder … Handwerker.«

Rosine nickte. »Ein Handwerker. Ja, das könnte sein. Ich denke, ich weiß, wer es war.«

»Sprich, wer?«

»Wilhelm.«

»Welcher Wilhelm?«

»Wilhelm Gansser, der Tischlergeselle.«

»Kenne ich nicht.«

»Aber ich.«

Colette nahm in Rosines Stimme etwas wahr, das sie nicht kannte. »Du magst ihn.« Das war keine Frage, sondern eine Feststellung.

»Unsinn!«

Für Colette war es die Bestätigung. In diesem Moment wurde ihr klar, dass sie sich vor Rosine in Acht nehmen musste.

33. Von einer kapitalen Kapitulation

Weimar, Sonntag, 20. Oktober 1805

Wilhelm saß neben Annette in der Stadtkirche. Er hörte dem Prediger nicht zu, dachte stattdessen über seine fünf Träume nach.

Zwei Lebenswünsche waren ihm zur Hälfte erfüllt worden: eine wunderbare Ehefrau und eine eigene Meisterwerkstatt. Nur die Kinder fehlten noch und die Werkstatt befand sich nicht am gewünschten Ort.

War er unbescheiden? Anmaßend?

Er hatte seine Halbschwester gefunden, jedoch seine Ziehmutter verloren. Eins zu eins. Konnte man sein Lebensglück so kühl berechnen? Annette hätte ihn sicher getadelt, wenn er das offen ausgesprochen hätte. Sie saß neben ihm, begann jetzt zu singen, er sang mit, er liebte die Orgelmusik und das Intonieren von Kirchenliedern. Nicht alle Gedanken sollte man mit seinen Lieben teilen. Mit Gott hingegen konnte man über alles reden. Der Allmächtige würde ihm einen Wink geben, das war sein fester Glaube.

Den letzten Traum hatte er aufgegeben: Seine leibliche Mutter war und blieb verschwunden. Niemand hatte nach ihrer Rettung aus der Ilm und ihrem Verschwinden aus Eberstedt je wieder etwas von Olivia Lorenz gehört.

Seine Gedanken schweiften ab zu Rosine. Sie meinte es ernst, das war ihm klar geworden. Sie wollte ihm schaden.

Ihm – Wilhelm, nicht Annette. Dass seine Ehefrau darunter zu leiden hatte, war für Rosine anscheinend ein unwichtiger Nebeneffekt. Warum tat sie das? Weil er sie abgewiesen hatte? Man kann Liebe nicht erzwingen, nicht mit Gewalt herbeiführen, nicht gewinnen wie eine Schlacht. Selbst Napoleon konnte das nicht. Wilhelm musste aufpassen. Bei Hoffmann hatte er sich – gemeinsam mit dem Leutnant – zu weit vorgewagt. Das hatte den Erfolg der gesamten Aktion gefährdet. Die Mörderin seines Kindes musste gefasst werden, sonst kämen Annette und er nicht zur Ruhe. Rosine musste ein einwandfreier Prozess vor dem Criminalgericht gemacht werden. Genau wie Reisinger. Und genau wie seinem Halbbruder Wilbert im vorigen Jahr. Aber bei der Wahl der Mittel durfte Wilhelm den Herzog nicht übergehen und nicht verärgern. Carl August war der Serenissimus, der Herrscher, der Fürst. Am Ende konnten weder Louise von Göchhausen noch Johann Wolfgang von Goethe den Serenissimus überstimmen. Nur ein Kaiser konnte das.

»Wilhelm?«

Er sah auf. Annette hatte sich bereits erhoben. Außer ihnen befand sich niemand mehr in der Kirche.

»Gehen wir nach Hause?«, fragte sie. »Wilma hat etwas Feines gekocht.«

Er nickte. Seine eigenen Gedanken hatten ihn auf der Kirchenbank gehalten. »Ja, Liebste, lass uns gehen!«

~

Die Nachricht aus Ulm erreichte Weimar am Abend des Sonntags: Feldmarschall Mack hatte vor Ulm kapituliert, ohne einen einzigen Schuss abgegeben zu haben. Die gesamte österreichische Armee mit sechsundzwanzigtausend Mann und fünfzehn Generälen war in Gefangenschaft genommen worden.

Die Nachricht verbreitete sich schneller in der Stadt, als ein Postillon mit Pferd und Fanfare sie hätte verkünden können. Was war dieser Napoleon für ein Mensch? Oder war er gar kein Mensch, sondern ein Racheengel? Einerseits hatte er ein Meisterstück an Taktik geliefert, denn er hatte einige seiner Korps über Würzburg und Ellwangen in den Rücken der Österreicher marschieren lassen, was diese nicht rechtzeitig erkannt hatten. Zum anderen waren sie zahlenmäßig weit überlegen. Die meisten Menschen im Herzogtum Sachsen-Weimar-Eisenach begrüßten Macks Entscheidung, er hatte seinen Männern einen grausamen Tod auf dem Schlachtfeld erspart. Die Militärs betrachteten seinen Entschluss eher als Feigheit vor dem Feind und schämten sich für ihn. Mehr noch, sie behaupteten, dass Macks Armee in Gefangenschaft verrecken würde, verhungern, durch Krankheiten dahinsiechen. Oder sie würden in die französischen Truppen eingegliedert und als Soldaten gegen ihre eigenen Landsleute missbraucht. Da sei es doch besser, einen Heldentod zu sterben.

Wilhelm war sich einmal mehr klar darüber, dass er nicht für das Kriegshandwerk geboren war. Seine Mutter Olivia hatte ihn nicht unter Schmerzen zur Welt gebracht, um ihn dann mit einem Bajonett im Bauch irgendwo auf einem fremden Acker sterben zu lassen. Und er war überzeugt, dass dies für alle Männer und alle Mütter galt. Was wollte dieser Napoleon? Die Herrschaft über Europa? Die Weltherrschaft? Das hatten schon andere in der Historie versucht, und alle waren gescheitert. Offensichtlich hatte der große Korse seine Geschichtslektionen nicht gelernt.

34. Von Verfolgung und Tod

Weimar, Montag, 21. Oktober 1805

Zum ersten Mal fühlte Rosine sich bedrängt, fast eingekreist. Diesem Geheimrath Wolzogen durfte sie nicht begegnen, Louise von Göchhausen wollte sie nicht begegnen. Bei einigen Bauern im Umkreis musste sie sich in Acht nehmen, da sie scharfe Hunde hatten. Einmal war sie nur knapp einem keifenden Rottweiler entkommen – sie hasste Hunde. Und nun auch noch Wilhelm. Er schien sie zu verfolgen.

Ihre beiden Kleider wurden zusehends schmutziger, und sie hatte keine Möglichkeit, sie zu waschen. Tietzmann hatte eine Waschfrau, die Colettes Kleidung wusch, sie musste immer gut aussehen in der Apotheke. Einmal hatte Colette ihr ein Kleid von Rosine untergeschoben. Die Waschfrau hatte es gemerkt – Rosine war größer und kräftiger als Colette – und sie gewarnt: Beim nächsten Mal werde sie Tietzmann Bescheid geben. Das mussten die beiden Freundinnen unbedingt vermeiden, denn dann bestand die Gefahr, ihre Lebensgrundlage zu verlieren. In Schonndorf hatte Rosine ein Kleid gestohlen, das in einem Garten über Nacht auf einer Wäscheleine vergessen worden war. Es passte ihr leidlich, doch immer wenn sie es trug, musste sie damit rechnen, dass die rechtmäßige Besitzerin ihr begegnete und das Kleid erkannte. Das war leicht möglich, denn jedes Kleidungsstück wurde von einem Schneider nach persönlichem Wunsch angefertigt, dadurch war es teuer und wiedererkennbar. Im Zweifelsfall konnte der Schneidermeister bezeugen, für welche Kundin er es gefertigt hatte. Auf den Diebstahl von Kleidung standen harte Strafen. So kam es, dass Rosine sich tagsüber nicht mehr in die Öffentlichkeit traute, weder in der Stadt noch in den umliegenden Dörfern. Sie war zu einem Nachtwesen geworden, streunte im Dunkeln umher, pflückte Obst von unbewachten Bäumen, stahl Maiskolben von den Feldern und drang mit einem Dietrich in die Keller der Weimarer Bürger ein. Nach drei, vier Wochen begann sie, die Sonne zu vermissen, den Tag, die Helligkeit, das Leben. Nur manchmal wagte sie sich schon in der Abenddämmerung heraus.

So wie heute.

Sie wollte zu Oswin, denn sie hatte ihn seit zwei Wochen nicht mehr gesehen. Er war ein unsteter Charakter, sie musste wissen, in welcher Verfassung er war. Womöglich wollte er sein Herz erleichtern und dem Bibliothekar alles beichten. Das wäre eine Katastrophe! Oswin war der Schwachpunkt in ihrem Plan.

Als sie an der herzoglichen Bibliothek ankam, war es fast dunkel. Ihre Unternehmung war riskant. Sie trug das gestohlene Kleid mit einer weißen Schürze, die zwar sauber war, in einem Bach gewaschen, aber nicht geglättet. Zudem konnte auffallen, dass sie des Lesens nicht mächtig war, wenn sie sich als Bücherinteressentin ausgab.

Rosine trat ein, versuchte, einen selbstbewussten Eindruck zu geben. Einige Leser gingen an ihr vorüber, doch weder Oswin noch Vulpius waren zu sehen. Sie stieg hinauf in die erste Galerie des Rokokosaals. Dort oben war

Oswins geheimes Versteck, hinter den Stellagen mit den landwirtschaftlichen Büchern, die mit dem Bild einer Pflugschar gekennzeichnet waren. Der Zufluchtsort war leer. Sie kehrte um und wagte sich vor an die Balustrade. Unten sah sie den Bibliothekar am Katheder stehen, davor zwei Männer, die offensichtlich Bücher ausleihen wollten. Von Oswin keine Spur.

Vulpius warf einen kurzen Blick nach oben. Rosine zog den Kopf zurück. Hatte er sie bemerkt? Sie versteckte sich in Oswins geheimem Schlupfwinkel. Minuten später hörte sie den Bibliothekar über die Galerie laufen, so als suche er eine Frau, die er meinte, an der Balustrade gesehen zu haben. Er fand sie nicht. Die Hälfte einer Stunde saß Rosine in dem Versteck, bis sie merkte, dass alle Talglampen gelöscht wurden. Kurze Zeit später hörte sie, wie die Eingangstür verschlossen wurde. Sie war allein. Eingesperrt.

~

Wilhelm hatte sich zwischen den Apfelbäumen postiert und wartete auf Rosine. Babel hatte er zu Hause gelassen, er sollte auf Annette aufpassen. Gegen 17 Uhr verließ sie die Hirtenkammer. Sie trug ein feines Kleid, darüber eine weiße Schürze, die zwar sauber war, aber einen unfertigen Eindruck machte. Er verstand nicht viel von Frauenkleidung, doch er merkte, dass mit der Schürze etwas nicht stimmte. Diesen Übelstand ignorierend, lief sie mit geradem Rücken und dem ihr eigenen kühlen Phlegma in Richtung Innenstadt. Wilhelm beobachtete sie eine Weile. Sicher gab es viele Männer, die Rosine anziehend fanden. Sie hatte eine frauliche Figur, schöne goldblonde Haare und ein bestimmendes Wesen. Doch genau das war der

Unterschied, der ihn beschäftigte: Dominanz gegenüber Selbstbewusstsein.

Er folgte ihr. Sie passierte die Landschaftskasse mit dem imposanten Turm und lief durch den neu geschaffenen Boulevard namens »Der Graben«. Dann bog sie rechts ab in die Teichgasse, von dort in die Bärengasse. Wilhelm erkannte, dass sie kleine Straßen und Gassen benutzte, sie wollte wohl nicht auffallen, nicht entdeckt werden. Sie trug auch keine Laterne mit sich, obwohl die Dunkelheit schon eingesetzt hatte. Das erschwerte die Verfolgung. Vor der Stadtkirche hätte er sie fast verloren, sah sie dann gerade noch in die Vorwerksgasse einbiegen. Diese Passage mündete zwischen Schloss und Vorwerk, meistens Marstall genannt, auf die Burgstraße. Hier war deutlich mehr Belebung: Fußgänger, die Stablaternen vor sich hertrugen, Reiter und Droschken mit Talgleuchten neben dem Schwager. Wilhelm wartete gespannt, wie sie sich entscheiden würde: rechts oder links. Er hatte den Eindruck, als richtete sie ihren Oberkörper auf und hob den Kopf. Ja, diese Geste kannte er: Klarheit, Bestimmtheit, knapp an der Überheblichkeit vorbeisegelnd. Dermaßen gewappnet schritt sie quer über den Burgplatz auf die herzogliche Bibliothek zu.

Wollte sie dort hinein? Wozu? Sie konnte nicht lesen. Das konnte nur eines bedeuten: Sie traf sich heimlich mit Oswin Heimlich.

Rosine trat ein und verschwand aus seinem Blickfeld. Sollte er auch hineingehen? Nein, das wäre zu auffällig.

Wilhelm verbarg sich hinter dem Fürstenhaus nahe des schmalen Gatters, das zur Seifengasse führte. Er stand an einer Hecke und beobachtete den Eingang der Bibliothek.

Er merkte, wie die Stadt langsam zur Ruhe kam. Keine über das Pflaster rumpelnden Karren mehr, keine schreienden Kinder und Mütter, keine Soldatenkommandos, keine brüllenden Ochsen oder hufschlagenden Pferde. Die Straßenbeleuchtung reichte gerade so, den Weg durch die schmalen Gassen zu finden, an einigen Stellen half der Mondschein. Vor den großen Gebäuden und auf den wichtigen Plätzen brannten Tran-, Talg- oder Öllaternen, so zum Beispiel auf der Esplanade, vor dem Schloss, an den beiden Kirchen und vor dem Fürstenhaus. Für das Anzünden bei einsetzender Dunkelheit, das Löschen bei Sonnenaufgang und das Reinigen waren die Lampenwärter zuständig. Außerhalb der Stadtmauern versank Weimar in der Schwärze der Nacht. Die meisten Menschen trauten sich nur mit einer eigenen Stocklaterne auf die nächtlichen Straßen, eine kleine, leichte Öllampe, die sie an einem Stab vor sich hertrugen. Dermaßen ausgestattet verließen einige Leser die Bibliothek, andere betraten sie. Rosine war nicht zu sehen. Es dunkelte, Wilhelm kam sich vor wie ein Gauner, der sich versteckte, um eine böse Tat vorzubereiten. Nichts geschah, außer dass es begann zu regnen. Die Talglampen in der Bibliothek wurden gelöscht, Vulpius verließ das Gebäude und verschloss die Tür.

Wo war Rosine? Wo Oswin? Hatten sich beide im Grünen Schloss versteckt? Waren sie eingeschlossen? Was trieben sie dort? Wilhelms Fantasie spielte ihm Streiche.

Er wartete eine weitere halbe Stunde, dann beschloss er, nach Hause zu gehen. Er passierte die Bibliothek, betrachtete prüfend den Eingang, die Fenster im Parterre und im Keller. Nichts Ungewöhnliches war zu entdecken.

In diesem Moment ertönte aus dem Gebäude des Grünen Schlosses ein grausiger, markerschütternder Schrei. Der Schrei einer Frau.

Zunächst durchflutete Rosine ein Angstgefühl. Eingeschlossen in der Bibliothek, die gesamte Nacht über. Dann lachte sie, mehrmals, laut, an der Balustrade stehend, durch den Rokokosaal schallend. Sie konnte sich hier benehmen, wie sie wollte. Sie war allein und befreit.

Nach kurzer Überlegung stieg sie hinab ins Parterre und durchsuchte des Bibliothekars Bureau. Soweit sie im Mondlicht erkennen konnte, war alles sauber und aufgeräumt. In einem Regal lag ein Päckchen Kautabak – sie schüttelte sich. Dann fand sie eine Büchse mit Brot und Birnen. Gierig stopfte sie beides in sich hinein. Birnensaft tropfte auf die weiße Schürze – ihr war es gleichgültig. Sie durchsuchte den gesamten Raum, fand aber kein Geld. Dann fuhr ihr ein Gedanke durch den Kopf: Im Keller gab es einen Packraum.

Dort unten war es stockdunkel, nur wenig Mondlicht fiel in einige der Kellerräume. Die ersten drei Türen führten zu Bucharchiven und Rumpelkammern, dann endlich fand sie den Packraum. Sie tastete sich an einem großen Tisch entlang. Packpapier, eine Schere, ein Messer, eine Rolle Bindfaden, Drahtgebinde. Unter der Tischplatte erfühlte sie eine Schublade, sie zog sie auf. Münzen! Ha! Die hatte sie gesucht. Sie griff nach allen Geldstücken, die sie erreichen konnte, und stopfte sie sich in die Schürzentasche.

»Ja!«, sagte Rosine zu sich selbst, richtete sich auf und spürte eine Berührung an ihrem Rücken. Sie drehte sich um. Ein Schatten, der sich bewegte. Etwas schien von der Decke zu hängen. Sie griff danach. Ein Schuh. Ein Bein. Sie wich entsetzt zurück. Da hing ein Mensch! Ein Grauen durchlief ihren Körper. Sie überwand sich und fasste erneut nach dem Körper. Am Hosenbein fühlte sie einen Umschlag. Jetzt schoss ihr ein Name durch den Kopf. Oswin Heimlich.

Rosines Bewusstsein war wie gelähmt. Doch ihr Körper reagierte, ihre Kehle, ihre Stimme. Ein grausiger, markerschütternder Schrei verließ ihren Mund.

35. Von Treibjagd und Seeschlacht

Weimar, Dienstag, 22. Oktober 1805

Gegen elf am Vormittag wurden die Geheimräthe Voigt und von Goethe, der Bibliothekar Vulpius, Leutnant Koch und Generalpolizeydirektor von Fritsch als in Diensten des Hofes Stehende in den Audienzsaal des Herzogs zitiert. Auch Louise von Göchhausen und Wilhelm von Brun waren eingeladen und sollten angehört werden. Wilhelm war aufgeregt: Seine erste Audienz beim Serenissimus.

Zunächst berichtete Christian Vulpius vom Auffinden des Oswin Heimlich. Die Situation schien klar. Sein Leichnam hing an einem Haken, ein umgekippter Stuhl lag neben der Fundstelle, der Physikus hatte ein gebrochenes Genick bescheinigt.

Damit war für Herrn von Fritsch die Angelegenheit geklärt. Heimlich hatte die Bücher gestohlen und verschickt, hatte sich das Gift besorgt und in Annettes Limonade gegeben. Der Übeltäter hatte sich selbst gerichtet, für den Generalpolizeydirektor war der Fall gelöst.

Wilhelm war kurz davor, etwas zu sagen, doch Tante Louise hatte ihm eingeschärft, nur zu sprechen, wenn ihm das Rederecht durch ein Handzeichen des Majordomus erteilt wurde. Der Herzog hatte die Ungenauigkeit in der Argumentation des Herrn von Fritsch sofort erkannt und wollte wissen, wie Oswin Heimlich an das Gift gekommen sei. Fritsch zögerte, Goethe bat um das Wort und berichtete, dass Vulpius meinte, am Abend zuvor eine Frau auf der Galerie des Rokokosaals gesehen zu haben. Weiterhin legte er dar, dass Wilhelm beobachtet hatte, wie Rosine Schandinger ins Grüne Schloss gegangen, vor dem Verschließen der Tür aber nicht herausgekommen war. Die von Vulpius gesehene Frau musste also Rosine gewesen sein.

Wilhelm wurde gefragt, ob Goethes Schilderung seiner Beobachtung korrekt sei, und er bestätigte es.

Der Gedanke kam auf, dass Rosine Schandinger Oswin Heimlich aufgeknüpft haben könnte, wurde aber direkt wieder verworfen, denn eine Frau hätte ihn gegen seinen Willen niemals an den Haken gebracht.

Louise bat ums Wort und bekam es per Handzeichen erteilt. Sie schilderte knapp umrissen die bisherigen Ereignisse und erklärte, dass es sich wohl um einen Rachefeldzug der Rosine Schandinger gegenüber Wilhelm von Brun aufgrund von verschmähter Liebe handele. Der Herzog sah sie erstaunt an, wandte seinen Blick zu Wilhelm und wieder zurück. Dann versicherte er sich, dass die Demoiselle von Göchhausen keinen Spaß mache oder irgendeine Possenreißerei, die man von ihr ja kenne. Eine leichte Röte überzog Louises Gesicht, Wilhelm konnte nicht erkennen, ob aus Scham oder vor Wut, doch wie immer bewahrte sie die Contenance und erklärte dem Serenissimus, dass dies leider bitterer Ernst sei.

Niemand wusste genau, wo Rosine abgeblieben war, doch es schien plausibel, dass sie in der Bibliothek übernachtet hatte und am Morgen, nachdem Christian Vulpius nichts ahnend die Tür aufgeschlossen hatte, unbemerkt entwischt war.

Der Herzog hatte soeben dem Leutnant befohlen, Rosine Schandinger zu finden, zu arretieren und zu verhören, als die Tür zum Audienzsaal aufflog, Erbprinz Carl Friedrich hereinstürmte und rief: »Vater, Eure Hoheit, Napoleon ist besiegt!«

~

Schnell stellte sich heraus, dass die Wortwahl des Erbprinzen einigermaßen überhöht gewesen war. Ja, Napoleon war geschlagen worden, aber nicht zu Lande, sondern auf dem Wasser. Der zahlenmäßig unterlegenen britischen Flotte unter Admiral Horatio Nelson war es bei günstigem Wind gelungen, die französisch-spanische Armada zu spalten und zu besiegen. Admiral Nelson selbst war dabei ums Leben gekommen. Die Seeschlacht ereignete sich vor Kap Trafalgar an der spanischen Südküste.

Immerhin setzte dieses Ereignis ein Zeichen: Napoleon war nicht unschlagbar!

Der Herzog erhob sich und sagte feierlich: »Wir haben um Gottes Beistand gefleht, und er hat uns erhört!«

Leutnant Koch bat zu sprechen und wagte eine etwas andere Interpretation: »Ich bitte um Verzeihung, Eure Hoheit. Diese Seeschlacht beendet zwar die französischen Pläne einer Invasion Englands, doch die Vorherrschaft Frankreichs zu Lande sehe ich ungebrochen.«

In diesem Moment wusste noch niemand im Saal, wie recht er damit haben sollte.

~

Die zweite Suche nach Rosine verlief planmäßig, professionell, systematisch und mit Wissen und Billigung seiner Durchlaucht des Herzogs Carl August.

Wilhelm wartete in der Dämmerung zwischen den Apfelbäumen mit Blick auf die Hirtenkammer. Er ging davon aus, dass Rosine, wie am Tag zuvor, erst nach Einbruch der Dunkelheit ihr Versteck verlassen würde. Babel wich ihm nicht von der Seite. Jeweils ein Husar befand sich an Jacobsthor, Kegelthor, Frauenthor, Erndtethor und Erfurter Thor sowie auf der Schlossbrücke. Zwei Mann patrouillierten im Bereich der neuen Scheunen, denn dort war die Stadtbefestigung nach dem großen Scheunenbrand durchbrochen worden. Annette versteckte sich auf dem Rollplatz, Wilma am Frauenplan, Anton neben dem Fürstenhaus und Simon Zimmer beim Rathaus. Louise von Göchhausen hatte einen Heimvorteil: Sie beobachtete den Theaterplatz vom Witthumspalais aus. Alle Beteiligten trugen eine Trillerpfeife bei sich. Sobald jemand Rosine zu Gesicht bekam, sollte er Signal geben. Die Husaren würden dann sofort herbeieilen und sie arretieren. Leutnant Koch – sicherheitshalber zu Pferd – wartete auf dem Töpfermarkt vor der Stadtkirche. Von hier aus konnte er alle Teile der Stadt schnell erreichen. Jedem war eine Beschreibung Rosines mitgeteilt worden: mittelgroß, blonde Haare, hübsches Gesicht, meistens mit einer weißen Schürze gekleidet. Nur Wilhelm, Annette und Louise kannten Rosine, hatten sie gesehen, mit ihr gesprochen. Es gab Lücken, die Rosine nutzen konnte, besonders im Westen der Stadt, aber die Überwachung war mit den zur Verfügung stehenden Personen optimal organisiert.

Wilhelm stand seit einer Stunde zwischen den Bäumen. Inzwischen konnte er nur noch deren Umrisse erkennen. Er zog seinen Schal enger und richtete seine Wollweste. Die Temperatur war auf wenige Centigrade gesunken, die Kälte hing trotzig in seinen Kleidern. Er würde geduldig sein müssen, das hatte er sich selbst auferlegt, mehr noch, es war, als sei er sein eigener Schullehrer, der mit grimmigem Blick das Wort »Geduld« an seine innere Tafel schrieb und verlangte, es hundertmal abzuschreiben. Ohne Erfolg. Er zappelte nervös umher, lief von einem Baum zum anderen, biss in den dritten oder vierten Apfel. Nach kurzer Zeit sah er ein, dass sein Verhalten zu auffällig war. Er zwang sich, still zu stehen, seine Glieder ruhig zu halten. Zur Unterstützung lehnte er sich an einen Baumstamm. Seine Gedanken segelten zu Annette, er wärmte sich an ihrer unsichtbaren Gesellschaft. Schnell geschah das, was nicht sein durfte: Die Boten der Müdigkeit umzingelten ihn. Für Sekunden fielen seine Augenlider zu, noch einmal, immer wieder.

Doch dann hörte er Schritte. Colette. Sie trug eine kleine Stablaterne vor sich her und schlenderte, aus Richtung des Bertuch'schen Comptoirs kommend, durch den Baumgarten. Sie war an ihren dunklen Haaren zu erkennen, keiner würde sie aufhalten. Sie verschwand in der Hirtenkammer. Wilhelm rechnete damit, dass die beiden Freundinnen zu Abend essen würden, bevor Rosine erschien. Er würde sich eine weitere Stunde in Geduld üben müssen. Ein leiser Seufzer entwich seinem Mund.

Jäh erscholl eine Trillerpfeife. Der Ton kam aus dem Süden der Stadt. Wilhelm lief los. Babel folgte ihm. Durch die Neue Straße zum Theaterplatz. Louise gab Wilhelm ein Zeichen, dass sie nicht Alarm geschlagen hatte, er hastete weiter, durch die Esplanade – Koch hatte dafür gesorgt, dass sie an diesem Abend nicht verschlossen wurde – bis zum Frauenplan. Wilma hielt eine blonde Frau fest, der Leutnant stand ihr zur Seite.

»Hier, von Brun«, rief er in Wilhelms Richtung. »Ist das die gesuchte Rosine Schandinger?« Dabei zog er einem jungen Mädchen die Kapuze vom Kopf. Sie zitterte, nicht nur vor Kälte.

»Nein«, sagte Wilhelm. »Das ist nicht Rosine!«

Wilma ließ das Mädchen los.

»Heiliger Strohsack!«, rief der Leutnant.

Wilhelm erschrak.

»Wir müssen zurück zur Hirtenkammer!« Koch schwang sich aufs Pferd.

Wilhelm fuhr derselbe Gedanke durch den Kopf. Er rannte den Weg zurück, den er gekommen war. Sein Herz schlug wild, seine Lunge glühte, keuchend preschte er an Louise vorbei, die vor dem Palais stand. Er konnte nicht sprechen, gab ihr lediglich ein Handzeichen, ins Haus zu gehen. Babel lief neben ihm her, manchmal vor ihm, ließ sich dann wieder zurückfallen, er schien das Ganze als Spiel zu betrachten.

Sie erreichten die Hirtenkammer. Der Leutnant hatte bereits die Tür aufgerissen und Colette nach draußen gezerrt. »Wo ist Rosine Schandinger?«, brüllte er.

Colette begann zu weinen. Wilhelm sah, dass sie eingeschüchtert war, so würden sie kein vernünftiges Wort aus ihr herausbekommen. Er versuchte, sie zu beruhigen.

»Colette, es geschieht dir nichts. Bitte sag uns, wo Rosine ist, das ist wichtig!«

»Ich ... weiß es ... nicht«, stotterte sie. »Sie ist vor wenigen Minuten losgegangen ... läuft nachts immer umher und sucht ...«

»Was sucht sie, Colette?«

»Etwas zu essen oder ... zu trinken ...«

»Wo bekommt sie das her?«

»Ich weiß es nicht genau, ich glaube, aus den Kellern in der Stadt oder von den Bauern.«

»Welche Bauern, wo? In Weimar gibt es nur noch wenige, mehr Handwerker«, drängte Wilhelm. »Also wo? Wir müssen das wissen. Wenn du es uns nicht sagst, machst du dich mitschuldig!«

»Wirklich?«

»Ja, ganz sicher!«, rief Leutnant Koch.

»Meistens in Schonndorf, glaube ich.«

»Wie ist sie gekleidet?«

»Mit einem dunklen Umhang und einer schwarzen … Kappe, dieser …«

»Calotte?«

»Ja!«

Verdammt, dachte Wilhelm und entschuldigte sich sogleich bei jedem und jeder für seinen Fluch. Mit der Kappe waren Rosines blonde Haare nicht zu erkennen. »Gut, Colette. Geh wieder hinein, du frierst.«

»Danke. Sind Sie Wilhelm?«

»Der bin ich. Was hat sie von mir erzählt?«

Colette hob die Schultern. »Sie hat nur Ihren Namen genannt, mehr nicht. Aber ich kenne sie und denke, sie will sich an Ihnen rächen.« Damit verschwand sie in der Hirtenkammer.

Der Leutnant stieg aufs Pferd. »Passen Sie auf, von Brun, Sie bleiben mit Ihren Leuten und zwei meiner Männer in der Stadt!«, sagte er. »Der Rest der Truppe reitet mit mir nach Schonndorf!« Man merkte, dass er es gewohnt war, Situationen einzuschätzen und Befehle zu erteilen.

⁂

Simon Zimmer hatte sich unter den Arkaden des Rathauses versteckt und beobachtete den Marktplatz. Babelinchen war bei ihm. Der kleine Hund war inzwischen so folgsam, dass Simon ihn oft mitnahm, damit er Auslauf bekam. Er hielt ihn auf dem Arm, das Tier döste vor sich hin. Um ehrlich zu sein, hatte Simon ihn an diesem Abend mitgenommen, um nicht allein zu sein und sich die Zeit des Wartens besser vertreiben zu können. Unter Umständen konnte er Babelinchen, obwohl noch jung, sogar als Jagdhund einsetzen. Das war das genetische Erbe eines Terriers.

Die beiden Talglaternen am Rathaus tauchten den Platz vor dem Gebäude in einen fahlen Lichtschein. Simon und Babelinchen hielten sich dahinter in der Finsternis.

Aus Richtung der Esplanade schlich eine alte Frau mit einem schwarzen Umhang heran. Sie trug eine Stablaterne vor sich her, die hin und her schwankte, so als fiele es der Frau schwer, sie zu halten. Simon dachte daran, dass die Esplanade heute offen geblieben war, es konnte sich also um eine adlige Dame handeln. Sie schien ihn nicht zu bemerken. Babelinchen hob den Kopf und schnupperte. Die Alte schlurfte an ihnen vorüber. Dunkle Haare, hohes Alter: Das konnte nicht Rosine sein.

Schlagartig begann Babelinchen zu bellen, Simon konnte ihn kaum halten und ließ ihn auf den Boden ab. Der Hund sauste hinter der Alten her, gebärdete sich jetzt wahrhaftig wie ein Jagdhund. Isettas Satz ging Simon durch den Kopf: »Der Einzige, der weiß, wer das Gift in die Limonade getan hat, ist Babelinchen!«

Völlig überraschend rannte die vermeintlich alte Frau los, versuchte zu fliehen, doch Babelinchen war schneller. Kurz bevor er sie erreicht hatte, drehte sie sich um und trat dem Hund mit ihrer Schuhspitze in den Bauch. Babelinchen jaulte auf, bellte, probierte erneut einen Angriff, Simon rief: »Halt! Stehen bleiben!«, doch die Frau trat erneut zu, schien den Hund schwer getroffen zu haben, denn er gab einen jaulenden Schmerzenslaut von sich und blieb verletzt liegen. Die Frau flüchtete in Richtung Bornberg. Simon zog die Trillerpfeife hervor und gab das Alarmsignal. Vom Fürstenhaus rannte Anton herbei, vom Frauenplan eilte Wilma heran. Zu spät – die geheimnisvolle Frau war verschwunden. Keiner der Husaren kam ihnen zu Hilfe.

Simon Zimmer hob Babelinchen vom Pflaster auf und trug ihn nach Hause.

~

Annette hatte sich am Rollplatz hinter einem Spritzenhäuschen versteckt. Doch nach einer Stunde begann ihr verwachsener Fuß zu krampfen – sie musste sich bewegen. Sie ging ein wenig auf dem Platz umher, die Bewegung tat ihr gut. Streng genommen war das gegen die Abmachung, sie sollte in ihrem Versteck bleiben. Auf dem Rollplatz war es finster, sie spürte ein Gefühl der Unsicherheit. Darum schritt sie langsam hinüber zur Jacobskirche, aufmerksam beobachtend, ob sie Rosine erspähen konnte. Kein Mensch war zu erkennen. Sie stellte sich im Schein der beiden Laternen vor den Kircheneingang. Hier fühlte sie sich wohler.

~

Wilhelm wollte zum Rollplatz, um zu sehen, ob es Annette gut ging. Als er an der Ziegelei vorbeikam, hörte er erneut das Signal der Trillerpfeife, leise, fast vorsichtig. Es schien vom Marktplatz zu kommen. Er blieb stehen.

Was sollte er tun? Wieder ein Fehlalarm? Rosine war nicht an ihren blonden Haaren zu erkennen, sie trug eine schwarze Calotte, das wussten die anderen nicht. Er hätte das Gefühl nicht beschreiben können, das ihn erfüllte. Es brannte in ihm, es drängte ihn, nach Annette zu sehen. War es die richtige Entscheidung?

Ja, sagte eine innere Stimme, geh zu deiner Frau!

Babel knurrte, zitterte vor Ungeduld, Speichel tropfte aus seinem Maul. Er wollte jagen. Wen oder was? Ratten? Nein … es war etwas anderes. Eine andere: Rosine!

Wilhelm rannte los. Auf dem Rollplatz selbst war kein Mensch zu sehen. Vor der Jacobskirche brannten Talglichter. Davor erkannte er zwei Personen. Er kam näher: zwei Frauen.

»Ha, da ist er ja, der schlaue Tischlergeselle!«, rief Rosine. Ihre Stimme klang wie eine schlecht gestimmte Orgelpfeife, weit oben beim hohen C. Sie hielt ein Messer an Annettes Hals.

Wilhelm schluckte. Er merkte, wie sein Mund austrocknete. »Bleib!«, flüsterte er in Babels Richtung. »Was willst du?«, fragte er Rosine laut.

»Rache.« Ihre Stimme bebte vor Bosheit. »Entweder wirst du zuschauen, wie deine Frau verblutet, oder ich schneide dir die Zunge heraus, damit du mich nie wieder beleidigen kannst!«

Wilhelm verspürte einen heftigen Schwindel. Nur nicht zurückweichen, dachte er. »Du bist verrückt, Rosine!« Er presste den Satz zwischen seinen Zähnen hervor.

»So. Meinst du? Ha! Ich denke eher, du bist verrückt!«

Wilhelm überlegte fieberhaft, was er tun konnte. Er hielt Babel nicht am Strick, noch nie hatte er ihn angebunden. Bisher hatte der Hund immer auf seine Kommandos gehört.

Bisher.

Langsam, eine Pfote nach der anderen auf den Boden setzend, kam Babel auf Rosine zu.

»Ruf den Hund zurück!«, schrie sie.

»Babel, bleib!«, befahl Wilhelm scharf.

Rosine hatte sich in der Jacobskirche versteckt. Sie besaß immer noch den Nachschlüssel, den sie im Winter des vergangenen Jahres hatte anfertigen lassen, um die Hochzeit von Wilhelm und Annette am zweiten Weihnachtsfeiertag zu blockieren. Was für eine dumme Idee! Sie hatte die Hochzeit nicht verhindern können. Jetzt steckte der Schlüssel innen an der Kirchentür, jederzeit bereit, die Pforte abzuschließen, um sich in Sicherheit zu bringen. Sie lugte mehrmals vorsichtig durch den Türspalt am Eingang. Das Messer aus der herzoglichen Küche hielt sie in der Hand. Sie hatte es selbst geschärft. Annette lief umher, als sei sie allein auf der Welt. Sie war unvorsichtig, naiv und dumm. Nachdem es ihr auf dem Rollplatz offensichtlich zu langweilig geworden war, kam sie herüber zur Jacobskirche und stellte sich vor den Eingang mit dem Rücken zur Kirchentür. Es war ein Leichtes gewesen, aus der Kirche heraus hinter sie zu springen.

Sie hielt Annette das Messer an den Hals. Wilhelm näherte sich.

»Ha, da ist er ja, der schlaue Tischlergeselle!«, rief Rosine.

Sie meinte, trotz der spärlichen Beleuchtung zu erkennen, dass Wilhelm kalkweiß im Gesicht wurde.

Bis zu diesem Moment fühlte sie sich gut, aufgekratzt, ja fast heiter. Die nächsten Sätze ihrer Unterhaltung mit Wilhelm erreichten ihr Bewusstsein nicht, denn sie sah einen

Hund neben ihm stehen. Jetzt bewegte er sich. Langsam, eine Pfote nach der anderen auf den Boden setzend, kam er auf sie zu.

»Ruf den Hund zurück!«, schrie sie.

»Babel, bleib!«, befahl Wilhelm.

Doch der Hund gehorchte nicht, ging weiter, bedächtig, aber zielstrebig. Er wusste, dass sie Angst hatte. Das Entsetzen kroch ihr unter die Haut und lauerte dort, verbunden mit der Erinnerung an den Rottweiler in Schonndorf. Sie ließ die Hand mit dem Messer sinken. Der Hund näherte sich unaufhaltsam. Es blieb nur ein Ausweg. Rosine wirbelte herum und griff nach der Klinke der Kirchentür. In Sekundenbruchteilen war sie in dem Gotteshaus verschwunden und warf die Tür hinter sich zu. Der Hund jaulte, kratzte am Holz, kam aber nicht herein. Rosine drehte den Schlüssel um. Sie war gerettet.

~

Der Rollplatz war voller Menschen. Anton, Wilma und Louise von Göchhausen, dazu die zwei patrouillierenden Husaren aus dem Scheunenviertel. Wilhelm sprang zu Annette und nahm sie in die Arme, hielt sie fest, küsste sie. Sie weinte, schluchzte. Die beiden Husaren beratschlagten, wie sie Rosine fassen konnten. Das Aufbrechen der Tür würde dauern und hätte einen blasphemischen Beigeschmack. Zudem gab es im Innern der Kirche jede Menge Verstecke.

Annette hatte sich etwas beruhigt. Wilhelm versuchte, sich in Rosines Lage zu versetzen. Die vergangene Nacht hatte sie in der Bibliothek verbracht. Noch einmal stundenlang eingesperrt sein? Nein, das widersprach ihrem Freiheitsdrang, ihrer Selbstbestimmung.

»Es gibt noch zwei weitere Ausgänge, im Norden und im Süden!«, rief er.

Die Husaren teilten sich auf. »Gesichert!«, riefen sie von beiden Seiten, so als sei Wilhelm ihr Vorgesetzter.

Babel lief unruhig hin und her. »Babel, bleib!« Diesmal gehorchte der Hund, er stellte sich neben seinen Herrn.

Wilhelm gab Annette in die Obhut ihrer Tante.

Ruhe, gespenstische Stille. Kein Vogelgezwitscher, kaum ein Windhauch. Kein Schritt, kein Wort.

Babel schnupperte.

Ein Gedanke zuckte durch Wilhelms Kopf. Vergangenes Jahr bei der Jagd nach dem Witwenmörder hatte er sich durch eine kleine Tür retten können. »Es gibt noch einen Ausgang, an der Sakristei, im Norden, ein Türchen!«

Babel war schon losgerannt, als er den Satz noch nicht vollendet hatte. Wilhelm preschte hinterher, einer der Husaren ebenfalls.

Ein Schatten vor der Sakristei. Die Konturen einer Frau.

~

Noch einmal eine Nacht in solch einem großen Gefängnis, noch ein von der Decke baumelnder Toter – nein! Rosine suchte nach einem Ausweg. Vor dem Südausgang hörte sie Stimmen. Ein Husar. Am Nordausgang das Gleiche. Sie tastete sich durch das dunkle Kirchenschiff.

War da jemand? Hing da wieder ein Toter? Ihr war, als griffe eine eiskalte Hand nach ihr. Sie sah auf. Jesus Christus am Kreuz von Golgatha. Wieder ein Toter. Aber einer, der auferstanden war. Sie atmete tief durch, schlug sich mit der flachen Hand gegen die Wangen. Links und rechts. Aufwachen! Sie musste hier raus. Die Sakristei. Sie schlich weiter, tastete sich vorwärts. Die Tür war nicht verschlossen. Sie ging hindurch. Diffuser Mondschein fiel durch ein Fenster. Links noch eine Tür. Sie drehte den Schlüssel herum und drückte die Klinke herunter. Ein Ausgang in den Park, nördlich der Kirche. Sie stieß Luft aus, erleichtert, sah sich um: Finsternis, Leere, Stille.

Jetzt gab es nur eins: Flucht.

~

Der Mond trat hinter den Wolken hervor und tauchte die Szenerie in trübes Licht. Dennoch verlor Wilhelm die davoneilende Rosine aus den Augen. Der Frauenschatten verschmolz mit den Baumstämmen.

»Babel, such!«

Glücklicherweise war Babel gut zu erkennen, die hellen Flecken in seinem Fell hoben sich von der ihn umgebenden Dunkelheit ab. Der Hund hielt die Nase am Boden. Gebüsch. Bäume. Die Friedhofsmauer. Das Tor zum Friedhof. Umrisse von Grabsteinen, einschüchternd, unheimlich. Wilhelm zitterte. Ein Geräusch. Babel knurrte. Da war er wieder, der Schatten, sprang von Baum zu Baum.

Wilhelm versuchte, überlegt zu handeln. Doch es gelang ihm nicht. Eine Gefühlswelle überrollte ihn, sein Brustkorb schien sich zu öffnen, sein Inneres strebte nach außen, seine Gefühle ballten sich zu einer Kugel, laut peitschend rief er: »Babel, geh!«

Ein Knurren, ein Krachen, ein Jaulen. Rosine hatte den Hund mit der Stiefelspitze getroffen. Schattenkampf, aufgeregtes Bellen. Babel gab nicht nach. Rosine Schandinger griff nach einem Ast, Wilhelm erkannte, wie sie ausholte, doch bevor sie zuschlagen konnte, sprang der Hund mit einem gewaltigen Satz auf sie zu. Ein Schrei. Stille.

»Babel, bleib!«

Blut lief aus seinem Maul. Rosine lag quer über einem Grab. Ihr Kehlkopf war zermalmt, Babels scharfe Zähne hatten ihre Halsschlagader durchtrennt. Fast wie der Schnitt eines Messers. Sie atmete noch zweimal, dann war sie tot.

TEIL VI:
November 1805

36. Von den Geschehnissen im November

Weimar, im November 1805

Es war nicht Wilhelms Ziel gewesen, Rosine tot zu sehen. Dennoch verspürte er dadurch eine gewisse Befriedigung seines Gerechtigkeitsgefühls. Sie hatte mit Absicht einen Menschen getötet, einen werdenden Menschen. Das nannte man eigentlich Mord, auch wenn die Rechtsgelehrten es in diesem frühen Stadium der Schwangerschaft anders sahen. Zugleich hatte sie damit Wilhelms größten Traum zerstört: den Traum von einer Familie. Viele Kirchenmänner hätten wohl gesagt: Auge um Auge, Zahn um Zahn. Doch Wilhelm bezweifelte, dass man jeden Satz der Heiligen Schrift direkt und ohne jegliche Metaphernprüfung ins Leben übertragen konnte. Auch fiel oft der Begriff »das Böse«. Manche Geistliche verwendeten das Wort im Vaterunser statt »Übel«. Wilhelm konnte das nicht verstehen. Für ihn gab es das Böse nicht, es war lediglich die Abwesenheit des Guten, also des christlichen Gedankenguts. Vergleichbar mit der Nichtexistenz von Kälte, die ein Fehlen von Wärme darstellte, oder mit der Dunkelheit als Fernbleiben des Lichts. Ein unbändiges Gefühl bemächtigte sich seines Inneren: Wie gern hätte er all diese existenziellen Fragen mit seiner Mutter besprochen. Aber sie war tot. Und er hatte noch nicht einmal ein Grab, um trauernd davor zu knien. Ihr Körper hatte denselben Weg genommen, den auch der Körper von Rosine nehmen würde. Wilhelm fand das nicht gebührlich, nicht vergleichbar. Dennoch: Jeder Jurist hätte ihm widersprochen.

~

Annette war einfach nur froh, dass die Bedrohung durch Reisinger und Rosine Schandinger für immer beendet war. Wilhelm konnte zwischen den Zeilen entnehmen, dass sie den beiden eine deutliche Selbstschuld an ihrem Tod zuteilte, auch wenn sie dies nicht aussprach.

~

Louise von Göchhausen sah das ähnlich, scheute sich allerdings nicht, ihre Meinung kundzutun und mit einer alten Weissagung zu untermauern: »Wer sich sehenden Auges in Gefahr begibt, muss damit rechnen, darin umzukommen!« Sodann zog sie sich zurück mit der Begründung, ihre Schulter schmerze. Vielleicht musste sie als erfahrene Frau aber auch die Geschehnisse der letzten Tage erst einmal verarbeiten.

~

Wilma haderte mit den finalen Geschehnissen des vergangenen Abends. Sie hätte Rosine lieber vor Gericht gesehen. Ein vorwurfsvoller Blick auf Babel unterlegte diese Meinung. Dem Leben, jeglichem Leben, maß sie einen sehr hohen Wert bei. Auch dem Leben einer Verbrecherin. Tante Louise sah sie an, als unterstelle sie ihr die Missleitung ihrer Urteilskraft. Wilhelm respektierte Wilmas Äußerung, er freute sich über die klare Stellungnahme für Leben und leben lassen vonseiten seiner Blutsverwandtschaft.

~

Die Herzoginmutter, Fürstin Anna Amalia, beschäftigte sich mit der Frage nach Rosine Schandingers Motivation. Hass, so bekräftigte sie, sei der Antagonist der Liebe und könne genauso stark sein. Im Grunde sei er oft sogar größer, denn der Mensch liebe nur wenige Mitmenschen, vielleicht nur einen. Aber er könne viele Menschen hassen, eine Gruppe, sogar ein ganzes Volk. Und das könne gefährlich werden.

~

Im Grunde waren die Weimarer froh, dass Babel für Gerechtigkeit gesorgt hatte. Trotzdem gingen sie dem Hund aus dem Weg. Das betraf nicht nur die Nachbarn in der Winkelgasse, nein, von Tag zu Tag reagierten immer mehr Einwohner Weimars so, bis es sich wie eine Seuche auf die gesamte Stadt ausgedehnt hatte. Wilhelm konnte Babel nur noch am Strick durch die Straßen führen und hinter vorgehaltener Hand fiel das Wort »Bluthund«. Die Menschen hatten Angst. So als sei Babel ein Raubtier.

Wilhelm nahm mit Wehmut die Stimmung gegen ihn wahr. Für viele Wochen hielt er Babel bei Fuß.

~

Anfang November erschien mit Verspätung der »Neue Teutsche Merkur«, eine Literaturzeitschrift, herausgegeben von dem inzwischen zweiundsiebzigjährigen Christoph Martin Wieland. Die Zeitungsjungen liefen durch Weimar, Jena und Eisenach und riefen: »Der neue Merkur! Das Stadtgespräch: Die Heldinnen von Weimar!« Man hörte, dass Herzog Carl August ein Lächeln übers Gesicht gehuscht sei, als er erkannte, dass die Verfasserin zwar den Titel, aber nicht den zuvor kolportierten Inhalt geändert hatte. Immer noch wurden die alten grauen Herren angegriffen und beschuldigt, für den Tod Neugeborener verantwortlich zu sein. Sein Sohn Carl Friedrich empörte sich und wurde darin von Geheimrath Voigt, Bernward von Jadus, Freiherr von Einsiedel, dem Oberhofmeister von Wolzogen und dem Apotheker Tietzmann unterstützt. Zeitweise war in Weimar sogar ein angeblicher Auszug aus dem zu erwartenden Artikel im Umlauf gewesen, in dem die Verfasserin, eine gewisse Anne von Braun, den Tod aller Männer über sechzig Jahren gefordert hatte. Diese als »Sturm der Ungehörigkeit« bezeichnete Kampagne war jedoch von Leutnant Koch und seinen Husaren unterbunden worden. Die Falsifikate wurden auf dem Rollplatz öffentlich verbrannt. Obwohl die darin enthaltene Forderung deutlich und erkennbar überzogen war, hatten tatsächlich viele Menschen an deren Wahrheitsgehalt geglaubt.

Louise von Göchhausen vermutete, dass Carl Friedrich sich ein wenig um seine zukünftige Regierungsmacht sorgte. Sein Vater, der amtierende Herzog, konnte das Wortgefecht um die Säuglingssterblichkeit beruhigen, indem er zusagte, die Hebammenausbildung zu verbessern.

Viele ältere Ehemänner vom Stile des Ferdinand von Auerbach fühlten sich angegriffen und beharrten darauf, das Gebären von unehelichen Kindern zu ächten, ja sogar zu bestrafen. Dass zum Gebären auch ein männlicher Erzeuger gehört, wurde dabei in frommer Selbstherrlichkeit unterschlagen.

Das wiederum veranlasste den Oberkonsistorialrat Günther, sich aus der Deckung zu wagen und anzumerken, dass jedes Kind als Geschenk Gottes angesehen werden solle. Er betonte dabei das Wort »jedes«. Im Übrigen, so bemerkte er, sei Toleranz ein wichtiges Mittel, um Menschen für die Kirche zu gewinnen.

Annette freute sich, dass solch ein reger Disput entstanden war, das allein hielt sie schon für einen Erfolg. Eine finale Wirkung ihres Aufsatzes war noch nicht abzusehen. Zudem warteten viele gespannt auf eine Einlassung des Geheimraths Johann Wolfgang von Goethe, die auf sich warten ließ.

Annette von Brun saß häufig am Schreibtisch und folgte der literarischen Arbeit von Caroline Schelling und Sophie von La Roche.

Vom 6. bis 10. November 1805 weilte Zar Alexander I. in Weimar. Er kam von Berlin, wo er das Grab seines Freundes Friedrich Wilhelm II. besucht hatte. Das Verhältnis zwischen Russland und dem preußischen Königshaus hätte nicht enger sein können. Mit einer Ausnahme: Der Zar wollte Preußen für ein Bündnis gegen Napoleon gewinnen, doch Friedrich Wilhelm III. zögerte. In Weimar konferierte Alexander I. mit Herzog Carl August und traf seine Schwester Maria Pawlowna. Gemeinsam besuchten sie die Aufführung »Wallensteins Lager« im Hoftheater. Schillers Drama wurde gefeiert, noch mehr das hochrangige russische Geschwisterpaar. Auch stellte man dem Zaren bei dieser Gelegenheit die Herren Wieland und Goethe vor. Am Tag danach reiste Alexander I. nach Dresden ab, um von dort aus seine Truppen in Böhmen und Mähren aufzusuchen. Man rechnete mit einem Aufeinandertreffen der drei größten Armeen dieser Zeit: Russland und Österreich gegen Napoleon. Endlich sollte der französische Kaiser in die Schranken gewiesen werden.

~

Es war bekannt, dass Maria Pawlowna mit dem Schicksal haderte. Der Gesundheitszustand ihres Sohnes Paul wurde immer bedenklicher.

»Schaut einmal«, hieß es auf dem Marktplatz und in den Schankstuben, »sie stammt aus einer Zarenfamilie, ist eine Großfürstin, ihr Bruder ist das Oberhaupt des größten Landes der Erde, sie ist die Ehefrau des Erbprinzen und zukünftigen Herzogs, sie wohnen in einem Schloss und haben viele Untertanen. Aber was nützt ihr das? Da liegt ihr Sohn, der kleine Paul, ist sehr krank und keiner kann ihm helfen. Das ginge jeder Bauersfrau ebenso. Diese Umstände bedenkend ist sie nicht besser und gehobener als eine Bäuerin in Tröbsdorf oder Umpferstedt. Wenn ihr Sohn stirbt, ist sie genauso fassungslos wie unsereins. Das ist die wahre Bedeutung des Wortes Gerechtigkeit!«

~

Im Monat November weilte ein englischer Ingenieur namens Parcival Cardigan in Weimar. Herzog Carl August hatte ihn eingeladen, um mehr über die englische Industrieentwicklung zu erfahren. Weimar war eine Handwerkerstadt, Landwirtschaft gab es rundherum in den Dörfern. Industrie fand man nur in bescheidenem Ausmaß.

Friedrich Justin Bertuch hatte die Aufgabe bekommen, sich von Sir Cardigan beraten zu lassen. Der Engländer redete viel, Bertuch verstand wenig. Dennoch war klar: Die Dampfmaschine war die Hoffnung der kommenden Zeit. Dabei ging es nicht nur um die Dampflok, sondern auch um einen Dampfwagen, der sich, von Schienen unabhängig, auf einer gepflasterten Straße bewegen konnte. Eine selbstfahrende Dampfmaschine.

Bertuch fragte den Engländer, was in diesem Fall aus den vielen Pferdewagen und Kutschen werde. Die brauche man nur noch zur Feldarbeit, versicherte Sir Cardigan, nicht mehr zur Fortbewegung und zum Transport. Das werde natürlich noch einige Jahre dauern, aber dann …

Sogleich wollte Bertuch wissen, was denn mit all den Menschen geschehen solle, die mit den Pferden ihren Lebensunterhalt verdienten, mit den Hufschmieden, den Wagnern, den Stallburschen, Tierärzten, Pferdezüchtern, Haferbauern, Leihstallbesitzern und Pferdeäpfelverwertern?

Cardigans Antwort lautete kurz und rückhaltlos: Die würden bald nicht mehr gebraucht.

Und es kam noch abgründiger: Cardigan sagte voraus, dass es auch selbstfahrende Kanonen geben werde. Das könne die Kriegstechnik revolutionieren. Bertuch schüttelte ungläubig den Kopf. Mittlerweile war Napoleon in Wien einmarschiert, zu Fuß und zu Pferd, ohne selbstfahrende Dampfmaschinen – dennoch sehr erfolgreich. Kaiser Franz war zu einem schmachvollen Friedensvertrag gezwungen worden, das Zentrum des Heiligen Römischen Reichs Teutscher Nation war verloren. Den Engländer Cardigan störte das wenig, er lobte Admiral Nelson in höchsten Tönen und warnte Napoleon eindringlich, nie wieder England anzugreifen.

Bertuch versicherte, dies Napoleon auszurichten, sobald er in Weimar auftauche. Und er war sich sicher, dass er auftauchen werde. Ob er ihn zu Gesicht bekäme, war eine andere Sache.

~

Johann Heinrich Meyer, der »Kunschtmeyer«, hatte einen Antwortbrief aus Würzburg erhalten, den er Ernesta von Auerbach übermittelte, die ihn umgehend an ihre Nichte Annette weiterreichte. In Würzburg war das Mitis-Grün zu einem Zehntel des Hoffmann-Preises angeboten worden. Hoffmann hatte den überhöhten Preis zwar nicht einer ihm untergeordneten Person abverlangt, aber einem Hofangestellten, noch dazu dem Leiter der Fürstlichen Freyen Zeichenschule, die in karitativer Form talentierten jungen Handwerkern zur Verfügung stand. Er wurde des Wuchers angeklagt, der Prozess stand noch aus. Eine Beteiligung an Annettes Vergiftung konnte ihm nicht nachgewiesen werden, da er die grüne Farbe ausschließlich an Georg Melchior Kraus zu künstlerischen Zwecken weitergegeben hatte. Zugleich äußerte er den dringenden Verdacht, dass Colette eine gewisse Menge des Farbstoffs gestohlen hatte.

~

Colette wurde verhört und gestand, ohne gefoltert zu werden, die grünen Kristalle in der Hofapotheke gestohlen und an Rosine weitergegeben zu haben. Damit schloss sich der Kreis. Rosine Schandinger war nicht nur durch einen Hund, sondern auch durch eine menschliche Aussage als Verursacherin von Annettes Vergiftung identifiziert worden. Dies war wichtig, da ein Geständnis, das die *Constitutio Criminalis Carolina* eigentlich voraussetzte, nicht mehr möglich war. Colette wurde zu einer milden Strafe verurteilt. Danach schickte man sie zurück zu ihrer Familie nach Tröbsdorf, was sie als weitaus härtere Bestrafung empfand.

~

Beide Apotheker, sowohl Hoffmann als auch Tietzmann, bestätigten, dass der Verdacht, die Arsenmoleküle könnten sich vom Trägerstoff gelöst haben und als giftige Moleküle in der Luft schweben, nicht haltbar sei. Damit war das Horrorszenario der Demontage all der grünen Wandbehänge und Tapeten im Schloss aus den Köpfen der Hofgesellschaft verschwunden. Die zwei Personen, die vor solch einer Vergiftungsmöglichkeit gewarnt hatten, hielten es mit der Vogel-Strauß-Methode: Kopf in den Sand, nichts hören, nichts sehen. Zum einen ging es um Johann Wolfgang von Goethe, der seinen Herzog und Freund Carl August nicht brüskieren wollte, zum anderen um Rosines Mutter, Margarete Schandinger, deren Kopf bereits dauerhaft im Sand der Umnachtung steckte.

~

Nachdem der Guitarrenauftrag von Geheimrath Voigt für seine Frau abgeschlossen war, folgte derjenige von der Erbprinzessin Maria Pawlowna. Die Fürstin selbst hatte sich über die Bedingung ihres Oberhofmeisters bezüglich Annettes Aufsatz hinweggesetzt und machte sich damit – nach Wilhelms Ansicht – ihrerseits zu einer der Heldinnen von Weimar. Das war der Durchbruch für Wilhelm und seine Meisterwerkstatt. Es folgten weitere Bestellungen aus Jena und Eisenach. Er war sehr froh, endlich wieder über ein konstantes Einkommen zu verfügen, um sich und seine Frau zu ernähren. Und er konnte mit den Guitarren etwas von Wert schaffen, etwas, das zur Lebensfreude der Menschen beitrug. Niemals hätte er sich vorstellen können, Waffen zu fertigen. Anton hatte sich gut eingearbeitet und war zu einer wichtigen Stütze für Meister von Brun geworden. »Meister von Brun« – diese Bezeichnung kam Wilhelm immer noch fremd vor. Angesichts der zahlreichen Aufträge reichte Antons Unterstützung jedoch nicht, Wilhelm benötigte mehr Personal und eine größere Werkstatt. Er überlegte, seinen alten Freund Theo aufzuspüren, den er von der Walz kannte. Theo hatte zuletzt als Altgeselle bei Meister Frühauf gearbeitet, war dann aber in seine Heimat Zwickau zurückgekehrt. Vielleicht könnte er ihn überzeugen, wieder nach Weimar zu kommen. Wilhelms Ziehvater Heinrich hatte Theo nie leiden können, seine Ziehmutter Agnes hätte dem Zwickauer ein mildes Lächeln geschenkt. Vielleicht sah sie von oben auf Wilhelm herab und lehnte sich zufrieden auf ihrer Wolke zurück. Wieder solch eine kindlich-naive Vorstellung. Sie fehlte ihm.

TEIL VII:
Dezember 1805

37. Von Wilhelm und Wilma

Weimar, Dienstag, 3. Dezember 1805

Wilhelm war auf dem Weg in die Marienstraße. Seine Schwester hatte ihn um ein Treffen in ihrer Wohnung gebeten. Ein geheimnisvoller Nimbus umgab diese Zusammenkunft, eine ungewisse Verheißung, eine dunkle Ahnung, die verzweifelt nach einem weißen Segel am Horizont suchte. Was war so wichtig, dass Wilma mit ihm allein sprechen wollte? Niemand sollte davon wissen, schon gar nicht Annette und Tante Louise. Gerade dieser Wunsch bereitete ihm Sorgen.

Bisher hatte Wilma ihn noch nie in ihrer Wohnung empfangen. Er hatte es nicht vermisst und stellte keine Ansprüche an seine Schwester. In diesem Moment jedoch spürte er Verwunderung. Immerhin wohnte sie hier schon seit drei Monaten.

Er wurde von einem Lakaien empfangen.

»Herr von Brun?«

»Äh, ja …«

»Darf ich bitten?« Der Mann ging voraus.

Die Wohnung war riesig. Und vornehm. Holzgetäfelte Wände, schwere grüne Vorhänge, in jedem Raum ein Kachelofen, Deckengemälde – eine Anmutung des Witthumspalais.

Wilma saß in einem Sessel mit rotem Samtbezug. Sie erhob sich. »Entschuldige, lieber Bruder!« Sie umarmte ihn. »Was wir zu bereden haben, soll zunächst niemand hören, jedenfalls nicht, bevor du meinem Vorschlag zugestimmt hast.«

»Wilma …?« Er sah sich um. Was war das? Lebte seine Schwester in zwei Welten, bei ihm als Wilma, hier als Maria?

»Bitte nicht wundern, ich bin das so gewöhnt. Setz dich, möchtest du Kaffee und ein *Croissant de lune*?«

Wilhelm musste lächeln. »Du kennst mich schon gut. Ja, gerne!«

Wilma klingelte, ein Hausmädchen erschien, die Hausherrin beauftragte sie, zwei *Croissants de lune* und eine Kanne Kaffee zu bringen.

Wilhelm beobachtete das alles mit gesteigerter Aufmerksamkeit. »Um welchen Kummer geht es?«, fragte er.

»Um keinerlei Kummer, im Gegenteil, es geht um eine erfreuliche Wendung, die unser Leben verändern kann.«

»Du sprichst in Rätseln.«

»Ich habe mir in den vergangenen Wochen unser Erbe angesehen, das Hofgut Kötschau.«

»Oh ja, die Bruchstücke unserer Kindheit.«

»Ich habe zwei Baumeister und einen Architekten beauftragt, die Substanz der Gebäude zu sichten und zu taxieren, was ein Wiederaufbau kosten würde.«

Wilhelm winkte ab. »Meine Güte, völlig aussichtslos.«

»Zunächst haben die drei Männer festgestellt, dass es sinnvoll wäre, Gut Kötschau wiederaufzubauen. Die Grundmauern sind in Ordnung, und die Lage in der Mitte zwischen Weimar und Jena ist wirtschaftlich äußerst interessant.«

»Ach, tatsächlich? Das ist ja gut, vielleicht können wir mit einem Teil des Aufbaus in vier bis fünf Jahren anfangen.«

Es klopfte, das Mädchen brachte den Kaffee und die *Croissants de lune*. Wilhelm biss sofort in seins hinein.

Ja, dieses Gefühl im Mund erkannte er wieder. Vor einem Jahr hatte er solch ein Gebäck zum ersten Mal bei Tante Louise am Tieffurther Schloss genossen. Unvergleichlich, zart schmelzend, buttrig, dem Gaumen schmeichelnd, fast zu schade zum Schlucken.

»In vier bis fünf Jahren«, Wilma nahm den Gesprächsfaden wieder auf, »das ist zu spät. Wir benötigen recht schnell eine gemeinsame Unterkunft für deine Familie und die Patentante Wilma.«

Wilhelm traute seinen Ohren kaum.

Wilma war nicht zu bremsen. »Dazu eine geräumige Guitarrenwerkstatt für drei oder vier Handwerker, eine Schreibstube für Annette, so groß, dass sie später einen angestellten Schreiber unterbringen kann, ein Kinderzimmer, ein Gesindehaus für Anton sowie eine Magd und einen Knecht, einen Pferdestall und eine Remise. Außerdem ein Musikzimmer, in dem ich üben kann. Ich möchte lernen, die Guitarre zu spielen. Musik ist etwas Schönes, Ergreifendes, sie ähnelt einem Boot, das uns zu einem wunderbaren Land übersetzt. Was meinst du?«

Wilhelm fiel der Kiefer herunter. Die Herrlichkeit dieser Schilderung erschreckte ihn.

»Und damit du nicht denkst, ich sei völlig von dieser Welt …«, fuhr seine Schwester fort. »Ich habe bereits angefangen, Kötschau wiederaufbauen zu lassen!«

Wilhelm schoss hoch. »Was? Wer soll das bezahlen, ich habe kein Geld!«

»Aber ich!«, erwiderte Wilma.

»Ja, schon, aber …«

»Ich denke, du hast keine Vorstellung von meinem Vermögen. Das meiste davon hat mein Ehemann Paul erarbeitet, doch ich habe es in den vergangenen Jahren weiter vermehrt. Deswegen habe ich keine Skrupel, es auszugeben und einem sinnvollen Zweck zuzuführen. Für Kötschau. Für uns. Nach der Abschätzung werden wir ungefähr die Hälfte meines Vermögens dafür aufwenden müssen. Der Rest bleibt mir für andere Zwecke.«

Wilhelm riss die Augen auf. »Die Hälfte? Nur … die Hälfte?«

Wilma nickte. »Und noch eines: Heute kam die Nachricht, dass Napoleon auch die gemeinsame Armee der Russen und Österreicher geschlagen hat. In der Nähe der Stadt Brünn in Mähren, bei einem kleinen Ort namens Austerlitz.«

»Nein!« Wilhelm war entsetzt.

»Leider. Dieser Mann ist das Schattengespenst Europas. Wir sollten das pragmatisch sehen. Es wird Krieg geben in ganz Europa, auch bei uns. Der Preußenkönig hätte nicht zögern dürfen.«

»Gott schütze uns!«

»Ich habe in Kötschau einen Schutzkeller anlegen lassen. Einen Raum, unter der Erde liegend, in dem wir uns verstecken können. Eine geschmiedete Tür wird ihn verriegeln, in einem Nebenraum lagern wir Nahrungsmittel.«

»Sapperlot, gut durchdacht!«

»Ich wollte dir das alles zunächst allein sagen, damit du in Ruhe überlegen kannst. Falls du eine Abhängigkeit von mir befürchtest, können wir einen Vertrag aufsetzen, in dem deine Unabhängigkeit niedergelegt wird. Ich erwarte nichts von dir, außer an unserem Geburtsort gemeinsam mit mir zu leben.«

Wilhelm erhob sich. »Entschuldige, ich muss … nachdenken.«

Wilma wartete, ohne dabei den geringsten Eindruck von Ungeduld zu erwecken. Er ging zum Fenster. Der Blick hinaus auf den Park an der Ilm war bezaubernd. Die Wiesen und die Ilmniederung waren von Winternebel bedeckt. Wie mit dem Lineal gezogen ragten blattlose Baumgerippe aus dem wallenden Weiß heraus. Überlege gut, flüsterte die Angst Wilhelm zu. Erfülle deine Träume, drang die Lebensfreude in sein Ohr.

Er drehte sich um.

Wilma stand auf und kam auf ihn zu. Sie sah gut aus. Das im Nacken verschlungene dunkle Haar ließ den Blick frei auf ihren schlanken Hals und eine Perlenkette. Von ihren blauen Augen ging ein strahlendes Licht aus. Das in Erdtönen gehaltene Kleid mit dem weißen Besatz aus Klöppelspitze verlieh ihr ein vornehmes Aussehen.

Wilhelm war stolz auf seine Schwester. Dennoch, eine wichtige Frage schob sich in seinen Kopf: »Machst du das alles für uns, für dich, für mich? Oder hast du einen anderen Beweggrund?«

»Du bist sehr feinfühlig«, antwortete Wilma. »Das hast du sicher nicht von unserem Vater geerbt. Ja, das mache ich für uns, ich bin glücklich, wieder eine Familie zu haben. Aber es gibt noch einen zweiten Grund: Ich möchte unserem Vater posthum zeigen, dass man ein Gut anders führen kann, als er es tat. Nicht in Selbstherrlichkeit und Despotismus. Nicht als Zar von Kötschau und Frauenbeschicker von Teufels Gnaden. Nein, du und ich, wir werden es als Herr und Herrin von Kötschau führen, zum Wohlgefallen aller Menschen innerhalb und außerhalb der Gutsmauern.«

Sie konnte überzeugen. Klar und deutlich, ohne die in der Aristokratie herrschende vornehme Zurückhaltung.

»Ich werde mit Annette sprechen. Solche Entscheidungen treffen wir gemeinsam. Vorab, liebe Schwester: Ich bin gerührt und danke dir für deine Großzügigkeit und dein Vertrauen!«

Sie umarmten sich.

»Eine Frage noch!« Wilhelm sprach mit leiser Vorsicht. »Am Eingang des Hofguts Kötschau befinden sich fünf Gräber, linker Hand zwischen Wassergraben und Mauer. Unser Bruder Willebrord wurde dort zu Grabe gelegt. Den Körper meiner Mutter Agnes durfte ich nicht beerdigen, aber wir könnten dort eine Gedenkstätte für sie errichten, man nennt es Kenotaph. Ein Grab ohne Inhalt sozusagen. Was meinst du?«

Ein leichtes Lächeln huschte über ihr Gesicht. »Ja, natürlich, das machen wir. Ein Platz zum Trauern ist wichtig. Allerdings …«

Wilhelm hörte auf zu atmen.

»Möchte ich für unseren Bruder Wilbert auch solch einen Kenotaphen.«

Er hielt immer noch den Atem an. Eine Gedenkstätte für einen Mörder?

»Das mag dir wundersam erscheinen, Wilhelm. Ja, er hatte einen falschen Weg eingeschlagen, vielleicht getrieben von geistiger Verwirrung oder von der Kindheit unter unserem Vater. Aber er war ein Mensch. Und als solcher verdient auch er unsere Erinnerung.«

Wilhelm atmete aus. Vergebung. Für ihn eine der schwierigsten christlichen Anforderungen. Er nickte. Dann umarmten sie sich erneut und er verließ die Wohnung.

Noch am selben Tag sprach Wilhelm mit Annette. Sie hörte seinen Schilderungen aufmerksam zu und Wilhelm hatte den Eindruck, dass sie alles aufnahm, offen, ohne Vorbeurteilung, ohne hinter Lächeln versteckte Ängste, ohne fragende oder vorwurfsvolle Blicke und ohne vorschnelle Ablehnung oder Zustimmung.

Am Ende stellte sie nur eine Frage: »Vertraust du deiner Schwester?«

Als Wilhelm das bejahte, sagte sie: »Dann vertraue ich euch beiden!«

Er war glücklich, sah ihr in die Augen, die endlich wieder den Glanz des Smaragds ausstrahlten, versank in ihren kastanienbraunen Locken, zog sie langsam an sich und küsste sie zärtlich. Jedem, der das beobachtet hätte, wäre klar gewesen, dass hier ein unsichtbares Band zwischen zwei Menschen gezogen war.

Als Tante Louise davon erfuhr, sagte sie: »Seht, ihr beiden, ich konnte selbst nie Mutter sein, trotzdem habe ich nachgedacht über Eltern und Kinder, ein wenig von außen, so wie eine Zuschauerin auf der Galerie. Dabei habe ich etwas gelernt. Es gibt zwei Dinge, die wir unseren Kindern mitgeben sollten: Wurzeln und Flügel. Wilhelm, du brauchst mehr Wurzeln, Annette, du mehr Flügel. Beides werdet ihr in Kötschau finden!«

Epilog

Es war der Sonntag vor Weihnachten. Das Gehöft in Kötschau war mit Schnee bedeckt, der Boden hart gefroren. Auf der Mauer häuften sich lustige Schneegebilde. Noch vor dem Frost hatten sie es geschafft, das Herrenhaus so weit herzurichten, dass man in dem südlich gelegenen Teil wohnen konnte. Die Eingangstreppe war neu gemauert, der Glaser hatte die Fenster repariert. Die Tüncher hatten die Räume in strahlendes Weiß getaucht, die Kamine und Kachelöfen waren von den Ofensetzern in Gang gebracht worden. In jedem Zimmer prasselte ein gemütliches Feuer, in der Wohnstube lag Babel vor dem Ofenschirm.

Wilma war mit ihrer Kutsche in Jena unterwegs, um Weihnachtsgeschenke zu kaufen. Wilhelm und Annette liefen über den Hof und berieten die nächsten Bauschritte, die nach den Weihnachtsfeiertagen erfolgen sollten. Sie waren in dicke Mäntel und Schals gehüllt, die Kälte biss in die Ohren. Alsbald war der Dachdecker gefragt, das Scheunendach hatte Löcher.

Unvermittelt drehte Wilhelm sich um, ohne zu wissen, warum, ohne zu ahnen, was ihn erwartete. Im Westen ging die fahle Sonne unter. Am Tor des Hofguts stand eine Frau. Der Kleidung nach war sie eine Bedienstete. Wilhelm ging auf sie zu. »Sie wünschen?«

»Entschuldigung, Euer Hochwohlgeboren, ich hörte, dieses Landgut wird neu aufgebaut. Gibt es hier vielleicht Arbeit für mich?«

Die Frau befand sich in vorgerücktem Alter. Sie redete langsam, aus ihren Augen sprach der Weltschmerz. Ihr Mantel war abgetragen, zu dünn für die Winterkälte.

Annette trat neben ihren Mann.

»Guten Tag, gnädige Frau«, fügte die Fremde hinzu. »Ich kenne dieses Gut. Ich habe hier vor vielen Jahren schon einmal gearbeitet.«

Wilhelm überkam eine Ahnung, ein heiß aufwallendes Gefühl zog ihm von der Brust hinauf in den Kopf. »Wie … wie heißen Sie?«

»Mein Name ist Olivia Lorenz.«

Annette hielt sich die Hände vor den Mund.

Wilhelm atmete tief ein. »Ich bin Wilhelm Bruno Lorenz von Brun.«

Die Frau hob den Kopf und sah ihn an. Verwundert. Fragend.

Wilhelm zog die kleine blaue Holzfigur aus der Hosentasche und hielt sie ihr mit der flachen Hand entgegen.

»Viola!«, flüsterte die Frau. Tränen standen in ihren Augen.

Wilhelm lächelte. »Willkommen zu Hause, Mutter!«

ENDE

Anhang

Anhang 1: Historische Daten für Interessierte

9. Mai 1805: Friedrich von Schiller stirbt im Alter von fünfundvierzig Jahren in Weimar. Gemeinsam mit Wieland, Herder und Goethe bildet er das geistige Viergestirn der Weimarer Klassik.
26. Mai 1805: Napoleon krönt sich im Mailänder Dom zum König von Italien. Er setzt sich selbst die Eiserne Krone der Langobarden auf.
26. Juli 1805: Ein Erdbeben in Mittelitalien fordert sechsundzwanzigtausend Tote.
9. August 1805: Die dritte Koalition gegen Napoleon entsteht. Zu ihr gehören Großbritannien, Schweden, Russland, Österreich und das Königreich Sardinien-Piemont.
25. August 1805: Im geheimen Vertrag von Bogenhausen wechselt das Kurfürstentum Bayern die Seiten, verlässt seine Bündnispartner Russland und Österreich und schließt sich Napoleon an. Der Weg zum Königreich Bayern steht damit offen.
25. September 1805: Geburt des Prinzen Paul Alexander, Sohn des Erbprinzen Carl Friedrich von Sachsen-Weimar-Eisenach und dessen Gemahlin Maria Pawlowna Romanowa. Das Kind ist von Geburt an kränklich und stirbt im Alter von sieben Monaten.
20. Oktober 1805: Die österreichische Armee mit vierundzwanzigtausend Mann und sechzig Geschützen wird

von Napoleon bei Ulm eingeschlossen. General Karl Freiherr von Mack kapituliert, ohne einen Schuss abgegeben zu haben.

21. Oktober 1805: In der Seeschlacht vor Kap Trafalgar, nahe der spanischen Stadt Cádiz, gelingt dem englischen Vizeadmiral Horatio Nelson ein entscheidender Sieg über die französisch-spanische Flotte. Nelson wird dabei getötet, vereitelt trotzdem Napoleons Pläne für eine Invasion der Britischen Inseln und legt die Grundlage für die mehr als ein Jahrhundert dauernde britische Vorherrschaft zur See. Siehe auch Trafalgar Square in London.

3. November 1805: Preußisch-russisches Bündnis, bekannt als Vertrag von Potsdam.

5. November 1805: Zar Alexander I. und Preußenkönig Friedrich Wilhelm III. mit Königin Luise stehen vereint am Sarg der Könige Friedrich Wilhelm II. und Friedrich des Großen in der Potsdamer Garnisonkirche. Unmittelbar danach Abreise von Alexander nach Weimar. Zu seinen Ehren lässt Friedrich Wilhelm III. den Berliner Ochsenmarkt in Alexanderplatz umbenennen.

6. bis 10. November 1805: Zar Alexander I. weilt in Weimar. Danach Abreise in Richtung Böhmen/Mähren, siehe Schlacht von Austerlitz.

13. November 1805: Napoleons *Grande Armée* rückt in Wien ein und übernimmt kampflos die Stadt.

20. November 1805: Im Theater an der Wien wird Beethovens Oper »Fidelio« uraufgeführt.

26. November 1805: Joseph-Marie Jacquard stellt in Paris seine lochkartengesteuerte Webmaschine vor. Es handelt sich dabei um einen automatisierten Webstuhl zur präindustriellen Herstellung von Stoffen. Diese Webmaschine ist als Urform des Begriffs »Produktionsmittel« gemäß Karl Marx einer der Auslöser der Industriellen Revolution.

2. Dezember 1805: In der Dreikaiserschlacht bei Austerlitz siegt Napoleon über die vereinigte Armee der Österreicher unter Kaiser Franz II. und der Russen unter Zar Alexander I. Eine französische Kriegslist und das günstige Wetter tragen dazu bei.

14. Dezember 1805: Bei einem Brand im Stift Melk in Niederösterreich sterben bis zu dreihundert russische Kriegsgefangene, die seit der Schlacht von Austerlitz in der Bastei festgehalten werden.

26. Dezember 1805: Friede von Pressburg zwischen Österreich und Frankreich.

Anhang 2: Historische Persönlichkeiten

2.1 Herzogliche Familie

Anna Amalia, geb. Prinzessin von Braunschweig-Wolfenbüttel (1739–1807): Ehefrau des Herzogs Ernst August II. (1737–1758). Von 1758 bis 1775 Herzogin von Sachsen-Weimar-Eisenach.

Carl August (1757–1828): ab 1775 Herzog von Sachsen-Weimar-Eisenach, seit 1815 Großherzog, ältester Sohn der Anna Amalia und des Herzogs Ernst August II.

Luise von Hessen-Darmstadt (1757–1830): ab 1775 Ehefrau des Carl August, damit Herzogin, seit 1815 Großherzogin von Sachsen-Weimar-Eisenach.

Carl Friedrich (1783–1853): Sohn des Carl August und seiner Frau Luise, ab 1828 Großherzog von Sachsen-Weimar-Eisenach.

Maria Pawlowna Romanowa (1786–1859): russische Großfürstin, Schwester des Zaren Alexander I., seit 1804 Ehefrau des Carl Friedrich, ab 1828 Großherzogin von Sachsen-Weimar-Eisenach. Ihr Vater Zar Paul wurde ermordet, Katharina die Große war ihre Großmutter.

Friedrich Ferdinand Constantin (1758–1793): Prinz von Sachsen-Weimar-Eisenach, jüngerer Sohn der Anna Amalia und des Herzogs Ernst August II.

2.2 Wichtige historische Persönlichkeiten im Herzogtum Sachsen-Weimar-Eisenach

Beinitz, Johann Christian (1764–1828): Pfarrer in Wickerstedt und Eberstedt von 1802 bis 1838.

Bertuch, Friedrich Justin (1747–1822): Kaufmann und Industrieller, Verleger und Mäzen. Verwalter der herzoglichen Privatschatulle.

Egloffstein, Caroline von (1789–1868): Tochter der Henriette von E. und des Leopold von E., Komponistin, später Hofdame der Fürstin Maria Pawlowna.

Einsiedel, Friedrich Hildebrand von (1750–1828): Jurist, ab 1802 Weimarer Geheimer Rath und Oberhofmeister, regelmäßiger Teilnehmer an Anna Amalias Teegesellschaften.

Fichte, Johann Gottlieb (1762–1814): Berühmter und zugleich umstrittener Philosoph, Vertreter des deutschen Idealismus, wird 1799 als Professor der Universität Jena entlassen, nachdem ihm seine Schrift Über den Grund unseres Glaubens an eine göttliche Weltregierung massive Atheismusvorwürfe einbrachte.

Fritsch, Henriette von, geb. Freiin Wolfskeel von Reichenberg (1776–1859): zunächst Hofdame, dann Freundin von Anna Amalia und Louise von Göchhausen, ab 1803 Ehefrau von Karl Wilhelm von Fritsch.

Fritsch, Karl Wilhelm von (1769–1851): Jurist, Staatsmann, Beamter. Ab 1789 Mitglied der Weimarer Regierung, seit 1805 Leiter der Generalpolizeydirektion, ab 1811 Mitglied des Geheimen Conseils. 1803 Heirat mit Henriette Freiin Wolfskeel von Reichenberg.

Geist, Johann Ludwig (1776–1854): Goethes Diener und Schreiber von 1795 bis 1805, später Hofbeamter.

Göchhausen, Louise von (1752–1807): kleinwüchsig, von Geburt an eingeschränkte Beweglichkeit. Erste Hofdame der Fürstin Anna Amalia, wohnhaft im Witthumspalais, befreundet mit J. W. von Goethe und dessen Mutter sowie C. M. Wieland und K. L. von Knebel.

Goethe, Johann Wolfgang von (1749–1832): Geheimer Rath, Dichter, Dramatiker, Naturforscher und Politiker. Jugend in Frankfurt a. M., Leipzig, Straßburg und Wetzlar. Verlobung mit Elisabeth Schönemann in Frankfurt und Offenbach. Ab

1775 in Weimar. Seit 1788 Lebensgemeinschaft mit Christiane Vulpius, ab 1806 verheiratet. Beider Sohn: August von G.

Wichtigste Werke: *Die Leiden des jungen Werthers*, *Götz von Berlichingen*, *Clavigo*, *Faust*, *Iphigenie auf Tauris*, *Egmont*, *Torquato Tasso*, *Wilhelm Meister*-Trilogie, *Die Wahlverwandtschaften*.

Goethe, Christiane von, geb. Vulpius (1765–1816): ab 1806 Ehefrau des Johann Wolfgang von G.

Goethe, August von (1789–1830): Sohn des Johann Wolfgang von G. und dessen Frau Christiane. Gestorben und begraben in Rom.

Günther, Wilhelm Christoph (1755–1826): Hofprediger und Oberkonsistorialrat unter Carl August, in dieser Funktion seit 1801 Nachfolger des J. G. Herder.

Hoffmann, Karl August (1756–1833): Hofapotheker in der ersten Apotheke Weimars am Markt. Die ihm in diesem Roman zugeschriebene Anklage wegen Wuchers ist frei erfunden.

Klauer, Martin Gottlieb (1742–1801): Hofbildhauer und Kunstlehrer an der Fürstlichen Freyen Zeichenschule in Weimar.

Kotzebue, August Friedrich Ferdinand von (1761–1819): Schriftsteller, Dramatiker, Librettist. Er schrieb zweihundertvierzig Theaterstücke, die auf allen Bühnen Europas gespielt wurden. Trat als volkstümlicher Autor in Konkurrenz zu Goethe und Schiller.

Kraus, Georg Melchior (1737–1806): Leiter der Fürstlichen Freyen Zeichenschule in Weimar.

Meyer, Johann Heinrich (1760–1832): Bekannt als »Kunschtmeyer«, gebürtiger Schweizer, Maler, Kunstschriftsteller und Zeichenlehrer. Genoss hohes Ansehen in Weimar, befreundet mit Goethe. Verheiratet seit 1803 mit Amalie von Koppenfels.

Otto, Jacob August (1760–1829): herzoglicher Instrumentenbauer, Gotha/Weimar/Jena/Halle. Beteiligt an der Einführung der Gitarre in Deutschland, aus Italien kommend.

Riemer, Friedrich Wilhelm (1774–1845): Goethes Freund, Privatlehrer von August Goethe, Lehrer am Wilhelm-Ernst-Gymnasium Weimar, ab 1827 Nachfolger des Bibliothekars Christian Vulpius.

Schelling, Caroline, geb. Michaelis, verw. Böhmer, gesch. Schlegel (1763–1809): Schriftstellerin und Übersetzerin. 1796 bis 1803 in Jena, danach mit Ehemann Friedrich S. in Würzburg und München. Die zentrale Person im Kreis der Jenaer Romantiker.

Schelling, Friedrich (1775–1854): Deutscher Philosoph und Anthropologe. Mitglied der Jenaer Romantiker. Seit 1803 verheiratet mit Caroline S.

Schiller, Friedrich von (1759–1805): Dichter, Dramatiker, Historiker, Philosoph und Arzt, geadelt 1802. Ab 1790 verheiratet mit Charlotte von S., geborene von Lengefeld, vier gemeinsame Kinder.

Seine wichtigsten Dramen: *Die Räuber*, *Maria Stuart*, *Die Jungfrau von Orleans*, *Wilhelm Tell*, *Kabale und Liebe*, *Don Carlos*, *Wallenstein-Trilogie*.

Schlegel, August Wilhelm (1767–1845): Literaturhistoriker, Übersetzer und Schriftsteller. Von 1796 bis 1803 verheiratet mit Caroline Böhmer. Mitglied der Jenaer Romantiker. Shakespeare-Übersetzungen zusammen mit seiner Frau Caroline S., spätere Schelling.

Seebach, Friedrich von (1768–1847): Freund des Herzogs Carl August mit verschiedenen Aufgaben: ab 1802 Kammerherr, Major und Stallmeister, Mitglied der Generalpolizeydirektion, später Oberst und General, Kommandeur eines Freiwilligenbataillons, Erbauer der Altenburg in Weimar. Bruder der Amélie von Stein.

Stein, Charlotte von (1742–1827): ehemalige Hofdame der Herzogin Anna Amalia, später deren Freundin und Beraterin. Verheiratet mit G. Ernst Josias von S. Befreundet mit J. W. von Goethe.

Stein, Gottlob Carl Wilhelm von (1765–1837): ältester Sohn der Charlotte von S. und des Josias von S., ab 1796 Herr auf Gut Kochberg, seit 1798 verheiratet mit Amélie, geb. von Seebach.

Stein, Amélie Constantine von, geb. von Seebach, genannt Amalia (1773–1860): seit 1798 Ehefrau des Gottlob Carl Wilhelm von S., Schwester des Friedrich von Seebach.

Stein, Gottlob Friedrich Konstantin von, genannt Fritz (1772–1844): jüngster Sohn der Charlotte von S. und des Josias von S., Mit-Erziehung durch Goethe. Seine kulturhistorisch wichtigste Tat war die Rettung aller Briefe von Goethe an Charlotte von S., bis heute aufbewahrt im Goethe- und Schiller-Archiv in Weimar.

Tietzmann, Carl August (1799–1827): Apotheker, gründete 1801 die Löwenapotheke in der Neuen Straße, heute Goetheplatz, in Weimar.

Wagner, Johann Martin (1777–1858): Maler, Bildhauer und Kunstsammler, König Ludwigs Kunstagent in Rom. Nach ihm benanntes Museum an der Uni Würzburg.

Wieland, Christoph Martin (1733–1813): Prinzenerzieher, Philosoph, Schriftsteller und Herausgeber. Der Erste und Älteste des Weimarer geistigen Viergestirns.

Wolzogen, Wilhelm von (1762–1809): Geheimer Rath, gemeinsam mit Goethe im Weimarer Geheimen Consilium. Zugleich Oberhofmeister und Finanzverwalter am Hofe von Maria Pawlowna.

Voigt, Christian Gottlob (1743–1819): Geheimer Rath, Mitglied der Weimarer Regierung.

Voigt, Johanna Viktoria, geb. Hufeland, verw. Michaelis (1741–1815): seit 1770 Ehefrau des Geheimraths C. G. Voigt.

2.3 Nationale und internationale Persönlichkeiten

Alexander I. Pawlowitsch Romanow: Von 1801 bis 1825 Zar von Russland, Bruder der Maria Pawlowna Romanowa, Enkel von Katharina der Großen. Seit 1793 verheiratet mit Prinzessin Louise von Baden.

Celsius, Anders (1701–1744): schwedischer Wissenschaftler, etablierte die Temperatureinteilung in hundert Stufen zwischen Gefrier- und Siedepunkt des Wassers, damals Centigrade genannt. Erst 1948 wurde diese Einteilung zu Ehren ihres Erfinders in »Grad Celsius« umbenannt.

Franz II./I., auch »Blumenkaiser« genannt, (1768–1835): als Franz II. von 1792 bis 1806 letzter Kaiser des Heiligen Römischen Reichs Deutscher Nation, als Franz I. ab 1804 Kaiser von Österreich.

Jenner, Edward (1749–1823): englischer Arzt, Entdecker der Pockenschutzimpfung im Jahr 1796.

La Roche, Sophie von (1730–1807): eine der ersten Schriftstellerinnen in Deutschland, die von ihrer literarischen Arbeit leben konnten. Hauptwerk: *Geschichte des Fräuleins von Sternheim*. Sophie von La Roche war die Cousine Wielands, die Mutter von Maximiliane von Brentano und die Großmutter von Bettine und Clemens von Brentano. Sie verbrachte die letzten zwanzig Lebensjahre zusammen mit ihrer Tochter Luise in Offenbach am Main.

Mitis, Ignaz von (1771–1842): österreichischer Chemiker und Techniker, entdeckte 1805 das sogenannte »Mitis-Grün«.

Dabei handelt es sich um ein Kupfer(II)-Arsenit-Acetat, das auch als »Schweinfurther Grün« bezeichnet wurde. Gründete mit seinem Vater eine chemische Fabrik, in der dieser beliebte Farbstoff hergestellt wurde. Später war Mitis an dem Bau der beiden Kettenbrücken in Wien beteiligt. Ab 1799 verheiratet mit Barbara von Fillenbaum, zwei Söhne, eine Tochter.

Napoleon I. Bonaparte (1769–1821): französischer General, ab 1804 französischer Kaiser (Selbstkrönung), ab Mai 1805 König von Italien. Ab 1796 verheiratet mit Josephine de Beauharnais. Nach der Scheidung erneute Heirat im Jahr 1810 mit Marie-Louise von Habsburg, der Tochter von Kaiser Franz I. Alle im Roman beschriebenen Lebensereignisse Napoleons entsprechen den historischen Erkenntnissen.

Ruß, Friedrich Wilhelm (1779–1843): Chemiker und Apotheker aus Schweinfurt, gemeinsam mit Wilhelm Sattler stellte er das Mitis-Grün, auch »Schweinfurther Grün« genannt, in industriellem Maßstab her.

Alle in Anhang 2 nicht erwähnten Namen gehören zu vom Autor dieses Romans frei erfundenen Figuren.

Anhang 3: Begriffe

Im Roman erwähnte, erklärungsbedürftige historische oder mundartliche Begriffe, Orte und Ereignisse, hier in alphabetischer Reihenfolge:

Altan (auch Söller): auf Stützen ruhender Balkon bei älteren Gebäuden.

Argand'sche Luftstromlampe: benannt nach François-Pierre-Amédée Argand, einem Schweizer Physiker und Chemiker. Er stellte 1783/1784 eine moderne Öllampe vor, die aus einem Glaszylinder – zwecks Kamineffekt –, einem Baumwolldocht und einem separaten Tank bestand.

Armbrust: mittelalterliche Waffe mit großer Durchschlagskraft, von zwei Päpsten bei Kämpfen zwischen Christen (!) verboten, da die Bolzen sogar Ritterrüstungen durchschlugen. Spätere Varianten der Armbrust bestanden aus Stahl, waren stabiler und hatten eine höhere Zugkraft der Sehne. Dadurch wurden Spannhilfen notwendig (Kurbeln, Zahnstangen, Geißfuß). Zur Handlungszeit dieses Romans weitgehend durch Feuerwaffen abgelöst, nur noch zur Jagd genutzt.

Artig: Adjektiv, damals gebraucht im Sinne von »höflich«, »nett«, »angenehm wirkend«.

Baumgarten: Pachtgarten, um 1805 im Besitz von Friedrich Justin Bertuch, heutiger Weimarhallenpark.

Bornberg oder Am Bornberge: jetzige Kaufstraße, damals Hauptverbindung zwischen Stadtkirche und Rathaus.

Berline: leichte, vierrädrige Kutsche mit festem Dach, meist zweispännig gefahren.

Breite Gasse (Innenstadt): heutige Marktstraße, dort verlief um 1800 wahrscheinlich der Lottenbach.

Canzley: Schreibbüro, nicht vergleichbar mit der heutigen (Rechtsanwalts-)Kanzlei.

Canzlist: Schreiber, Angestellter in einer Canzley.

Centigrade: damalige Bezeichnung für »Grad Celsius«. Ergab sich aus der Einteilung in hundert Stufen zwischen Gefrierpunkt und Siedepunkt des Wassers bei einem Standard-Luftdruck (1 atm). Erst 1948 wurde diese Temperatureinteilung zu Ehren ihres schwedischen Erfinders Anders Celsius in »Grad Celsius« umbenannt.

Comptoir (frz.): Geschäftsstelle, Niederlassung, Repräsentanz.

Constitutio Criminalis Carolina (lat.): gebräuchliche Abkürzung CCC, peinliche Gerichtsordnung aus dem 16. Jahrhundert, erlassen von Kaiser Karl V. Die Bedeutung von »peinlich« war zu jener Zeit gleichzusetzen mit »peinigend«, betraf also Leibes- und Lebensstrafen. Die CCC war im Jahr 1805 nominell noch gültig, wurde in den preußischen Staaten erst 1851 ersetzt.

Erbprinz, Gasthaus: damaliger Gasthof, am Markt in östlicher Richtung neben dem Gasthof Elephant. Im Nachbarhaus wohnte zu Beginn des 18. Jahrhunderts Johann Sebastian Bach. Beide Häuser wurden 1989 abgerissen, die Fläche gehört heute zum Hotel Elephant und dient als Gästeparkplatz.

Erfurter Thor (früher Äußeres Erfurther Thor): heutiger innerstädtischer Beginn der Erfurter Straße, Kreuzung mit Heinrich-Heine-Straße/Sophienstiftsplatz. Das noch bestehende Torhaus von Clemens Wenzeslaus Coudray wurde 1822/24 direkt vor das ehemalige Äußere Erfurther Thor gesetzt.

Erndtethor: zusätzliches Tor für Erntewagen in der Nähe des Armbrustschießstandes, heute Kreuzung der Steubenstraße mit der Schützengasse.

Esplanade: derzeitige Schillerstraße, damals wie heute städtische Flaniermeile.

Fichu (frz.): dreieckiges oder zum Dreieck gefaltetes Tuch, das Hals und Dekolleté der Frauen bedeckte.

Floßbrücke: heute Naturbrücke im Ilmpark.
Fuß (Längenmaß): 1 weimarischer Fuß = 28,2 Zentimeter. 6,5 Fuß = ca. 1,83 Meter.
Frauenthor, früher Äußeres Frauenthor: Kreuzung Frauenplan/Ackerwand, davorliegend der jetzige Wielandplatz.
Gefach: Raum zwischen den Holzbalken eines Fachwerkhauses, meistens mit Lehm und Weidengeflecht befüllt.
Generalpolizeydirektion: herzoglicher öffentlicher Dienst der Landesverwaltung. Der historische Begriff »Polizey« ist nicht direkt vergleichbar mit unserem aktuellen Polizei-Begriff, denn er umfasste sowohl die Sicherheitspolizey als auch die Wohlfahrtspolizey.
GenPolDir: in amtlichen Berichten und Dokumenten übliche Abkürzung für die Generalpolizeydirektion.
Gesellschaftszimmer (in Goethes Wohnhaus am Frauenplan): teilweise auch Musikzimmer genannt. 1823 ließ Goethe hier den großen Junokopf installieren, danach bekannt geworden als Junozimmer.
Gottesacker: Friedhof an der Jacobskirche, 1804 noch als Jacobsplan (freier Platz) vermerkt, 1812 bereits als Erweiterung des Friedhofs genutzt.
Groschenbrot: ein Brotlaib, der zum Festpreis von einem Groschen verkauft wurde. Je nach Mehlpreis wurde das Gewicht angepasst. Analog gilt dies für die Pfennigsemmel.
Kalliope: älteste und weiseste der neun klassischen Musen, hier Statue von Martin Gottlieb Klauer im Musentempel des Schlossparks Tieffurth.
Calotte (oder Kalotte): halbkugelförmige Kopfbedeckung, oft aus Samt oder Seide.
Kenotaph: Gedenkstätte für einen Verstorbenen außerhalb seines tatsächlichen Grabes. Hier: Konstantin-Gedenkstein

im Park Tieffurth, den Fürstin Anna Amalia für ihren im Alter von fünfunddreißig Jahren verstorbenen jüngeren Sohn Prinz Friedrich Ferdinand Konstantin errichten ließ. Seine wahre Grablege befindet sich in der Georgenkirche in Eisenach. Weiteres Beispiel: das Taj Mahal in Indien.

Kleyn Kromstorff: heutiges Kromsdorf-Süd (Ortsteil von Ilmtal-Weinstraße).

Knackwurst: typische Thüringer Wurstsorte aus grobem Schweinemett, gewürzt unter anderem mit Kümmel, durch leichtes Räuchern und Trocknen haltbar gemacht.

Komödienhaus: erbaut 1779, Vorgänger des derzeitigen Deutschen Nationaltheaters am selben Platz, 1798 auf tausend Sitzplätze erweitert. Ab 1791 Heimat des Hoftheaters, unter Goethes Leitung bis 1818.

Konsistorium: evangelische Kirchenbehörde, die damals unter Kontrolle der Fürsten stand (hier Herzog Carl August).

KonsW: in amtlichen Berichten und Dokumenten übliche Abkürzung für »Konsistorium Weimar«.

Laternen und Lampen: Zu Beginn des 19. Jahrhunderts wurden Öl-, Talg- und Tranlaternen benutzt. Öl war der teuerste Rohstoff, dann folgten Talg (meist Rinderfett) und Tran (Fett von Walen und Robben). Selbiges gilt für Lampen im Haus.

Landmeile oder geografische Meile: übliche Längenmaßeinheit bis zum frühen 19. Jahrhundert, entspricht 7,5 Kilometern.

Landschaftskasse: herzogliche Kasse, U-förmiges Gebäude, am heutigen Goetheplatz gelegen, damals an einen Turm der inneren Stadtbefestigung angeschlossen, dem heute noch so genannten Kasseturm.

Laufgewichtswaage: Aus der gleicharmigen Balkenwaage entstand die ungleicharmige Balkenwaage, auch »Laufgewichtswaage« genannt. Am längeren Arm der Waage befand sich eine Gewichtsskala, entlang der ein Gewicht verschoben wurde. So konnte man relativ genau das Gewicht des Wägeguts in der gegenüberliegenden Waagschale ablesen.

Mähren/sich ausmähren (thüringisch): ziellos agieren, unsicheres Herumlaufen, Ausweichen, Abschweifen.

Magazinscheunen: herzogliche Wagnerei, am Ort der heutigen Musikschule Johann Nepomuk Hummel (Karl-Liebknecht-Straße 1).

Marktmaß, weimarisches: Damals gebräuchliches Volumenmaß, entspricht 0,94 Liter.

Medizinalpfund, preußisches: abgekürzt Lbr, 1 Lbr = 350 Gramm

Mitis-Grün: glänzender, leuchtender Farbstoff auf Basis von Kupferarsenitacetat. Erfunden 1805 von Ignaz Mitis, einem österreichischen Naturwissenschaftler. Das exakte Datum der Verfügbarkeit ist aus den vorhandenen Quellen nicht zu ermitteln. Im vorliegenden Roman wird eine Verfügbarkeit ab Juni 1805 angenommen. Später industriell hergestellt von Wilhelm Sattler und Friedrich Ruß in Schweinfurt, daher auch als »Schweinfurther Grün« bekannt. Häufig verwendet in der ersten Hälfte des 19. Jahrhunderts für Wandbehänge, Stoffe und Malfarben (siehe Selbstbildnis des Vincent van Gogh). Später wegen seiner Toxizität verboten, danach in manchen Regionen als Unkrautvernichtungsmittel eingesetzt. Daraus entstand das Wort »giftgrün«. Noch heute werden in den Bibliotheken Bücher aufbewahrt, deren Buchdeckel mit diesem Gift kontaminiert sind.

Neue Straße: heutiger Goetheplatz. Im 18. Jahrhundert Schweinemarkt, nach Westen durch eine Reihe von herzoglichen Scheunen abgeschlossen. Nach dem großen Scheu-

nenbrand 1797 wurde der Schweinemarkt über Jahre hinweg besiedelt und zu einem repräsentativen Platz umgestaltet. Zunächst erhielt er den Namen Neue Straße, später Karlsplatz, dann Goetheplatz.
Oberkonsistorialrat: Vorsitzender des Konsistoriums.
Palais: in höfischen Kreisen übliche Abkürzung für das Witthumspalais am Theaterplatz.
Parapluie (frz.): Regenschirm.
parler de tout et de rien (frz.): Reden von allem und nichts, plaudern, heutiger Small Talk.
Pelisse: Mantel, Überkleid.
Pfennigsemmel: siehe Groschenbrot.
Physikus: Amtsarzt.
Pompadour (auch Réticule, frz.): kleine, beutelartige Damenhandtasche.
Portulak (Portulaca oleracea): Gemüse-, Gewürz- und Heilpflanze, aus Arabien und Afrika stammend, Blätter mit würzigem, salzig-nussartigem Geschmack, Blütenknospen als Kapernersatz verwendbar, in Mitteleuropa kaum noch genutzt.
Puffarth: damalige Bezeichnung für den südlich von Weimar gelegenen Ort Buchfart.
Quadratfuß (Flächenmaß): 100 weimarische Quadratfuß entsprechen 7,95 Quadratmetern.
Richtplatz: Hinrichtungsstätte, entspricht der heutigen Straße »Galgenberg« zwischen der Erfurter Straße und der Schwanseestraße in Richtung Tröbsdorf, wurde bis in die 1830er-Jahre für den Vollzug der Todesstrafe genutzt, meistens für Enthauptungen. Zwei überlieferte Beispiele: Johanna Catharina Höhn aus Weimar (enthauptet 1783 wegen Kindsmords) und Johann Christian Blumenstein aus Großromstedt (ent-

hauptet 1810 wegen Totschlags von Ernst Friedrich Schönherr).

Sansculottes (frz.): wörtlich »ohne Kniebundhosen«, Begriff für eine Gruppe von politisch aktiven Mitgliedern der Kleinbürger- und Arbeiterszene, die an der Seite der Jakobiner für die Französische Revolution kämpften. Die Sansculotten waren für ihre Radikalität bekannt und trugen gestreifte lange Hosen, während die Kniebundhose ein Zeichen der Aristokratie war. Der Begriff setzte sich zu Beginn des 19. Jahrhunderts in Europa für knöchellange Hosen durch.

Schlagfluss: historischer Ausdruck für den Schlaganfall.

Schlossbrücke: heutige Sternbrücke.

Schnürbrust oder Schnürleib: Korsett zur Formanpassung des weiblichen Oberkörpers, teils unter Schmerzen und Atemnot getragen und ertragen.

Schonndorf: damalige Bezeichnung für den Ort Schöndorf, heute Stadtteil von Weimar.

Schwager: in Verbindung mit einer Kutsche Bezeichnung für den Postillon, Gespannführer oder Postkutscher.

Schwanseegatter: Teil der damaligen äußeren Stadtbefestigung, ungefähr in der Mitte des gegenwärtigen Weimarhallenparks.

Schweinemarkt: heutiger Goetheplatz (siehe auch Neue Straße).

Serenissimus/Serenissima (lat.): Adelstitel, Anrede, ähnlich Durchlaucht.

Strumpfwirkerin: damaliger Beruf, betraf die Herstellung von Maschenwaren wie Strümpfe, Socken, Schlafhauben, Hosen, Handschuhe aus Baumwolle, Schafwolle oder Seide, meist in Handarbeit und Heimarbeit.

Stupratore (ital./lat.): Vergewaltiger.

Taler (auch Reichstaler): In der damaligen Münzeinteilung entsprach ein Taler je dreißig Groschen, ein Groschen je zwölf Pfennig. Der Tagesverdienst eines Handwerksgesellen betrug ungefähr sieben Groschen.
Teutscher Merkur: Literaturzeitschrift, in Weimar herausgegeben von Christoph Martin Wieland, 1773 bis 1789 vierteljährlich, von 1790 bis 1810 monatlich als *Neuer Teutscher Merkur*.
Tieffurther Chaussee oder Chaussee nach Tieffurth: heute Tiefurter Allee.
Traktat (histor.): kurze wissenschaftliche Abhandlung, meist mit lehrhaftem Charakter.
Tüncher: Anstreicher, Weißbinder.
Waldklafter, hier die Weimarische Waldklafter (WWK): um 1805 übliches Raummaß. 1 WWK = 2,83 Kubikmeter (3 WWK entsprechen also etwa 8,5 Kubikmeter).
Webicht: kleiner Wald zwischen Weimar und Tiefurt, wird heute noch so genannt.
Windische Gasse: heutige Windischenstraße, damals unterteilt in Kleine Windische Gasse und Große Windische Gasse.
Winkelgasse: inzwischen umbenannt in Luthergasse.
Wo'nen (thüringisch): typische Abkürzung für »Wo denn?«.
Ziegelhütte: Gebäudekomplex am Nordende des jetzigen Goetheplatzes zur Herstellung von Backsteinen.
Zippelmarckt: alte Bezeichnung für den Weimarer Zwiebelmarkt – Markttradition seit mindestens 1653. Zu Beginn auf dem Frauenplan, später erweitert auf Markt und Esplanade.
Zunderschwamm: eine Pilzart, die leicht brennbar ist und bis Anfang des 19. Jahrhunderts zum Anzünden benutzt wurde. Erst 1827 erfand der englische Apotheker John Walker das Reibzündholz.

Zunderkasten: Werkzeugsatz zum Entzünden eines Feuers, bestehend aus einem Feuerstein, Feuerstahl und Zunderschwamm.

Anhang 4: Zitate

»Es gibt zwei Dinge, die wir unseren Kindern mitgeben sollten: Wurzeln und Flügel.« (J. W. v. Goethe zugeschrieben)

»Ich denke, das Böse an sich existiert nicht. Es ist lediglich der Mangel an göttlicher Kraft im Herzen mancher Menschen. So wie wir es kalt empfinden, wenn Wärme fehlt, oder dunkel bei der Abwesenheit von Licht.« (frei nach Albert Einstein)

昔者莊周夢為胡蝶，栩栩然胡蝶也，自喻適志與！不知周也。俄然覺，則蘧蘧然周也。不知周之夢為胡蝶與，胡蝶之夢為周與？周與胡蝶，則必有分矣。此之謂物化。
(Zhuangzi: *Der Schmetterlingstraum*)

»Gott hat uns nicht den Geist der Furcht gegeben, sondern den der Kraft, der Liebe und der Besonnenheit.« (Lutherbibel: 2. Timotheus 1,7)

Anhang 5: Quellenangaben

5.1 Gedruckte Quellen

Biedrzynski, Effi: »Goethes Weimar – das Lexikon der Personen und Schauplätze«, Patmos Verlag, Ostfildern, 2010.

Neuausgabe der 1992 im Artemis & Winkler Verlag, Mannheim, erschienenen Erstausgabe.

Damm, Sigrid: »Christiane und Goethe – Eine Recherche«, Insel Verlag, Frankfurt a. M. und Leipzig, 1999.

Deetjen, Werner: »Die Göchhausen – Briefe einer Hofdame aus dem klassischen Weimar«, E.S. Mittler und Sohn, Berlin, 1923 (Reprint by Leopold Classic Library, South Yarra, Victoria, Australia).

Deneke, Toni: »Das Fräulein Göchhausen«, Gustav Kiepenheuer Verlag, Weimar, 1955.

Eberhardt, Dr. Hans: »Weimar zur Goethezeit. Gesellschafts- und Wirtschaftsstruktur«, Stadtmuseum, Weimar, 1980.

Friedenthal, Richard: »Goethe – sein Leben und seine Zeit«, Piper, München, 14. Aufl. 2000.

Günther, Gitta; Huschke, Wolfram; Steiner, Walter (Hrsg.): »Weimar – Lexikon zur Stadtgeschichte«, Verlag Hermann Böhlaus Nachfolger, Weimar, 1998.

Hecker, Jutta: »Wieland«, Verlag der Nation, Berlin, 1975.

Klauß, Jochen; Schlichting, Reiner; Ulferts, Gert-Dieter u. a.: »Ihre Kaiserliche Hoheit Maria Pawlowna – Zarentochter am Weimarer Hof«. Verlag Stiftung Weimarer Klassik und Kunstsammlungen, Weimar, 2004.

Kühnlenz, Fritz: »Weimarer Portraits, Männer und Frauen um Goethe und Schiller«, Greifenverlag, Rudolstadt, 1970.

Mandelkow, Karl Robert; Morawe, Boris (Hrsg.): »Johann Wolfgang von Goethe – Briefe – Kommentare und Register – HA in 4 Bänden«, Christian Wegner Verlag, Hamburg, 2. Aufl. 1968.

Maul, Gisela; Oppel, Margarete: »Goethes Wohnhaus in Weimar«, Stiftung Weimarer Klassik bei Carl Hanser Verlag, München und Wien, 2. aktualisierte Auflage 2000.

Müller, Ulrike: »Die klugen Frauen von Weimar«, Elisabeth Sandmann Verlag, München, 3. Auflage 2009.

Osten, Manfred: »Goethes Entdeckung der Langsamkeit«, Wallstein Verlag, Göttingen, 2. Auflage 2017.

Preisendörfer, Bruno: »Als Deutschland noch nicht Deutschland war – Reise in die Goethezeit«, Verlag Galiani, Berlin, 2016.

Schmidt, Georg: »Durch Schönheit zur Freiheit – die Welt von Weimar-Jena um 1800«, C.H. Beck Verlag, München, 2022.

Schnaubert, Guido: »Weimars Stadtbild um das Jahr 1782/84«, Hof-, Buch- und Steindruckerei Dietsch & Brückner, Weimar, 1909.

Schnaubert, Guido: »Weimars Stadtbild 1784 – 1828 – 1909«, Verlag Rockstuhl, Regensburg, 2011, Reprint der 1. Auflage von 1909 (s. o.)

Schöne, Albrecht: »Der Briefschreiber Goethe«, C.H. Beck Verlag, München, 2015.

Schwarzkopf, Christoph; Beyer, Constantin: »Jakobskirche Weimar«, Verlag Schnell & Steiner, Regensburg, 2013.

Stadtarchiv Weimar (Ltg. Dr. Jens Riederer): Plan der herzoglichen Haupt- und Residenzstadt Weimar, Verlag des Geographischen Instituts, 1812. Siehe auch Anhang 4.4.

Vehse, Karl Eduard: »Der Hof zu Weimar«, Anaconda Verlag, Köln, 2011.

Steiger, Robert: Goethes Leben von Tag zu Tag, Band IV 1799 bis 1806, Artemis Verlag, Zürich und München, 1986.

Wahl, Volker (Hrsg.): »Das Geheime Consilium von Sachsen-Weimar-Eisenach in Goethes erstem Weimarer Jahrzehnt 1776–1786 Regestausgabe. Zweiter Halbband 1781–1786«, Böhlau Verlag, Wien/Köln/Weimar, 2014.

Wehlte, Kurt: Werkstoffe und Techniken der Malerei, 5. Auflage, Otto Maier Verlag, Ravensburg, 1985.
Wulf, Andrea: »Fabelhafte Rebellen«, Verlag C. Bertelsmann in Penguin Random House, München, 2022.

5.2 Digitale Quellen

5.2.1 Allgemeine Webseiten (abgerufen am 5.11.2025)

www.deutsche-biographie.de
www.fembio.org
www.dewiki.de/Lexikon/Sachsen-Weimar-Eisenach
www.dwds.de
www.gwb.uni-trier.de/de/
www.juraforum.de
www.klassik-stiftung.de/
www.hr2.de/programm/literaturland
www.literaturland-thueringen.de
www.maria-pawlowna.de
www.was-war-wann.de
www.weimar-lese.de

5.2.2 Spezielle Quellen und Webseiten (abgerufen am 5.11.2025)

Berg, Günther Heinrich von: »Handbuch des Teutschen Polizeyrechts«, Verlag der Gebrüder Hahn, Hannover, 1802. www.digitale-sammlungen.de/en/view/bsb10550651?page=,1
Deutschlandfunk, Mario Bandi: Auf den Spuren von

St. Petersburg, www.deutschlandfunk.de/berlin-auf-den-spuren-von-sankt-petersburg-100.html
Döring, H.: »Chr. M. Wielands Biographie«, The Project Gutenberg eBook, Release Date: January 4, 2006 [EBook #17454]
Archivportal Thüringen, Findbuch Geheimes Consilium: www.archive-in-thueringen.de/de/findbuch/view/bestand/26127/systematik/83785, darunter: 1.Archivalien-Signatur: B 2824 Bestandssignatur: 6–12–3007 Datierung: 1810, Untersuchung gegen Johann Christian Blumenstein, Großromstedt und seine Bestrafung mit dem Schwert wegen Totschlag an Ernst Friedrich Schönherr. 2. Archivalien-Signatur: B 2799 Bestandssignatur: 6–12–3007 Datierung: 1805, Gesuch des Tischlergesellen Georg Rudolf Christian Frede aus Weimar um Milderung seiner Bestrafung wegen angeblich verschuldetem Tod des Büchsenmachergesellen Böttcher.
Kollar, Elke; Spinner, Veronika: »Verbündete, Weggefährten, Seelenverwandte – Freundschaften im Kontext der Weimarer Klassik«. Klassik Stiftung Weimar, Lernort Klassik, Lehrerheft Freundschaft 1, S. 13–17. www.klassik-stiftung.de / assets/Dokumente/Bildung/Materialien/Lehrerhefte/Lehrerheft_Freundschaft.pdf
Langhof, Dr. Peter; Beger, Jens; Lippert, Bernd: »Münzen, Maße und Gewichte in Thüringen«, Hilfsmittel zu den Beständen des thüringischen Staatsarchivs Rudolstadt, Informationsheft Nr. 7, 3. Auflage 2006 (Online-Version). https://landesarchiv.thueringen.de/media/landesarchiv/5Standorte/Rudolstadt/Veroeffentlichungen/Muenzen__Masse_und_Gewichte_in_Thueringen.pdf
Mai, Michaela (Red.): »Rallye Weimar um 1800«, Klassik Stiftung Weimar, Referat Forschung und Bildung (Hrsg.). https://

www.klassik-stiftung.de/assets/Dokumente/Bildung/Materialien/Rallye/KSW-Rallye-Weimar-1800.pdf
Mitis-Grün: www.biographien.ac.at/oebl/oebl_M/Mitis_Ignaz_1771_1842.xml

1. www.derstandard.de/story/3000000211363/haende-weg-von-buechern-schweinfurter-gruen-versetzt-bibliotheken-in-angst
2. www.geo.de/wissen/forschung-und-technik/10-farbstoffe--die-geschichte-schrieben_34995618-35070340.html

www.caparol.de/gestaltung/inspiration/gruen/schweinfurter-gruen
Müller, Gerhard: »Goethe und Carl August – Freundschaft und Politik«, https://publikationen.ub.uni-frankfurt.de/frontdoor/Index/Index/year/2010/docId/14095, provided by core.ac.uk.
Tagesspiegel, Klaus Büstrin: »Kultur, Macht und Freundschaft«
https://www.tagesspiegel.de/potsdam/potsdam-kultur/macht-und-freundschaft-7492990.html
Wahl, Volker: u. a. »Das Geheime Consilium von Sachsen-Weimar-Eisenach in Goethes erstem Weimarer Jahrzehnt 1776–1786 Regestausgabe. Zweiter Halbband 1781–1786«. www.vrelibrary.de, eISBN 978-3-412-21739-6.
Wurm, Helmut: »Goethe und Weimar ohne Rücksichten, Filterungen und Schönungen«, Betzdorf, 2010, http://www.goethe-weimar-wetzlar.de/index-Dateien/Goethe%20und%20Weimar%20ohne%20Ruecksichten

Danksagung

Ich danke meiner Mutter Hannelore Köstering und meiner Schwester Ulrike Köstering, die mich zu Lebzeiten wunderbar unterstützt und motiviert haben. *Tempus fugit, amor manet.*

Weiterhin danke ich meinen beiden Testlesern Stefanie J.-K. und Dietrich K. für ihre Hilfe bei der Manuskriptarbeit und meinem Verleger Armin Gmeiner für seine Unterstützung.

Bernd Köstering im Gmeiner-Verlag:

Literaturdozent Wilmut ermittelt:
1. Fall: Goetheruh
ISBN 978-3-8392-1045-1

2. Fall: Goetheglut
ISBN 978-3-8392-1181-6

3. Fall: Goethesturm
ISBN 978-3-8392-1330-8

4. Fall: Goethespur
ISBN 978-3-8392-2398-7

5. Fall: Goetheherz
ISBN 978-3-8392-0029-2

Ex-Journalist Herbert Falke ermittelt:
1. Fall: Falkensturz
ISBN 978-3-8392-1600-2

2. Fall: Falkenspur
ISBN 978-3-8392-1844-0

3. Fall: Falkentod
ISBN 978-3-7349-9460-9

Weitere:
Düker ermittelt in Offenbach
ISBN 978-3-8392-1971-3

Mörderisches Oberhessen
ISBN 978-3-8392-2063-4

Lieblingsplätze Frankfurt am Main (mit Ralf Thee)
ISBN 978-3-8392-2617-9

Die Weimar-Saga:
Die Witwen von Weimar
ISBN 978-3-8392-0691-1

Die Heldinnen von Weimar
ISBN 978-3-8392-8129-1